盐城市哲学社会科学联合会　　组织策划
盐城地域文化与社会治理研究院课题资助
大运河文化带建设研究院盐城分院课题资助

孙晓东　武菲菲　编著

烽火华章
盐城红色文学作品选读

河海大学出版社
·南京

图书在版编目(CIP)数据

烽火华章：盐城红色文学作品选读 / 孙晓东，武菲菲编著. -- 南京：河海大学出版社，2023.9
ISBN 978-7-5630-8369-5

Ⅰ.①烽… Ⅱ.①孙… ②武… Ⅲ.①中国文学－当代文学－作品综合集 Ⅳ.①I217.1

中国国家版本馆CIP数据核字(2023)第176078号

书　　名	烽火华章——盐城红色文学作品选读
	FENGHUO HUAZHANG——YANCHENG HONGSE WENXUE ZUOPIN XUANDU
书　　号	ISBN 978-7-5630-8369-5
责任编辑	杨　雯
特约校对	阮雪泉
装帧设计	观止堂
出版发行	河海大学出版社
地　　址	南京市西康路1号(邮编：210098)
网　　址	http://www.hhup.com
电　　话	(025)83737852(总编室)　(025)83787104(编辑室)
	(025)83722833(营销部)
经　　销	江苏省新华发行集团有限公司
排　　版	南京布克文化发展有限公司
印　　刷	广东虎彩云印刷有限公司
开　　本	787毫米×1092毫米　1/16
印　　张	19.25
字　　数	380千字
版　　次	2023年9月第1版
印　　次	2023年9月第1次印刷
定　　价	78.00元

序言

赓续红色血脉 谱写当代华章

李晓奇

习近平总书记指出,红色资源是我们党艰辛而辉煌奋斗历程的见证,是最宝贵的精神财富。红色血脉是中国共产党政治本色的集中体现,是新时代中国共产党人的精神力量源泉。江苏省委十四届四次全会作出部署,要在建设中华民族现代文明上探索新经验,把江苏建设成为中华优秀传统文化的重要传承发展地、革命文化的重要弘扬地、社会主义先进文化的重要创新策源地,成为理解历史中国、认识现实中国、把握未来中国的重要窗口。盐城市委市政府多年来始终高度重视红色文化建设。盐城师范学院与盐城市社科联合作共建的盐城地域文化与社会治理研究院决定推出这本书,我觉得十分及时,很有意义、很有价值。

国破山河在,烽火铸华章。盐城是一片浸润红色基因的土地,具有深厚的红色文化底蕴和光荣的革命传统。中国共产党很早便在这一地区建立起了基层组织。革命先辈积极传播马克思主义先进思想,创办进步刊物,组织进步团体,率领群众开展各种形式的反抗斗争。特别是在全民族抗战时期发生的皖南事变后,随着新四军军部和中共中央华中局相继在盐城成立,盐城成为华中敌后抗战的政治、军事和文化中心。一大批革命人才和进步文化人士来到盐城,在这里掀起了群众性的革命文化高潮,留下了许多广为传诵的红色文学作品。这些作品内容涉及军事斗争、政权建设、参军支前、拥军优属等题材,有古诗词、新诗、墙头诗、通讯报道、散文特写等多种表现形式,蕴涵着革命根据地人民不畏强暴、追求真理、勇往直前的革命英雄主义和革命乐观主义精神。它们在鼓舞人们革命斗志、促进根据地各项建设的同时,也成为盐城光荣的革命历史的一个重要组成部分,成为盐城人民继承和弘扬革命文化的生动教材,是极为宝贵的红色资源和精神财富。

薪火相传光华放,继往开来谱新篇。由盐城师范学院孙晓东教授和武菲菲博士编写的这本《烽火华章——盐城红色文学作品选读》,融思想性、文学性、知识性于一体,所选作品闪耀着战争年代革命先辈的爱国激情、民族大义、铁军风采、革命友谊、为民情怀。衷心希冀读者特别是广大青少年从这些用热血和生命书写的历史作品中,加深对盐城革命历史的了解,通过阅读赏析这些作品,汲取历史经验,增加政治智慧,强化斗争精神,提升艺术修养,牢固树立社会主义核心价值观,守正创新,赓续历史文脉、谱写当代华章,更好地担负起新时代新的文化使命。

是为序。

2023 年 9 月 18 日

(作者系盐城市社科联党组书记、主席,一级调研员)

前言

红色文化作为一种特殊的文化形态,是中国共产党人在马克思主义的指导下,领导人民大众进行反帝反封建斗争过程中凝聚起来的革命精神的升华,是将马克思主义先进文化理论与中华民族优秀传统文化相结合而产生的文化新形态,是中华文化最鲜亮的底色。它蛰伏于近代,形成于"五四"以后,成熟和发展于新民主主义革命和社会主义建设时期,是中国共产党人在具体实践过程中创造出来的基于革命历史文化的文化类型,也是中国革命和现代化建设的重要精神力量。

党的十八大以来,习近平总书记在地方考察调研时多次到访革命纪念地,瞻仰革命历史纪念场所,反复强调要用好红色资源,传承好红色基因,把红色江山世世代代传下去。习近平总书记在党的二十大报告中又再次强调要"弘扬以伟大建党精神为源头的中国共产党人精神谱系,用好红色资源,深入开展社会主义核心价值观宣传教育,深化爱国主义、集体主义、社会主义教育,着力培养担当民族复兴大任的时代新人"。因此,在中国特色社会主义进入新时代的今天,传承和弘扬好红色文化,对于巩固马克思主义在意识形态领域的指导地位,加快建设社会主义文化强国,坚定文化自信,应对各种风险挑战,实现中华民族伟大复兴,具有十分重大的意义。

盐城是一片有着光荣革命历史的红色热土。海洋文化、淮河文化和长江文化的长期浸润,使得这片人文荟萃的苏北平原在近代中国革命历史上焕发出耀眼的光芒。20世纪20年代以后,随着马列主义在中国的广泛传播,盐城大地逐步融入由中国共产党人领导的新的革命洪流,革命文化在盐城逐渐兴起、兴盛。

1919年5月,北京爆发了一场声势浩大的群众性的"五四"爱国运动。革命的浪潮很快波及全国各地,富有深厚的爱国主义传统的盐城人民立即行动起来,积极投入到这场反帝反封建的爱国斗争中去。1919年5月下旬,盐城县立第一、二高级小学师生率先发起成立盐城县学生联合会,并发函给乡下的县立第三、四、五高小,举行县学联成立大会,组织全县学生结队游行,进行化装讲演,查禁日货。盐城淮美中学学生掀起反帝国主义文化侵略和奴化教育的学潮。南京东南大学的东台籍学生丁绳武在6月回乡度假后不久,也发起组织学生联合会,发表宣言,召开会议,抵制日货。在这同时,渴望获得改造社会真理的盐阜青年,相继发起组织各种进步团体,创办进步刊物,学习、研究与宣传马克思列宁主义。早在中共一大召开后不久,曾参与中共一大会议的保卫工作、正在南通代用师范读书的盐城籍学生薛树芳回到其家乡上冈后就与当地知识青年臧循等人商议结社问题。1922年夏天,由各地回乡度假的青年组成的同志共进社就在上冈正式成立。他们以"革命、互助、合作"为办社的宗旨,主要成员有臧循、薛树芳、吴宗鲁、彭大铨等20余人(后发展到200多人)。臧循当选为社长,薛树芳任执行部长,陶其情任议事部长。他们以共产党人陈独秀主编的《向导》周报、恽代英主编的《中国青年》,还有国家主义派的《醒狮》等为主要阅读刊物。他们定期或不定期地聚会,探讨当代中国问题、俄国赤色革命问题,有时还议论地方的政事及其改革问题,宣传"平均地权""节制资本"等,慷慨陈词,抨击时弊。他们还向恽代英主编的《中国青年》投稿并在第二期上发表《上冈情况》报道上冈同志共进社的活动情况。1926年4月,由进步青年叶实夫主编出版的进步刊物《海日》公开宣传进步思想,刊发《马克思小传》《共产党宣言》及其内容要点,详细介绍马克思的生平及其学说。这些进步的团体和刊物的出现,不仅使盐阜地区的进步青年进一步受到了新文化思潮的熏陶,而且又通过他们在盐阜地区更大范围地传播了"五四"新文化思想。

1927年6月,中共地下党员陈雪生在东台城儒学社成立了盐城地区最早建立的中共基层组织——中共东台县特别支部。随后,盐城各地党组织先后建立。党组织建立后,积极通过各种途径宣传革命思想,传播马克思主义,宣传俄国十月革命。在东台,溱潼区委出版油印刊《红潮》,宣传革命主张,鼓动工农进行革命斗争。在盐城,党员吴广文、卞文鹄组织"妇女读书会",吸收和指导女中学生阅读进步书刊;党员骆继乾组织"青年读书合作社",吸收盐中、时化、景鲁等学校的进步学生参加,秘密阅读《马克思主义浅说》《巴黎公社史》和党刊《红旗》《布尔什维克》等。在阜宁,党组织秘密向群众教唱自编的革命歌曲,传播革命思想,唤醒民众追求革命的热情。盐城、阜宁两县党组织在开展宣传斗争中,还积极编印进步报刊,阜宁县地下党编印《阜宁真理报》,中共盐阜县委编印《学习》和《斗争》。这些报刊刊载党的文件及方针、政策,宣传反对剥削压迫、追求平等的主张,揭露国民党的罪恶,有力地鼓动了群众参加革命斗争。1932年底,在盐阜县委的领导下,胡乔木等地下党员改造"综流文艺社"作为盐城地下党的外围组织,吸收广大进步青年参加。该组织在党的领导下,于1933年春在盐城泰山庙排演了郭沫若编写的历史剧《棠棣之花》,群众反响良好。同期,胡乔木等还创办了《海霞》半月刊,该刊32开,刊有散文、小说、诗歌,共出版三期,所载作品的主题均是反对封建思想,反映人民群众的民主要求。《海霞》后改名为《文艺青年》,为8开小报,主编为胡乔木,直至盐城地下党遭彻底破坏时才停刊。此外,盐城地下党还创办过《玫瑰刺报》《淮东通讯》等进步报刊。1935年2月,淮盐特委遭彻底破坏,盐城地区党的基层组织基本停止了活动。党的组织虽然被破坏了,但革命的精神已深深教育了盐城地区的广大人民群众,并激励人民不断起来进行斗争,为日后的盐阜抗日根据地的建立打下了良好的基础。

1937年7月7日,日本发动全面侵华战争。1938年4月下旬,日军侵入盐城地区,给盐城人民带来了深重的灾难,激起了盐城人民强烈的民族仇恨,唤起了盐城人民抗战保国的觉悟。1938年12月,中共山东分局决定,成立中共苏皖特委,以逐步发展江苏北部的抗日斗争。盐城地区各级党组织在恢复和重建的过程中,开展了一系列的抗日活动。全区不少地方成立了"读书会""青救会""抗日宣传队"等抗日宣传组织,采用发表演讲、书写标语、教唱革命歌曲、演戏等多种形式,宣传抗日救国的道理。盐城县工委书记刘大谟在庙子堡以任教为掩护,利用学校讲台,向进步教师和学生教唱《游击队之歌》《五月里的鲜花》《大刀进行曲》等抗日歌曲。唐君照被中共江苏省委派回家乡盐城,组织"盐城县十四区上冈青年抗日救亡服务团"。宋金城从杭州回到盐城北宋庄,组织原北宋庄支部党员和进步青年成立青年抗日义勇队。党员宋振鼎受吴仲超、张爱萍的指示,回家乡筹建苏北抗日同盟会,积极宣传共产党的抗日主张,动员民众、组织民众、武装民众以争取各阶层人民参加抗战工作,扩大了党在人民群众中的影响。

1940年10月10日,从山东南下的八路军第五纵队先头部队与从江南北上的新四军第二纵队先头部队在盐城狮子口胜利会师,顺利完成苏北抗日根据地的开辟,由此盐城进入历史发展的新阶段,盐城的政治、经济、文化生活在中国共产党的领导下开始走向巨大的革新。伴随着盐阜抗日根据地的创建、武装斗争和民主政权建设的开展,盐城革命文化工作也随之发展起来,并与根据地军事、政治、经济斗争,民主建政同步进行。尤其是皖南事变后新四军在盐城重建军部,一批批革命文艺工作者汇聚于此,配合和服务于革命战争的伟业,他们办报纸,建剧团,搞创作,做宣传鼓动工作,掀起了群众性的革命文化高潮,使盐阜地区的抗战文化活动呈现出异常活跃的局面。中共中央华中局专门成立了文化教育委员会,统一领导华中地区的文化教育工作。为培养和教育大批党的干部,解决干部力量不足的问题,华中局于1941年5月筹建了华中党校;为培养军队干部,开办了中国人民抗日军事政治大学第五分校;为培养文艺干部和人才,筹建了鲁迅艺术学院华中分院;为解决卫生干部和专业人员不足问题,开办了华中卫生学校;为解决青少年教育问题,恢复了相当数量的因战乱而停办的中小学,并新创办了一批中小学;为解决广大农民文化水平低,理解中国共产党抗战理论与主张困难的问题,大力兴办社会教育,通过冬学、识字班等形式,吸收和动员广大农民群众学习文化、读书识字,并组织抗日剧团和各类宣传队,走上街头,深入农村,演出抗战剧目,教唱救亡歌曲,开展歌咏活动等,激发民众的抗战激情;为广泛宣传中国共产党的抗战与政治主张,积极创办了《江淮日报》《真理》《实践》《江淮文化》《江淮》等一大批报纸杂志,并筹建江淮出版社、江淮印刷厂、大众书店,印刷和发行一大批以抗日为主要内容的理论书刊、通俗读物。同时,以盐城为中心,苏北文化、文艺界还分别筹建了苏北自然科学协会、苏北文化工作者协会、苏北诗歌协会、苏北戏剧协会、苏北歌咏协会、苏北木刻工作者协会、苏北文艺界抗敌协会筹备委员会等组织,建立"文化村",全方位组织和发动新文化、新文艺活动,使中国共产党领导下的盐城地区的抗战新文化生活出现一个空前繁荣的局面。

解放战争时期,国民党反动派企图发动全面内战,欲彻底消灭共产党和其所率部队。因此,我党我军被迫进行自卫反击,中共华中分局向全华中提出我华中当前最紧急、最主要的任务就是:"动员一切力量,争取自卫战胜利来保卫和平,保卫人民利益,争取全国和平、民主、团结局面早些实现。"在此形势之下,盐阜地区的文化工作者和知识界积极行动起来,开展和推动解放区的文艺运动。这个时期掀起群众性写作热潮,一些通讯、特写类的纪实性文艺创作在解放区得以迅速兴起。小说创作趋向繁荣,在数量上、质量上均有发展提高。盐阜区大众诗歌运动在阿英等人的推动下,形成了小调和墙头诗创作与普及的高潮。戏剧创作继续以小型为主,大小结合,同时进行大型戏剧的移植改编。为了适应新的革命形势,更好地发挥文艺轻骑兵的作用,苏北区党委决定在盐城解放区集中力量建立一支具有相当水平的文艺团体,正式成立苏北文工团,创作演出了大型话剧《淮阴之战》、淮剧《解放涟水城》《干到底》以及排演大型歌剧《白毛女》等,刻画了我军指战员指挥得当和战士们顽强战斗、不怕牺牲的英勇形象,抨击了伪军投敌求荣的丑恶行径,坚定了广大军民奋起保卫胜利果实的决心。1948年10月,经过叶挺城战役、盐南阻击战、益林战役等,盐城全境获得解放,进入了和平安宁的中国共产党领导和人民当家作主的新时代,盐城文化事业从此揭开了历史发展的新篇章。

2021年6月25日,习近平总书记在主持十九届中央政治局第三十一次集体学习时,围绕用好红色资源,赓续红色血脉这个主题发表了重要讲话,明确要求"统筹研究力量,强化研究规划,积极开展革命史料的抢救、征集和研究工作,加强革命历史研究,深入挖掘红色资源背后的思想内涵,准确把握党的历史发展的主题主线、主流本质,旗帜鲜明反对和抵制历史虚无主义"。中国共产党领导中国人民在盐城进行革命斗争及其开展的革命文艺活动已经凝聚成了盐城独具特色的红色文化资源,蕴含着宝贵的红色文化精神,是我们进行革命历史传统教育、爱国主义教育、理想信念教育,推广普及和践行社会主义核心价值观,进一步坚定文化自信的鲜活教材。因此,发掘、整理、开发、转化和利用好盐城红色文化资源,把历史的红色文化资源转为显性的育人资源,将红色文化内化为实现中华民族伟大复兴的强大内能,赓续中华民族优秀传统文化,永葆党的先进性和纯洁性,是我们培养时代新人,形成价值共识,开启中国式现代化新征程的神圣使命和重要职责。为此,我们尽力从江苏革命根据地的报刊这一红色文化资源的物质载体中,搜罗革命文艺工作者在盐阜大地留存的饱含红色基因的诗文,加以遴选,编写了这本书,以期最大程度地重现历史面貌,弘扬新四军革命精神,为革命文化研究提供生动素材、重要元素和史料支撑。

目录

上编

第一辑　古体诗词

陈　毅
- 004　与八路军南下部队会师,同志中有十年不见者
- 005　酬良父并同赋诸君七律四章
- 007　闻韩紫翁陷敌不屈而死,诗以赞之
- 008　盐阜区参议会开幕感赋,兼呈参议员诸公
- 009　送沈、张诸君赴延安
- 010　湖海诗社开征引
- 012　大柳巷春游

张爱萍
- 013　会师
- 014　南乡子·解放陈家港

顾希文
- 016　和陈军长诗六首

阿　英
- 018　赠陈军长

赵敬之
- 019　怀念陈军长

周一萍
- 020　秋望

吕振羽
- 022　一九四一年六月苏北反"扫荡"战

姜指庵
- 023　题《盐阜民族英雄传》后

萧克非
- 024　盐南大捷

程步凤
- 024　诀别诗

沈其震
- 025　满江红

李一氓
- 026　陌上花

第二辑　新诗

芦　芒
- 029　苇荡营

刘保罗
035　当兵歌

林　山
036　"N4A"——献给新四军的战士们

克　坚
039　金石同志笑哈哈

戈　扬
043　侦察员阿金

罗生特
045　我们是中国的青年

许　晴
047　中华民族好儿女

陆维特
049　麦香

廖一帆
050　悼郭凌

辛　劳
052　新十四行

高　文
055　麦苗已经萌芽

林　由
056　新女性赞歌

邓　野
058　田野

常　工
060　我从黄河堤上来

阿　冈
062　收获

田　园
063　战争七年——悼阵亡将士

戈　茅
065　风车曲

林　风
068　陈家港战斗

江　流
072　寄淮安

芦　枫
075　串场河

阿　大
078　我们该是多么欢喜——献给新四军

赵　定
081　伍佑人民真欢喜

第三辑　歌谣

贺绿汀
086　打稻头

许幸之
087　黄金谷

章 枚
090 民兵歌

夏侯魁
091 快买救灾公债

吴四乱子唱 夏彬记
093 你说他心公不公

陈桂年
094 坏干部必垮台

小 科
096 女神枪手

丁 山
099 桃花

白 桦
100 麦穗黄

陈 璞
102 送郎

单德清
103 白菜谣

夏 骧
104 小歌谣

周六壁
104 小歌谣

章 枚
105 新儿童

第四辑 墙头诗

天 平
108 反"扫荡"

辛 劳
109 先埋了它

陈衷和 周帜炎
110 蒋军罪行

成 平
111 墙头诗

长 任
112 劳军

李 电
113 四季生产歌

唐星魁
115 庄上人人夸

严 寒
116 妇女解放歌

鲁 耕
117 墙头诗——滨海双港镇防疫运动创造的

下编

第一辑 散文特写

122 **一、战斗生活**

铁 砂
122 二十七个药箱

邢一孚
125　仇桥敌人的撤退

方言
127　陈道口战斗琐记

倪震　吴蓟
130　民兵们就这样地战斗着

吴蓟
133　记合德战斗

朱茵
136　美国机师被救脱险经过

凡一
139　劫后杨庄

白桦
141　保卫粮食的战斗
144　夜击裴刘庄
146　抢救空中堡垒
147　叫出来打他

常工
150　陈家港之战——记一个战士的谈话

里昂
153　胜利的横渡

155　**二、时代扫描**

林风
155　被欺骗了的人

戈扬
157　涟东人民的武装力量

克坚
160　板港子通流了

范政
162　小俘虏兵访问记

白桦
164　记师直生产展览会

章枚
165　小胡庄年景

何焕文　顾群
166　村选以后的新气象

陈允豪
170　殿堡村的妇救会

路汀
172　活地狱

陈辞
176　割麦小景

义扬
178　阜宁年景

179　**三、人物特写**

陈允豪
179　小鬼李新

洪荒
183　忆神枪手冯鲁南

罗文英
184　战斗模范丁德荣

白　桦
188　丁玉龙

李子健
189　模范烈属王老奶奶

瑞　澄
191　徐德广

计　超
193　青年民兵英雄刘江荣

第二辑　通讯报道

196　**一、战争纪实**

江　流
196　热泪潜潜话海程——一位警卫员的口述

常　工
200　佃湖敌人逃跑了

江　星
202　里堡乡的民兵

郁连南
204　豆腐浆

205　**二、社会建设**

季　枫
205　穷汉李士雨翻身

常　工
207　七天二十二个
208　记盐阜区抗日阵亡将士纪念塔

江　星
210　战斗的单家港

超
211　打坝

212　**三、人物报道**

柳　桠
212　我们的小站长

左　林
215　和"皇军"洗澡

常　工
216　黄师长访问记
219　两个张乡长

六　塘
221　通讯员小刘

丰家华
223　打死我也不写信

计　超
224　机枪射手徐昌林

秦　明
226　王小老汉

曹　汗
228　袁小鬼

庚

229　杨广美换了一个人

231　四、思想教育

江培明
231　两个筷头奶奶

陈　慕
232　好风水——反迷信小故事

郁启轩
233　大哥害死亲兄弟

附　录

陈　毅
235　关于文化运动的意见

刘少奇
243　苏北文化协会的任务

小　克
249　苏北文化教育剪影（节录）

阿　英
250　关于《文化娱乐版》
251　关于盐阜区的儿童戏剧问题

佚　名
252　墙头诗有什么好处？
253　怎样"写上墙"？

叔
254　几点意见

文　广
255　组织墙头诗小组

乐锋　郑治　江静
256　对墙头诗的几点意见

钱　毅
257　盐阜区的墙头诗运动

林
267　介绍本期墙头诗

戴　天
268　写墙头诗的经验

福　林
269　怎样写地方性墙头诗
270　谈谈农民之歌的创作

陆维特
272　苏北墙头诗运动的回顾和前瞻

曹士新　徐山添
275　盐阜根据地的墙头诗

严　锋
284　从"孤岛"来到苏北解放区的文学家阿英

292　编后记

上编

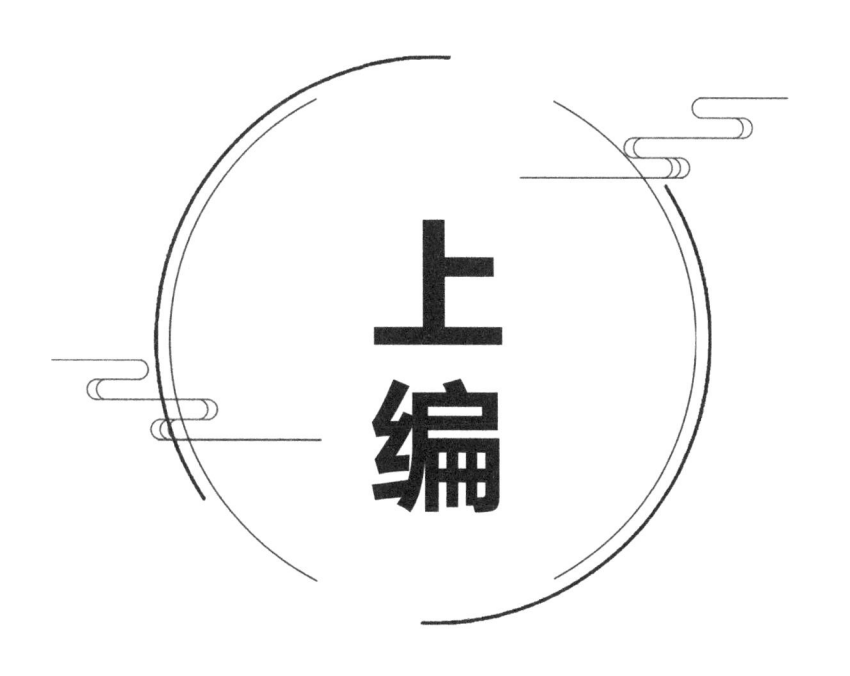

上篇

第一辑
古体诗词

与八路军南下部队会师[①]，同志中有十年不见者

陈　毅

十年征战几人回，
又见同侪并马归。
江淮河汉[②]今属谁？
红旗十月满天飞。

【注释】

①会师：指的是 1940 年 10 月 10 日，新四军北上的第二纵队第六团的先头部队与八路军南下的第五纵队第一支队的先头部队在盐城白驹狮子口胜利会师。两军会师，标志着开辟苏北抗日根据地任务的顺利完成，盐城乃至整个苏北由此迎来了崭新局面。

②江淮河汉：指的是长江、淮河、黄河、汉水这 4 条河流，代指华中地区。

【作者介绍】

陈毅（1901—1972），字仲弘，四川乐至人。抗日战争时期，任新四军第一支队司令员，新四军代军长、军长。中华人民共和国成立后，任华东军区司令员兼上海市市长，1954 年任国务院副总理。1955 年被授予元帅军衔。1958 年兼任外交部部长。著有《陈毅诗词选集》。

【简要导读】

该诗作于 1940 年 11 月。此前八路军与新四军已于盐城白驹会师，革命形势如火如荼，诗人喜悦与豪迈之情油然而生，遂有此作。

首句以哀衬乐，隐括唐代王翰《凉州词》中的"醉卧沙场君莫笑，古来征战几人回"之意，以"十年"虚写在革命历史上牺牲的无数仁人志士，极具时间的纵深感；"又见同侪并马归"，笔锋陡转，正面叙写会师之喜，"又见"二字将焦点从对历史的追忆拉回到对当下的描述，以"并马归"这一生动的近镜头切实刻画会师场景。短短数语既写出了革命历程的艰难曲折，又抒发了战友久别重逢的喜悦，时间与空间交错，虚实兼备。

三、四两句问答相和,既是对会师场面的描述,又是对革命前景的展望。"江淮河汉今属谁?""江淮河汉"以长江、淮河、黄河、汉水代指华中地区。在黄桥战役中,陈毅等同志率领新四军粉碎了国民党顽固派的摩擦阴谋,为两军胜利会师、开创华中抗战新局面奠定了坚实基础。"满天飞"的"满"字用墨浓重,渲染出革命形势的气氛之热烈。全诗气象恢宏,笔力苍劲浑厚。

酬良父[①]并同赋诸君七律四章

陈 毅

小序:今春臧良父先生惠诗,一时和者甚众,余不文,回避诗坛久矣。鞍马间虽有作,存者百不及一。今者诗债积累日深,走笔以酬,感时伤事,所怀万端,聊博良父及同咏诸君一粲。

一

淮南风雨惠佳章,良夜长吟齿颊香。
愧我菲才惭大树,愿君戮力转沧桑。
妖氛未靖谁无咎?战局迂回见小康。
莫道忧天天不坠,可怜西狩正郎当!

二

虚传神话斩长蚺,白帝于今势正酣。
欲破鸿沟思猛士,每观雁阵感征骖。
乘机突击围华北,反共阴谋见皖南!
只手遮天愚妄极,是非自有国人谙。

三

廿年革命几人存,国共纠纷应细论。
抗敌救亡凭正气,特工党恶凿离痕。
逋踪不少逃边境,胥首还多系国门。
何处光明留净土,还看敌后万军屯。

四

血战玄黄春夏秋,光明黑暗竞神州。
法西困兽拼孤注,极北辰星拱万流。

谋晋谢公饶善策,椎秦子房费深忧^②。

战云转变还堪喜,正义风雷荡亚欧。

【注释】

①良父:指的是抗日战争时期阜宁县的开明士绅臧循。臧循,字良父,民国时期曾任盐城县政府主任秘书,国民革命军第二师二十四集团军上校军政法官。1922年夏天,上冈部分知识青年组织同志共进社,推选臧循为社长。

②谢公:指东晋时代的诗人谢灵运。谢灵运(385—433),中国山水诗的开创者,被称为"山水诗鼻祖",是南北朝时期与陆机齐名的诗人。子房:指的是秦末的著名反秦谋士张良。张良(?—前190或前189年),字子房,颍川城父人。秦末汉初杰出谋臣,西汉开国功臣,政治家,与韩信、萧何并称"汉初三杰"。《史记·高祖本纪》载有汉高祖谓"运筹策帷帐之中,决胜于千里之外,吾不如子房"一语。

【简要导读】

该组诗以《酬某君》为篇名发表于1941年7月15日的《江淮日报》,为应和酬答之作。原题是《酬良父并同赋诸君七律四章》,诗前附有"小序"。

臧良父与汪伪苏北行营主任臧卓为兄弟关系,但他胸怀民族正义感,是江苏阜宁县极有影响力的开明士绅。陈毅同志与其诗词唱和,对新四军扩大文化统一战线产生了积极影响。

组诗之一化用《列子·天瑞》中"杞国有人忧天地崩坠,身亡所寄,废寝食者"之典,以"莫道忧天天不坠"严厉批驳了反动势力的消极抗日思想,指出当此民族存亡之际,抗日救亡人人有责,所有中华儿女都不应置身其外。

组诗之二化用曹邺《读李斯传》诗中"欺暗尚不然,欺明当自戮。难将一人手,掩得天下目"之辞,"只手遮天愚妄极,是非自有国人谙"直指国民党反动派悍然制造皖南事变、破坏抗日民族统一战线、实行反共的罪恶阴谋。

组诗之三再用伍子胥悬首国门的古典,沉痛控诉国民党反动派残害抗日将士的滔天罪行,与诗人1936年作《梅岭三章》中"南国烽烟正十年,此头须向国门悬"相呼应,抚今追昔,更加凸显了国民党罔顾民族利益与人民呼声,破坏抗日统一战线的反动性。

组诗之四巧用"谢公"和"子房"的典故,既叙写了中国共产党殚精竭虑抗击日寇的斗争,又表达了新四军招贤纳士、扩大统一战线的拳拳诚意。

全组诗既相对独立,又互为整体;既概括了厚重的历史内容,又阐明了新四军坚决抗日的革命路线,立意高远,气势雄浑。

闻韩紫翁陷敌不屈而死，诗以赞之[①]

陈 毅

忍视神州竟陆沉，几人酣醉几人醒？
坚持晚节昭千古，誓挽狂澜励后生。
御侮力排朋党论，同仇谋止阋墙争。
海陵胜地多人杰，信国南归又见君。

【注释】

①韩紫翁即韩国钧（1857—1942），字紫石，又作止石、子石，晚号止叟。紫翁为敬称。江苏海陵（今属南通市海安市）人，著名爱国士绅。清末举人，曾任河南武陟、永城等地知县。中华民国北洋政府时期历任江苏省民政长，安徽巡按使，江苏巡按使，江苏省省长、督军等职，1925年退居故里。抗日战争爆发后，韩国钧坚决拥护抗日民族统一战线，支持新四军在华中的抗敌斗争。1941年2月日军再次占领海安后，韩国钧携家人避居海安东北数十里外的徐家庄。其间陈毅曾为之谋划移居香港，然消息不慎泄露，日伪于9月13日包围了徐家庄，在威逼利诱失败后对韩国钧及家人进行武装软禁。韩国钧于1942年1月23日在忧愤中离世，弥留之际告诫家人"抗日胜利之日，移家海安，始为余开吊，违此者不孝"，享年85岁。

【简要导读】

诗人听到韩国钧在忧愤中离世噩耗后，悲愤不已，作诗挽之。全诗共四联八句，情绪层层推进，字里行间凝聚着诗人对韩紫翁坚守民族大义的热诚赞扬。首联"忍视神州竟陆沉，几人酣醉几人醒？"以反问起句，神州陆沉、国难当头、百姓流离失所，但是反动派竟然弃民族大义不顾，消极抗日积极反共，只顾争夺个人利益，醉生梦死。颔联紧贴上联，"坚持晚节昭千古，誓挽狂澜励后生"高度肯定了韩紫翁高尚的民族气节，"励后生"既是诗人自况，也是对国人的激励。颈联进一步概括了韩紫翁力排众议，坚决拥护国共合作的爱国之举。尾联"海陵胜地多人杰，信国南归又见君"，韩紫翁为海陵人，信国公文天祥抗元南归曾途经海陵，文天祥诗名卓著，以身殉国，韩紫翁诗书俱佳，英勇不屈，诗人将文天祥与韩紫翁并论，贴切中肯。全诗结构严谨，叙事、说理、抒情融为一体，浑然天成。

盐阜区参议会开幕感赋,兼呈参议员诸公[①]

陈 毅

列强风雨苦相催,腐朽犹存是祸胎。
碧血前驱流万斛,新坟后继起千堆。
飘摇专制霸图尽,茁壮新生民主来。
应知天定由人定,日月重光世运开。

【注释】

①1942年10月21—31日,盐阜区临时参议会召开,出席这次大会的有阜宁、阜东、建阳、涟东、射阳、盐东、滨海、淮安等县及其他单位,应到152人。其中盐城县因敌情紧张,来往不便,宋泽夫、胡启东等参议员未能出席,实到会141人。黄克诚当选为区参议会参议长,宋泽夫、庞友兰当选为副参议长,唐君鄂、费铭剑、杨帆等为驻会委员,骆耕漠等13人为行政委员,曹荻秋当选为行署主任,贺希明、计雨亭当选为行署副主任。大会还通过了政府工作报告、军政预算以及重要法规法令。盐阜区参议会的胜利召开,标志着全区抗日民族统一战线得到了巩固,标志着新民主主义的社会秩序在盐阜区已经实现。

该诗发表于1942年10月25日的《盐阜报》。时值苏北根据地盐阜区参议会开幕,诗人赋得此作,既为鼓舞人心,又以该诗庆贺盛典。

【简要导读】

历史行进到1941年,抗日战争进入最困难阶段。日寇集中过半侵华兵力以及几乎全部汉奸伪军,对解放区进行臭名昭著的"三光""扫荡"。国民党顽固派不顾民族大义,悍然制造皖南事变,掀起第二次反共高潮。值此民族危亡之际,时任新四军代军长的陈毅同志以无产阶级革命家、军事家的智慧与气魄,在艰难的环境中将新四军扩编为七个正规师,于苏、皖、浙等地开辟敌后解放区,展开了卓有成效的反"扫荡"抗日战斗。

1942年秋,反"扫荡"战斗胜利后,在苏北抗日根据地政治军事中心盐城、阜宁地区召开了盐阜地区参议会。参议会是抗日根据地的人民代表组织,人员组织实行共产党员、进步分子、中间派人士各占三分之一名额的"三三制"政策,是巩固和扩大解放区的抗日民族统一战线的重要民意机关。盐阜地区参议会的胜利召开是苏北抗日根据地建设的一大盛事。

"列强风雨苦相催",诗人落笔如椽,直截了当地概括了帝国主义列强对中国的侵略历史,"腐朽犹存是祸胎"则一针见血地指出中国备受侵略的祸根是腐朽势力的存在。只有彻底推翻形形色色的腐朽统治,才能拯救中华民族。但是,在革命的道路上,无数革命先烈为了反帝反封建流血牺牲,"碧血前驱流万斛,新坟后继起千堆"一联既是对革命史的回顾,也是对革命志士的深切缅怀。颈联"飘摇专制霸图尽,茁壮新生民主来"顺承上联,指出经过数年的革命斗争,国民党的专制统治已经日薄西山,解放区建立的民主政权则茁壮成长。尾联"应知天定由人定,日月重光世运开"既是对民主政权未来的展望,也是对革命经验的总结,诗人指出只有团结一切可以团结的力量,才能迎来中华民族的独立自由。

送沈、张诸君赴延安

一九四二年冬

陈　毅

岁暮天寒曙色新,停杯驻马送君行。
华东小住情无限,又向天涯事远征。

万里长征不计程,指津自有北辰星。
太行山上辞残雪,延安城头望柳青。

刀丛出入历艰辛,且喜刀丛自有春。
穿插敌防千百里,壮战堪羡快平生。

八载睽离望关陕,五年风雨仗延安。
故人相见问消息,敌后荆榛仔细看。

【简要导读】

该组诗发表于《盐阜报》1942 年 11 月 18 日,为 1942 年冬陈毅送别前往延安的沈其震等同志时所作。

第一首诗是对送别场景的工笔刻画。一九四二年年末的一个寒冷的冬日清晨,诗人停杯驻马,为同志送行。革命者之间的相处虽然短暂,但产生了深厚的情谊。为了革命工作的需要,同志又要暂别,奔赴远方。中国的送别诗写作有着悠久的传统,名篇佳句迭出,陈毅此作有惜别之情,但无渺茫之意,不愧为"将军之诗"。

第二首诗是对远行同志的叮嘱与祝福。此去路途遥远,但只要向着北辰星的方向前进就不会迷失方向。此处的北辰星即北极星,意指党中央。"太行山上辞残雪,延安城头望柳青"一联对仗工整,诗意精巧。辞别之时此地尚存残雪,但同志们到达延安之时必将柳色青青。这既是对同志们远行情景的描述,也是对革命形势的象征性描写。

第三首诗既是作者的精神自白,也是对革命同志的赞扬。为了与敌人斗争,革命者不惧刀丛剑雨,不畏千里征途,始终秉持强烈的革命乐观主义精神。

第四首诗再次回到送别同志的情境中,诗人回忆起与党中央别离的八载岁月,以及在党中央指导下坚持斗争的五年时光,情之所至,再次叮嘱远行者为自己带去祝愿与关切。

组诗共四首,既相对独立,又互有联系。既有场景与主旨的变换,又有情感基调的一以贯之,叙述自然,情感真挚。

湖海诗社开征引[①]

陈 毅

今我在戎行,曷言艺文事?
慷慨每难免,兴会淋漓至。
柔翰偶驱策,婉转成文字。
不为古人奴,浩歌聊自试。
师今亦好旧,玩旧生新意。
大雅未能跻,庸俗早自弃。
李杜长已矣,苏黄非我类。
韩王能硬瘦,温李苦柔媚。
元白自清浅,刘陆但恣肆。
降及元明清,风格愈下坠。
微时工穷愁,达时颂高位。
一生营营者,个人利禄累。
艺文官僚化,雕虫尽可废。

岂无贤与豪,诗骨抗权贵。
仅存气节耳,高压即粉碎。
封建为基础,流变益痈溃。
晚近新诗出,改革仅形式。
其中洋八股,列位更末次。
应知时势变,新局启圣智。
人民千百万,蓬勃满生气。
斗争在前茅,屈伸本正义。
此中真歌哭,情文两具备。
豪气贯日月,英风动大地。
万古千秋业,天下为公器。
先圣未能此,后贤乏斯味。
世无大笔手,谁堪创世纪。
如予生也鲁,空有运斤意。
淮南多贤俊,历代挺材异。
诗国新疆土,大可立汉帜,
薄言当献芹,文坛望新赐。

【注释】

①湖海诗社(后改称"湖海艺文社")是陈毅为了扩大文化统一战线,团结更多的知识分子参加抗日斗争,于1942年11月,倡议发起成立的一个文化组织。杨芷江起草的《湖海艺文社缘起》中明确提出"海内爱国之士,具有抗敌观念,愿缔翰墨缘者,莫不竭诚欢迎",阿英执笔的"湖海艺文社"《临时社约》中规定"凡愿以艺文为抗敌服务,由发起人二人以上介绍,经秘书处审查合格者,得为本社社员"。若"有破坏抗敌行为,经检举证实,本社同人亦共弃之"。

此诗原载于1943年6月27日《盐阜报》,是陈毅为湖海艺文社成立而作。湖海艺文社并非传统的文人唱和团体,而是一个自觉地以文艺作品作为武器,宣传抗战思想的文艺组织。"开征引"即为湖海艺文社征集稿件之意,因此此诗既表明了湖海艺文社作为同人社团的创作宗旨,又体现了陈毅对根据地文化建设方向的设想。

【简要导读】

此长诗可分为四节。诗歌开篇即开门见山地提出作者的诗歌观念:作诗不必泥古,但也不可全盘排斥传统,既要推陈出新,又要雅俗共赏。"师今亦好旧,玩旧生新意。大雅未能跻,庸俗早自弃。"

随后诗人对中华古代诗歌流变进行了一个简要精确的概述与点评。从唐李杜始,中国诗歌流派迭出,风格各异。但自元明清后,诗歌品格日益下坠。诗作者或营营于一己之私,或拘泥于雕琢章句,或屈服于统治者淫威。晚近诗歌改革或局限于单纯的形式变化,或盲从西化,亦未能取得成功。

第三部分诗人一针见血地指出,中国诗歌的前途在于呼应时代现实,表现人民、书写人民、为人民鼓与呼,"应知时势变,新局启圣智。人民千百万,蓬勃满生气。斗争在前茅,屈伸本正义"。唯此方能达到诗歌艺术性与思想性的相得益彰,"此中真歌哭,情文两具备"。

最末一节诗人紧扣"征引"之题,鼓励众多有识之士开辟新的诗歌领域,"诗国新疆土,大可立汉帜"。知识分子要尽己所能,以文艺为武器,为抗战作出自己的贡献。

大柳巷春游[①]

陈 毅

一、试马
淮水中分柳巷洲,平沙绿野柳丝抽。
春郊试马优游甚,难得浮生似白鸥。

二、赏春来迟,桃花已残,同人有悼惜者,诗以解之
为惜春残共举杯,番番风雨苦相催。
人间好景随时在,满眼梨花锦作堆。

三、晚会观平剧
十里长淮步月迟,阑珊灯火启情思。
旧歌不厌人含笑,抗战新声更展眉。

【注释】
①该诗为新四军发起的山子头战斗胜利之后所作。1943年春,国民党军企图东西对进,夹击新四军第四师于洪泽湖以西地区。新四军决定进行自卫反击,于3月17日夜发起反击作战,至18日清晨,战斗结束。此役新四军第四师主力在第二、三师各一部配合下,在江苏省泗阳县西南山子头地区,全歼入侵之国民

党军,俘韩德勤以下官兵1 000余人。

②该组诗最早发表于《拂晓报》1943年8月10日第4版,后又登载在1944年阿英主编的《新知识》第五期上。

【简要导读】

1943年春,山子头战斗大获全胜,盘踞在淮北抗日民主根据地的韩德勤顽固势力土崩瓦解,韩德勤被新四军俘获。陈毅亲自前往淮北第四师处理战斗后续事宜,本着顾全大局坚持抗战的宗旨,以有理、有利、有节的原则释放了韩德勤等人,淮北抗日民主根据地得到巩固。戎马倥偬之余,陈毅在彭雪枫、邓子恢的陪同下来到大柳巷游憩三日。春光明媚、景色宜人,加之胜利的喜悦,诗人心情愉悦,欣然命笔。

第一首诗以叙"试马"之事抒胜利之情。沙洲平坦,绿柳如丝,策马扬鞭,白鸥翻飞,诗人从繁重的政治军事工作中暂时离开,尽情享受春光,这是一幅多么悠然美好的春游图啊!诗人以"白鸥"喻指自己,但一扫古人"飘飘何所似,天地一沙鸥"的飘零哀叹之意,情感基调明亮旷达。

第二首既是叙事,又是说理。当众人纷纷惋惜赏花来迟,落红飘零时,诗人却认为"人间好景随时在,满眼梨花锦作堆"。"满眼"二字用字质朴,但语重千钧。桃花已谢,但梨花正浓啊,人间好景随时都有,桃李芳菲各有千秋,何必感伤呢？此诗从词句凝炼到整体意蕴皆气象浑厚,与此类题材惯有的伤春悲秋之情调截然相反,显现出无产阶级革命家的豪迈气度。

第三首诗中,诗人描述了晚会观看平剧(即京剧)的所思所想。诗人在"十里长淮"踏月色而行,耳畔萦绕着熟悉的旋律,两岸灯火阑珊,游人往来,这样美好的时光更加证明了太平的可贵。"抗战新声更展眉"既是人民的心愿,也是诗人的奋斗目标。

会师

张爱萍

忆昔聆教几多回,
抗战江淮旧属归。
新四军与八路军,
兄弟共举红旗飞。

【作者介绍】

张爱萍(1910—2003),四川达县(今达州)人。曾任新四军第三师九旅旅长、副师长兼苏北军区副司令员、第四师师长兼淮北军区司令员等职。解放战争时期,任第三野战军前敌委员会委员。新中国成立后,任国务委员兼国防部部长,是现代国防科技建设的领导人之一。1955年被授予上将军衔。著有《神剑之歌》《张爱萍军事文选》。

【简要导读】

此诗于1940年11月作于盐城,题下原有注:"原韵奉和陈毅副总指挥《与八路军南下部队会师,同志中有十年不见者》。"注中的"和",指仿照别人诗词的题材或体裁创作诗词。

陈毅时任华中八路军新四军代总指挥,在率领新四军一部赴江淮建立抗日民主根据地的途中受到日伪军和国民党顽固势力的阻挠,张爱萍、黄克诚率领的八路军一部从山东南下支援,两军在苏北盐阜地区胜利会师,八路军南下部队重新列入新四军序列。许多老红军将士自长征分手后,转战南北数十年,此刻重逢自然感慨万千。陈毅在会师现场诵诗抒怀,原诗为:"十年征战几人回,又见同侪并马归。江淮河汉今属谁?红旗十月满天飞。"张爱萍当场酬和此诗。

首句回顾了诗人与陈毅的旧日交往,表达了对陈毅的崇敬与爱戴之情。张爱萍在四川达县中学读书时,曾经和数十个同学一起聆听过陈毅讲述革命斗争。1931年在江西井冈山相见时,陈毅一眼就认出了张爱萍,回忆起往昔情景,陈毅笑道:"那时你们几个年轻的娃儿还向我要过枪哩。"此刻重逢,张爱萍已成长为成熟的革命者,任八路军第五纵队三支队司令员。第二句"抗战江淮旧属归"回应了陈毅诗中"江淮河汉今属谁",既指张爱萍、黄克诚部中许多战士原为陈毅部属,现今归入新四军序列,正是"旧属归",又指江淮地区将再次回到人民手中。

后两句顺接上文而下,以明白晓畅的语言表达了全军将士同心同德并肩抗击日寇的豪情壮志,情感质朴热烈。

南乡子[①]·解放陈家港[②]

张爱萍

浮云掩疏星,
海潮怒号鬼神惊。

滨海林立敌城堡,
阴森。
渴望解放迎亲人。

远程急行军,
瓮中捉得鬼子兵。
红旗飘扬陈家港,
威凛。
食盐千堆分人民。

【注释】

①南乡子:词牌名。又名"好离乡""蕉叶怨",原为唐教坊曲名。原为单调,始自后蜀欧阳炯,直至南唐冯延巳始增为双调。南乡子定格为五十六字,上下片各四平韵,一韵到底。

②陈家港:地名,现属于盐城市响水县,位于陇海铁路终点南侧,是灌河入海之处。此处盛产食盐,位置险要。1939年,日寇从陈家港登陆,与伪军狼狈为奸,在此安设据点、控制海上交通、疯狂攫取苏北淮盐资源,搜刮民脂民膏,陈家港地区的盐民生活在水深火热之中,苦不堪言。

1944年4月8日,张爱萍率领新四军精锐部队攻打陈家港,全歼伪税警两个大队,俘虏伪军第四大队队长王寿昌、第七大队队长郭克勤等共四百三十五名伪军,缴获迫击炮三门、掷弹筒三个、轻机枪四挺、长短枪四百一十六支、弹药三万七千余发、无线电台二架、伪币百万余元、食盐四十八万吨。陈家港战斗的胜利极大地震慑了敌人,鼓舞了我军斗志。苏北抗日民主根据地得以进一步巩固扩大。

【简要导读】

该词选自《铁军颂:纪念抗日战争胜利七十周年诗词集》,是张爱萍纪念陈家港战斗胜利所作。词作短小精悍,通过场景对比描述了陈家港天翻地覆的变化,言简而义丰。

词作上阕重在描写陈家港人民在日伪控制下的苦难生活。浮云疏星、海潮怒吼、敌人堡垒林立,一幅阴森恐怖的景象浮现在读者眼前。陈家港人民在黑暗中痛苦呻吟,渴望解放。下阕叙述陈家港战斗过程,英勇的新四军将士远程急行,犹如天兵降临,将敌人瓮中捉鳖。战斗结束后,新四军将士将数万吨被敌人搜刮走的食盐分发给陈家港人民。看着这些失而复得的宝贵战利品,百姓怎会不欢欣雀跃呢?

和陈军长诗六首

顾希文

侵略风云动亚洲,生灵涂炭几春秋。
时穷寻得敦颐乐,世难常怀仲淹忧。
我国青纱成帐起,敌人血骨化灰收。
大川若涉终能济,相率全民用作舟。

惨绝人寰战术新,穷兵莫解数年频。
愿登梅岭为骚客,不觅桃源作逸民。
高洁争归陈仲举,兴亡有责顾宁人。
只求胜利能提早,那惜猿虫化此身。

作官宗旨究如何,十九拳拳为利多。
造出无穷冤抑案,几时包老做阎罗。

抢杀焚烧年复年,无边血案再难愆。
国家民族兼营救,第一功成不爱钱。

破敌出重围,龙城将欲飞。
匈奴犹未灭,家室不须归。

战骨埋荒外,宵深磷火红。
谁为岳少保,矢志捣黄龙。

【作者介绍】

顾希文(1871—1958),江苏省盐城市射阳县四明乡邵尖村(旧属阜宁县九区)人,1903年从南京师范学堂毕业,应聘为钟英中学国文教员,后任职金陵图书馆。1923年韩国钧出任江苏省省长时,顾希文出任幕僚,二人交往颇深。

【简要导读】

1945年5月,在韩国钧悼念会上,顾希文见到了陈毅诗作《悼韩紫翁》,深感钦佩,遂作和诗六首,并致信陈毅,全文如下:

仲弘军长钧鉴:

  在今年"五四"以前,只知军长为共产党中模范军人,自为韩紫老开追悼会以后,又知我公为我国之儒将矣。昨在东坎,阅《盐阜报》,见军长和杨、庞两律及旧作四绝,谨依原韵原体献拙于后。

  我辈读书人,当此国难深重时期,无论在某种立场,皆当为国为民,鞠躬尽瘁,安可抱膝长吟?但如军长所作,不是吟风弄月,不是春鸟秋虫,更不是儿女情长、英雄气短,纯粹系公忠体国,希文安得不见猎心喜,工拙在所不计,道其性情而已。

  此请

公安!

顾希文
六月十八日

组诗六首原载于1942年7月10日《盐阜报》,与顾希文致陈毅信可互为参考阅读。

  第一、二首诗表达了作者虽身居草野但心系天下的爱国情怀。侵略者肆意妄为,将战火烧遍亚洲,致使无数生灵涂炭,面对此等惨景,作者怎能安居桃源独善其身呢?"时穷寻得敦颐乐,世难常怀仲淹忧"、"高洁争归陈仲举,兴亡有责顾宁人",不仅是作者自己,更有众多爱国之士纷纷团结在革命家身旁,为实现民族的独立自由而贡献才干。

  第三首诗中,作者表达了对反动势力腐朽统治的强烈愤恨,做官者只顾争权夺利,为己谋私,造成无数冤案,百姓无处申冤,只得将希望寄托在浩渺无边的来世。第四首诗中,作者高度赞扬了在中国共产党领导下的抗日民主根据地,革命工作者一心为公,不计个人得失,国家和民族的未来终于有了希望。前后对照,作者对陈毅等共产党人的高风亮节更加敬佩。

  第五、六首诗既是对新四军光辉战绩的热烈赞扬,也是对革命形势充满信心的展望。诗作连续应用"龙城飞将"、"匈奴未灭,何以家为"、岳飞"直捣黄龙"的历史典故,使得诗作意蕴丰厚,气势雄伟。

赠陈军长

阿 英

将军只手定苏北,勋业争传大江南。
会看白门①传羽檄②,丰功端合勒蒋山③。

融合马列成巾纶④,敌后坚持贼胆寒。
五年功成反"扫荡",长驱倭寇出雄关。

【注释】

①白门:南京旧时别称,此处指汪精卫伪政权。

②羽檄:中国古代战时紧急传递的一种记录文书,将鸟羽插在书信上,故称为"羽檄"。东汉班固在《汉书·高帝纪下》云:"吾以羽檄征天下兵。"

③勒:刻石记功。东汉大将军窦宪率军大破北匈奴,登燕然山,勒石以记汉朝功德。故后世称战功告成曰"燕然勒石"。宋范仲淹有"浊酒一杯家万里,燕然未勒归无计"之语。"勒蒋山"由此脱化而来。蒋山,即南京钟山。

④巾纶:即纶巾,古代儒将头巾,这里代指策略。宋苏轼《念奴娇·赤壁怀古》中以"羽扇纶巾"形容三国东吴将领周瑜的指挥若定。

【作者介绍】

阿英,即钱杏邨(1900—1977),安徽芜湖人,笔名有魏如晦、张若英等。著名文学家、学者、革命工作者。

阿英1926年在武汉加入中国共产党,1927年冬与杨邨人、蒋光慈、杜国庠、夏衍等在上海组织"太阳社",创刊《太阳》月刊,提倡无产阶级文学;与蒋光慈合编《海燕周刊》《拓荒者》等。1930年中国左翼作家联盟成立时(简称"左联"),任常务委员会委员。曾为上海良友图书公司编纂《中国新文学大系》之《史料·索引》卷。抗日战争爆发后,阿英在上海坚持斗争,用"魏如晦"笔名撰写抗战史剧《碧血花》《海国英雄》《杨娥传》,反响热烈。日寇占领上海租界后,阿英遵照地下党的指示,于1941年底毅然带领长女钱璎、长子钱毅、次子钱小惠、幼子钱厚祥等奔赴苏北抗日民主根据地,在新四军军部、一师、三师主持宣传工作,先后主编《新知识《江淮文艺》及《盐阜日报》副刊,并创作历史剧《李闯王》,并亲任导演。中华人民共和国成立后,历任天津市文化局局长、华北文联主席,全国文联副秘书长。

钱杏邨著述甚丰,著有:小说《义冢》《玛露莎》《一条鞭痕》《革命的故事》《白烟》;诗集《荒土》《饿人与饥鹰》《暴风雨的前夜》;散文:《儿童书信》《灰色之家》《阿英散文选》《夜航集》等;话剧剧本《洪宣娇》、《李闯王》、《碧血花》(又名《葛嫩娘》)、《明末遗恨》("南明史剧"第一种)、《海国英雄》(又名《郑成功》,"南明史剧"第二种)、《杨娥传》("南明史剧"第三种)、《夜上海》等;电影剧本《梅兰芳》《时代的女儿》《复活》等。并著有数种学术论著,包括《唐宋传奇史》《元人杂剧史》《晚清小说史》《近百年中国国难文学史》《中国年画发展史略》《中国连环图画史话》《李伯元评传》《安特列夫评传》《小说闲话》《小说二谈》《小说三谈》《小说四谈》《近代文谈》《晚清文艺报刊述略》《晚明文学笔谈》《弹词小说评考》《雷峰塔传奇叙录及其他》《中国新文坛秘录》《中国俗文学研究》等。论著涵盖古今中外,视野开阔,见解精辟。

【简要导读】

此诗是现今所见最早记载陈毅在抗日战争期间功勋的诗作。据阿英在新四军工作期间所记《敌后日记》(1942 年 7 月 23 日)记载,"修改前拟赠陈军长诗,初稿成。"原诗无题,现为编者加。

诗歌描述了陈毅同志率领新四军开辟建设苏北抗日民主根据地的光辉业绩,坚信在共产党人的浴血奋战中,必将实现驱逐日寇,推翻国民党反动统治的伟大理想。

怀念陈军长

赵敬之

梦回莺啭到园围,忽闻军长已行西。
迎风曲奏阳春美,得意车驱骏马驰。
慕君奉召赴圣地,愧我抚琴叹失机。
雁去留声影不泯,桃李芬芳忆停翅。

【作者介绍】

赵敬之(1907—1947),革命教育家。原名恒礼,江苏省盐城县草堰口(今属盐城市建湖县)人。1928年夏,入中国共产党创办的上海劳动大学学习土木工程。1930年加入中国共产党。曾担任苏北文协理事、苏北教育研究会秘书长、盐城县第十四区区长、盐城县县立中学副校长、盐阜区立射阳中学、建阳县海南中学校长等职。1947年苏北解放区即将全面反攻,苏皖边区党委委任赵敬之筹办第五行政区高级专科学校,培养大批建设人才。1947年8月21日下午,赵敬之穿越串场河封锁线时,与黄百韬兵团的便衣队相遇,被敌军排枪射中,不幸牺牲。

【简要导读】

本诗选自《湖海诗存》,诗前有小序:"陈军长转战至淮水,不久又奉命赴延安,不能再直接关怀与领导苏北抗日根据地之各项工作了。故诗志之。"

作者忽然接到消息,陈毅同志将离开苏北抗日根据地,转战淮水,随后将奔赴延安,心情顿时五味杂陈。"迎风曲奏阳春美,得意车驱骙马驰"既是作者对陈毅同志的祝福,也是对革命形势充满信心的描绘。

"圣地"指延安,"停翅"指盐城市阜宁县陈集镇停翅港村。1941年1月皖南事变发生,中共中央决定在苏北盐城重建新四军军部。日伪军纠集两万余人分七路合击盐城,企图一举摧毁新四军军部。为避敌锋芒,粉碎日军的疯狂"扫荡",新四军军部主动撤离盐城,转移至阜宁陈集镇停翅港。当时,陈毅代军长、赖传珠参谋长驻停翅港,停翅港及其周边的村庄都成为新四军军部和华中局机关驻地。对于陈毅同志前往革命圣地延安,作者既为之欢庆,又希望陈毅同志不要忘却停翅港的革命工作和战友。

秋望

周一萍

深秋伫立望神州,敌后坚持战未休。
不畏浮云遮望眼,长江毕竟向东流。

【作者介绍】

周一萍(1915—1990),原名周鸿慈,江苏省无锡县(今无锡市)人。1935年考入上海暨南大学,1938年6月加入中国共产党。1941年皖南事变发生后,由上海地下党奉调苏北解放区参加新四军,任中共盐城县委组织部部长、副书记、书记兼新四军第三师盐城县独立团政治委员。1945年与盐城县县长胡扬、盐阜地委敌工部部长薛尚实共同促成国民党新编第二路军第一军军长赵云祥起义。全国解放战争时期,任华中军区第六军分区团政治委员,中共第六地委组织部部长、副书记、书记,盐城地委书记兼军分区政治委员。中华人民共和国成立后,任中国人民志愿军第九兵团政治部组织部部长兼民运部部长。回国后,任国家第一机械工业部教育司司长、组织局局长、国防科工委副政委等职。著有《书剑吟》。

【简要导读】

1941年1月,国民党反动派不顾民族存亡,悍然发动皖南事变,围攻北移的新四军军部。叶挺下山谈判被扣,项英、周子昆被叛徒杀害,袁国平在突围时牺牲。1月17日,国民党当局宣布取消新四军番号。1月20日,中共中央军委发布命令,在江苏盐城重建新四军军部,任命陈毅为代理军长,陇海路以南的新四军和八路军部队,分别改编为新四军第一至七师和独立旅,全军共9万余人。在党中央的正确领导和革命将士的浴血奋战中,革命星火燃遍盐阜大地。

1941年7月至8月,新四军第一师、第三师经过大小战斗130余次,毙伤俘日伪军4 000余人,粉碎了日伪军对苏北盐阜地区和苏中抗日根据地的"扫荡"。1942年夏季起,新四军以武装斗争为中心,开展大规模的破袭战,集中兵力拔除日伪军据点,深入敌占区恢复和开辟新的游击区,逐一粉碎了日伪军对苏北、苏中、淮北、淮南等抗日根据地的"蚕食"阴谋。1943年2月至4月,新四军第三师主力在第一、第二、第四师的配合下,再次粉碎了日伪军2万余人对盐阜区的"扫荡"。

该诗为1943年10月作于苏北抗日民主根据地中心——盐城。自1941年以来,作者亲身经历了艰苦的反"扫荡"、反"清乡"、反"蚕食"、反摩擦斗争。通过三年的浴血奋战,新四军度过了抗日战争中最困难的时期,革命形势开始好转。秋风乍起,中华大地本该处处唱响丰收之歌,然而在日寇的铁蹄之下,华夏大地却是疮痍满目。可喜的是,新四军以不屈的战斗精神粉碎了敌人的侵略妄想,作者满怀深情遥望神州大地,"敌后坚持战未休"是对苏北抗战局势的描述,也是对"神州"其他地区抗战形势的概括。"不畏浮云遮望眼,长江毕竟向东流"化自宋王安石的"不畏浮云遮望眼,只缘身在最高层"(《登飞来峰》),表达了作者对抗战必胜的强烈信心。

一九四一年六月苏北反"扫荡"战

吕振羽

盐河六月水盈堤,平野稻禾满腰齐。
"扫荡"日寇来南北,游击小组起东西。
屠杀直比狼蛇毒,灭敌争扬忠义旗。
铁臂合围梳反复,总输人海一只棋。

【作者介绍】

吕振羽,名典爱,字行仁,学名振羽,笔名有君光、正于等。1900 年 1 月 30 日生于湖南武冈(今邵阳市)。1926 年从湖南大学毕业后参加北伐战争,大革命失败后,有感于革命形势,吕振羽开始精研中国历史和现实,系统学习了马克思主义,1936 年 3 月加入中国共产党。

1941 年 2 月,吕振羽写成《简明中国通史》上册,这是最早运用马克思主义观点系统研究中国通史的著作。皖南事变后,吕振羽奉命转移到苏北抗日民主根据地,暂时中止了《简明中国通史》下册的写作。1941 年到盐城后,吕振羽在新四军总部中共华中局高级党校任教,编写了《中国哲学史问题十讲》等教材。中华人民共和国成立后,历任中央人民政府民族事务委员会委员,东北人民政府文教委员会副主任,东北人民大学校长兼党委书记,中共中央历史问题研究委员会委员,中国科学院哲学社会科学部委员,全国人民代表大会代表,全国政协委员等职。著有《史前期中国社会研究》《殷周时代的中国社会》《中国政治思想史》《简明中国通史》《中国民族简史》等。

【简要导读】

本诗作于苏北新四军军部。诗人在首联中用"盈""齐"二字简洁传神地描述了盐阜大地河水盈堤、稻禾齐腰的富饶景象,字里行间洋溢着诗人对苏北抗日民主根据地的热爱之情。在颔联和颈联中,诗人痛斥日寇"扫荡"屠杀的野蛮行径,同时高度赞扬了游击小组抗击日寇保家卫国的斗争。尾联中,诗人以史家之笔指出了日寇"扫荡"必败的根源,概括性极强。

题《盐阜民族英雄传》后

姜指庵

汉贼不同天,英雄拜古贤。
穷搜乡土志,追述姓名传。
学士忧时苦,佣工洒血鲜。
忠魂沉海底,烈节卫区边。
从古多雄杰,由来著简编。
常山宁死已,属国尚生还。
不愿为全瓦,难忘先着鞭。
范韩能靖后,卫霍善驱前。
浩气归天上,精忠报国先。
为人争气节,易地则皆然。

【作者介绍】

姜指庵,别名止庵、旨庵。1881年出生于江苏省滨海县,苏北开明士绅。抗战期间任盐阜区参议员,曾参与发起"湖海艺文社"。1945年8月病逝于滨海县四汛港(今滨海县五汛镇四汛村),著有《读史杂记》。

【简要导读】

本诗原载于1944年3月《新知识》第五期。1943年,阿英根据《盐城县志》《续修盐城县志》《阜宁县新志》《安东县志》《乾隆山阳县志》等史料,编撰而成四卷《盐阜民族英雄传》初稿,详细叙述了盐阜大地上历代涌现的英雄人物。收到阿英书稿后,姜指庵以之为题作成五言排律一首。

诗作以"汉贼不同天,英雄拜古贤。穷搜乡土志,追述姓名传"开篇,精辟地指出了《盐阜民族英雄传》的编写宗旨。随后,诗作以"学士"与"佣工"、"忠魂"与"烈节"等一一相对,既概括了书稿的内容,又表达了自己的观点。最后,诗作指出"为人争气节,易地则皆然",华夏大地广袤无边,英雄豪杰层出不穷。诗人既为桑梓之地豪杰辈出自豪,又显示出辽阔的胸襟。全诗情辞铿然,气势雄浑。

盐南大捷

萧克非

草头将军草木灰,未费天兵一口吹。
八十三师转运站,送我洋枪打土顽。

【作者介绍】

萧克非,生卒年不详。原名张一鸣。战争年代曾任盐城某区区委委员。

【简要导读】

诗前原有小序:1946年秋九、十月间,国民党军队进攻我盐城解放区。我新四军粟裕师长、皮定均旅长,率部于盐城南伍佑地区展开了自卫反击战,取得全歼国民党军队八十三师的伟大胜利。这时盐城县委派我带领数十名知识青年和教师随军支前,做战地服务工作。我有幸亲身参加了这一战役的全过程。这首诗是在追击清敌于便仓之南的公路上写的。

诗作诙谐风趣,充满革命乐观主义精神。诗人将国民党反动军队喻作"草头"和"转运站",予以辛辣讽刺。与之形成鲜明对比的是新四军宛如天兵下凡般强大的战斗力。在新四军摧枯拉朽般的攻势下,国民党反动派的八十三师犹如草木灰般被一吹而散,落荒而逃。我军乘胜追击,继续扫除剩余的反动势力,扩大战斗成果。诗人以亲历者的身份描述战争过程,诗作自然而然地流露出强烈的感染力。

诀别诗

程步凤

太平麻木缺警惕,身陷囹圄态如常,
胡范骥尾追随日,追悼会上请表扬。

【作者介绍】

程步凤(1921—1948),字仲翔,革命烈士,1921年8月生于江苏省盐城市大丰县(今大丰区)。1941年9月加入中国共产党,先后担任乡长、支部书记,县联防队秘书、区委书记、县委组织部部长、县总队副政委等职,英勇善战,功勋卓著。1948年不幸被捕,英勇就义。后地方政府将烈士生前工作过的伍佑区更名为步凤区(今为步凤镇)。

【简要导读】

1948年6月,国民党军整编第二十五师进攻盐阜区,几天后伪装成华野第十一纵队,潜回南洋岸。6月8日中午,时任盐东县总队任副政治委员的程步凤和县委书记胡特庸检查工作完毕后,同行返回县委机关所在地南洋岸。胡特庸骑自行车先到洋湾波摆渡,被乔装守候在船上的敌人开枪打死。程步凤因不知道敌情,继续步行到渡口,猝不及防被捕。在押往盐城途中,他怒斥敌人:"士可杀,不可辱,老子就是不给你们做奴隶!"被关押在王家旅社期间,敌人威逼利诱,企图动摇程步凤的革命意志,逼他写反省书。程步凤凛然不屈,最终牺牲在盐城市北门外,为革命事业献出了年轻的生命。其诀别诗被王家旅社老板保存在锅灶下,后转交给盐东县委。

诗人身陷囹圄,但毫无惧色,而是以超常的冷静总结了此次失败的原因,指出不该因太平麻木陷入敌人陷阱。诗人希望以自己的生命作为警示,警醒同志们要时刻保持高度警惕,不要再使革命事业遭受损失。面对敌人的死亡威胁,诗人巍然屹立,视死如归,如日月般朗照乾坤,令天地为之动容。

满江红[①]

沈其震

夜色暝暝天欲曙,征尘未歇,将走尽,恼人长路,霜凝似雪。百里宵行除旧岁,愁云一扫悬明月。望晴空,北雁又南飞,声凄绝。

穿封锁,探虎穴,肩相催,履相接。共坚持,不忍见,山河缺。谋国宁辞汤与釜,医时应呕心和血。任凭他,敌后尽周旋,堪嗟跌。

【注释】

①满江红:词牌名,又名"上江虹""满江红慢""念良游""烟波玉""伤春曲"

"怅怅词"。以柳永《满江红·暮雨初收》为正体。另有双调九十三字,前段八句五仄韵,后段十句六仄韵;双调九十三字,前段八句四平韵,后段十句五平韵等变体。

【作者介绍】

沈其震,1906年出生,湖南长沙人。1927年赴日本留学,获东京帝国大学医学博士学位,回国后在北京协和医院从事心理学研究。1937年抗战全面爆发后,在上海参加救护伤兵工作,同年秋赴武汉参加新四军军医处的筹建工作,任新四军军医处处长。皖南事变后,任新四军卫生部部长。解放战争时期,曾任全国解放区救济委员会副主任。中华人民共和国成立后曾任中央卫生研究院院长、中国医学科学院院长等职。1955年当选中国科学院生物学学部委员。著有《发热论》《宋元医学概论》《中国医学交通史》《我国历代本草概观》等。

【简要导读】

1942年初,刘少奇奉党中央命令离开新四军返回延安。沈其震随同到达鲁南,但终因情况发生变化而折回新四军军部。离别之际,沈其震不胜感慨,写下了这首《满江红》词。

词作上阕是对离别之时情景的描述。天将欲曙,霜寒露重,明月高悬,北雁南飞,共产党人不畏严寒,但别离之际让人难免神伤。下阕情绪陡然高涨,革命志士之所以千里驱驰,转战南北,不畏封锁线上的炮火,不惧龙潭虎穴的危险,就是因为心中那强烈的爱国情怀。中华大地每一寸土地都凝结着前人的鲜血,怎容他人的狼子野心?无论是前往延安的刘少奇等同志,还是坚持敌后战争的作者本人,大家心中的热忱与目标都是一致的。

陌上花[①]

李一氓

归期已定,忽阻雨,不能成行,赋此留别淮南诸友。

西风半日殷勤。吹动暮云烟树。好趁归帆,反涨一湖秋雨。说诗话旧谈兵后。更把离情倾诉,听荷塘碎玉,棋枰敲子,过蒹葭浦。

已消磨十日,平生快意,休计重来何许。磊落关河,惯了孤亭荒渡。抚鞍欲上踟蹰久,转被淋漓相误。待淹留不去,客怀无奈,浪萍难驻。

【注释】

①陌上花:词牌名。五代时吴越王钱镠于春日致其妃书云:"陌上花开,可缓缓归矣。"妃乃归临安。吴人用其语为歌,含思婉转(见苏轼《陌上花三首引》)。调名盖即取此。双调九十八字,仄韵。

【作者介绍】

李一氓,1903年生,原名李民治,四川彭州人。1925年参加革命并加入中国共产党,1927年参加南昌起义。土地革命时期,曾任中华苏维埃共和国国家保卫局执行部部长。长征到达陕北后,先后任中共陕甘省委、陕甘宁省委、陕西省委宣传部部长。1938年新四军成立时,任新四军秘书长兼军法处处长,中共中央东南分局秘书长。皖南事变后,任淮海区党委副书记、行署主任,苏北区党委副书记、行署主任,是湖海艺文社的发起人和重要成员。中华人民共和国成立后,曾任中国驻缅甸大使、国务院外事办公室副主任、中共中央纪律检查委员会副书记、中国国际交流协会会长、国务院古籍出版规划领导小组组长等职。

【简要导读】

1943年秋,李一氓赴淮南中共中央华中局、新四军军部汇报工作,因连日大雨,未能及时返回,在淮南停留数日,创作《陌上花》等诗词。

《陌上花》表述了作者此次因雨滞留淮南的经过及心情,上阕叙述秋雨绵绵,作者未能趁西风扬帆过洪泽湖东归,虽然无奈,但也能留下与战友们"说诗话旧谈兵后。更把离情倾诉",戎马倥偬之际偶然能有这样悠闲的时光,实属难得。但是作者毕竟重任在肩,在秋雨声中"消磨十日"后,作者不免感到焦急,希望马上赶回自己的战斗岗位,体现出高度的责任心和使命感。词作严格遵循旧词律,用韵典雅,但语言明白如话,用典贴切,毫无雕琢之感。

第二辑
新诗

苇荡营

芦 芒

苇荡营,草深深!
靠海边——
方圆三十里。
一眼望出去,
黑密密的一片草荡和芦苇。
你可以听见
那鹭鸟和野鹜
在草荡深处
发出"嘎嘎……"的叫声。
……

苇荡营啊,苇荡营!
你的黑暗年代已过尽——
旧时代的兵营早已化灰烬;
人民抗日的政权建立起,
苇荡营变成民主的庄村。
你可以看见家家的堂屋里
挂着那弓、箭、劈刀和土炮,
土墙角里堆着一些擦亮的鞍镫。
这些祖先传下来的遗物
时刻触动村里青年子弟们的心,
在他们激动的胸中
燃烧起杀敌的火焰。

这时,随着新四军挺进东海边,
各村人民都纷纷地起来……
到处组织了人民子弟兵。

子弟兵啊！你勇猛杀敌人，
你的英雄事迹啊说不尽。
这儿有个战士名字叫大根，
睁着他那双乌亮的眼睛，
讲了个故事给大伙听：

……那时候鬼子正像梳篦一样
狠狠地"扫荡"着东海边——
苇荡营人民早已有准备，
"坚壁清野"，村村显得空荡荡！
芦苇荡里
到处密布着人民和自己的子弟兵……

天色已经渐渐挨近黄昏，
风吹芦苇"呼呼"的响。
鬼子必须很快通过这草荡小径，
大队急急地在狭路上走着……

队尾有个鬼子的军医官，
生着个尖脑袋，很贪馋，
搜到一大批花布、杂物和器皿，
背药品的洋马已驮不下，
好容易抓到一头毛驴给他驮着。
咱们这条驴子背上负着重，
一路上被鬼子的皮鞭像刀割一样的抽！

大队绕过一片浅水洼，
嘈嘈沓沓地一忽儿就转过去，
啊！此地的芦苇显得格外深来格外密，
黑压压的像一片烟雾逼着人……
你若到过这里，
心都骤然会发寒！
一条小花蛇"簌"的一声游过去，
使鬼子医官大吃了一惊……！
忽然那驴子狠命地"嗷嗷"一阵叫，

暴跳着直向芦苇丛里冲进去，
医官也跟着追进去……
洋马被惊得向荒草里乱窜……
大队已经离得远……！

呵，芦苇丛里好凶险！
尖刺刺着脚，
弯刀一样的芦叶"沙沙"划脸颊！
四周阴沉沉……遮蔽得抬头不见天。
鬼子医官心发慌脑袋直流汗！
拼命地拖住毛驴要它走出来，
可是那驴子偏偏再也不愿动一步，
只是气呼呼的……睁着两只圆瞪瞪的眼
逼住那医官慌张的鬼脸！

猛然地——从横里一条扁担伸出来，
白晃晃的就这么一闪……
这个黄呢军帽的尖脑袋，
早已给劈得稀烂！

当晚"鬼司令"大发雷霆！
二排黄牙咬得"格格"响。
这时候门外黑影里闪出一个通敌的汉奸，
姓魏名八绰号就叫"大坏蛋"！
他是国民党时代老当保长的。
肥脸上翘起两撇八字胡，
厚颜地向鬼子出首来告密！

他挤眉弄眼咬一阵耳朵：
"……打死医官的是个叫大根的青年，
没爹没娘的，也没一块地……
他在俺家割草当长工，
俺就是他的亲叔叔！"

……年岁大小、长短模样

样样都比划
还小心叮咛一句说：
"嘿，那大根小时候生过癞痢疮，
头上没长头发最好认哩……"

第二天大队又到苇荡营，
天没亮已把庄圩围得紧紧……
来不及跑掉的老乡都被围起来，
一个一个地抓出去对证——
一对对愤怒的眼睛冒着仇恨的火，
一个个的向魏八啐唾沫！

忽然有个瘦瘦的小子一把被抓出来！
手脚直抖已吓昏了！
头上正现出一片癞痢疮！

魏八突然也吓白了脸——
这是他的儿子魏小宝，
（他忘记了自己的儿子也癞过头！）
他冲过去一把抱住鬼子的黄皮靴，
连声喊叫："大司令，
他的癞痢跟那大根不一样，
皇军大人呀，开恩开恩的……
这是俺的儿子呀……
俺只有这样一个儿子……"

鬼子狠毒地一脚把他踢开！
"管你一样不一样！
皇军只要找那秃头的杀……刺那！"
庄头上放着的
一个五百斤磨麦的石磙磙，
从这汉奸的儿子小肚子滚过去……

那真正杀鬼子的英雄汉，
正混在人堆里——

人民都用自己的身体挡住他,
他头上正戴着一顶亮闪闪的八角大笠帽。

接着鬼子退走了……
"大坏蛋"魏八也朝石碌上一头碰死了……

……故事讲完吸了口烟,
战士大根红着脸儿笑眯眯……
排长把军帽一脱哈哈笑着瞧着他:
"怪不得你这小子打仗这么猛!"
……

苇荡营啊,苇荡营……
你现在已呈现出新面貌,
靠海边——
你方圆三百里……
已变成一片平原地,
那丰茂的田地连着田地……
鹭鸟、野鹜也不再在你身边啼,
花蛇也已绝了迹……
芦苇沟泥用来肥了田……
每天——
在红色的晚霞里,在晨风吹拂时,
只听到人民播种的歌声,
在你空旷的原野上震荡……

(选自《东海之歌》,有删节)

【作者介绍】

芦芒,曾用名鲁莽,上海人,1920年生。自幼酷爱美术,1938年在上海美专学西洋画,受到进步思想影响,参加地下党所领导的抗日救亡运动。1939年初到皖南新四军军部,参加了革命,开始在军部战地服务团担任美术宣传工作,创作宣传画、墙画、壁画,刻过军歌木刻,但对文学一直有浓厚兴趣,深受《马雅科夫斯基诗集》等十月革命时期的苏联文学作品的影响。在皖南军部《抗敌杂志》工作期间,他曾为陈毅同志的报告文学配过木刻插图。1940年夏,芦芒随新四军战地服务团到江南一支队,任绘画组组长。1940年10月八路军新四军会师苏北后,芦芒被调到《江淮日报》任美术编辑和文艺副刊编辑,发表过几首小诗,同时在华中鲁艺讲美术课。1941年7月反"扫荡"后调到新四军第三师政治部任鲁艺工作团美术教授,在部队《先锋》杂志发表过诗。解放战争时期,芦芒在苏北、华中、两淮坚持敌后斗争,后任《苏北画报》社长,在华东海军政治部任画报社长。1953年后转业,任上海作协党组成员、书记处书记、副秘书长,中国作协会员,上海文联理事,《上海文学》《收获》编委等。其间芦芒的主要精力转向诗歌创作,先后出版新诗集有《红旗在城市上空卷动》(新文艺出版社1956年出版)、《上海,上海,向前,向前!》(上海文化出版社1958年版)、《东方升起朝霞》(上海文艺出版社1959年版)、《奔腾的马蹄》(上海文艺出版社1962年版)、《大江行》(作家出版社1964年版)、《红色的歌》(少年儿童出版社1965年版)等,同时还创作电影剧本《钢城虎将》(上海文艺出版社1960年版),以及为描写抗日战争的故事影片《铁道游击队》创作插曲《弹起我心爱的土琵琶》歌词。1979年病逝于上海。

【简要导读】

《苇荡营》写于1942年前后。诗作描写了人民抗日政权建立后,苇荡营变成了民主的村庄,到处燃烧着杀敌的怒火。诗中展现了鬼子在东海边像梳篦子一样"扫荡"着东海边,一个鬼子的军医官搜到了一批花布、杂物和器皿,抓到一条小毛驴驮着在草滩里随着大部队后边行走,掉了队。

诗人接着写道:"呵,芦苇丛里好凶险!尖刺刺着脚,弯刀一样的芦叶'沙沙'划脸颊!四周阴沉沉……遮蔽得抬头不见天。"在这样紧张的气氛中,鬼子医官心里发慌,脑袋冒汗,拼命地要拖着毛驴走出来,可是那驴子偏偏再也不愿动一动,只是气呼呼地睁着两只圆瞪瞪的眼,逼住那医官慌张的脸,最终"猛然地——从横里一条扁担伸出来,白晃晃的就这么一闪……这个黄呢军帽的尖脑袋,早已给劈得稀烂!"。

最终,杀死鬼子的大根被群众保护了起来,出卖英雄的汉奸魏八却最终搬起石头砸自己的脚,儿子做了替死鬼。诗歌最后写出苇荡营今日的和平幸福生活:"每天——在红色的晚霞里,在晨风吹拂时,只听到人民播种的歌声,在你空旷的原野上震荡……"诗作不是用华丽的辞藻来堆砌,而是用事实来铺垫,来叙述,既有传奇式的英雄人物和故事,又有对和平景象的描绘,因而更生动,更有感染力。

当兵歌

刘保罗

人心有血,
黄海有潮。
潮涨浪涛高,
血战志气豪。
日本强盗进了门,
抢你的谷子割你的稻。
屋子烧光,
家破人亡,
海样深仇怎不报?
啊!亲爱的同胞!
肩起钢枪,插起刺刀,
当兵把仇报!
当兵啊!趁早啊!
打了胜仗,父母妻儿都还乡,
打了胜仗,父母妻儿都还乡!

【作者介绍】

刘保罗(1907—1941),湖南长沙人。原名刘脐生,又名刘奇声。1927年进入长沙师范学校学习,1929年参加艺术剧社和南国剧社。后加入左联,抗战中组织浙江儿童剧团和流动剧团,宣传抗日救国。抗战全面爆发后进入新四军领导的抗日民主根据地,曾任新四军江北指挥部抗敌剧团戏剧教员。1941年3月在一次演出中因意外事故牺牲。创作有《新鞋子》《新年小景》《一个打十个》《二十五个》《自杀》《盘查哨》《约会》《苦难中出生的孩子》《良缘恶计》《满城风雨》《夺回广武尉》《黄河与长江之合流》《炮口移动》《活动》等话剧作品。

【简要导读】

诗歌可分为三部分。第一部分"人心有血,黄海有潮。潮涨浪涛高,血战志气豪"音节匀称,铿锵有力,将人心与黄海相互对照,画面生动,寓意深远。第二部分用朴素的语言有力地控诉了日寇的侵略行径,唤起广大民众抗击日寇、保卫家园的决心:"日本强盗进了门,抢你的谷子割你的稻。屋子烧光,家破人亡,海样深仇怎不报?"第三部分诗人直抒胸臆,大声疾呼:"啊!亲爱的同胞!肩起钢枪,插起刺刀,当兵把仇报!当兵啊!趁早啊!打了胜仗,父母妻儿都还乡,打了胜仗,父母妻儿都还乡!"只有广大人民同仇敌忾、参军支前,彻底消灭敌人,才能迎来家人团圆,胜利还乡的美好生活。

"N4A"
——献给新四军的战士们

林 山

不是
　　诗人的夸张,
"N4A"
　　——这朴素的蓝色臂章,
在我的眼里
　　是多么漂亮呀!
而佩着"N4A"
　　——这漂亮的臂章的手臂,
　　　是这样有力量!

这手臂
　　扼住日本法西斯的咽喉,
这手臂
　　粉碎了投降派的阴谋,
这手臂
　　叫汪精卫发抖,
这手臂
　　夺回了
　　　广阔的国土,
这手臂

救出了

　　无数的群众。

同时，也就是

　　这强有力的手臂，

在这里，

　　创造

　　　　这不可动摇的

　　　　　　抗日民主根据地。

而我，

　　才能在这里

　　　　自由地

　　　　　　写我的诗。

今天，

　　我要说什么呢？

今天，

　　我有什么可说呢？

同志们，战士们：

　　今天，我只能

向你们

　　倾吐

　　　　我衷心的希望——

第一，

　　我希望你们爱护"N4A"

　　　　——这漂亮的臂章，

并且，

　　用战绩，用血……

　　　　把它渲染得更漂亮。

第二，

　　我希望

　　　　佩着"N4A"

　　　　　　——这漂亮的臂章的手臂。

发出

　　　　百倍于今天的力量！
　　担负起
　　　　百倍于今天的任务！
　　我自己，也希望
　　　　手臂上佩上"N4A"
　　　　　　——这漂亮的臂章，
　　跟你们
　　　　走上火线……

【作者介绍】

　　林山，1910年2月10日生，广东省澄海县人。又名林仰可、林可。1930年入上海暨南大学文学院学习。1933年春，在上海参加中国共产党。1931年至1934年，在上海、北平过流亡生活，学习写作，参加革命活动。1937年到延安，任陕甘宁边区文协秘书长兼说书组组长，其间创作诗歌多发表在延安《解放日报》和《新中华报》副刊上。1939年至1941年，在桂林任文化供应社编辑，参加桂林的进步文艺活动，在《文艺突击》和桂林《救亡日报》副刊上发表诗歌。皖南事变后，去香港，后返回苏北抗日根据地，写作和提倡街头诗和朗诵诗，在苏北敌后报刊上发表。1943年春又去延安，在鲁迅艺术学院文学系研究室学习，之后到陕甘宁边区文协任常委，负责改造旧艺人的工作并编辑文艺刊物，在《延安日报》《华北文艺》上发表关于改造民间文艺的论文。

　　1949年7月参加全国第一次文代会。中华人民共和国成立后，历任汕头市委常委兼宣传部部长、广东省文化局副局长、中国民间文艺研究会秘书长、中国曲艺工作者协会常务理事、汕头地区行署顾问。著有《新的土地》《战斗之歌》等诗集，关于曲艺、民间文学的文章多篇，整理陕北说书《刘巧团圆》等。

【简要导读】

　　1941年秋天，作者在苏北陈家集创作此诗，是解放区诗歌创作的杰出代表。"N4A"是新四军使用时间最长、影响最大的臂章标志，由时任鲁迅艺术学院华中分院美术系教授的庄五洲和许幸之等人设计，臂章设计线条简洁流畅、视觉效果醒目有力，深受广大新四军指战员的欢迎。诗作将佩戴"N4A"的手臂作为中心意象，由物及人，对这"朴素的蓝色臂章"，对佩戴"这漂亮的臂章"的手臂予以热情歌颂，连用五个"这手臂"的排比句，写出它"扼住日本法西斯的咽喉""粉碎了投降派的阴谋""叫汪精卫发抖""夺回了/广阔的国土""救出了/无数的群众"，从而"创造/这不可动摇的/抗日民主根据地"。诗人在热情歌颂新四军抗击日寇、打击反动势力、保卫国家和人民的丰功伟绩的同时也在结尾处提出了自己的希望,表达了自己对成为新四军一员的热切期待:第一,希望新四军战士们爱护"N4A","并且,用战绩,用血……把它渲染得更漂亮"。第二,希望他们佩戴着这漂亮臂章的手臂,"发出/百倍于今天的力量! 担负起/百倍于今天的任务!"。第三,诗人希望自己也"手臂上佩上'N4A'——这漂亮的臂章,跟你们/走上火线"。全诗一共59行,呈楼梯式排列,情绪饱满,充溢着对新四军建立苏北根据地的功绩的歌颂以及热爱人民军队的一片真情。诗歌情绪饱满,意象鲜明,形式整饬,格调高昂,节奏明快,自然流畅,是一首不可多得的赞颂新四军的政治抒情诗。

金石同志笑哈哈

克 坚

消息是的的确确,
金石同志被包围了!
在张圩子东边的小庄上,
金石同志被包围了!

他,昨天晚上,
带了头十个①民兵,
头十支步枪,
从殷圩子朝张圩子走,
准备今天早晨,
袭击公路上的"二黄"②。

他,脱去了长袍子
赤着膊子,
在民兵的前面跑,
撵③公路上的"二黄"黑狗,
王廷漠、王培坤的大队。

他,带着头十个民兵,
头十支步枪,

撑得满头大汗,
后面却来了汽车,
二百多鬼子。

他,被包围了,
头十个民兵,
头十支步枪,
子弹还不充足,
打了三个钟头。
他,联防主任,
领导民兵自卫队保卫夏收,
他有个三长两短,
那我们……

消息传开了,
男的、女的,
老的、少的,
都知道,金石同志被包围了!
消息传开了,
青救会、农救会,
自卫队、联防队,
都知道,金石同志被包围了!

千条心,
万条心,
挂念着一件事:
金石同志被包围了!

去吧!
救金石同志呀!
去吧!
土钢枪擦上油,
把子弹推上膛。

去吧!

土大龙④抬出来,
装上火药,
铁子弹灌进去。

去吧!
梭标磨得雪亮,
红缨在天空飘扬,

去吧!
没有武器,
拿锄头斧头,
拿棍子钉耙,
拿菜刀镰刀,
有一件就中,
空手就不行。

去吧!
救金石同志呀!
马快,人集合了,
一百个、二百个,
五百个、一千个,
手里拿着家伙,
从庄里走出来了。
男的在前,女的在后,
青年在前,老年在后,
有枪的在前,没枪的在后。
"准备,听号令就打呀!"

一时三刻,
千把个人,
从小路上包了上来,
从柴塘里包了上来,
从四面八方包了上来。

张圩东边的小庄子包围了,

可是,一点动静也没有。
金石同志,
他已经把鬼子打退了,
头十个民兵,
头十支步枪,
在休息,
睡得呼天倒地。

金石同志,你好呀
金石同志,你好呀!
都朝金石同志围上来,
金石同志笑哈哈。

【注释】

①头十个:盐城方言中"头"表示约数,"头十个"指的是大约十个的意思。下同。
②二黄:指的是伪军。
③撵:盐城方言,追赶的意思。
④土大龙:盐城方言,指的是猎人打猎用的土枪。

【作者介绍】

克坚,本名李连庆,江苏淮安人,1947年9月任《盐阜大众》报社主编和记者组长。中华人民共和国成立后,曾任中共中央华东局组织部干部科科长、中国驻德意志民主共和国大使馆一等秘书、党委委员,外交部苏联东欧司副司长、代理司长,中国驻日本大使馆政务参赞,世界知识出版社社长兼总编辑等职。著有《在劳动英雄刘老好的庄上》《地理先生活害人》《锡恩区半年对敌斗争》《洋钱藏在裤裆里》《金石同志笑哈哈》《庆祝党的生日——七一》等作品。

【简要导读】

此诗原载于1944年8月20日《盐阜报》,描述了金石同志被包围后脱险的全过程。诗歌首先叙述了任联防主任的金石同志带领十个民兵去追击伪军,不料被伪军和日军包围,激战三小时。金石同志被包围的消息传来,群情激愤,无数男女老少纷纷拿起手中简陋的武器,呐喊着、行进着,决意去与敌人殊死搏斗。诗歌连用了六个"去吧",将情绪层层推进至高潮,形势如箭在弦,一触即发。就在此时,从四面八方围上来的群众却发现敌人早已经被金石同志率领民兵打退,只看到"金石同志笑哈哈",大家簇拥着这位传奇的战士,欢呼着胜利。

侦察员阿金

戈 扬

侦察员阿金,
你,是一个人,
也是一支部队。

你右手提着卜壳枪①,
左手握着爆炸弹,
走遍了江南山村,
穿插着敌人的封锁线。

人人说你是顺风耳千里眼,
眉头一皱——
就晓得敌人的动静。
指挥员要打胜仗,
估计情况……
总要你,侦察员阿金。

有一次你穿过三道铁丝网,
敌人在后边追,
你安全地游过运河,
回过头来一枪,
就打死一个追兵。

晚上,你经过伪化村②,
酒店里有四五个"皇军"。
你火上心头,
顺手一个手榴弹,
咣——

落在"皇军"的桌子上。

人人说你是飞毛腿，
去无踪，来无影，
突然——
你出现在伪军碉堡前，
伸出四指③，站在哨兵身边，
哨兵连忙缩缩颈，
说声："请，请，请！"

"皇军"更是胆小鬼，
提到你时就吃惊。
夜晚出来查哨时，
东张西望，战战兢兢，
只要树叶一动，
就以为是侦察员阿金。

今夜，你送我们偷过铁路，
走着最短的路径，
你走得这么快，这么轻，
山路也似水一样的平。

铁路边的村庄，
有灯火有犬吠有人声，
你却坚定如铁比夜还沉静。
我们放心地跟着你走，
如同跟着一支强大的铁军。
忽然你一伏一伏地不见了，
前面是另一个尖兵。
当我们跑上铁道又看见你，
你左手握着爆炸弹，
右手高举卜壳枪。
你双眼发光横跨在铁轨上，
像一座英雄的铜像。

【注释】

①卜壳枪:指驳壳枪。
②伪化村:指的是被伪军占领的村庄。
③伸出四指:暗指"我是新四军"的意思。

【作者介绍】

戈扬,原名杨顺贞,江苏海安人。1941年参加新四军,历任新华社苏北分社社长、华中分社副主任,山东《大众日报》采访部主任,《潍坊时报》副总编,《文化翻身》主编。著有《茅山竹子烧光了》《爬回南京去》《苏南人民心目中的新四军》《涟东人民的武装力量》《阜宁光复》《日本友人在苏北》《忆韬奋先生》,诗歌《侦察员阿金》《为什么不一样》等作品。

【简要导读】

该诗原载于1944年3月《新知识》第五期,刻画了一位足智多谋、英勇善战的侦察员形象。诗歌开门见山,热情赞扬了侦察员阿金,"你,是一个人,也是一支部队"。这样的描述令读者心生敬仰的同时也产生了疑惑:为什么说阿金一个人就是一支部队呢? 随后,诗人用两小节文字勾勒出了一个神通广大、来去自如的侦察员阿金的形象,可谓总述。接下来,诗人用四小节文字对阿金的战斗事迹作了具体描述,阿金穿越封锁线,夜袭"伪化村",令敌人闻风丧胆,至此,侦察员阿金的形象已经非常丰富立体。最后两节,诗人从间接描述转向直接刻画:"今夜,你送我们偷过铁路,走着最短的路径,你走得这么快,这么轻,山路也似水一样的平。铁路边的村庄,有灯火有犬吠有人声,你却坚定如铁比夜还沉静。我们放心地跟着你走,如同跟着一支强大的铁军。"这样传奇的经历结合诗人的亲身感受,令人信服地回答了阿金一个人就是一支部队的疑问。而结尾处"你双眼发光横跨在铁轨上,像一座英雄的铜像"将诗歌的内在情绪推向了高潮,抒情与人物刻画相得益彰,互为促进。

我们是中国的青年

罗生特

我们的血染红了中国的大地,
使这神圣的中国的大地得到了自由;
多少年来我们曾和敌人搏斗,

对着这联合进攻中国的来灭亡中国的法西斯国家。
我们不依赖祖先的遗产,
我们不怕死,
我们是中国的青年。

我们站在新四军及自由中国的阵营;
新四军将使新的美丽的中国得到自由。
中国的青年们大家联合起来吧!
大家一起来挽救我们的中国!
我们不依赖祖先的遗产,
我们不怕死,
我们是中国的青年。

【作者介绍】

罗生特,1903年1月生于奥地利加里亚莱姆贝格,原名雅各布·罗生费尔德。1928年5月毕业于维也纳大学,获医学博士学位。因为是犹太人,1932年以参加"反政府组织"罪名被捕入狱。第二年获释后,在梅尔街开设泌尿科诊所。1938年因参加反对德国法西斯吞并奥地利的斗争再次被捕,受到残酷迫害,并被驱逐出境,永远不准回国。同年8月5日,从汉堡乘轮船来到上海,在法租界开设诊所。"罗生特"是结识新四军军医处处长沈其震后,沈其震根据他名字的译音起的中国名字。1941年3月20日,在新四军卫生部部长沈其震等的护送下,来到苏北新四军军部驻地盐城,受到新四军代军长陈毅、政治委员刘少奇亲切接见,被任命为新四军卫生部顾问。1943年年初,经陈毅、钱俊瑞介绍加入中国共产党,成为中国共产党特别党员。先后筹办新四军华中卫生学校、华中医学院,亲自授课,为新四军培养了大批医务工作人员。罗生特不仅以精湛的医术救护伤病员,而且还以饱满的激情鞭挞法西斯,讴歌抗日军民。

【简要导读】

《我们是中国的青年》这首诗由罗生特作,沈其震翻译,最初发表在1942年4月11日的《盐阜报》上。全诗分为两节,气势昂扬,热情澎湃。

第一节诗人回顾了中国青年为了打败法西斯的无耻侵略,追求国家自由而无私牺牲的历史,第一节的后三行诗句充分体现了作者作为中国青年的认同与自豪之情;第二节中,诗人向着全中国的青年发出号召,呼吁大家团结起来,携手奋斗,挽救民族和国家。第二节的后三行再次重复了"我们不依赖祖先的遗产,我们不怕死,我们是中国的青年"的呐喊,既是诗人对全体中国青年的希冀,也体现了诗人对中国青年的热爱之情。

中华民族好儿女

许 晴

春天的太阳放彩光,
胜利的歌声响四方!
我们是中华民族好儿女,
千锤百炼已成钢,
从不怕千难和万险,
坚持抗战在敌后方。

敌后方,敌后方,
前门有虎后有狼,
反共派进攻要打退,
鬼子来了要反"扫荡"。
进攻、"扫荡"都不怕,
我们在斗争中成长。

敌后方,敌后方,
军民合作力量强,
抗战歌声震天地,
民主旗帜在飘扬。
抗战民众齐努力,
我们的祖国得解放。

春天的太阳放彩光,
胜利的歌声响四方!
我们是中华民族的好儿女,
千锤百炼,千锤百炼,
千锤百炼已成钢!

【作者介绍】

许晴,原名许多,祖籍安徽歙县,1911年出生于江苏扬州。1928年中学毕业后,在南京、北平搞学生运动。1931年在联华影业公司五分厂演员养成所从事演剧工作,曾和著名电影演员白杨合作,拍过一部无声电影《故宫新怨》。"九一八"事变后,参加了宋之的和于伶组织的"苞莉芭"(俄语"斗争"之意)剧团,继续与白杨同台演出进步话剧。1932年,受中共地下党的派遣,在北平城西单附近开了一家专门出售进步书籍的"卿云书店",传播革命真理。这期间,开始为北平《世界日报》副刊、《蔷薇》月刊写稿。1933年冬被北平国民党当局逮捕入狱,判刑三年,关押在德胜门外第二模范监狱。1936年底,国民党释放政治犯,得以出狱,从此将原名许多改为许晴,以示纪念。1937年初到上海,在小学校排演儿童戏剧。"八一三"淞沪抗战爆发不久后,参加了文化界救亡协会组织的战地服务团,他在歌咏组任导演,在昆山演出了街头剧《放下你的鞭子》。1937年11月,服务团离开江西到武汉,改组为武汉卫戍总司令部政工大队。后因国民党消极抗日、积极反共,他被迫离开武汉到安徽,在何伟领导下,从事抗日文艺宣传活动和戏剧创作。1939年,他在金寨县参加安徽省总动员委员会,曾担任导演,与抗敌演剧队一同演出洪深的剧作《飞将军》,并在安徽省文化协会主编的文艺杂志《中原》上发表了他著名的话剧《汪、平沼协定》。同年冬,他到苏皖抗日民主根据地,任津浦路东各县联防办事处教育科长。1940年,许晴参加了新四军江北游击纵队,后随军转至盐城。

1941年夏季,日寇对盐阜区发动大"扫荡",根据新四军军部的指示,鲁艺师生分为两队分散转移。院部和文学系、美术系为一队,戏剧系、音乐系和普通班为二队,7月23日晚,二队经湖垛转移到北秦庄,翌日凌晨日寇突然袭击,许晴掩护学生突围时不幸英勇牺牲,年仅30岁。

【简要导读】

本诗选自《盐阜区新四军抗战歌曲选》。《中华民族好儿女》的词作者是许晴,曲作者孟波,1941年夏创作于盐阜根据地。当时日军正对根据地进行疯狂"扫荡",国民党顽固派又不时制造摩擦,正是"前门有虎后有狼"。这首诗记载了新四军反"扫荡"战役获得胜利的历史以及粉碎了敌人企图围歼中共中央华中局和新四军军部的阴谋诡计,巩固了苏北、苏中抗日根据地的历史事实,表达了中华儿女"从不怕千难和万险,坚持抗战在敌后方"的坚强决心,抒发了"我们是中华民族好儿女,千锤百炼已成钢"的战斗豪情。作品内容切合现实,情感真挚热烈,语言简洁有力,艺术感染力极强,迅速在盐阜地区和滨海地区流传开来。

麦香

陆维特

在苏北
麦子的清香散遍在辽阔的原野

过路人因为麦香的迷惑
忘记了赶路而在田塍上徘徊

老农人因为嗅着异常的芬芳
庆贺这奇迹还能呈现在他这一代

像繁星散布在天宇
成群的男女同志在田野上帮助农人割麦

那清香正是
他们抖动了金色的麦穗而散发出来的

而散发出来的,而散发出来的
那么香那么远

【作者介绍】

陆维特(1909—1991),原名赖成瑚。1941年到苏北,任新四军抗战教材编委会主任,后任盐阜师范学校党支部书记、校长。中华人民共和国成立后,曾任中共华东局宣传部宣传局局长、福建省人民政府文教委员会主任、福建人民革命大学党委书记兼副校长、福建师范学院院长等职。著有《抗战建国读本》《新教育课讲话》《故事晚会》等,辑有《陶行知研究论文集》。

【简要导读】

本诗原载于1941年6月10日的《江淮日报》,是一首清新隽永的小诗。作者寥寥数语勾勒了一幅动静皆宜、情景相融的麦收图。在苏北辽阔的原野上,麦香四溢。过路的人被麦香吸引,而停下匆匆的脚步;老农人怀着激动的心情,细嗅麦香;青年男女如繁星散布在丰收的大地上,帮助农人收割。那散发出来的麦香不但是麦香,更是新四军军民鱼水情的浓浓情意,令人陶醉。

悼郭凌

廖一帆

五年前,
在你温暖的故乡——汕头,
你活跃的影像,
就已经刻在每个救亡同志的脑上。
你还记得:
当大家簇拥着你,
走到播音台上,
你洪钟般的巨响,
唤醒多少同胞
和那全市汹涌的救亡巨浪。
后来,
你背起了行囊,
朝着你憧憬的方向,
来到了遍地烽烟的地方。
从西方而敌后方,
经过了"熔炉"的陶冶,
投入了战斗的烈火,
你作了知识青年深入部队的榜样。
五年来如一日,
你率领健儿
出入枪林弹雨,
转战华北、华中,
从不畏缩,
从不彷徨,

与战士同甘苦共患难，
"做一个革命部队中的管家婆！"
是你一贯的主张，
在操场你是战士严厉的教官，
在课堂是亲切的导师，
在战场是模范的勇将！
你将南国带来的热情，
温暖革命的主力，
你把十几年来积累的知识，
全部捐输部队作给养。
你以无比的毅力，
工农化了自己。
而且最后
你完成壮烈的志愿，
为党为国为全人类，
你终于和万恶的敌寇，
拼死在沙场！

和着反"扫荡"胜利的声浪，
我们听到你的噩讯，
我们没有悲伤，
我们只有更高地挺起胸膛，
踏着你走过的
革命知识青年的道路，
继续勇往！
你的血不会白流的，
你把光荣
给了部队知识青年，
给了主力××团，
给了全军全党！
你是革命知识青年
在部队中开的花朵，
你象征了革命胜利的曙光，
让我高呼：
安眠吧！同志，

你的方向,
就是我们的方向!

【注释】

郭凌:广东揭阳县人,1938年入伍,新四军×团一营教导员,在强袭百禄沟敌据点时不幸牺牲,时年24岁。

【作者介绍】

廖一帆(1917—1995),原名永长,化名林遥,幼时在马来西亚生活。1939年9月至1946年3月任八路军五纵队(后改为新四军三师)政治部敌工干事、秘书,敌工科副、正科长等职。中华人民共和国成立后,任中共中央东北局宣传部科长等职,1954年调中央高等教育部任教学指导司副科长,科学研究司副处长,《人民教育》杂志总编室主任、副总编。翻译出版《诺贝尔奖获奖奥秘》、《人工智能引起的学习革命》和《信息理论与教育》等80余万字的著作。

【简要导读】

本诗原载于1943年9月新四军三师政治部编的《新四军盐阜区抗日阵亡烈士塔落成典礼大会纪念册》,是作者悼念烈士郭凌而作,是一首叙事与抒情完美结合的悼念诗作。

在诗歌的上半部分,作者以饱含深情的笔触描述了烈士郭凌短暂却充实的一生。他远离家乡,转战四方,将自己的智慧与力量贡献给了火热的革命事业,成为知识青年深入部队的榜样。最终,郭凌为了民族的未来,为了人民的幸福献出了自己宝贵而年轻的生命。

诗歌的下半部分,作者由叙事转向抒情。尽管郭凌的牺牲令大家悲痛万分,但敌人的凶残并不会吓退前进的青年。郭凌烈士对伟大梦想的执着追求,将鼓舞更多的青年投入光辉的革命事业,向着胜利的方向前进。

新十四行

辛 劳

一

哦,我亲爱的同志!
蓝天为什么蓝呢?

空气为什么这样的香?

哦,我亲爱的同志!
你的枪呢? 镰刀并不是枪,
为什么你拿在手上?

麦地不是战场,
你为什么在这儿

割麦,并且还唱歌!
农夫们,你们活了多大?
你看这个事情怪不怪?
当兵的来帮你们收割小麦。

有谁不沉醉骀荡的麦风中,
看那些当兵的和农夫们的笑容!

二

喝,奇迹是童话,
但,这不是童话,也不是奇迹,
在这里战士荷着枪守卫,
长麦子的土地和麦子;
而这些麦子都归给农夫自己。

麦粒都是黄金,
这比黄金高贵。
农夫在这日子里有了笑,
现在收获,敌人不敢来骚扰,
都是农夫的幸福,成大捆的拖了回去。

飞荡着香气的黄昏
月牙儿出来了。

从微蓝的繁星去判断天明,
明天天好,打场时,要提防警报。

三

洋溢着香雾，
麦场上今天特别漂亮。
整捆的麦子堆在
整捆的麦子上

夏日的风从风车上来，
香气散布在一切地方。
人们全笑了，为什么？

阳光现在在麦穗上。
流闪着耀眼的金色，
麦粒流成河流，
把什么都吞没进去……

征战在前方，也在麦场，
连枷挥舞，那个农妇在战斗；
在今天不战斗什么也不能有！

【作者介绍】

辛劳，1911年生于内蒙古呼伦县（今属呼伦贝尔市）。原名陈晶秋，化名陈中敏，笔名有肖宿、叶不调、煊明、骆寻、辛洛、骆寻晨、方可和晴夏等。1932年5月加入左联。卢沟桥事变后，辛劳创作热情高涨，在《救亡日报》等发表了《火中一兵士》《夜袭》《在火中》《战斗颂》《难民的儿歌》等十多首诗篇，宣传抗日救亡运动。1938年1月赴皖南参加新四军，先后在战地服务团及浙东一带从事抗日救亡文化活动。不久返回上海参与革命诗歌团体行列社工作，更加积极地投入诗歌创作，写有长诗《棉军衣》，短诗《土地》《年夜》等。1941年5月30日，苏北诗歌协会在盐城成立，辛劳为副理事长，许幸之、何士德、陆维特、戈茅、邓炬之、戴英浪等七人为理事。1945年在战斗中被俘，死于狱中。作品有诗集《捧血者》《五月的阳光》《深冬集》等，散文集《古屋》《炉炭集》等。

【简要导读】

此诗原载于《江淮日报》1941年6月10日第一期。诗人借鉴西方诗歌形式，描述在丰收季节，战士们和农民一起收割麦子，保卫胜利果实的场景。镰刀不是武器,战士却把它拿在手上;麦场不是战场,农妇却在战斗。这样的场景不是奇迹,也不是童话,却是最美好的图画。看到此情此景,怎能不让所有人为之陶醉?结尾处,诗人终于说出了所有人的心声:"在今天不战斗什么也不能有!"诗歌描写手法细腻,抒情不落俗套,是一次成功的新诗写作。

麦苗已经萌芽

高 文

联中的学生,
长袍上钉着补钉,
破书包整天带在身上,
生活愉快而紧张。
他们逃出敌人的据点,
有如鸟儿逃出囚笼,
群集在这自由的森林,
自由地学习,自由地歌唱!
他们冲出传统教育的堡垒,
奔向这民主的平原,
浴在真理的阳光下,
把陈腐的头脑改造。
吸收真理有若婴孩子吮乳,
过个冬天他们已经变了样——
活跃的歌声驱逐了呆板的书声,
生动的口语代替了僵死的古文。
从课堂走向乡村,
社会是一个广阔无比的学校,
生活是活的课本,
——从这中间他们获得了学问。
啊,原野上麦苗已经萌芽,
联中的学生充满了青春的活力,
像原野的麦苗一样,
向着太阳一天天在生长!

【注释】

本诗原载于1942年2月1日的《盐阜报》,作者具体情况不详。

【简要导读】

诗人用对比手法叙述了联中学生的前后变化。在敌人控制的地区,学生们"长袍上钉着补钉,破书包整天带在身上",只能读着僵死的古文,犹如囚笼中的鸟儿,生活紧张压抑。现在,学生们在"民主的平原",可以自由地歌唱、接受真理,走向广阔的乡村,在社会生活中,在改造现实的实践中学习知识。正如那原野上的麦苗,度过寒冬后,在春日里沐浴着阳光,自由自在地生长。

诗作想象自然贴切,将正在成长的青年学生比作萌芽的麦苗,富有生活气息。

新女性赞歌

林　由

延安的新女性,
穿着灰布军装,
一双草鞋,一条皮带,
皮带上扣着一只口杯。

她们是大胆的战士——
挺着胸膛上操,
学习射击,学习掷手榴弹;
动员令下了,
便抛弃一切,走上战场!

她们是勤劳的农妇——
春天开荒,播种,
秋天收割庄稼,
到深山去砍柴,
在河边洗衣衫。

歌唱,舞蹈……
青春的健康的生命,
免不了爱情的萌芽,
她们不是"一杯水主义"①的信徒,
意志的缰绳能把爱情勒住。

不是花木兰从军,
打过了仗又走进了闺房,
五千年的镣铐已经打碎,
新女性高举着革命的旗帜,
向自由的新中国进军。

【注释】

①一杯水主义:指的是产生于俄国社会主义革命胜利初期的一种性道德理论,认为在共产主义社会,满足性欲的需要就像喝一杯水那样简单和平常。这一理论引起部分青年思想混乱,并导致性生活的放纵。1920年秋,列宁对此作了尖锐批判,揭露了它的实质,并阐明无产阶级对两性关系和爱情生活的立场。

【简要导读】

本诗原载于1942年3月6日的《盐阜报》,作者具体情况不详。

女性解放是20世纪以来中国新文化思潮的主题之一。在20世纪初,"逃离"是女性解放的主要途径,逃离父权、逃离夫权即可获得自由与自主是当时的普遍认识。但是这一解放路径很快被证明是虚弱无力的,"娜拉走后怎样"的疑问即是明证。于是,"革命"成为女性解放的另一途径,30年代风行一时的"革命加恋爱"的小说模式是这一文化风潮的体现,虽然这种小说的创作方式受到了质疑,但女性通过积极主动地参加革命,推翻旧有的不合理的社会制度,消解颠覆压迫女性的文化伦理思想成了女性解放的重要路径。

在林由的这首《新女性赞歌》中,延安新女性正是追求女性解放、获得独立自主的杰出代表。她们是英勇无畏的战士,是勤劳能干的农妇,追求爱情但意志坚定,最重要的是,20世纪40年代的延安女性不是走上战场又回归闺房的花木兰,她们将高举革命的旗帜,在建设新中国的同时获得女性的自由独立。本诗既是女性解放的赞歌,也是宣言。

田野

邓 野

我独自走着
在晴朗的原野里,
麦浪冲击到我的胸口,
麦芒拂去了
我身上的尘土!
大地的气息
那样的醉人
我亲切地嗅到。
赶鸟的草人
向我招手,
农人交给他一根竹竿,
竹竿上挂着羽毛,
要他在这里守望,
像土地祠前那个哨岗。
鹧鸪停在树枝上,
胆怯地点着头,
唱着:
"咕!咕!"
觊觎着
草人脚下
青青的幼芽。
生产运动的候鸟,
从这庄到那庄
从田野到河边,
提起了喉咙
喊着
"割麦插禾,

割麦插禾。"
像一个号手
吹起了
准备夏收的曲子。
它
叫人们
去战争
为了血汗的收获。
民主的旗帜
扫去了
农民脸上的皱痕,
他们
显得比去年更从容了。
"年成好啊!"
我问他们中的一个。
"罢了啊。"
他微笑了,
我被一个思想吸住:
"在敌人的后方,
会有这样一个世界。"

【简要导读】

  本诗原载于1942年6月6日的《盐阜报》,作者具体情况不详。诗人移步换景,用白描手法依次描写了田野里的种种景象:麦苗长势喜人,麦浪撞击行人胸口、稻田里的草人手持竹竿,保卫即将丰收的庄稼,树梢鹧鸪在鸣叫、田间候鸟在飞翔。"年成好啊",诗人问候正在田间劳作的农人,而那经历过无数苦难的农人此刻在微笑,从容自在,脸上再也没有以往的惊惶。全诗没有抒情,但欣喜之情洋溢在字里行间。

  1941年以来,敌人纠集数万兵力,对苏北抗日民主根据地发动了凶残的"扫荡",百姓流离失所,盐阜大地疮痍满目,但是为什么在敌后有这样安定祥和的世界呢?这既是诗人的疑问,也是读者的疑问,而答案就在所有人的心中。

我从黄河堤上来

常 工

一旁是流水漾漾,
一旁是草野茫茫,
同志,我从黄河堤上来,
告诉你——
黄河堤上的秋天,
一派好风光。
黄河堤上的秋天,
谁说罹大难?
秋天的黄河堤上,
谁说遭灾殃?

同志,我从黄河堤上来,
告诉你——
黄河堤还是那样高,
黄河堤还是那样长,
黄河堤上的野花红岗岗……
明媚的秋日的阳光,
温暖着黄河堤的脸颊,
和畅的秋日的轻风,
抚慰着黄河堤的心房。

同志,我从黄河堤上来,
告诉你——
流水上穿梭着渔船,
草野里跳跃着牛羊,
蓝色的澄洁的天空,
云雀飞翔……

满堤的山芋红溜溜,
都说今年大丰收,
满堤的花生白胖胖,
都说今年好风光。

同志,我从黄河堤上来,
告诉你——
白发老人安康,
年青汉子都健壮,
娇丽的姑娘们……
都披着淡红色的头巾,
舞动跳荡。
秋水闪灼着耀眼的波浪,
谁不留恋呀!
秋野散布着醉人的芬芳,
谁不神往呀!

同志,我从黄河堤上来,
告诉你——
哨兵都在葵花朵下守望,
马队都在荞麦畦边驰骋,
扬起紫色的飘带,
纵情歌唱。
秋天的黄河堤上,
永远没有忧伤,
黄河堤上的秋天,
永远都很悲壮。

同志,我从黄河堤上来,
告诉你——
战死者的坟上草色青青,
战死者的塔上百倍灿烂,
千倍辉煌。
一旁是流水漾漾,
一旁是草野茫茫。

同志,我从黄河堤上来,
黄河堤上是幸福的
快乐的家乡。

【简要导读】

此诗原载于1943年10月的《盐阜报》,作者常工先后担任《盐阜报》和《盐阜大众》的记者和编辑,写有《战斗在淮河堆上》《两个张乡长》《七天二十二个》《佃湖敌人逃跑了》《黄师长访问记》《记盐阜区抗日阵亡将士纪念塔》《陈家港之战——记一个战士的谈话》等通讯报道。

诗人以抒情主人公第一人称的身份,饱含深情地为我们描绘了一幅黄河堤上的美丽风景以及丰收图景。在黄河堤旁生活的人民曾经罹大难,曾经遭灾殃,而今天,一切苦难都已过去,"流水上穿梭着渔船,草野里跳跃着牛羊","白发老人安康,年青汉子都健壮,娇丽的姑娘们……都披着淡红色的头巾",这一切美好的生活从何而来?战死者坟上的青青野草在秋风中摇曳,告诉了我们答案。

诗歌以朴素的语言表达了对根据地人民在共产党、新四军领导下安定祥和的生活的由衷赞美,既凝聚了老百姓的内心情感,也展示了诗人对现实生活的把握和了解。

收获

阿 冈

驴蹄踢踏起尘土蓬扬,
世明港的黄泥街道上,
尘土中,同志流汗的脸,
秋天白日下闪着黄光。
驴背上驮着厚布口袋——
布袋累累然两旁重挂。
"是什么呀?同志。"老乡问。
同志笑笑:"生产来的瓜。"
车轮滚过板,阁辘辘响,
世明的长长河桥上,
河水涟漪,倒影跳舞样,

好像受不住，板桥摇晃。

满堆青菜，晃人眼睛亮——

一辆一辆一辆又一辆……

"好菜！同志，哪儿买的呀？"

"自己生产的，自己培养。"

【简要导读】

本诗原载于1944年9月30日的《盐阜报》，作者具体情况不详。此诗是一首简短的剧诗，描述了大生产运动开展以来部队自给自足的丰收景象。

1941年底太平洋战争爆发以后，随着日伪加紧推行"以战养战"方针，疯狂掠夺战争资源，抗日军民在吃穿用等方面发生严重困难。为此，1942年春，华中局第一次扩大会议把发展生产作为巩固根据地的一项基本任务。在普遍实行减租减息、调动广大人民群众生产积极性的基础上，各根据地党组织加强领导，制定政策、制订计划，带领抗日军民掀起了大规模的生产运动。

大生产运动开始以后，1942年至1944年的三年中，盐阜区共垦荒100多万亩，1943年冬至1944年春，沿海一带人民开挖永丰、沃碱、汛鲍等8条河道，总长71公里，使河道流经的10万多亩盐碱荒地变为良田，每年可增产粮食250万公斤。

新四军遵照中共中央军委关于"一方面打仗，一方面生产"的指示，积极垦荒种粮种菜、饲养家畜家禽、种植棉麻烟草、开办作坊工厂，据1944年的统计，新四军军部直属队、二师、三师和四师均实现了蔬菜年自给8个月、油盐肉食年自给4个月的目标，极大程度地减轻了人民负担，并改善了部队给养。

这首《收获》描写的正是新四军努力开展部队的农副业生产的景象。全诗中只有两次对话："是什么呀？同志。"老乡问。同志笑笑："生产来的瓜。""好菜！同志，哪儿买的呀？""自己生产的，自己培养。"一问一答之间，不需任何表述，军民之间的融洽感情已经跃然纸上。

战争七年
——悼阵亡将士

田 园

战争七年。

为了国家，为了民族，

新四军的将士流下了鲜血。
他们的血是红的,
好像清早的太阳;
好像太阳一样明亮,
照着我们的方向。

战争七年。
为了人民,为了革命,
多少同志的牺牲,
也就是为了我们
这,活着的一群。
但是,他们的牺牲是值得的
为了革命,为了人民,
他们的名字刻在墓碑上,
刻在历史上,
也刻在千万人的心坎上!
他们是被敌人杀死的,
他们是被敌人谋害的。
敌人的刀
割断了,他们的脖子,
割不断他们的意志,
我们的意志,
我们的意志连着他们的意志。
敌人的刀
割不完,中国人的头,
——革命的志士的咽喉;
敌人的刀
割不掉,共产党和真理。

战争七年。
为了真理,为了共产党,
他们的牺牲绝不冤枉,
共产党不忘记他们,
正像不忘记自己的疤痕,
仇恨!

只要敌人还有杀害我们的力量。
我们将,永不妥协,
和敌人的暴虐
作殊死的斗争
直到最后把敌人战胜!

战争七年。
为了国家,为了民族,
新四军的将士流下了鲜血。
我说:"新四军的将士们,
你们放心
我们活着的一群,
决不辜负
你们的要求,
我们的要求,
全国人民的要求。
你看,这里还有我,
我的一颗头颅!"

【简要导读】

　　本诗原载于 1944 年 7 月 16 日的《盐阜报》,作者具体情况不详。诗歌深情地悼念了七年战争期间牺牲的无数将士,为了国家、为了民族、为了人民、为了革命、为了真理、为了共产党,多少同志牺牲在敌人的屠刀下。但是,烈士的鲜血不会白流,他们为未来指明了方向,唤醒更多人为建设新的国家而奋斗。

　　诗歌激昂的情感中蕴含着沉静的力量,悲痛的怀念里中潜藏着乐观的革命精神,使得全诗哀而不伤,体现了"韧的战斗"之美;"战争七年"的呼喊回环往复,诗体整饬中又有所变化,加强了诗歌的韵律之感。

风车曲

戈　茅

海风从天边吹来,
树木摇曳地歌唱。

农家的风车旋舞着①,
大地又在播种新的希望。

夏季估量了大麦的收成,
喜讯飞过这穷苦的家庭。
老人守在风车旁边,
圩上水来②——
全家巴望着一场热闹的播种③。

欢乐是永生的希望,
忧虑在艰苦岁月里
长大了。
农人们终年的劳作,
却从没有过好的生活。

像风车一样,
风吹它旋转——
而农人被生活转得衰老了!
孩子们成了农家的灾害,
好像狗尾草④,
越穷苦他们越生得繁茂。

成年人哪有闲工夫调弄风情?
然而,不幸的女人,
却一个又一个地生养着。

谁不愿为祖先留下一条根呢?
可是,这样的日子,
用什么去养活婴童?
有一天像风车转得疲倦了,
我们的日子就更加使人厌倦。

虽然年年田地里有收获,
愁苦的烦恼
也年年搅扰着农人的家庭。

啊,现在世界可变了,
戴着红星军帽的英雄,
放逐了黑暗的时代,
给忧郁的农人带来了自由和光明。

风车旋转着,
田野里禾苗在生长,
贯穿了新生的大道,
从风车那边走过来的,
是农民们组织的军团。

他们生气勃勃地,
走向祖国战斗的前线!
海风从天边吹来,
树木摇曳地歌唱……

【注释】

①风车:指的是苏北农村常见的一种将风能转换成机械能的动力机械,可用来提水或加工粮食。

②戽:指的是戽斗,一种汲水灌田的工具。

③巴望:盐城方言,指望、盼望的意思。

④狗尾草:别名狗尾巴草、莠草或毛毛狗,是一种生命力顽强的野草,多生长于荒野、道旁。

【简要导读】

此诗原载于 1941 年 6 月 10 日的《江淮日报》,作者具体情况不详。诗人选取了"风车"这样一个别具一格的意象组织全诗,是一首优秀的现代诗。

在诗歌的第一、二节,诗人生动轻盈地描述了一个令人愉悦的场景:海风从天边吹来,树木在摇曳,风车在旋转,老人守在风车旁,倾听着海风带来丰收的喜讯。此刻,风车是美好生活的象征。

随后,诗人用了五小节追忆了农人过去痛苦的生活:风车被风吹动得不停旋转,农人被生活逼迫着无休无止地劳作、没有片刻的歇息与享受,然而生活却越来越贫穷、困苦、疲倦。在这里,风车象征着农人陷进了无限循环的苦难生活。

在诗歌的最后三节,苦难随着风车的旋转消失了,"戴着红星军帽的英雄,放逐了黑暗的时代,给忧郁的农人带来了自由和光明",随之而来的是茁壮生长的禾苗,走向新生的农民。海风从天边吹来,树木摇曳地歌唱,自由和觉醒的农民生气勃勃地走向祖国战斗的前线。

在诗中,风车既是一个写实的农业生产工具,也是一个具有象征意义的诗歌意象,含义丰厚。

陈家港战斗

林　风

荒凉的草原,一望无垠,
我们的队伍蜿蜒在前进;
个个是雄赳赳、笑哈哈:
——在草原的西北方,
他们将歼灭敌寇,解放人民。
伟大的使命带来伟大的鼓舞,
钢灰色军衣下包藏着,
一颗战斗激动的心。

草原像永远是黄瘦枯干,
让惨红的盐蒿扮成斑癣,
疏朗朗先天不足的小草,
到夏初也不曾把枯黄变换。
然而,那黑色的、黑色的盐田告诉你:
"这病的土地孕藏着富源。"
它产出无穷无尽的盐来,
那盐呵!又白又亮像珍珠,
"谁敢说不吃盐,谁敢说!"
草原寄托了多少人的幸福。

敌人来了,像一个吸血鬼,
贪婪地吸取草原的血液。

草原边缘吞下了夕阳。
跳动的夜雾从草尖升上,
夜渐深,草原的四周慢慢高起,
队伍像进行在大锅的锅底。
前进!前进!脚步放轻!
别咳嗽,更不要出声!
让敌人从蒙懵的梦里惊起。
已变成我们的俘虏。

月亮像长了毛的鸭蛋,
躲在迷蒙颤动的风圈,
队伍躲在死了一样的地上,
等待着月落后更深的夜。

继续前进,脚步更轻,
提起了脚,也提起了心,
在前方,那憧憧的黑影,
正住着我们的敌人。
一个个低声的传"拨去枪口"!
心的弦拉得更紧。

黑影里跳出颗照明弹,
几闪火花,子弹的哨音穿过黑夜,
光亮和枪音把寂静撕裂,
跑步!跑!队伍冲上去。

夜吓退,天光亮,
前方,高起的是敌人的圩墙[①],
机枪!炮!死的风,挡不住我的勇士,
弯着腰!谁也不打枪,直往前冲,
圩子上屹立了一个人影,他喊:
"同志们!不要怕,
前进!"
子弹打倒他,像一座铜像,那是,
我们的陈团长。

像一股疯狂的海潮,
冲进圩墙,占领街道,
敌人老鼠见了猫,
狼狈地挤进北面的碉堡。

这儿是我们的平射炮,
炮兵同志早把准儿瞄好,呵,
"轰"!炮弹像黑色的鹰,
打得准呵!
他们笑了个傲矜的笑。

碉堡里跑出来敌人,高举白旗,
指挥员招呼停止射击,
慢慢地走来伪军大队长,
"愿意缴枪!"
他们把队伍排齐,
我们欢迎,我们敬礼!
欢迎呵!放下枪的伪军兄弟。

欢喜啊,我们胜利了;
我们打了胜仗。
看!这儿是得来的炮,
这儿是机枪,
这儿步枪一百多,
这儿子弹几大筐;
伪军二三百,排着队,
有点欢喜,又有些惊慌的呆望,
"喂!你那里……河南,
咱们是老乡……"
战士们笑嘻嘻同伪军们扯家常。
潮河的水涨了,拍着岸②,
——是中国人民快乐的歌声,
沦陷了七年的陈家港,
如今看到了自家人;

一个老人，拉着我们的干部，
声音发抖：
"又见面了，分别了七年的弟兄！"
枯干的瞳子里，闪着泪，
像快乐的晨星。

盐，山样的，一堆两堆……三十堆，
是我们的——中国人的，
运吧！人民们！
拿回自己的东西。

潮河水在码头脚下唱歌，
太阳在中天里微笑，
陈家港塞满了欢喜。

【注释】

①圩墙：指的是用泥垒起来的墙。

②潮河：指的是灌河。灌河，又名潮河，当地人称大潮河，流经盐城、连云港两市，是苏北唯一在干流上没有建闸的天然入海潮汐河道。

【简要导读】

此诗原载于1944年6月24日的《盐阜报》，作者具体情况不详。该诗是一首叙事长诗，诗作对1944年春夏之际苏北根据地发起的陈家港战斗作了详细的叙述，语言质朴，情感真挚。

陈家港是灌河入海口重镇，扼守苏北沿海交通要道，并有大量盐场，是当地重要的交通枢纽和经济中心，日伪军在此常驻兵力达800余人。1944年4月8日，新四军三师八旅二十四团首先发动战斗，尽数拔除陈家港外围的日伪据点，使陈家港敌军陷入包围圈。5月2日夜，新四军各参战部队渡过废黄河，进入战斗位置。5月3日，总攻开始。担任主攻部队的八旅二十二团、旅部特务营和滨海县总队四面围攻，首先突进镇内，抢占盐堆，占据有利地形发起攻击，拿下陈家港。新四军八旅二十四团、七旅十九团也先后攻克了大源、庆日新两个盐场。陈家港战斗除击毙伪军一部外，俘虏伪军官兵400余人，缴获大量武器及100万元伪币和48万担食盐，控制了灌河入海口，极大地打击了敌人的嚣张气焰。

该诗以叙事为主，选取了战斗前紧张急促的行军场面，战斗中战士们奋勇杀敌、视死如归的激烈场景，战斗结束后伪军悔改，百姓分享胜利果实的欢乐场面进行集中描绘,从而在有限的篇幅内充分展现了战斗全景,抒发了战斗胜利的喜悦之情。

寄淮安[①]

江 流

去年秋天——
血红的"攻城部队"符号,
缠在我们左臂上。
清晨,
在总攻的前一瞬,
无数战士们的心弦在震荡。
"轰隆"一声,
山摇地动,
信号地雷炸开了你古老的城墙,
裂出一道崖壁似的缝!
碎石泥土,
像狂风暴雨,
扬起在天空。
就在这爆炸声中,
我们头顶着死亡,
浴着腥风血雨,
攀着颤巍巍的软梯,
爬上了你
三丈六尺高的城墙,
把胜利的红旗,
插在敌伪碉堡上!
于是,你,
饱受苦难的淮城的子民,
在阳光中,
狂热地欢迎新四军。
看看成群的俘虏,

情不自禁笑呵呵。
庆祝解放!
庆祝胜利!
四乡的人,
潮水一样涌进城。
充满着从来没有过的喜悦与欢腾!
古城新生了!
文渠河里,
几年的淤垢都廓清;
文庙巷前,
封建石碑碾成粉。
澄清的甜水哗哗流,
废墟上涌起座座建筑簇崭新。
古城人民的日子,
一天比一天更升腾!
然而,
只才一年呵!
从运河那边②,
窜来了比敌伪更凶残的
疯狗一样的"遭殃军"。
铁蹄踩碎新砌的石子路,
血淋淋的手,
伸向古城子民。
于是,
你古城呵,
又沉入灾难的深渊!
阴惨笼罩着城关,
运河流水在鸣咽。
古城的人民呵,
依旧满眼泪莹莹。
但是——
伟大的古城,
我们未曾一刻忘了您!
人民的军队在胜利战斗着,
游击的烽火在炽烈燃烧着,

没有让敌人一刻安宁。
我们发誓：
要为你这座古城带来更大的欢欣。
咬紧牙关！
古城伟大的子民！
战斗吧！
古城的伟大子民！
我们在战斗中
等待着再有一次的总攻信号！
我们坚信：
不久它一定来临！

【注释】

①淮安：指的是淮安县，今属于江苏省淮安市的淮安区，在抗日战争时期属于盐阜区，苏皖边区政府成立后盐阜区改为华中第五行政区。

②运河：指的是京杭大运河。

【简要导读】

本诗原载于1946年12月9日的《盐阜大众》，作者具体情况不详。

淮安位于江苏省中部偏北地区，地处江淮平原的东部，历史上与扬州、苏州、杭州并称大运河沿线的"四大都市"，为江淮流域古文化发源地之一。淮安古城有着2200多年的历史，秦时置射阳县，"以居射水之阳"得名；东晋改称山阳县，因山阳道得名；宋朝改为淮安县，意为"淮水安澜无患"。淮安是一座历史悠久、人文气息浓厚的古城。

诗人用质朴的语言描述了淮安这座古城所经历的历史巨变。1939年3月1日，日军侵占淮安城，在日寇的铁蹄下，淮安人民陷入水深火热的苦难生活之中。1945年9月2日，日本正式签署投降书，中国人民终于迎来了抗日战争的伟大胜利。9月13日，新四军投入解放淮安城的战斗，十旅和师直一部同淮安独立团、射阳独立团等对盘踞在淮安城的顽固分子形成了包围之势，9月22日，历经7小时的激烈战斗，新四军胜利解放淮安城，淮安人民欢欣雀跃，欢迎人民军队，古城获得了新生："澄清的甜水哗哗流，废墟上涌起座座建筑簇崭新。古城人民的日子，一天比一天更升腾！"

但是，解放之路并非一帆风顺，淮安城再次陷落，人民在苦难中期盼着光明的到来，英勇的人民军队也不会忘记这座古老的城市，诗人在此发出了准备战斗的呐喊，也号召古城人民站起来保卫家园："战斗吧！古城的伟大子民！我们在战斗中/等待着再有一次的总攻信号！我们坚信：不久它一定来临！"

1948年12月，淮海独立旅对敌发起进攻，12月9日，淮安古城宣告解放，重新回到了人民的怀抱。

串场河

芦　枫

一

串场河，
你是一条诗意的河流，
你是一个多情的流浪的歌手，
在我迷离而恍惚的记忆里，
永远弹奏那支使我神往而又伤情的怀念的歌子。
我永远不能忘怀那些明朗而清新的年青的日子，
我曾一次又一次地在河边的小村，
太阳沉落的夕暮缓步着归去。
海洋来的清风，
自由而辽阔的洗拂过你的河沿，
洗拂过我用铿锵而年青的声音向你唱出的沸腾的诗篇。
在那咸味的青青的风里，
田野呼吸着，
大地呼吸着，
人们辛勤地以污泥般劳动的手不停地工作，
而我，便在那些润湿的春天的日子，
踏过你的两岸赭黑而丰富的土地，
在你无休的水浪上喃喃作梦幻的呓语，
我也幻想着自由的蓝色的海滩，
那些青青的岛子，
漂浮在遥远又遥远的画板的地平线上……
呵呵！
你的眼泪一般晶莹闪耀着我的梦寐串场河，
在你两岸行吟着的我的诗篇里，

从来是满溢着铿锵的热情,
我怀着孩子的喜悦,青春的渴望。
呵呵!
那些润湿的春天的日子,
使我伤情又神往。

二

但是,串场河,
这如今的日子我已唱不出一句明朗的歌,
在这阴沉沉的北国的长夜,
我永远低垂着头。
凄凄地怀想颠沛流浪的日子,
我重归到你的身边,
又将是如何的情景呢?

我知道,
在你长满芦苇的两岸,
自由的海风不再吹拂过了那原先青青的田野,
干枯而焦黄;
每一座低矮的茅屋,
不再有炊烟飘过,
而远远的船头上也熄灭了凄黯的灯火。
落雪的十二月夜,
阴阴的红灯笼不再悬起于每一个工作的广场上了。
到处是死的沉寂,
兵灾的荒凉。
那些人们,
我所熟悉的那些粗健而朴素的人们,
已经惨死在炮火的下面,
或是长远的流离,
饥饿与寒冷。
那些未死的,
也早走向自由辽阔的土地,在那里耕种未开垦的荒地,
和用鲜血灌溉复仇的种子。
而你,串场河,

你是孤单地呻吟而且哭泣,
冷漠地躺在尸堆的枕藉,
萧萧的晚风里。
而我听着你的哭泣和那些凄凉的血腥的故事,
我已唱不出一句有力的歌。
从我昔日里行吟着踏过的沾血的两岸,
我再一次低垂着头,
默步过十二月夜,
凄凄的寒雨……

【注释】

串场河源自唐朝时修筑海堤形成的复堆河。从宋代开始,随着盐业的发展,经过人工整治,富安、安丰、梁垛、东台、何垛、丁溪、草堰、小海、白驹、刘庄、伍佑、新兴、庙湾等13个大盐场通过河道串联起来,复堆河由此得名"串场河"。这条纵贯南北的人工内运河道,南自南通市海安徐家坝,北至盐城市阜宁庙湾,全长200余公里,是串通南北盐场的古盐运之河。

【简要导读】

本诗原载于1946年4月的《星海》创刊号,作者具体情况不详。

历史上的串场河,既是一项水利工程,又是一条盐运河道,同时也是江苏南北交通的大动脉。串场河见证了"烟火三百里,灶煎满天星"的盐业壮景,支撑起了盐商"广陵奢尤甚,巨室如王公,食肉被纨素,极意媚微躬"的穷奢极欲,记录了盐民"早夜煎盐卤井中,形容黧黑发蓬蓬。百年绝少人生乐,万族无如灶户穷"的艰辛。

在诗作的第一部分,诗人抒发了对串场河美好往昔的怀念,抒情主人公"我"与串场河"你"互为主体,两者相互依赖,激发出最美好的情感。"你是一个多情的流浪的歌手,在我迷离而恍惚的记忆里,永远弹奏那支使我神往而又伤情的怀念的歌子。"而"我"则用"铿锵而年青的声音"向"你"唱出沸腾的诗篇。

诗作的第二部分中,情感基调转向沉郁凝重。如今的"我"颠沛流离,"唱不出一句明朗的歌",而"你",曾经美丽富饶的串场河也在"孤单地呻吟而且哭泣,冷漠地躺在尸堆的枕藉",哀伤的游子与病弱的母亲遥相对望,泪眼低垂,令人鼻酸。

但是,串场河会永远哭泣下去吗?诗人已作了回答:"那些未死的,也早走向自由辽阔的土地,在那里耕种未开垦的荒地,和用鲜血灌溉复仇的种子。"无数的"我",串场河坚强不屈的儿女暂时告别了故土,他们辛勤地耕作、英勇地战斗,时刻准备着拯救历经沧桑的母亲。

　　这首诗是一首悲壮的歌,但带给读者的不仅仅是伤感和低沉,更不是哀叹和恐惧,而是一种在废墟中崛起的力量之美。

我们该是多么欢喜
——献给新四军

阿　大

阔别后的七年,
——这悠长的日子,
没有一刻,
我们不在怀念,
没有一刻,
我们不在浴血苦斗里!
东海边,
惊涛拍岸,
我们竟然相会了!
亲爱的兄弟,
你想,
我们该是多么欢喜!
反动势力,
凶恶猖狂的年代,
我们忍痛握别江西,
为的是北上抗日。
那时人们过着
血洗的日子,
黑暗侵蚀着革命者的心,
痛苦磨练着革命者的肉体。
在血泪交流的环境里,
我们从未悲观,
也从未丧气。
灼热的心胸,

燃烧着永不熄灭的信念
——最后我们一定胜利!
今天
真的实现了,
亲爱的兄弟,
你想,
我们该是多么欢喜!

从渺无人迹的荒野,
我们踏开血路,
爬雪山,
过草地,
长征二万五千里。
从阴谋陷害的血泊中,
从敌伪顽匪的夹击中,
你也英勇地站起!
五年来,
我们的力量,
百倍的发展,
百倍的壮大。
在敌人的炮口下,
遍插着抗日救国的大旗。
亲爱的兄弟,
你看,我们该是多么欢喜!
中国共产党的光和热,
已普照全国,
温暖着祖国的大地。
八路军,
新四军,
这两个光荣的称号,
就是革命胜利的两面锦旗。
亲爱的兄弟,
你看,我们该是多么欢喜!

伟大的日子,

已经到来!
伟大的巨人,
正迈向胜利:
全世界
那千千万万的枪口呵,
正瞄准着
德日意法西斯蒂!
亲爱的兄弟,
你看,
我们该是多么欢喜!

今天,
我们要加紧团结,
更要加倍的努力。
进攻的战号响了!
我们将并肩在
一条战线上
奋勇杀敌!
敲起法西斯丧钟呵,
举起新中国胜利的旗帜!
四万万五千万的人民,
将齐声欢呼着:
——八路军万岁!
新四军万岁!
中国共产党万岁!
中华民族解放万岁!
亲爱的兄弟,
你想,
我们该是多么欢喜!

【简要导读】

此诗原载于1941年八路军——五师编印的《慰问与学习》,作者具体情况不详。

从1930年10月到1932年底,国民党不顾民族国家危亡,对中国共产党领导的红军进行了四次疯狂的"围剿",先后被粉碎。1933年下半年,蒋介石调集军队发动第五次"围剿",进攻中央革命根据地。由于一系列的决策失误,红军损失惨重。1934年10月上旬,中央红军主力各军团分别集结出发,中共中央和红军总部及直属纵队离开江西瑞金突围转移,开启史无前例的长征壮举。1936年,红军三大主力在甘肃会宁地区会师,开辟了陕甘宁边区。在红军主力战略转移的同时,仍然有一部分红军将士留在南方各根据地,坚持进行游击战。抗日战争全面爆发后,国共两党实行第二次合作。1937年8月25日,陕甘苏区的红军三大主力被改编为"国民革命军第八路军",简称"八路军",随后,南方八省境内的红军和游击队于1937年10月被改编为"国民革命军陆军新编第四军",简称"新四军"。

1940年10月3日,八路军第五纵队从盐阜地区奋力南下,先头部队于10月10日抵达白驹、刘庄间的狮子口,与新四军苏北指挥部第二纵队第六团会师。11月7日,陈毅、粟裕等在海安与刘少奇、黄克诚等会合,举行隆重的会师集会。新四军与八路军在苏北革命根据地的胜利会师,打开了苏北抗战新局面。为了庆祝这一胜利,陈毅军长作诗:"十年征战几人回,又见同侪并马归。江淮河汉今谁属,红旗十月满天飞。"

与陈毅元帅诗作的简明凝练不同,阿大的这首现代诗具体细微地描述了同志重逢的艰难与喜悦。在诗作的第一节,诗人从今日的欢欣重逢写起,回忆了七年前的分别;诗作的第二节分别详述了八路军与新四军的发展壮大过程;第三节与第四节既是对胜利会师的热烈庆祝,也是对革命前景的热切期待。在分别的岁月里,革命战士在千难万险中跋涉,无数先烈在枪林弹雨中牺牲,同志们在忘我战斗,前仆后继。尽管经历了无数牺牲,但革命者依然怀着坚定的革命理想与信念,坚信正义事业必胜。

伍佑人民真欢喜

赵　定

新四军战士流了血,
去年十一月一日,
解放了串场河上伍佑镇[①],
伍佑街上的人民就此翻了身。

去年年关二皇在这里,

过年的天气冷死人；
天上阴沉沉，
街上阴沉沉，
老百姓脸上阴沉沉，
人民的心里也是阴沉沉。

今年年关有了新四军，
太阳晒得暖烘烘②，
本来是冬天，
伍佑街头却尽是春，
人来人往笑哈哈，
再不是那个阴沉沉。

腊月十五还未到，
年画满街飘；
金街，银街，
男女老少挤满街；
糕饼店师傅赶不上做，
鱼肉摊子卖不到晌午；
几百年老酱园祁合顺，
酱蒜醉泥螺③名驰盐阜，
卖掉大小十八缸。
实在因为没有货，
不然还可卖掉十八缸。
新年里，
玩龙的来了④，
玩狮子的来了⑤，
踩高跷的来了，
来了，挑花篮的来了，
看是看不了，
玩是玩不了，
八十岁老爹也没见过这热吵⑥！
大年初三晚上提灯会，
灯光照红了天。
毛主席灯，

孙中山灯,

飞机灯,

龙灯,

灯,灯,灯——

上千盏灯,

上万盏灯。

花灯接起来,

变了一条两里路长大火龙。

游呀,游呀,

游遍了伍佑镇!

带头的灯上写三字

——"毛主席!"

呀,毛主席是一盏明灯呀!

引导我们向光明走,

引导我们向天堂走!

就是这个道理,

伍佑镇才有这样热闹!

就是这个道理,

伍佑街才有这样兴旺!

【注释】

①伍佑镇:别称珠溪镇,系千年古镇,存留了不少明清时期的徽派建筑。现隶属于江苏省盐城市亭湖区,位于盐城市区南郊,距离市中心9公里,北与市经济技术开发区、盐都新区毗邻。

②暖烘烘:盐城方言,暖和的意思。

③醉泥螺:盐城市地方传统名特产品,伍佑镇特产,距今已有三百年以上历史。《续修盐城县志》第四卷产殖志记载"而本城之秋,伍佑之醉螺、醉蟹、虾油……尤远近所称焉"。伍佑醉螺选用海滩中的泥螺腌制而成。其特点壳软透明,酒香浓郁,咸甜适度,细嫩鲜美,为佐酒佳肴。

④玩龙:盐城方言,指舞龙。

⑤玩狮子:盐城方言,指舞狮子。

⑥热吵:盐城方言,热闹的意思。

【简要导读】

此诗原载于《盐阜大众》1946年第168期,通过对比伍佑解放前后的景色,热情地赞颂了解放后人民的幸福的生活,抒发了人民对新四军的爱戴之情。

诗歌一连使用了四个"阴沉沉",控诉了敌占区的暗无天日,与之形成鲜明对比的是,解放后伍佑时节虽是严冬,却胜似春天的情景。诗歌以压抑不住的喜悦详细描述了伍佑人民欢庆春节的热闹场景,"人来人往笑哈哈","男女老少挤满街",特别是大年初三的灯会:

灯,灯,灯——
上千盏灯,
上万盏灯。
花灯接起来,
变了一条两里路长大火龙。
游呀,游呀,
游遍了伍佑镇!

这一段诗歌既是写景,也是抒情,让读者不由得想起辛弃疾的《青玉案·元夕》:

东风夜放花千树,
更吹落、星如雨。
宝马雕车香满路。
凤箫声动,玉壶光转,一夜鱼龙舞。

同样身处元宵节的热闹盛况,辛弃疾词中的"他"自我隔绝于熙熙攘攘的人群,对胜景视若无睹,表达的是诗人空怀报国之志,却施展不出文韬武略,只能心怀惆怅,落落寡欢。而本诗作者则与欢庆的伍佑人民一起载歌载舞,陶醉于解放的喜悦之中,这是新四军战士用鲜血换来的胜利果实,历史会永远铭记。

第三辑
歌谣

打稻头

贺绿汀

打稻头嗳,
磨稻头,
手拿鞭子催耕牛。
牛儿呀,
你是我们一家的宝,
耕田地,磨粮食,
辛辛苦苦到年头,
为的是一家老小吃穿不用愁。

打稻头嗳,
磨稻头,
牛儿牛儿快快走。
牛儿呀,
如今民族遭大难,
抢粮食,宰耕牛,
杀人放火没尽头,
这都是日本强盗结的冤和仇。

牛儿呀,
记在心,
如今百姓活不成,
为了你,
为了我们种田人,
我要去当新四军,
把那鬼子杀干净,
才能够回家转来安心享太平!

【注释】

稌头：盐城方言，玉米的俗称。

【作者介绍】

贺绿汀，原名安卿，1903年生于湖南省邵东县九龙岭一个农民家庭。1926年10月加入中国共产党，后参加广州、海丰起义。1937年抗日战争全面爆发后，参加上海救亡演剧队第一队赴华北作宣传。在防空洞里写的《游击队歌》，很快传遍全国。1941年，在周恩来安排下，取道湛江、香港、上海，于6月到达苏北盐城新四军军部，在军部和鲁迅艺术学院华中分院从事音乐创作和教学，编写了《和声学初步》，创作了大型合唱《1942年前奏曲》，为新四军培养了许多音乐人才。1943年赴延安，任陕甘宁晋绥联防军政治部宣传队音乐教员、延安中央管弦乐团团长。中华人民共和国成立后，曾任上海音乐学院院长、全国文联副主席、中国音乐家协会副主席、全国政协常委等职。代表曲作有《牧童短笛》《摇篮曲》《嘉陵江上》《游击队歌》，著有《我对戏曲音乐改革的意见》《论音乐的创作》《民族音乐问题》等，辑有《贺绿汀音乐论文选集》。

【简要导读】

贺绿汀这首《打稌头》采用了民间歌谣的形式，以"稌头"等方言入词，以劳动者口吻直接向耕牛述说，第一节歌谣描述耕牛对农民的重要性，第二节控诉日寇的侵略给人民带来的苦难，第三节呼吁民众参军保卫家园。全诗质朴明快，朗朗上口，富有乡土气息的音乐美，既是一曲优秀的歌谣，也是一部成功的宣传作品。

黄金谷

许幸之

军歌唱哟，民歌唱，
军民合唱，大麦黄。
日也忙哟，夜也忙，
日夜辛苦，割麦忙。
风要吹哟，日要晒，
风吹日晒，金谷香。
哦，多么美好的风光啊！（白）

蓝绒的天空哟，
白玉的云。
黄金的谷子哟，
红色的心。
革命的政权哟，
农人的手，
自由的土地哟，
幸福的歌。

赤色的原野啊，
燃烧着
石榴的火，
五月的烈阳啊，
卷起了
秋月的风。
农民们哟，
忙跑来开会，
又忙收成。

割麦鸟哟，
叫遍了东村，
又叫西村。
锋利的镰刀哟，
闪光亮，
粗大的手掌哟，
割麦忙。
炎夏的热天哟，
拂衣裳，
黄金的谷穗哟，
发幽香。
哦，多么灿烂的世界啊！（白）

蓝绒的天空，
白玉的云。
黄金的谷子，

红色的心。
革命的政权，
农人的手，
自由的土地，
幸福的歌。

军歌唱哟，民歌唱，
军民合唱，大麦黄。
日也忙哟，夜也忙，
日夜辛苦，割麦忙。
风要吹哟，日要晒，
风吹日晒，金谷香。

【注释】

割麦鸟：布谷鸟的别称，学名杜鹃，属鹃形目，杜鹃科。南北朝时期的《荆楚岁时记》记载："有鸟名获谷，其名自呼。农人候此鸟，则犁耙上岸。"有农谚云，"谷雨到，布谷叫；前三天叫干，后三天叫淹"，提示人们抓紧收割麦子。

【作者介绍】

许幸之(1904—1991)，原名许达，笔名霓璐、天马、丹沙。1904年4月5日生于江苏扬州，1927年起参加左翼文化活动。抗战爆发后，与吴印咸合作摄制并剪辑大型纪录片《中国万岁》。1938年至1939年留守上海，参加青鸟剧社、上海艺术剧院、上海剧艺社、中法剧校、中法剧社、大钟剧社，担任编剧、导演和教学工作。1940年至1941年，应邀赴苏北参加鲁艺华中分院文学系、戏剧系、美术系教学工作，并重新设计新四军臂章"N4A"。中华人民共和国成立后，任苏州社会教育学院电教系主任兼教授、苏州市文联主席、中央电影局艺委会编导、中央美术学院美术史研究室主任等职。作品有诗集《诗歌时代》、散文集《归来》、歌词作品《铁蹄下的歌女》、戏剧独幕剧集《小英雄》、改编的多幕剧《阿Q正传》、独幕剧《不要把活的交给他》，多幕剧《天长地久》《最后的圣诞夜》，电影剧本《望夫石》《随波而去》等，油画作品有《巨手》《海港之晨》《红灯柿》《伟人在沉思》等，出版有《许幸之画集》。

【简要导读】

本诗原载于1941年6月10日的《江淮日报》，该诗通过对蓝天、白云和丰收景象的描写，讴歌苏北军民收割夏麦的那种在自然风光烘托下的欢乐场景，把农民解放后大获丰收的欣喜之情表现了出来，再现了根据地美好的风光和人民在民主政权下幸福的生活。

作者许幸之不仅是一位杰出的现代诗人、剧作家、导演,而且是一位优秀的油画家。因此在这首著名的《黄金谷》歌谣中,我们看到了"蓝绒的天空哟,白玉的云。黄金的谷子哟,红色的心"这样明媚鲜亮、磅礴大气的色彩搭配。令蓝、白、黄、红色彩更加斑斓、质感更加丰厚的是与色彩搭配的物象——平整的绒、温润的玉、粒粒分明的稻谷、跳动的心,歌谣由此呈现出生动立体、浑厚丰富的油画般的效果,给读者以无穷的想象。

民兵歌

章 枚

扛起枪来便是兵,
拿起锄头就是民,
又保家来又保国呀,
也是兵来也是民哪。

规定时间来集合,
上课体操学本领,
配合主力打胜仗呀,
锄奸放哨探敌情哪。

人人都来当民兵,
日夜到处打敌人,
不愁鬼子打不退呀,
不愁家乡不太平哪。

【作者介绍】

章枚,原名苏寿彭,广东佛山人,1912年生。1932年在中华基督教青年会北平歌咏团学习声乐。1933年从北平税务专科学校毕业,分配到上海海关工作,业余时间参加"上海雅乐社"业余合唱队、"万国合唱团"等音乐团的活动。1935年参加中国音乐家学会,任秘书。抗日战争全面爆发后,参与"上海海关同人救亡长征团"到广州。1938年10月,随"上海八一三歌咏队"到桂林,任桂林"抗敌宣传队第一队"歌咏指挥。1940年加入中国共产党,同年3月到皖南参加新四军,任新四军战地服务团音乐教员,创作歌曲《怒吼吧！长江》《新儿童》。1940年10月参加黄桥战役,创作《黄桥烧饼歌》。1941年2月任鲁迅艺术学院华中分院音乐系教授。同年7月盐阜区反"扫荡"后,任新四军第三师鲁迅工作团教授,创作《胜利之歌》。后任新安旅行团教授、盐阜师范学校音乐系主任。解放战争时期,任山东大学艺术科主任、山东大学剧团团长、华东军区政治部宣传部文艺科科长、第三文工团团长。中华人民共和国成立后,任上海音乐工作者协会主席、上海乐团合唱队指挥。1954年任北京音乐出版社副总编辑。1973年任文化部文化艺术研究院编译室主任。1995年在北京逝世。作品有《新四军进行曲》《勇敢队》《打大仗》《保卫郭村》《换工小组歌》等。

【简要导读】

《民兵歌》节奏明快,旋律流畅爽朗。歌谣创作既是新文艺民族化、大众化的重要途径,也是革命精神宣传的主要途径。作者在有限的篇幅内,简洁明了地介绍了民兵的性质,"又保家来又保国呀,也是兵来也是民哪",破除了将"兵"与"民"对立的传统思想,使民众初步了解了民兵的意义。随后用短短四行诗概括了民兵的主要任务,"规定时间来集合,上课体操学本领,配合主力打胜仗呀,锄奸放哨探敌情哪",民众借此进一步了解了民兵的职责。最后一段中,作品在前文铺垫的基础上,热烈号召民众"人人都来当民兵,日夜到处打敌人",唯有人人参与,才能打退日寇,保卫家园。

作品四句一节,每句字数相对固定,并辅以"呀""哪"等语气助词,使得全文节奏流畅鲜明,亲切感人,堪称佳作。

快买救灾公债
(陪送调[①])

夏侯魁

(一)

现在灾情真严重,
灾区的同胞难生存,
吃两顿现在只能吃一顿,
啃树皮,吃草根,

瘟猪死鸡肚里吞。
我的同胞呀！
有的还含泪卖子孙！

（二）
灾荒不是凭空有，
井底栽花根须深，
国民党多年的压迫剥削，
鬼子汉奸把人坑，
"扫荡""清乡"苦死人，
我的同胞呀！
去年的水旱蝗灾也是祸秧根。

（三）
解放区人民同骨肉，
八年抗战[②]同死生，
政府来举办救灾公债，
快快买，大家买，
劝你朋友亲戚买，
我的同胞呀！
自己来出力救济自己人！

（四）
有钱快买救灾公债。
今年有粮赋还利还本，
没钱请你帮助动员旁人，
饱汉要知饿汉饥，
大家来救灾民们，
各界同胞呀！
度过了灾荒享太平。

【注释】

①陪送调：抗战期间新四军的大众剧团夏侯魁收集并填写新词的民歌，主要流行于南京六合地区。

②八年抗战：应为十四年抗战。

【简要导读】

这首《快买救灾公债》原载于 1946 年 4 月 11 日的《盐阜大众》,是新四军大众剧团成员夏侯魁收集民间曲调"陪送调"并填写新词的民歌,歌曲采用了旧有的音乐曲谱,但歌词则是全新的内容和主题。

在第一节中,作品用直白的口吻开门见山地描述了灾区同胞的悲惨处境,原来吃饭吃两顿,现在只能吃一顿,"啃树皮,吃草根,瘟猪死鸡肚里吞",甚至到了卖子孙的地步,这些触目惊心的画面立刻引起了接受者强烈的共鸣。

第二节使用了一种民歌中常见的比兴手法,"井底栽花根须深",说明了造成如今的灾祸,原因是多方面的:国民党多年的压迫剥削、鬼子汉奸的扫荡清乡以及水旱蝗灾。简洁明快的分析与"井底栽花根须深"的巧妙喻指相结合,使这首改编体民歌独具韵味。

在前文铺垫的基础上,第三、四节围绕"购买救灾公债"这一主题反复展开说理与抒情,呼吁民众互帮互助,帮助灾区同胞度过荒年。

这种"旧瓶装新酒"的创作方式是抗战时期思想启蒙和文艺大众化的重要途径之一,曾经引发了大规模、长时段的"关于民族形式的论争"。尽管在理论方面未能出现统一的认识,但是实践证明,在进行新思想的宣传灌输、新事物的普及时,充分利用老百姓喜闻乐见的艺术形式是有效的方式。这首新民歌正是一个典型的例证。

你说他心公不公

(快板)

吴四乱子唱　夏彬记

初六、十六、廿六,
民主来后老百姓真有福,
减租退息理由足,
又顾民来又顾国,
过去一般地主心太毒,
剥削种田吃鱼又吃肉,
只管自己发财又享福,
登①的清凉共瓦屋②,
要出门,

叫种田的来掌船,
拿住个尿壶抱住个被,
把他服侍上船睡,
行顺风,不准风朝船里攻,
行顶风,种田的弄不动,
他说种田没得用,
你说他心公不公。

【注释】
①登:盐城方言,住的意思。
②瓦屋:指的是用瓦盖的房子。

【简要导读】
　　这首快板作品原载于1946年4月17日的《盐阜大众》,节奏简洁明快,以对比手法展现了新旧两个时代的变化。作品以"初六、十六、廿六"起头,迅速引出对新时代的赞美:"减租退息理由足,又顾民来又顾国。"减租退息是解放区削弱封建剥削、减轻农民负担的重要政策,有效团结了各阶级阶层,巩固了统一战线和革命根据地。
　　与之形成鲜明对比的是"过去"的时代里,地主阶级"吃鱼又吃肉","发财又享福",作品详细描绘了苏北民众极其熟悉的行船场面,地主坐船,农民掌船还要备受责难,这是对"朱门酒肉臭,路有冻死骨"的全新表现。
　　应该指出的是,尽管作者已经认识到了新旧时代的巨大不同,并对旧时代里地主阶级对农民的无理压迫有清醒认识,但最终作者仍将这种不合理性归结为"心不公",具有一定的时代局限性。

坏干部必垮台
（高邮西北乡调①）

陈桂年

涟东县南集区吉滩村②,
有两个坏干部,
实在真可恨,

嗯呀喂子!

贪污腐化压制我们穷人。
一个是村长名叫吉登元,
还有个吉登才,
他是副指导员,
嗯呀喂子!

这两人本是家族的兄弟。
他二人做工作不顾穷苦人,
专门跟地主做尾巴讲人情,
嗯呀喂子!

得田受私鬼事没得根③。
这一次反恶霸群众要算账,
他二人替恶霸百般的帮忙,
嗯呀喂子!

像这样的干部穷人活遭殃。
如今是民主政府,
穷人出了头,
全村里二百多人齐同他二人斗,
嗯呀喂子!
把二人撤职送到政府去。

【注释】
　①高邮西北乡调:属于江苏高邮民间小调,内容有的悲切哀怨,有的缠绵细腻,有的诙谐风趣。
　②涟东县:现名涟水县,隶属于江苏省淮安市。革命战争时期属于盐阜区。
　③没得根:盐城方言,做事靠不住、没法说的意思。

【简要导读】
　该作品原载于1946年5月5日的《盐阜大众》,是一首工农通讯员利用高邮西北乡调写作的歌谣作品。
　歌谣的体式接近于叙事诗,详细完整地叙述了"打倒坏干部"的来龙去脉。

在涟东县南集区吉滩村有两个坏干部——村长吉登元和副指导员吉登才,既是家族兄弟,又是村干部的主要成员。二人狼狈为奸,损害人民利益,最终在民主政府的支持下,村民联合起来与坏干部斗争,二人被撤职。

如果以文艺作品的艺术标准衡量的话,这样的作品未免有些粗糙,但是考虑到当时的具体时代环境,这首明白晓畅、有头有尾的《坏干部必垮台》就显得格外珍贵。歌谣以当地民众熟悉的说唱形式表现真人真事,故事的真实性与情绪的感染力相互促进,生动形象地将清除坏干部、保证真民主的重要性融入故事中,宣传效果因而达到最大化。同时,这首作品也为后人留下了珍贵的历史资料,可以与赵树理小说《小二黑结婚》《李有才板话》进行比较阅读,有助于深入了解革命政权的革命斗争在农村发生发展的曲折过程。

歌谣基本保持了四句一节,末尾处有惯用句式"嗯呀喂子",富有乡土气息。

女神枪手
(杨柳青调①)

小　科

不吵不吵不要吵,
我把英雄来介绍,
杨柳杨柳青儿来,
括括叫,崩儿来,
女英雄,松儿来,
哎哎唷,女英雄。
提起此人真能干,
小南村上张凤岚,
是一个,大姑娘。
今年二九十八春,
眉清目秀身得標②。
年纪轻,长得好。
做起生活更能苦③。
二百斤担子挑飞跑,
生产组,是模范。
纺纱织布她都会,

泼麦沙种她在行,
样样能,不求人。
他看老蒋打内战,
一气就把民兵干,
下决心,与他拼。
打起枪手雄斗斗,
人人称她神枪手,
比男子,枪线准。
带领民兵如猛虎,
土匪坏蛋不敢靠④,
精神壮,杀气昂。
八月初四放夜哨,
顶头碰见特工到,
枪一伸,站住了。
狗人特工该倒灶,
女英雄站岗不肯饶,
冲上前,要口令。
特工一见魂吓掉,
拔起狗腿回头跑,
"嘭"一下,来掼倒⑤。
打死了身上来搜查,
搜出一支小手炮,
乌溜溜,美国造。
人人夸赞女英豪,
神枪手改称美国造,
表扬她,去登报。
姑娘大嫂要听到,
人人要学女英豪,
干民兵,做模范。

【注释】

①杨柳青调:江苏扬州地区最富代表性的民间小调之一,曲调为五声宫调式,全歌活泼风趣。

②身得標:盐城方言,长得好看的意思。

③更能苦:盐城方言,做事能干、不怕困难的意思。

④不敢靠：盐城方言，不敢接近的意思。
⑤掼倒：盐城方言，用力摔倒的意思。

【作者介绍】

小科，作家陈登科的笔名。陈登科（1919—1998），江苏省涟水县人，1919年出生于江苏省涟水县上营村的一个贫苦农民家庭。1940年参加涟水县抗日游击队。1940年参加新四军，先后在涟水、阜宁、淮安、盐东等地参加抗日游击活动，当过警卫员、侦察员、通信员、执法队员等。1944年秋，他写出了第一篇通讯稿《鬼子抓壮丁》，经编辑钱毅修改发表在《盐阜大众》报，并由此产生了写稿热情。以此为起点，陈登科开始了新闻写作，在1945年1月5日至4月5日期间，他在《盐阜大众》通讯员写稿活动中写稿32篇，发表29篇，被评为盐阜区特等模范通讯员，并被该报聘为"特约工农记者"。同年7月，正式调入《盐阜大众》任工农记者。1947年调任《苏北大众》报编辑，5月发表了第一篇报告文学《铁骨头》，从此开始了文学创作生涯。1948年冬出版了第一部中篇小说《杜大嫂》，成为他小说创作的起点。1949年初调新华社安徽分社工作，随解放大军进入合肥，参与组办《新合肥报》，后任《皖北日报》记者。1950年《活人塘》的问世，则标志着他"正式步入新中国第一代优秀工农作家群体"，并以这部小说显示了他身上蕴藏的文学潜能和非凡的毅力。1951年到中央文学研究所学习深造，受教于丁玲、赵树理等著名作家。1952年任《安徽日报》记者，同年出版《淮河边上的儿女》。1954年在安徽省第一次文代会上当选为安徽省文联副主席。1958年出版长篇小说《移别山》。1964年代表作长篇小说《风雷》出版。1978年再次当选为安徽省文联副主席、中国作家协会安徽分会主席，并被任命为中共安徽省文联党组副书记。同年参与创办大型文学期刊《清明》，并任主编。曾当选为中共八大代表，是第三、五、六、七届全国人大代表。另著有长篇小说《赤龙与丹凤》《三舍本传》（第一部）等，中篇小说《雄鹰》《无声手枪》《深山的鲜花》《黑姑娘》等，散文报告文学集《铁骨头》，散文小说集《春水集》。还与鲁彦周合作电影文学剧本《柳湖新颂》《卧龙湖》《风雪大别山》等。2003年，北京燕山出版社出版了8卷本的《陈登科文集》。

【简要导读】

本诗原载于1946年6月11日的《盐阜大众》，是一首赞颂女英雄张凤岚的民间歌谣。中国近代以来的女性解放是与现代国家的重建同时进行的，在国家危难之际，无数杰出的女性在时代使命的感召之下毅然走出家庭，积极参与社会公共事务建设。从"五四"时期追求女性的婚恋自由、女性接受教育的权利，到战争时期女性或参与后方建设，或直接参与战斗，中国女性以无私的奉献精神、大无畏的斗争精神书写了一部慷慨激昂的女性解放历史,同时为中华民族的独立自由作出了不可磨灭的贡献。

在中国现代文学史上,反映这一历史进程的文学作品比比皆是。鲁迅的《伤逝》、胡适的《终身大事》、萧红的《生死场》、丁玲的《我在霞村的时候》等经典从不同角度表现并探讨了关于女性解放的诸多复杂命题,与之相比,这首以民间小调形式写成的《女神枪手》在思想深度、艺术成熟程度上当然无法相提并论,但是就作品本身而言,叙事详略得当,寥寥数语写出一位年轻女性的聪明能干、英姿飒爽,随后详细勾勒了张凤岚勇擒特务的全过程,笔触紧凑,节奏明快。最后,由叙事转向思想号召,"姑娘大嫂要听到,人人要学女英豪"水到渠成,自然流畅。

桃花

丁　山

桃子树,开桃花,
新四军杀敌保中华,
威震四海人人夸。
桃家哥哥也要去参军,
桃家嫂子来相送,
情深意重舍不得他。
转念想起敌人多可恨,
没有国时哪有家。
叫声:"哥哥你去吧!
加紧春耕我知晓,
家事不用你牵挂。
前方后方齐动手,
打走日寇好回家。"

【简要导读】

这首歌谣原载于 1942 年 4 月 16 日的《盐阜报》,是一首成功的"旧瓶装新酒"之作。歌谣开篇"桃子树,开桃花,新四军杀敌保中华",韵脚齐整,气势昂然。随后以间接叙述的手法介绍了桃家哥哥慕新四军威名毅然参军,桃家嫂子前来相送的场景。但是歌谣虽然借用了传统的夫妻相送场景,却舍弃了常有的悲伤告别情调,以"没有国时哪有家"的明快坚决代之。

歌谣的末尾处,叙述重心转向桃家嫂子,以女主人公的直接抒怀结束:"哥哥你去吧!加紧春耕我知晓,家事不用你牵挂。"这一段字数简省,却意味悠长。女主人公的深明大义、吃苦耐劳跃然纸上,无须叙述者描绘,人物形象已呼之欲出。"前方后方齐动手,打走日寇好回家"则将前方战斗与后方支援、国与家的紧密关系一语道出,言简意赅。

麦穗黄

白 桦

麦穗青,
麦穗黄,
我磨镰刀爹轧场①,
往年收麦哥在家,
今年哥去打东洋②。

麦穗青,
麦穗黄,
麦黄遍地收割忙,
爹叫我学哥哥用镰刀,
我想学哥打东洋。

秋下种,
夏收割,
麦子受冷又受热,
人受折磨是好汉,
麦受冷热收成多,
冬雪三尺曝日晒,
今年麦子好收获。

麦穗青,

麦穗黄,
收打完毕麦进仓,
叫声爹爹听我说:
我去跟哥打东洋,
不是怕苦不想家,
也不忍心丢开爹和娘,
只为人牛太平日子好,
儿去当兵保家乡。

【注释】

①轧场:指的是庄稼收获季节用碌碡等压平场院或滚压摊在场上的谷物,使其脱粒。

②东洋:指的是日本侵略者。

【简要导读】

该作品原载于1942年5月26日的《盐阜报》,是一首借鉴民谣形式创作的诗歌作品。"麦穗青,麦穗黄"反复在每小节开头出现,重叠复沓句式的采用加强了诗歌的咏叹情味,使诗歌的叙事性与抒情性得到完美结合,情感真切动人。

诗歌语言明白如话,质朴自然,以一位志在报国的热血青年的口吻勾勒出三幅收获的图画。割麦前,"我磨镰刀爹轧场",在繁忙的准备工作中,自然地引出了往事,"往年收麦哥在家,顺势过渡到"今年哥去打东洋",为下文"我"学习使用镰刀作了铺垫,当然更重要的是引出"我想学哥打东洋"的主题。

在第二幅图画中,诗歌以"麦子"暗喻"人",麦子要经历严寒酷暑才能丰收,人也要经历波折才能成长。"我"对战争的严酷有着充分的了解,但并未因此退缩,体现出作者冷静而乐观的革命精神。

第三幅图画中,在麦收归仓之后,"我"终于勇敢地说出了自己的想法——"我去跟哥打东洋",因为只有人人踊跃参军,才能打败敌人,换来家国平安。

三幅图画各自独立,又先后关联,犹如活动的连环画,动静结合,趣味益然。

送郎

陈 璞

送郎送到大门前，
妹妹有话嘱告你，
反动派向我们来进攻，
决心把他整个消灭。

送郎送到藕池塘，
风吹荷花扑鼻香，
我祝哥哥上前方，
多打几个漂亮仗。

送郎送到大路旁，
哥哥脸上喜洋洋，
我祝哥哥上前方，
多捉俘虏多缴枪。

送郎送到大街上，
欢送锣鼓响呛呛，
我祝哥哥上前方，
揪光反动派回家乡，
合家团圆乐洋洋。

【简要导读】

该作品原载于 1946 年 9 月 23 日的《盐阜大众》，作者具体情况不详。

每年农业劳动结束后，解放区都会掀起动员参军的热潮，众多爱国之士听从祖国召唤，踊跃报名参军，父母送别孩子，妻子鼓励丈夫，场景热烈感人。解放区的文艺工作者积极吸收各种民间文艺形式，加以创造性的改写，创作出了大量优秀的文艺作品，"好男儿，扛起枪，打东洋，保家乡"之类的民谣传唱于大江南北，鼓舞人民抗击敌人、保卫家园。

本作品采用传统的送郎曲形式,青年参军,女子送恋人到大门前、藕池塘、大路旁、大街上,依依不舍的同时鼓励恋人勇敢作战,消灭反动派,并对未来美好的前景作了展望:"揪光反动派回家乡,合家团圆乐洋洋。"

白菜谣

单德清

白菜长得高又高,
弟兄双双拿枪刀,
没有强大新四军,
得到土地保不牢。

白菜长得青又青,
青年好汉要参军,
打垮反动遭殃军[①],
大家小户才太平。

【注释】

① 遭殃军:当地民众对国民党军队的蔑称。

【简要导读】

本作品原载于1946年11月21日的《盐阜大众》,作者具体情况不详。

作品采用了民间传统曲调"白菜谣",每节开头处的"白菜长得高又高""白菜长得青又青"并无实际文字意义,但可以起到句式一致、韵律整齐的作用。歌谣的主体部分是鼓励青年参军,第一节中的"弟兄"并非狭义的同胞兄弟,而是强调人人参军,壮大新四军力量,才能保住斗争得来的胜利果实。第二节进一步指出参军作战与家家户户的平安密切相关,只有彻底打垮反动势力,才能真正得到太平。

小歌谣

夏　骧

大穄稻①，
黄又黄，
今年变成我家粮，
半空掉下金一方②，
感谢恩人共产党，
算账分田帮我们穷人忙。

【注释】
①大穄稻：指的是一种当地水稻。
②金一方：指的是人名。

【简要导读】
歌谣原载《盐阜大众》1946年9月，作者具体情况不详。

这是一首名副其实的"小歌谣"，全作只有六行，但构思巧妙，颇有意趣。"大穄稻，黄又黄，今年变成我家粮"，既写出了农民得到自己劳动果实的喜悦，又反映出在旧时代农民遭受剥削的不公平现象。农民春种秋收，付出无数心血，但收获来的粮食却被剥削者理所当然地占据，思之令人心痛。"半空掉下金一方"，以一个非常奇特的比喻抒发了农民对中国共产党到来的由衷欢喜，共产党带领人民推翻了不平等的社会制度，"算账分田帮我们穷人忙"，这才能使金黄的稻谷成为农民的"我家粮"。

小歌谣

周六壁

一二三四五，
一直跑到国民政府，

他们问我做什么,
我说来要自由和民主。

六七八九十,
去找蒋介石,
他问我做什么,
我说专制独裁你行不得!

百千万亿兆,
倒退分裂不能要!
哪个要实行法西斯,
哪个就要死得早。

【简要导读】

这首作品原载于1946年4月11日的《盐阜大众》,作者具体情况不详。

这是一首非常有趣的数字歌,歌谣巧妙地应用了"一"到"兆"的数字,使三小节内容具有了连贯之感,妙趣横生。此外,第一节中以"五""府""主"为韵脚,第二节中以"十""石"为韵脚,第三节中以"兆""要""早"为韵脚,使得歌谣韵律整齐,读来朗朗上口。

歌谣表明了民众反对专制独裁、要求民主自由的决心,语言简朴生动。

新儿童

章 枚

我们是新中国的主人翁,
我们是四十年代的新儿童,
在抗战炮火中长大,
锻炼成坚强的小英雄。

谁说我们年纪轻?
谁说我们不中用?
我们慰劳宣传刮刮叫,

我们歌唱演戏样样通。

侦察敌情最拿手，
检查路条不放松。
抗战的工作多得很，
就怕胆小懒惰不肯动。

快来参加抗战保国家，
做个抗日的小先锋！
不做顺民不投降，
不做爹妈的寄生虫。

今天我们吃点苦，
将来的日子乐融融，
建立起幸福的新中国，
我们儿童就都是主人翁。

起来，起来，
起来，新儿童，冲冲冲！

【简要导读】

本作品选自《盐阜区新四军抗战歌曲选》。

章枚这首歌谣既显示出了音乐家对旋律节奏的完美把握，也体现了一位战士的革命激情。他曾号召学音乐的艺术家们："有眼睛的就看吧！有耳朵的就听吧！看看这是什么时代？听听前线是什么声音？朋友，如果你那支《秋怨》还未作好，就不必作下去了，我们需要一支《马赛曲》。"在国家处于生死存亡之际，章枚强调要以时代要求为先，以民族利益为重，文艺应作为战斗武器而存在。

这首《新儿童》是章枚文艺主张的典型表现，全作共六节，其中第一到第五节每节四行，在保证语意流畅的前提下做到了押韵工整、旋律爽朗。作者对四十年代的新儿童不怕困难，积极参与抗战予以热烈赞扬，同时也提出了殷切的期望，希望大家"参加抗战保国家，做个抗日的小先锋"！

第四辑
墙头诗

反"扫荡"

天 平

飞机轰,大炮响,
敌人又要来"扫荡",
军民赶快动员起,
给敌人来个反"扫荡"。
破坏道路拆桥梁,
敌人兵马起恐慌,
空舍清野家家做,
困死敌人小东洋。
新麦米粮妥安藏,
一粒不让敌人抢,
壮年加入自卫队,
帮助前线打胜仗。
儿童妇女在后方,
盘查岗哨防敌忙,
各村组织游击组,
配合新四军,
四面八方打敌人,
叫敌人到处不安身,
叫敌人在这活不成。
胜利一定属我们,
胜利一定属我们。
飞机轰,大炮响,
鬼子又要来"扫荡",
军民赶忙动员起,
给敌人来个反"扫荡"。

【简要导读】

这首墙头诗原载于1941年6月20日的《江淮日报》,基本采用七字一句的固定句式,但并不拘泥于形式,间或有三字短句以及五字句、八字句,意义表达完整,节奏整齐自然,具有很强的感染力。

墙头诗是战争时期的"文艺轻骑兵",在当时的艰难环境中,这类文艺作品几乎兼具新闻报道、宣传动员、组织工作等多种功能。这首《反"扫荡"》以生动活泼的口语告诉读者,敌人即将发动罪恶的"扫荡",人人都要组织起来反"扫荡","破坏道路拆桥梁""空舍清野家家做""新麦米粮妥安藏",从军事斗争到后勤补给全方面打击敌人。只要人人参与,"胜利一定属我们"。整首诗短小精悍,直接明快。

先埋了它

辛 劳

法西斯强盗,
命定要埋葬,
世界上集中了火力,
给他们掘坟。
怎样挣扎都没有用,
所以法西斯的将军们,
都急成疯狗,
东咬一口,西咬一口。
日本法西斯,
不过是只小狗,
四年来在中国,
到处挨揍。
法西斯的寿命,
现在只剩个蜡烛头,
先埋了它,
这只日本法西斯小狗。

【简要导读】

　　这首墙头诗原载于1941年7月13日的《江淮日报》。辛劳在"九一八"事变后，与一些东北的文学青年流亡到上海。1932年5月，参加左翼作家联盟，从事写作，并参加革命活动。1934至1935年间在私立江苏中学任教，除授课和教学外，还热衷于诗歌、小说、散文等创作活动，发表《阴影》《小说家》《中流》《光明》等散文、小说多种。抗战初致力诗歌创作，曾在《救亡日报》先后发表《火中一兵士》《夜袭》《在火中》《战斗颂》《难民的儿歌》等诗歌十多首，歌颂抗日军民战斗业绩，宣传抗日救亡运动。1938年1月赴皖南参加新四军，先后在战地服务团及浙东一带从事抗日救亡文化活动。不久返回上海参与革命诗歌团体行列社工作，更加积极地投入诗歌创作，写有长诗《棉军衣》、短诗《土地》《年夜》等。1945年在战斗中被俘，在狱中牺牲。作品有诗集《捧血者》《五月的阳光》《深冬集》等，散文集《古屋》《炉炭集》等。

　　这首墙头诗可分为两部分，第一部分从世界范围着眼，指出"法西斯强盗，命定要埋葬"，在全世界反法西斯力量的共同努力下，法西斯势力已是穷途末路。第二部分将矛头对准日本法西斯，作者充满厌恶地将日本法西斯比作小狗，鼓舞人民坚持抗日，打败日本帝国主义。

蒋军罪行

陈衷和　　周帜炎

一塔房屋烧乾静①，
两只小猪也吃光，
三句不投就是杀，
四处强奸大姑娘，
五谷杂粮整扒去②，
六十岁的老太婆也遭殃③，
吃赌嫖遥活土匪④，
八方敲诈勒索抢，
九个蒋军十个坏，
实在叫人恨裂肝和肠！

【注释】

①一塔房屋：当地俗语，众多房屋的意思。乾静：同"干净"，光、尽的意思。
②扒去：抢去的意思。
③遭秧：即遭殃。
④吃赌嫖遥：当地俗语，干尽坏事、不务正业的意思。

【简要导读】

这首墙头诗原载于1946年11月18日的《盐阜大众》，作品应用了老百姓常见的"数字歌"，以从"一"到"十"的顺序控诉了国民党军队的罪行。

苏北根据地的墙头诗创作在抗战时期已有基础，但未广为普及。解放战争时期，《盐阜大众》报社于1946年5月间连续发表了《把墙头诗运动轰起来》《墙头诗有什么好处》《怎样写地方性墙头诗》《怎样写上墙》等指导性文章，并且特别组织成立墙头诗小组来推进这项工作，于是盐阜区不少地方成立了农民的新诗歌组织——"墙头诗小组"，既是写墙头诗的组织，又是研究墙头诗的组织，使墙头诗质量在普及基础上得到提高。

这首墙头诗基本消尽了文人气味，以老百姓喜闻乐见的形式、短小精悍的篇幅成为真正可以"上墙"的墙头诗，体现了苏北墙头诗运动正在走向成熟。

墙头诗

成 平

（一）

特工特工，
你莫再凶，
如敢阴谋暴动，
包叫你狗命送终。

（二）

站岗放哨，
防止特工鬼闹，
岗哨密布如天网，

特工插翅也飞不了。

（三）
农民得了田，
反动派没得命，
放出了特务，
专门捣蛋造谣，
大家追出谣言根，
送到政府法办。

（四）
各人拿起枪，
自卫保家乡，
打得反动派，
奈何桥下找亲娘。

【简要导读】

这组墙头诗原载于 1946 年 9 月 8 日的《盐阜大众》，作者具体情况不详。

组诗包括四首简短的墙头诗，四首各有独立的主题，但又互相联系，形成整体。第一首诗是对特务的严厉警告；第二首诗是对根据地军民防止特务搞破坏的经验总结；第三首诗是对特务产生原因的分析，穷途末路的反动势力面对人民战争无计可施，只有派出特务实施破坏行动；第四首诗是对民众的呼吁：保卫家园人人有责，只有人人拿枪才能彻底消灭反动派，实现人人自由、家家团圆。

劳军

长　任

新四军，打胜仗，
人民一切有保障，
军队打仗为人民，
人民慰劳理应当。

【简要导读】

这首墙头诗原载于 1946 年 8 月 6 日的《盐阜大众》,作者具体情况不详。

墙头诗因其篇幅短小,长篇大论的抒情、叙事等并不适用。在这首《劳军》中,作者借鉴古典诗歌的形式,简洁明了地提出军队与人民生活的密切联系。只有新四军打了胜仗,人民所得到的一切才能得到保障。"军队打仗为人民,人民慰劳理应当",作者向民众发出号召,鼓励大家踊跃劳军。

四季生产歌

李 电

春季里,暖洋洋,
正是生产好时光,
耕种锄田正合时,
多耕多锄多收粮。
俗说心勤地也勤,
泥土可以变黄金,
只要大家勤生产,
保证生活往上升。

夏季里,麦子黄,
种田人家忙又忙,
赶快组织换工组,
生产互助力量强。
人口少少好过年,
人手多多好种田,
集体换工好处多,
既省时间又省钱。

秋季里,天气凉,
加紧生产不能闲,
收稻头又收秋豆,
水田还要打稻场。

只要大家多出力，
生活虽多也不焦，
切莫学做二流子①，
好吃懒做膀子摇②。

冬季里，大雪飘，
田地生活已做了，
不能坐吃待山空，
还要设法生产搞。
闲时不要乱奔跑，
多多拾粪和划草，
拐粉喂猪积肥料③，
翻黑土来河淤撩④。

【注释】

①二流子：对农村中不务正业的人的俗称。
②膀子摇：即摇膀子，当地俗语，游手好闲的意思。
③拐粉：指农村用磨盘磨粉的意思。
④河淤撩：捞河里淤泥的意思，当地积攒农田肥料的一种方式。

【简要导读】

此诗原载于1946年7月22日的《盐阜大众》，作者具体情况不详。

诗歌以四季生活为题描绘了农业生产场景，劝告民众努力生产，强调农耕对生活的重要性。我国是农业大国，拥有悠久的农业生产历史，因此历史上以"劝农"为主题的诗文比比皆是，如陶渊明的长诗《劝农》等。但与此类题材的传统写法不同，此诗细致地提出了农业生产的各项细节，足以证明写作者不是高高在上、自命主宰的官吏人等，而是对农业生活极其熟悉的生产者。让劳动者自己写诗，这正是墙头诗写作运动的主要努力方向。

庄上人人夸

唐星魁

春风吹,菜花香,
拖着犁耙去开荒。
开出荒来多收粮,
不然饿肚肠。

纺纱车,哗哗响,
一天能纺十几两,
柴米油盐换到家,
一家笑哈哈。

东庄王大妈,
生产顶刮刮,
又织布,又纺纱,
一家生活全靠她,
庄上人人夸。

【简要导读】

作品原载于 1947 年 12 月的《盐阜大众》,作者具体情况不详。

这首墙头诗形式活泼,语言生动,正如钱毅所强调的,墙头诗"接近民谣,而形式比民谣更自由;它也接近新诗,而比新诗更简朗明确,容易为今天的群众接受"。这首《庄上人人夸》应用长短变化自由的句式,"香""粮""两""妈""刮""她"等相对整齐的韵脚,传达出一种自由自在的喜悦之情。

作品画面感极强,第一小节描绘春季开荒,扩大生产;第二小节刻画纺纱劳动,直到第三节才推出诗歌主人公"东庄王大妈",原来依靠辛勤的开荒纺纱过上好日子的不是别人,正是"庄上人人夸"的王大妈!这种写法犹如一出小小悬疑剧,趣味十足。

妇女解放歌

严 寒

未开口,泪沉沉,
喊声姑嫂姐妹们,
我们的痛苦不堪言,
爷娘重男不重女,
从小到老不平等;
姐妹嗳①同胞,
轻女重男不应该!

年长大,要出嫁,
不问自己愿不愿,
一顶花轿抬婆家,
婆家和气倒也罢,
婆家凶狠苦煞人,
同胞姐妹嗳,
丈夫欺打公婆骂。

养孩子,烧煮饭,
整天忙碌像牛马,
丈夫还说不如他。
宝贵青春空枉过,
世界大事不明白。
姐妹同胞嗳,
白过一生多可怜!

今天起,再不能,
厨房里面过一生,
不拿枪杆上战场,

定要组织妇抗会②,
一面帮助抗日军③,
一面自己出主张。
姐妹同胞嗳,
这样才是女丈夫。

【注释】

①嗳:同"哎"。
②妇抗会:农民组织妇女抗敌协会简称。
③抗日军:指的是新四军。

【简要导读】

这首诗原载于1942年3月16日的《盐阜报》,作者具体情况不详。

这首《妇女解放歌》既是一首控诉之歌,也是一首教育之曲。第一节中,作者以激愤的情感高呼:"爷娘重男不重女,从小到老不平等;姐妹嗳同胞,轻女重男不应该!"第二节中,作者描述了在婚姻不自由、男女不平等的社会文化中女性所遭受的苦难,第三节承接第二节,将妇女解放从具体的婚姻生活层面上升到确立妇女自觉意识的层次。第四节中,作者告诫女性,女性解放要靠自己争取,不能在狭小的厨房中浑浑噩噩过一生,要走出家门积极参加抗战,并"自己出主张",才能实现自我价值。

墙头诗
——滨海双港镇防疫运动创造的

鲁 耕

反动数老蒋,
传病数苍蝇,
一样害人民,
一样要肃清。

小小苍蝇,
害人妖精,

随时扑灭，
不让它伤害人命。

疾病上身要睡倒，
生活不能做，
性命也难保；
平时注意卫生，
疾病才不上身。

有了病，
不能听天由命；
要请医生吃药，
千万不能迷信。

家里家外，
时常打扫，
苍蝇蚊蚤不到，
疫病断了根苗。

【简要导读】

作品原载于 1946 年 5 月 11 日的《盐阜大众》，作者具体情况不详。

卫生防疫工作是解放区政权建设的重要组成部分。在当时的根据地环境中，群众普遍存在迷信、不讲卫生的情况，加上战争环境中医疗资源的极度匮乏，以及医疗水平的低下，解放区人民的医药卫生状态非常糟糕。为了改变这一状况，根据地政府在党的领导下，从组织建设、制度法规多方面推动开展卫生防疫工作，但要想彻底解决问题，还必须要群众自己认识到问题的严重性，从自身做起，正如毛泽东所说："我们必须告诉群众，自己起来同自己的文盲、迷信和不卫生的习惯作斗争。"因此，通过各种文艺形式宣传科学的卫生知识成为开展工作的重要方式之一。

这组墙头诗是一组活泼明快的宣传作品，作者应用乡土气息浓厚的地方口语将卫生防疫需要注意的事项一一道来，如要及时打扫家里家外，消灭苍蝇蚊蚤，切断疫病传染途径。一旦生病不能迷信巫医，要请医生、吃药。

下编

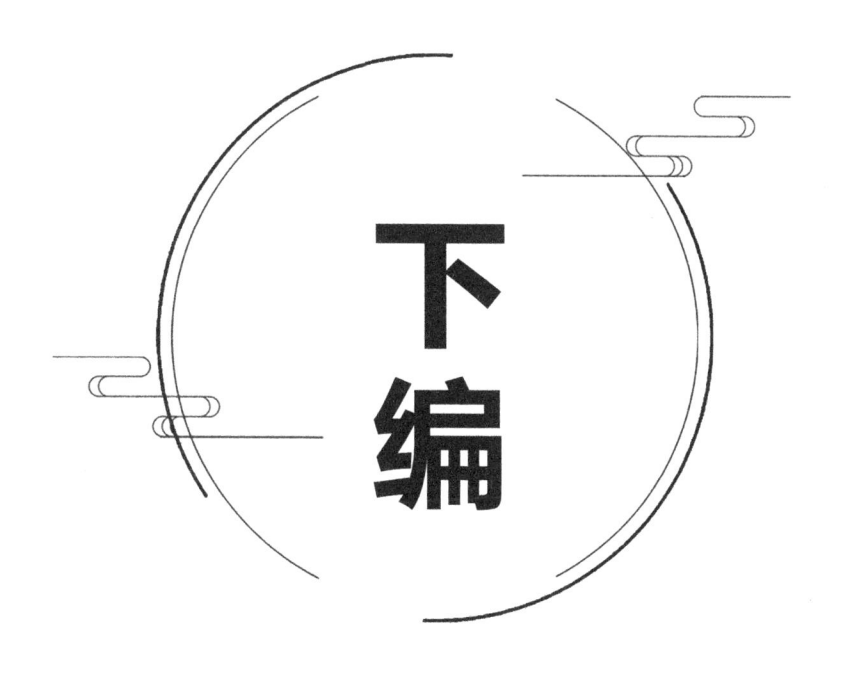

下冊

第一辑
散文特写

一、战斗生活

二十七个药箱

铁　砂

　　天还没有亮,庄子给包围了,游击小组住的那四合头①砖墙的草房也给包围了。敌人根据特工的报告,知道这屋里住的是握着枪杆子的人,懦怯的"和平军"②不敢冲进去,只在门外喊:"出来呀!""缴枪呀!"并且把手榴弹丢进院墙里爆炸着。

　　游击小组长是老徐,他也是乡里的指导员、支书。他是在这里土生土长的。平时他碰到困难战斗总是跑在头里,遇到危险总是觉得平常的;这次却例外,他急得脸色通红,汗珠在额上挤出来,虽然这是初春的天气。组员们都是贫苦的农民,和老徐是一样的,他们都说要打出去,死了就算了,但是老徐却不这样做,他叫大家把枪埋藏起来,准备做俘虏。

　　因为他知道,他们六个人活着是必要的,有着比六个人生命更重要的东西叫他们活着。

　　在"扫荡"开始的前两天半夜里,×部送来了二十七个药箱,×部的科长说:"这都是重要的药品,要靠着它救活几百几千的革命干部和战士。"东西是他们六个人偷偷埋藏的,同时有几箱顶重要的药品还是老徐自己一个人埋的,世上没有了他们,药品会在泥里烂掉的。

　　"扫荡"开始了,镇上住下了"和平军"和鬼子。这里离镇只三四里路,老徐担心着二十七个药箱,但是没有地方可以移动,敌人疯狂地"扫荡",到处乱窜。

　　传来了不好的消息,×部×科长在打埋伏③的那庄上给提去了,半路上给打死了。并且"和平军"在死人身上翻出了那二十七个药箱的存条,上面写着徐林泉——老徐的名字。

　　为了老徐,"和平军"的团部放出了十多个特工,之后他们知道老徐是住在这里的,野兽们是多么的高兴。

　　去锅灶后面挖去了几块砖,把六支步枪藏在烟囱里,又把砖放好了;把一支手枪埋在床脚下面,清除了身上的一切疑点,六个人空着手大摇大摆地走出来做俘虏了。全村共捉去男女老少七十三人,其中有十一个是共产党员。

野兽们知道自己在这镇上的命运是短促的,因此马上处理这群"俘虏",想在短时间内得到收获,发掘那宝库——二十七个药箱。

把俘虏关在一间宽大的房子里,老徐等六个人特别受着"优待",绳子把两条臂膀捆得紧紧的。

一个什么"官儿",拿了一支洋笔来登记名字,他想从这里发现宝库的钥匙——徐林泉。

当问到老徐的时候,他答着:"徐正泉!"他把这三个字喊得特别响亮、清楚;这是为了使大家知道、理解:这里没有徐林泉。

狡猾的狐狸是不会就此相信的。他们知道徐林泉三个字不是刻在脸上的,是可以变换的。

问题临到六个人头上了,第一个被拖出去的是老徐。问官是一个十多年的老特工,是"曲线救国论"④的人物。

"你们是游击小组?"

"是自卫队坐更的。"

"是模范队?徐林泉是哪一个?"

"他吗?他是指导员,他会被你们捉到吗?他早到旁落头去了。"

"到哪里去了?"

"不知道,我们自卫队是老百姓,他到什么落头会让我们知道吗?"

一壶冷水灌进鼻子里,不好受,咳呛出水,咳呛出血来,肺像要爆炸似的。但是老徐安心地忍受了这"试炼",他什么话都没有说。

第二个人来了,老徐水淋淋地坐在"问事房"外面太阳心里,他不是为了晒太阳,而是让第二个人、第三个人……看到他在这里,增加一种看不见的、伟大的力量。六个人问完了,冷水都灌过了,又一个个吊起来鞭打,但是得到的口供和老徐是一样的。被捕后,老徐以及其他共产党员们,没有放弃教育和鼓励的工作,因此口供都是一样的。

敌人又放出了顶恶毒的狗——特工,到老徐的庄子以及附近的庄子上去嗅,他们所要知道的,是"徐林泉在不在这七十三个俘虏之内"。

敌人同时又进行普遍的拷打与审问,因为人多,所以起初只是随便地捉一个靠牢房门口的人去问、打、吊、灌……但是同样的,狗子们没有得到什么。老的、少的、男的、女的,说着一样的话:"徐林泉,他是指导员,他灵活得很,他会给你们逮住吗?只有我们老百姓才会给你们逮住。"

因为站在门口的人会被捉去,会挨打,因此共产党员们都自动地站到门口去了,让树棍子打在自己身上吧,同时知道自己比群众更经得起"试炼"。

两天两夜没有合眼,没有喝一口水——除了鼻子喝的以外。屋子里发热发臭,一个老头子倒在潮湿的地上哼,小孩子哭干了声音,也有老太婆在叹气;但是没有人会想到把自己的领袖出卖给敌人以救得自己,这种罪恶的思想在善良的心肠里是不会有的。虽然老徐并没有摆过一副架子说:"我是领袖!"但是人民已把他当作领袖了。

敌人的目标又用在六个人的身上了,拖出去一个,不要十分钟,外面"砰!"的一声,大家知道这一个完了。当审问第二个的时候,第一个的衣服摆在第二个的面前,这是表示:"你最后考虑,要死还是活?"十分钟后,牢房又会听到外面"砰!"的枪声。

第三个,第四个一样的进行,最后老徐和第六个一起被带走了。在一个深坑的边缘,老徐知道完了。他很伤心,伤心的不是为了自己的生命,伤心的是二十七个药箱——要靠它救活几百几千革命干部和战士的药箱,将同自己一起永远埋葬在黄泥里了。

"砰!"第六个一声不响地跌进了深坑。

"你讲不讲?徐林泉是哪一个?"这是最后的问话。

"我说过了——"徐林泉紧闭了眼睛准备领受最后的试炼。

但是敌人没有这样做,又把他带进了牢房,他看到第一、第二、第三、第四四个人也都活着,这是敌人的奸计。但是"第六个"是的确死了。

放出去的恶狗——特工,没有得到什么,得到的是:"徐林泉没有被捉。"

因为老徐及庄上的人被捕后,×部派了很多人员到庄上,配合了乡的支部,进行这庄及附近各庄的广泛的教育,教育的内容是大家一致说一句话:"徐林泉没有被捕!"

敌人的手段用完了,奸计用尽了,同时相信他狗子——特工的话。因此他的目标转到"弄点钱"上面。

老徐及其他的同志也真担心,只怕长期下去,这秘密会泄露,因此也急急想法出去。

一个年老的当过二十多年塾师的"俘虏"做了代表,谈判顺利地结束了,二万斤粮食换取了七十二个人。

回到庄上,当夜就把二十七个药箱挖出来交给×部的同志。当十几副挑子在星光下离开庄子的时候,老徐深深地吐了一口气,欢喜得流出了眼泪。

这是一九四三年春天阜宁某地的事。现在徐林泉同志已经是阜宁七区的区联救会委员了。

【注释】

①四合头:当地民居建筑布局形式,一般院落由四面房屋封闭而成。

②"和平军":抗日战争时期华中地区的一类伪军。

③打埋伏:指预先隐蔽起来,以便袭击敌人。

④"曲线救国论":抗日战争时期,国民党亲日派、顽固派实行的一种政策。1939年初,由国民党河北省保安司令张荫梧首先提出。国民党亲日派、顽固派则大加鼓吹。在此政策影响下,一部分国民党军队和文武官员投降日本,成为伪军、伪官,同日军一起进攻解放区。其目的是维持这部分国民党军队,一旦日本战败,即可乘机占领城市与交通要道,夺取人民的胜利果实。为欺骗人民,故诡称为"曲线救国"。

【简要导读】

这是一场特殊的战斗。当游击小组被包围时,是与敌人进行殊死搏斗,还是暂且做俘虏?这在其他时候似乎是不需要进行选择的。与敌人相比,游击队员力量不足,但他们毫不畏惧,一句"打出去,死了就算了"将战士们的质朴与悲壮刻画得力透纸背。但是,组长徐林泉同志却坚决反对,他要求大家将武器掩藏起来,准备当俘虏,这是为什么呢?读者发出了疑问。

原因很简单:"他们六个人活着是必要的,有着比六个人生命更重要的东西叫他们活着。"比自己生命更重要的是几百几千革命战士的生命,而战士的生命要靠游击小组埋藏的二十七箱药品来挽救。因此老徐和战士们不畏屈辱,不惧磨难,毅然以"投降"的姿态走出来,面对凶残狂暴的敌人。

更加悲壮的场面出现了:"老的、少的、男的、女的,说着一样的话:'徐林泉,他是指导员,他灵活得很,他会给你们逮住吗?只有我们老百姓才会给你们逮住。'"

面对随时会降临的死亡,村庄的男女老少没有畏惧、没有犹豫、没有屈服,只是简单地、坚定地维护着自己的领袖。此时此刻,每一个生命都是英雄。

仇桥敌人的撤退

邢一孚

我军进入过去韩军防地①后,当地人民从苛重的捐税负担下和敌伪匪的联合蹂躏下解放了出来,呼吸着民主和自由的空气;今年过着第一个真正的春天。

但是这块鲜花初放的原野上,敌人还安上了几个据点。仇桥②就是这些据点中的一个。

仇桥四面是四丈多宽的水圩子,最窄的地方也有一丈五六尺。除了水圩子还有五六尺高的土围子,内有三个小围子,每个小围子里面有四个炮楼,共十二个炮楼,最高的有四丈多高。四面还有铁丝网。圩内的房子,为了扫清射界,已被二鬼子拆光了。

这里驻伪军的一个营,约两百来人。有轻机枪三挺,掷弹筒一个,步枪百十来支。在老部队××团来到那里以前,他们无法无天,抢、奸、掳……什么都干。

"和平、和平,害苦百姓……"仇桥附近老百姓经常叹着气,自言自语。××县总队一部为了给老百姓除害,开到了仇桥周围来,围住这些害虫,阻止野狼们出来抢劫。但他们仗着人多和工事好,有时还在机枪火力掩护下,向我××总队小小地出击。

六月二十一日,×团×营长,带了×小队到了仇桥附近。夜深了,部队按着预定的布置进入阵地,进袭仇桥的战斗开始了。

"轰!轰……轰……轰",我们的勇士们摸到水圩边向围子里投手榴弹,冲锋号也吹起来。一挺两挺……七八挺轻机枪,"哒哒……哒"一齐向敌人打去。

伤兵的呻吟声,女人的哭声——圩子里闹成一团,他们这才着慌了!

霎时,射击停止了,我们观察敌人的动静。"哒……哒",机枪、步枪声,敌人开始了猛烈的火力还击,持续了两小时光景。我们还是一枪也不打。

"我们是中国人,不要给鬼子做事……缴枪……优待你们",我们开始了喊话。

我们仅消耗了不到一百来发子弹,敌人却打了两个来钟头的枪,随后我们撤下来在仇桥附近睡觉了。

第二天,×营长命令部队绑了很多梯子,准备了渡水圩爬炮台的大车、门板、长棍子、草等。

下午×营长又带了机枪与××总队和×队的干部去看地形,敌人不时地向我们打枪。

"老乡!我们知道你们是打单港、陈集③的×××团,我们不给你们打!叫我们离开仇桥,请退后五里路……"圩子里的伪军大声地叫着,他们已极度地动摇了。

"要缴枪……不然今晚见面!"这是我们的答复。

干部们回到部队里天色已黑了。忽然传来哒哒、哒哒的枪声,敌人突围了。×营长立即下命令:"×连长带两个排去追!"

"几个臭女人,两捆步枪",这是追到的东西,伪军已跑不见了。

××总队很快进了圩子,搜到四匹骡子、二十来个病号、百多石小麦……许多都是抢来的东西。他们跑得那么狼狈,连病号都不顾。

鲜花初放的原野上,又少掉了一个肮脏的敌人据点。

【注释】

①韩军防地:指的是国民党韩德勤部队驻地。

②仇桥：地名，今位于江苏省淮安市淮安区。
③单港、陈集：地名，今位于江苏省阜宁县。

【简要导读】

文章篇幅虽短，却记述了一场完整的战斗过程。"真正的春天"，"鲜花初放的原野"，作者以诗意的语言写出了根据地人民生活的巨大变化，也表达了对祖国大好山河的热爱。然而，就在这样美好的春天，鲜花初放的原野上却出现了几个肮脏的据点。盘踞其中的敌人为非作歹，奸淫掳掠，肆意欺凌周围的百姓。文章细细铺陈，从地理位置、地形特点、敌人火力配置等方面娓娓道来，使读者对战斗背景有了全面了解。

随后，文章的叙事节奏陡然加快。"轰！轰……轰……轰""哒……哒"，手榴弹的爆炸声、机关枪步枪的射击声、伤兵的呻吟声、女人的哭声、战士们震耳欲聋的喊声混在一起，犹如狂风暴雨，浇灭了敌人企图抵抗的痴心妄想。

于是，"鲜花初放的原野上，又少掉了一个肮脏的敌人据点"，大地重归宁静。

陈道口战斗琐记

方　言

一、一定要拿下

兄弟部队汇合成五六个团的兵力，为彻底消灭罪魁王光夏的战斗准备开始了。

首长在干部会议上说："'王大老爷'在这里害我们不轻了，我们今天一定要消灭他！这些兵力不够，再调别的，一定要拿下陈道口！……同志哥！我们共产党领导的新四军，要是打不下土顽固一个圩子的话，那将来还革什么命咧！"

陈道口是王光夏的巢穴。他们以此作为沟通×××和韩德勤的桥梁，企图完成包围苏北的形势。

指战员们全都认识了战斗的重大意义，下了最大的决心："不顾一切牺牲！一定要拿下陈道口！"于是，雄赳赳的战士，像山岳一样布置在王光夏的乌龟壳——陈道口的四周了。

二、这个办法好

陈道口的工事非常坚固，一共有三个圩子，东西是两个小圩子，中间是大圩子。东西小圩子的工事比大圩子的还好，四周是丈把高的圩墙，墙下面是一丈五

127

尺深的沟,沟外面还密密地排着四道铁丝网,圩内用地道沟通,后有圩门。

十六日起,我们包围的计划就绪,就开始坑道作业,挖地洞来接近他们。敌人眼看挖得一步一步近了,用机枪、手榴弹,甚至土炮来射击,却没有伤到我们一根毛。

他们一位营长在盖沟工事里打电话:"喂!敌人已经挖到我们工事附近来了,请问打不打?"大概是团长的命令吧!叫打。于是机枪、手榴弹、土炮又响了一阵子,我们的人一点不动。他以为我们跑了,枪又停下来。其实我们把地洞已经快要挖到铁丝网跟前了。

军队在前面挖,老百姓在后面修,整整四五天,日夜不绝,坑道作业完成了。战士们提高了胜利信心,都说:"这个办法好!"

三、先用刀砍

二十日的黄昏开始攻击,乌江大队担任主攻。冲锋号一响,先砍铁丝网。破坏组的同志每人一把大刀,把铁丝网砍破一个洞,就从洞里钻进去,再砍第二道。虽然敌人的火力像雨点一样,我们的同志一点也不畏缩。

一连三个战士在一起砍,两个打死了,剩下一个还在继续砍。有的打伤了,便坐在地下砍。三连的钮长根同志,一个人接连破三个铁丝网,丢手榴弹六十多个,负伤以后,还丢了二十多个手榴弹才下来。

四道铁丝网终于被我们全破了。

四、打进去了

第二次冲锋号响,架梯子,架好一个,爬上去一群。敌人的圩墙是那么高,从沟底到墙头足足有两三丈高。我们的勇士一个个地往上爬,打死一个掉下来,第二个再上去。打伤的同志,倒在地下喊:"同志们!快呀!别让敌人跑啦!"

敌人的机枪从工事里向外射击,我们一个战士在壕沟里,从枪洞外偷偷把枪筒一把抓住,敌人恐慌万状。他一鼓劲儿就从枪洞里钻进去,接二连三地我们的人都进去了。

就这样。十二点钟我们占领了西小圩子。

第二晚,只十分钟的战斗,就进了大圩子。后来东小圩子也占领了,陈道口完全被攻克了。

五、伤兵缴机枪

敌人溃散出来的队伍,在壕沟里向外跑,我们有三四个伤兵同志在休息,听见前面脚步声音,他们喊:"哪一个?"

没有声音,脚步更快。

"哪一个？再不答我们开枪了！"

那些黑影子跑过来了，枪丢在地下"碰"的响。伤兵同志们追上去，缴获了一挺轻机枪、四五支步枪，还捉了四五个俘虏。

六、吹炸了的牛皮

据说：韩德勤打电报给他们，说有个"乌江大队"来了。王光夏满不在乎，什么"乌江大队"，还不是地方上那些土八路而已。到后来听说是"十九团"，慌得连忙叫备马，准备逃命，可是四面给我们围得水泄不通，只得下决心死守。

敌人起初信心很高，他们在圩墙上向我们喊："穿黄衣的教导第一旅我们都碰过，你们这班穿灰衣的土八路用不着打了！"还有的说："我们不打，你们来吧！"我们把西小圩子占领以后，王光夏在他们干部会上还坚决主张"死守待援"呢。王光夏给部下训话："要下牺牲之决心！"果然，陈道口——一个模范的"乌龟壳"是给"牺牲"掉了！

七、拔去一根大电线杆

战斗胜利以后，我们俘虏了八百多敌人，缴获了二十多挺机枪。周围几县的老百姓比过新年还高兴，送猪肉、鸡子、毛巾、粉条、香烟来慰劳。军部发了一千块钱给乌江大队，奖励那些作战英勇的战士。

我们的首长说，"×××在皖北想跟曹甸的韩德勤打通联系，他们便竖下了许多电线杆，陈道口就是最大最坚固的一根。我们这次要不打，他们就快要通电话了！这下子好了，我们把那些电线杆都拔光了，看他去通电话吧！"

【简要导读】

1941年10月14日，为配合汤恩伯第31集团军由豫皖苏边区东犯苏北抗日根据地，国民政府江苏省主席兼苏鲁战区副总司令韩德勤纠集兵力，侵占了江苏省泗阳县以北的陈道口以及淮阴、涟水之间的大兴庄、张官荡，为汤恩伯准备东进通道。为打破顽军东犯企图，新四军决定向国民党顽固派军队反击，攻取陈道口，新四军代理军长陈毅亲临前线指挥。战役从14日开始，突击部队首先完成对陈道口的包围，肃清外围据点后发起总攻，21日攻克陈道口，全歼顽军王光夏部。与此同时，阻援部队攻克大兴庄，击溃由曹甸出援的顽固势力。陈道口战斗的胜利打破了韩德勤接应汤恩伯集团东犯计划，解除其对淮海根据地的威胁，并确保淮北、苏北、淮南、苏中四块根据地的战略通道通畅。

这一组散文速写便是对1941年10月陈道口战斗的战斗画面的刻画。散文按照战斗准备、战斗开始、战斗高潮、战斗结束的时间顺序描写，并分别拟了醒目传神的小标题，叙述节奏紧凑，情绪饱满。

民兵们就这样地战斗着

倪震　吴蓟

人民多么怀念他们过去的生活啊,那恬静、和平的生活啊。呜咽的小河,条纹样分布于平坦的原野,河与河的空隙,点缀满了绿油油的秧苗。风车像青年歌手一样,永远用暗哑的中音唱出温柔、优美的调子。徘徊于田塍上的人民,肩着夕阳的余晖,赶着拖着铁犁的水牛,悄然向前……但这是过去的事了,这美丽的画幅,被日本人践踏破了。秧田荒了,风车被拆去烧锅了,牛被杀吃了。徘徊于田塍上的人民,有的被杀了,血滋润着土地,染红着小河;有的躲在屋檐下,用眼泪洗着面孔;有的把眼泪咽到肚里,肩起了钢枪,举起了"复仇"的大旗——这就是活跃在串场河畔的民兵。

草堰口①是一个溃烂的疔疮,毒的脓汁向四处溃流。连吉、六合、东徐、院道、二桥、桥头六个乡的民兵,为他们恬静、和平的生活,为他们年迈的父母,为他们年轻的儿女,他们用坚强的战斗意志,用他们的生命,用钢枪和子弹,锻成坚固的铁圈,把日本人和汉奸紧紧地箍在铁圈里。蒋庄便是这个联防的心脏。它和近在一里半路的草堰口,仇恨地对峙着。

只要你敢于到那里去,随便找一个联防队员——那些勇敢的民兵,他们会兴奋地向你叙述他们亲身经历的动人故事。

早晨。晨曦晓雾,还紧紧匝着树梢的时候。

"敌人来了!"

哨兵把这消息飞快地报告了指导员杨学经。

"伙计,拿枪,有情况了!"

提着钢枪的民兵们,从晓雾里,从四面八方跑过来。有的哗哗啦啦地拉着枪栓,有的慌张地掏摸着子弹,有的还迈着四方步,大摇大摆地走着:"慌什么,来就打不咯!"民兵们给他说得轻松地笑了。

指导员下达了作战命令,民兵们从晓雾里出来,又钻到晓雾里去。

二十六个日本人、六个"和平军",带着机枪两挺、手炮两门,像窃食的老鼠样的,迟迟疑疑地向蒋庄前进。

民兵们的滚热的胸脯,紧贴着冻结的土地,冻得僵硬的手指,紧贴着扳机。

日本兵与"和平军",犹豫不决地前进着,剩下一千米远了,五百米远了,三百米远……

"打!"

枪响了,敌人倒了,死亡的风,呼啸着在日本兵与"和平军"头上奔驰。

六个日本兵端着刺刀,向大坝——蒋庄的进口奔来了。日本兵冲到坝口的时候,埋伏在那里的民兵们焦躁起来了,他们用不安的眼色责难指导员。可是当他们看到指导员灼灼的眼光时,他们安定下来了……

突然指导员尖叫起来:"一、二、三!"

四个枪口同时瞄准敌人,四个手指同时扣动扳机,四个肩膀同时向后一抖,四颗子弹同时飞出枪膛。

日本兵倒下去了,倒进坟墓里了,倒进半透明的晓雾里了。

其余的民兵立即从日本兵屁股后跳出来,手榴弹在日本兵头上爆炸着,子弹在日本兵身边嘶叫着。炸弹的破片和子弹扬起的灰尘,把半透明的晓雾搅成昏黄一片。

活着的日本兵拖着死了的日本兵逃跑了,日本兵不敢从架在河面的车桥上拥,怕碰上要命的子弹。

连哆嗦着、面颊瘦削的老人,惯常把指头衔在口里的孩子,面颊冻得绯红的民兵的妻子,都追出了大坝,用大声的纵情的哗笑,嘲笑着落汤鸡样的敌人。

仇恨从民兵们的心里倾泄出来了,但又郁结在日本兵与"和平军"的心里。

"院道乡民兵大大的,非收拾收拾不行。"

"院道乡的民兵在一天,咱们就一天睡不安稳。"

"哪里打枪就烧哪里,没有房子烧风车。"

彭守法——院道乡不肖的子孙,领着草堰口的日本兵与"和平军",白天出来扫荡、抢粮,晚上领着兴亚团(暗杀组织)出来黑摸。

院道乡的民兵更坚强,更热爱战斗了。黄昏、拂晓、夜半,三个一群,两个一组地神出鬼没于大道上、岔路口。白天,有的爬到树上放了望哨,有的把枪放在田塍上,人跳到田里拉犁、插秧……只要听到一连三声枪响,他们连脚上的泥巴都不去洗,就倒提起枪奔向枪响的方向。

在战斗中锻炼出来的民兵们,创造出了自己的战术。

敌人兵力小,自己的地形好,便来一个"迎头痛击"。敌人兵力大,便选择好地形,给他个"息脚兔子",或"兜躲转"。而他们的拿手好戏叫作"截尾队"。用这种战术,打退了多少次敌人的"扫荡",得到了多少次的胜利。

草堰口的日本兵与"和平军",把院道乡的民兵恨得牙根痒,但那又有什么办法呢?

一天,敌人真急了,把鬼窑子里所有的日本兵、"和平军"全数开出来,洋洋得意地"扫荡"院道乡。

民兵们有千里眼,顺风耳。他们知道草堰口里空虚了。指导员就领了七八个民兵,大摇大摆地进了草堰口,打得那批看家狗躲到碉堡角上打哆嗦……

"民兵把草堰口占了!"

这消息惊破了日本兵与"和平军"们的胆,"偷鸡不成倒贴一把米"。等敌人结束不成功的"扫荡",慌里慌张赶回草堰口的时候,指导员和民兵们早已回到院道乡了。

看门狗们说,刚才还见好几百民兵在街上闹哄哄地乱钻。而"扫荡"回来的日本兵与"和平军"却没有看见半个民兵影子,只有红红绿绿的标语,从纸上嘲笑似的窥视着敌人。

民兵们就是这样地战斗着,生活着。

于是除接火的时间以外,风车照样地旋转,水牛照样在路边啮草,老年人依旧在稻草堆旁晒太阳,女人低着头做针线,小孩子们顽皮地追逐着雏鸡或羔羊,炊烟袅袅地升起,舔着白云,舔着蓝天。所不同的,只是在田里拉犁的男子,肩上背着钢枪。

正因为这个缘故,民兵和他们的父母、妻子、儿女的脑筋里,逐渐生长着太平观念,他们传说着这样的荒唐故事:

"日本兵与'和平军'出来'扫荡'。总先到菩萨面前抽签。要是别的地方,有吉祥的也有不吉祥的。要是院道乡,十个,十个是下签。"

这荒唐的故事,是有毒的化学药剂,它将腐蚀民兵们的坚强意志,腐蚀他们战斗的心——是应该特别警惕的!

【注释】

①草堰口:地名,位于今盐城市建湖县。草堰口初名鬼神庄,唐朝大历二年筑常丰堰时,此地留有泄洪缺口,名潮堰口。北宋天圣年间范仲淹主持修筑范公堤时,改称草堰口,沿袭至今。

【简要导读】

情景交融是本文的一大特色。文章开头,作者用细腻而略带忧伤的笔触画出了曾经美好的生活:"平坦的原野,河与河的空隙,点缀满了绿油油的秧苗。风车像青年歌手一样,永远用喑哑的中音唱出温柔、优美的调子。徘徊于田塍上的人民,肩着夕阳的余晖,赶着拖着铁犁的水牛,悄然向前。"然而,这一切被敌人的凶暴毁坏了,秧田荒了,风车被拆了,人民被残害了。

但是,有人从废墟上站了起来,迎着炮火,扛起钢枪,为了家园、为了亲人、为了复仇,挺起胸膛走上血与火的战场。

硝烟散尽后,曾经失去的美好又回来了,"风车照样地旋转,水牛照样在路边啮草,老年人依旧在稻草堆旁晒太阳,女人低着头做针线,小孩子们顽皮地追逐着雏鸡或羔羊,炊烟袅袅地升起,舔着白云,舔着蓝天。"那肩上背着钢枪的男人,正静静地注视着这一切。

记合德战斗

吴 蓟

　　天又黑,路又滑,又要脚不沾地地飞跑,人就接二连三地摔跟头。岗楼里的伪军醒了,吆喝:"哪一个?哪一个?"
　　一排手榴弹打过去,这就是"口令"!战士们在爆炸声中扑过河,爬上圩子,他们顾不得把湿漉漉的衣服拧一把。伪军们跑得真快,大概平常学过兔子跑,等我们赶到街口,就溜进"乌龟壳"。
　　一条马路分开了两个营的战斗任务:×营打路西,×营打路东。路西一共有四个炮楼:两个在街心,一个顶大的在街北头,紧靠河,控制着接连南北街的大桥,另一个在后街。
　　驻守在第一个炮楼里的伪自卫团,不知道死在眼前,还企图顽抗,步枪、驳壳枪打得一片声响。二排长接受了任务,命令战士们挖墙、掏洞,一步一步地接近炮楼。他自己爬上屋顶,把手榴弹一个接一个往炮楼上摔,跟着爆炸声,炮楼里立刻就传出哭喊。八班长就趁这个机会带着战士进了炮楼,敌人乖得很,顺顺当当缴了枪。街北头的敌人又乖又滑,走的走,溜的溜。等八班冲过去的时候,只捉到了几个腿慢的家伙。
　　不知道从哪里钻出来的伪军,又占领了第二个地楼,有气没力地放着冷枪,着实讨人嫌。
　　×团副火上来了:"二连长,你们把这个炮楼拿下来!"×连长何志远一声没吭,顺手扔进两个手榴弹,第二个炮楼又被攻下。
　　路东有伪军十一警察队戴士康部的圩子和一个高大的炮楼。×连担任了歼灭戴士康部的任务。×连长范忠贤受领任务回来,就组成以八班长王洪为队长、特等射手徐寿文为副队长的奋勇队。奋勇队沉着、勇敢、敏捷、迅速,他们扑过水沟,穿过房屋,转弯抹角,不到十分钟就摸到了大圩子跟前。圩子上的伪军开了枪,但还没等到第二次枪响,一排手榴弹已经打了过去。被炸弹吓破了胆的伪警察所的全部人员(所长王泽洲,巡官六名,警察二十余名),乖乖地做了俘虏。
　　伪军逃进了"乌龟壳"。连长叫队伍挖墙掏洞,号召多流汗少流血。他自己跑到一家楼上,打开窗户向外一看,对面就是伪军固守的炮楼。连长喜坏了,他轻轻地下去,又轻轻地上来,后面跟来两挺机枪。在射手们手指一搂的刹那间,伏在圩子上的伪军,就乱七八糟地滚下了圩子。圩子上还有五六个伏在那里,并不是他们胆大,他们已经吃饱了"点心"。

南圩的战斗缓和下来了。

钻进碉堡的伪军一面向我们放冷枪,一面三个五个地向外突围。我们的特等射手找到了活靶子,枪一响就打翻了四个。给伪军威胁最大的还是我们的炮兵。打过去四发炮弹,第一发打掉一个垛口,两发打到炮楼根,最后一炮,不高不低,在炮楼半腰开了一个窗。

"不要打啦!我们缴枪。"

"缴枪不杀,我们优待你们。"

×教导员和一位敌工同志,开始和炮楼里的伪军谈判。过来的代表是戴士康的马弁,他说他们是无条件投降,可是里面有陈光寒、曹虎臣。我们虽然再三声明,保证他们的生命安全。但这些家伙自知罪大恶极,做贼心虚,经过三四次的交涉,最后他们终于玩弄我们的宽大政策,乘机突围而逃。

在×连的火力追击与×连九班堵击之下,突围的敌人像麦秸一样被刈倒,连死带伤四五十。

进攻合兴镇北街黑野门的是××团×营。

紧靠黑野门的东壁,高高地竖起了一座炮楼,这个炮楼有顾二呆子班的一个队驻守。顾二呆子不知道干了多少件伤天害理的事。

当×连进攻黑野门的时候,炮楼里的家伙们还以为新四军没有炮,对他们莫奈何,而出言不逊:"你们要打咱们就打,上来两个叫你们一对回不去。"

轰隆一声,第一发炮弹在黑野门前开了花,第二发炮弹从炮楼上飞过去,落在炮楼背后。

"有本事再打!"守在炮楼里的家伙们,还打肿了脸充胖子,吹牛皮说大话。

轰隆,第三发炮弹飞来了,掀掉了北边的屋角,里面的哭声和外面的笑声混成一片。第四炮更不偏不歪,从第二层钻进去,在炮楼里开了花。

"不要打了,不要打了,缴枪了,缴枪了。"里面鬼哭狼嚎地喊成一条声。炮楼里面的敌人,一个一个地出来了,都焦头烂额,少胳膊短腿,三分像人,七分像鬼。

合兴镇上打得炮火连天,驻在合德公司里面的六十多个鬼子,头缩在"乌龟壳"里,不敢动一动。

第二天黄昏,我们开始了对鬼子的进攻。一连八炮,合德公司被打得哗啦哗啦站不住人了。这时候,×连接到了出击的命令,突击组的二班副夏同志背着大刀,周宝如、陈志才抬着梯子,另外的五个人,都是一手一个手榴弹。

连长闵西锐低声问:"夏同志,有决心没有?""连长,你放心,我不装孬种,就是牺牲了也是光荣的!"他再没有别的话,提起大刀就走。到冲锋出发地,他们喘口气的时间都没停,一股劲冲到圩子跟前铁丝网下边,夏同志举起大刀就砍。当敌人的子弹洞穿他的胸膛的时候,他的大刀还紧握在手里。陈志才和周宝如在密集的弹雨下勇敢地架起梯子,但梯子没竖好,战士刘汉云自动跑上去,把梯子竖稳。这时候投弹组一连三排手手榴弹打过去。守圩子的"和平军"知道大势已去,一拥而退。孙立贵一马当先上了梯子,接着李金之、陈之才、排长崔江水也登上了圩墙。

伪军退到窑子里。合德公司的办公厅里、堆栈里、院子里,遍地皆是死尸、血水。竖在院子中心的大炮楼,也是七窟窿八眼睛,像一个隔年的破灯笼。部队搜索前进。从合德公司大坪,通到鬼子窑的一条桥上,二排副听到里面咕噜咕噜乱叫,才知道是鬼子。×连长当机立断,叫二排副带五、六班继续搜索前进,把四班布置在桥口,准备对付敌人的反冲锋,七、九班布置在桥两侧的圩墙上,以火力援助五、六班,此外集中了枪榴弹筒、小炮,全部火力向鬼子碉堡轰击,我们的炮弹也尽向鬼子炮楼上钻窟窿,把鬼子逼到地下室,静听着反战同盟诸君的喊话。

一到山穷水尽,强盗们用出了最后的"看家"武器,违背国际公法,施放出大量的窒息性毒瓦斯。

但是,富有战斗经验的新四军战士是不会被吓退的。他们虽然很多中毒,但新生的力量立刻就替换上来,回答敌人的就是更猛烈的炮火。

【作者介绍】

吴蓟,剧作家杨正吾的笔名。杨正吾(1920—1989),1920年4月出生于江苏省滨海县五汛农村。1934年毕业于通洋小学。1937年毕业于盐城化工职业中学初中部。1939年肄业于江苏第三临时高中。从小喜爱文学、戏剧。中学时代广泛涉猎中国古典戏曲、通俗文学及莎士比亚、易卜生等人作品,颇受影响。抗日战争初期,在家乡组织抗日宣传队,曾登台演出《放下你的鞭子》《三江好》等剧。1943年在苏北盐阜抗日民主根据地参加文化工作。他在著名戏剧家阿英等人的影响、指导下,开始编写剧本,组织农民业余剧团和儿童剧团,辅导群众戏剧运动。1944年至渡江战役前夕,先后担任阜东县教师宣传队队长、文工队队长,《盐阜文娱》编辑,《盐阜大众》报记者,盐阜地委文工团团长。在此期间,曾先后创作《王小老汉》(独幕方言剧)、《射阳河畔的好汉》(淮剧)、《勇敢的小华》(儿童剧)、《送郎参军》(小戏曲)、《平分土地》(大型话剧)、《王大妈买猪》(话剧)、《捉三鬼》等剧作十多个,还有《扬州城下》《翻身保田》《还乡梦》等数个小戏被五汛大众剧团、阜东文工队等演出,其中《王小老汉》获盐阜区剧本征文一等奖,《射阳河畔的好汉》获盐阜区剧本征文三等奖,《勇敢的小华》获盐阜区儿童戏剧竞赛优秀奖。1949年以后,他的戏剧创作成果更为丰硕,淮海剧《姑嫂看画》、广场话剧《送肥记》以及《寒桥泪》、《风流寡妇》、《马娘娘》、《彩舟记》等剧作影响较大,曾任中共苏州地委文工团团长、江苏省群众文化艺术学校副校长、江苏省文化局艺处处长、江苏省地方戏剧院院长、中国戏剧家协会江苏分会副主席等职。1989年病逝于南京。

【简要导读】

位于苏北中部的合德，是沿海重要的棉花产区，经济富庶，位置险要。1939年，日寇占领合德，以之为据点，筑炮楼、建碉堡、驻军队、开公司，疯狂掠夺自然资源，"扫荡"苏北根据地。当时，合德驻有日寇原田大队黑野小队六十余人，以及六百余伪军。日寇勾结置民族利益于不顾的伪军不时发动"扫荡"，屠杀中国人民。

为了将当地人民从水火之中解救出来，也为了将我苏北根据地连成一片，黄克诚师长下决心铲除这个罪恶的据点。1944年10月19日，战斗于黄昏打响。新四军八旅二十二团、二十四团鏖战了两天两夜，击毙日伪军一百余人，缴获机枪、手枪、步枪数百支，并从敌人手中夺回棉花一千余担以及其他军用品若干，取得了一次抗日局部反攻的重大胜利。

在这次合德战斗中，陈志才、周宝如、陈发鸿等烈士献出了宝贵的生命。人民永远铭记英雄。

吴蓟的《记合德战斗》以生动的描写、翔实的细节记录下了这一次伟大战斗的全过程，并为浴血奋战的英雄留下了永远的赞歌。

美国机师被救脱险经过

朱 茵

二十日夜的二更头里，下着雨，建阳二区万丰乡靠湖垛敌据点两里路的××村，人们正在收拾场上农具回家时，突然有人大声惊叫："看！云彩！云彩从天上掉下来了！"人们立刻骚动起来了，"真的，好几朵，云中还有个人"。屋子里的人都跑到大场上。信神的老奶奶惊惶得连话还没说清楚，口里就念起菩萨来了。

白云带着几个高大的黑影，飞快地飘落到地上了，有两个刚落到念佛的老奶奶家的草堆旁，就忽然不见了，吓得老百姓大叫着躲向屋里去，紧闭着房门，不敢出来。

第二天约莫在四更头时，农人们刚起来预备下田，老爹爹提着灯笼走到草堆旁边去摸什么东西时，忽然，草堆里有两个红脸，老爹爹吓得几乎向后栽倒。红脸从草堆里爬出来了，嘴里咕噜咕噜的，手指指天上，又指指地上，他们又从腰上扯下一面小旗子，手指着旗上的中美联合国旗，和旗上的中国大字："亲爱的中国朋友,我是来华对日作战的美国人!"见过世面和识字的人,顿时消失了恐惧,知道他们就是从报上听到的帮中国炸日本的美国人。于是把这陌生的客人,带回茅屋中,而且亲切地招待着,连最不懂事的老奶奶,也告诉着人:"他们是美国新四军。"

"同志!坐下歇歇吧!"老奶奶把凳子搬到美国人面前,但美国人只是摇摇头。老头子以为他是怕脏,急忙用抹布将凳子拭干净:"这回干净,可以坐了!"但美国人仍然不肯坐下去,老奶奶着急了,急忙拿着扫帚,把它扫了一遍。

"新四军是爱干净的呵!"她笑嘻嘻地对美国人看了一眼,但美国人依然没有坐下去,而焦急地望着东方天际的鱼肚色。

从美国人的焦急神色中,人们知道他们想的是什么。于是,几十个人飞快地到湖垛那边去监视敌人和坏人,几十个人围在洋人周围保护,当一个五岁的小孩子好奇地去摸摸洋人身上放光的金属品时,马上遭到了大人们的齐色喝阻。几个人冒雨去找小船运送客人,又有几个人急忙赶早路去报告模范班,要他们到中途来迎接。大家紧张、欢悦地护救着我们的盟国朋友,像护救我们自己的军队一样。

不到一点钟,十几个农人披着满身泥泞湿透的衣服,把两位美国人送到了××庄南边模范队放哨的地方。当美国人刚遇到背枪的模范队时,有些怀疑恐惧,但模范队随即亲切地把他们安顿在老百姓的大床上休息,十几条枪马快分布四周放哨保护。

接着,一簇簇人们又拥来第三个、第四个美国朋友,据人们说,他们都是落在××附近的庄子上,一个落在小河边上的树旁边,一个落在秧田里,人们在五更头起床以后才发现的。

当×××的老百姓把这四位洋朋友交代给模范班准备回家去的时候,一位美国朋友从口袋里掏出了十张一百元的红票子给一位老爹爹。老爹爹向他摇了摇手,微笑了一下,回转身来就走。美国人马上追上一步,又从口袋里掏出了两个银洋,笑嘻嘻地向老头子手里塞去。"哪里话?不要不要!"老头子正经地把美国人的手推回去了。"啦啦……"美国人又拉住老头子的手膀叫了起来,把一个金黄色的圆东西往老头子的破口袋里塞。

"同志们!这不像话!"老头子把金黄色的东西还给美国人,向他点点头。美国人只得感叹地连连拍着老头的肩膀。

一位老奶奶提着茶壶,端着开水来了:"同志!吃开水!"她还是像对新四军那样对洋人谈着话,但是洋人摆了摆手。

一位青年人站出来了:"大概他是不懂,怕吃,我先试给他看看。"于是他即刻端起碗来喝了一口水,这时候美国人才开始敢吃东西。

天已经亮了。正在×庄西边放哨的建阳总队第三连哨兵,探到这消息,马上飞奔到五里以外的连部报告。当苏指导员领着全连战士和一个会说洋话的陶先生到达×庄时,只见一大群人拥着美国人正向这边来了。苏指导员马上站住,向四位美国朋友致了敬礼,说了欢迎词,但美国人依然是怀疑和不安,一直到陶先生上前用洋话说明了我们是新四军和模范队时,他们才完全消失了怀疑,而热烈地拥抱我们的战士了!

到了三连驻地,附近的人们,成千成万地赶来看。大家都关心着洋人,有的泡果子茶送给他们吃,有的送咸肉、鸡蛋。一个穷苦的老奶奶,从床底下的罐子里,摸出积聚了一个多月、预备给姑娘生孩子吃的二十多个鸡蛋,欢天喜地地送给指导员:"请你送给这几个美国人,告诉他们,我穷,太少了!"

吃了饭以后,三连和模范班以及××庄老百姓,开了个临时盛大的欢迎会。美国朋友被这种高度的国际友爱所感动,也唱着他们的洋歌大笑着,向我们竖着大拇指赞美着。

为了防备敌人出来,连部即刻雇了一个小船,派了一个得力的班,赶快护送美国人到后方。由这里到总队部约有三十里水路,每隔两里都打大坝,船行不通,但为了美国朋友的安全,他们是决心来拖抬过坝的。

雨越下越大了,小船在小河中艰难地爬动着,战士们都光着赤膊和头顶,张着塞满了烂泥的嘴巴,声嘶力竭地喊着,用着滚满污泥的手膀抬着拖着,一个一个地过着坝。战士们常常扑通扑通地滚在水里,又飞快地爬起来,一直到晚上九点钟,才到达总队部,每人虽然已经精疲力竭,泥水从头上直滚到脚上,都笑哈哈地再三叮嘱着:"总队长,美国人喜欢吃鸡子呀……"

美国人到后的第一件事,就是洗澡。几个战士从背包里取出平时舍不得用的白毛巾,总队部首长和干部们也都拿出心爱的香肥皂,送给美国人洗澡、擦脸,拿出仅有的雪白的衬衫和布鞋子,笑嘻嘻地送给他们换。

在总队部的第三天(二十二号)早上,意外地,湖垜附近的老百姓又送来了第五个美国朋友。这一个美国朋友的获救经过更是侥幸的喜事!

当他降落在离湖垜不到二里路的伪化区××乡时,一些坏人要把他送到敌人那里去。幸喜一个年轻人勇敢地站出来了:"不能,他帮我们打鬼子,我们为什么还要丧尽天良送给鬼子呢!"他愤愤地说着:"你们想想,到底以后要靠哪个过日子?给我把他送到北边去!"大家附和着他,同声骂着坏人,坏人终于畏缩地放了下来。

当这青年人扶着美国人在黑暗中向北走时,因道路烂滑,寸步难行,于是他趁人们不注意时转头就带回家中,给他换上便衣,藏在房里,一面又把那一群善良的人分配到湖垜那边去放哨。第二天,雨下得更大,路更难行,家里的粗饭美国朋友不吃,于是他特地冒雨到湖垜去买鸡蛋糕和饼,给美国人吃。

他们全家和庄上的许多人,就这样提心吊胆地把美国人藏了一天两晚。

第三天,那位青年人就护送这位美国朋友到我们部队,半路上就碰到我们去迎接的人。

这青年人任务完毕时,把所有美国人的银钱钞票、戒指、武器如数点交给他,一点也不含糊,使得这位美国朋友,在分别时对他们目送着,依依不舍。

【简要导读】

这是一曲传奇之歌。谱写这首传奇之歌的不是神仙鬼怪,不是帝王将相,而是一群普普通通的民众。但是,他们用生命、用热血、用良知、用赤诚的爱国之情让自己成为历史的丰碑。

1944年8月20日,美国第20航空队驻成都空军基地出动二十架重型轰炸机远程飞袭日本八幡、门司、小仓等地的重要军火、钢铁工业设施。其中一架飞机在完成轰炸任务后返航时,在黄海上空引擎突然发生故障,无法操纵飞机的十一名飞行员被迫跳伞,其中六人坠落在建阳县(今建湖县)湖垛镇。得到坠机消息的日伪军倾巢出动,搜捕跳伞飞行员,情况十分危急。在语言不通的情况下,当地百姓仅凭"美国新四军"的朴素认知,冒着生命危险将五名飞行员藏在家中保护起来。他们拿出了自己最好的东西款待朋友,却拒绝了美国飞行员的馈赠。

最终,在当地群众和民兵的协助下,五名飞行员被新四军送至军部驻地淮南抗日根据地盱眙县黄花塘。

劫后杨庄

凡 一

杨庄遭了劫,杨庄遭了"贼兵"的劫。多悲惨呀!还只是天吧空子①,杨庄的面目完全变换过了!

劫后的一个中午,乡长到了杨庄,他心里很着急,忙着去看遭难的同胞,想走得快些,可是杨庄的路已不像先前那样的平坦,不由他熟悉地顺脚走。满地里都是绊脚的拦腰砍倒的树枝,扔破的瓷碗、大锅,炸毁了的破缸,烤火没有烧尽的桌子、板凳的腿。草堆被拉坍了,草洒得满地,盖没了路。在草里还有着一只两只"贼兵"的破鞋,和一块两块挨炸碎的"贼兵"的肉。他绕过了这些,又爬过了不很深的战壕,到了人家场上。

场上,杨大爹坐在地上打门"搭子",心里实在难过。家中几副门,没有留下一根木头,都挨"贼兵"烤火烧掉了,抬死尸抬走了。

老奶奶呆在那儿,看着箱子的几块板,自言自语地骂:"这些贼种!我的送老的衣裳你都拿去了,我看你也要送终了!"

她没有哭,她在发抖,她心里恨,恨抢走了她送老衣裳的贼种。

两三个小孩子,揪成一堆,在用钳子挖个"贼兵"留下来的"××器",挖又挖不动,就拼命敲。孩子的母亲从门框伸出头来直叫:"不要敲出害处来!"

　　孩子们还是挖他们的,搅出来一根铜丝的头,拉,拉,愈拉愈长。孩子们笑了,喊家屋里的爸爸:"爸! 这是什么呢? 怕值钱呢!"

　　"值钱?! 一船芝麻沉下水,头上漂油花呢!"

　　乡长走到场上,大家都迎上去,屋里的人也走了出来,像看到亲人。

　　老奶奶:"乡长爹爹,今个你来,我家连茶都不能烧把你喝啦! 锅都给杂种的提走啦!"

　　乡长:"不喝茶唠! 你家损失多少的?"

　　"乡长! 还有数吗? 家家都敲门框,就只好打个门搭子。"杨大爹看着家屋里拖住乡长在说:"我家头小麦、豆子糟蹋得不像个话,里里外外齐是粮食,还有一下子的马尿。"

　　你一句,他一句,都在诉苦,有的骂起来了。东界的二嫂子两只手捧着个碗,一个人在说着走来:"金贵呢!"看了碗又说:"我家就一个没得啦! 吃顿饭得跑上三四家借碗! 这个日子倒没有过过!"

　　大家正说得乱噪噪的,圩沟边传来很尖锐的女的哭声,大家都回过头去看,杨大爹的媳妇眼尖,叫起来了:"她是杨春才老婆,手里还抱着个去年养的'小伙'呢,杨春才本人这次挨贼兵逮去了,说他是坏人……"那个年轻媳妇抱着孩子已走到人堆旁边了,连哭带喊的:"乡长爹爹,我家春才,挨贼兵抓去啦,抓了两次都逃了,第三次挨逮住,就被捆起来带到城里,说他是坏人,是土八路,就把他砍了。……一共六个人,逃家来的人说的。乡长爹爹,我怎过呢?"说着说着又哭了。

　　老奶奶揪住了杨春才的老婆:"孩子,不哭不唠,哭也没得用啊!"她又回过头来,自言自语地说:"生龙活现的体面孩子才二十五岁,活作孽!"

　　大家都去劝春才家老婆。西界杨明家老婆又哭哭拉拉地来了:"我也去告诉告诉乡长,我家小囡娘挨贼兵丢下火烧死了……"

　　人愈来愈多了,都来向乡长哭诉。

　　刺刀下逃了生、换枪打了手膀子的,杨春林家的父亲,捧着手,一跌一冲地走来:"乡长,我家三间房烧得净光,草也没留下一根,刺了我一刀,没刺进去,就带手来一枪又没打死,唉,死了倒也罢了!"

　　"乡长,我家房子,锅碗瓢盆,衣服被褥,一把火精光了……"

　　"我家连山芋种都光了!"

　　"我家杨春才啊……"

　　"我的小乖乖啊……"

　　"孙良诚[②]作了孽,我们要记牢,要报仇……"乡长在乱叫乱哭中讲话了。大家没有听,还是哭,还是叫。

孙良诚作了孽,孙良诚作了天大的孽!

【注释】
①天吧空子:方言,指一天多时间。
②孙良诚,1942年4月在鲁西南率2.5万人投汪附日,任伪第二方面军总司令、伪军委会委员、伪开封"绥靖"公署主任、伪苏北"绥靖"公署主任等职。日本投降后,其部被蒋介石收编,任国民党军队第二路军总指挥、暂编第二十五师师长、第一〇七军军长。

【简要导读】
这是一曲悲歌,没有字词,只有悲鸣;这是一幅版画,没有色彩,只有黑白。

人民被屠杀、房屋被烧毁,田野成了废墟,孩子成了孤儿,美好家园一天之内变成人间地狱。

作者是悲愤的,然而面对此情此景,呈现比控诉更有力量。于是,读者跟随乡长走向了被孙良诚部队洗劫后的杨庄。乡长磕磕绊绊地走在他曾经熟悉的乡路上,此刻,这里不再有绿草青青,不再有野花开放,只有遍地狼藉。读者的呼吸变得更加沉重。

来到场上,大家迎上来,欲哭无泪的老人、失魂落魄的母亲、悲痛欲绝的妻子围绕着乡长,作者没有多余的描述,而是让读者直面惨不忍闻的哭诉。那尚且在笑闹的孩子让这一切显得更加悲惨。

最后,作者的悲愤终于喷涌而出,再也压抑不住:"孙良诚作了孽,孙良诚作了天大的孽!"

保卫粮食的战斗

白 桦

六月五日,我们驻在高作东南三里的小舍上。早晨,东边隐隐的传来像裂开豌豆荚声音似的枪声,我们知道,大约是一营在东塘河岸上和出来抢粮的敌人干起来了——和敌人干就像吃饭一样的平常,反正敌人一出来我们就打,而且我们还不断去敲碎他的"乌龟壳"呢!不是吗?最近我们打曾家庄、打北秦庄还捉了二三十个俘虏,打草堰口……

"同志们!前面打仗,我们在后面要加紧帮助老百姓收麦啊!"这时候,除了白营长带着两个通讯员到前边担任警戒的第×连去以外,其余的人把袖口一卷,都下田去了。

带着路的老乡,笑得咧开大嘴。

"麦子熟过了,大风一吹就害得啦!你们先生……嘿嘿……真,真……好!"

"谁同我一齐去帮助老乡栽稻子?"副教导员问。

"别开洋荤啦!咱们在家还没见过稻子哪。"特派员丢句松腔,摆摆地跟着拿镰刀的一簇人走开了。副教导员一个人,兴致却特别高似的向一个佝偻着腰插秧的老乡打招呼。

老三烧好饭走出来,看见副教导员栽稻子,心里痒痒的,想露一露身手,鞋子一脱,笑嘻嘻地挤到副教导员身边,你看他像老乡一样熟练的动作,比副教导员一排只栽六棵的本领高明得多呢。

东边的枪声还没停,突然南边的枪声又响了,无疑的,这是×连打上了,一点钟后,侦察员回来说:"六七个'和平军',到东岑庄附近,二排的一个班沉不住气,一跳冲上去,妈的,'和平军'真孬种,比兔子跑得还快,向湖垛溜去啦!"

"捉住几个活的?"一个急促的声音。

"他们跑得太快啦!只丢下三只水桶,两个姑娘!"说到这里,他那副板得煞有介事似的面孔,露出得意的笑容,"伙计,等着吧,明天一定有肉吃,老乡说,他们一定要慰劳。"

到了第二天中午的时候,鬼子、"和平军"三百多人,从东北迂回,占据了高作[①]和季陆墩子,机关枪"咯咯咯……"向着田里的老百姓扫射,我们出没在金黄的无际的麦浪里,准备伏击,可是敌人像知道似的,只在村庄附近打枪,就是不走远。晚上,他们通通集拢在陆家墩子,用木柴、桌子、板凳,阻塞起所有的路口,烧起房子照明,恐怕我们去袭击。

然而,害怕就算完事了吗?

半夜的时候,我们的第一颗子弹射出去,接着手榴弹也掼过去了,敌人从梦中一骨碌爬起来,凭着预先挖好的枪洞、壕沟,三挺重机,十一挺轻机,六个掷弹筒,一门钢炮,向着路口,向着黑漆漆的田野乒乓扑通地打起来了。

枪声响了一夜,天明之前,我们需要休息了,部队撤下来,敌人的枪声也渐渐地稀疏下来。天亮的时候,敌人连觉也没有睡,便分开三路向南去了,我们又回头赶到那里,敌人已经走了七八里路,老百姓都从躲的地方转回家里,找锅、找盆,把藏在水沟里的破衣裳和旧家伙捞上来,被烧掉房子的老太婆,挥着眼泪,叨叨不休地诉苦。

"我的锅呢?……尺四的……年纪大……没得儿子……"老太婆跌跌跛跛两手抓天地嘶叫。

"畜生,把我家包粽子的糯米都煮饭吃啦。"

"啊呀!看看我的鸡呢!"又一个女人用棍子挑出一团鸡毛鸡肠说。

队伍踏着鬼子的皮鞋铁钉印向前赶,他们跑得真不慢,冒着六月的炎阳,跑到建阳,又返回湖垛了。

"为什么来得快,走得也这样快呢?是来吓唬我们的吗?新四军不怕打,还怕吓吗?呸!……"一个战士吐了口唾沫。

"嘟……"一声哨子声。"开饭啦——吃过饭帮助乡亲们割麦子!"

一片麦田哟黄又黄,

男女老少割麦忙,

……

军民合作力量强,

不让鬼子来抢粮!

愉快的歌声又响起来了。

【注释】

①高作:地名,指今高作镇,隶属于盐城市建湖县。

【简要导读】

此文发表于1943年6月24日的《盐阜报》,讲述了一场驻扎在高作东南三里的小舍的新四军部队保卫老百姓收粮的战斗故事。在麦子丰收的季节里,高作的鬼子的抢粮队经常下来抢夺来百姓的粮食,于是驻扎在此的部队除了担任警戒任务的人,"其余的人把袖口一卷",都下田去帮助老百姓收割麦子、栽种稻子,带路的老乡高兴得"咧开大嘴"。而在东岑庄附近没有捞到好处的鬼子以及"和平军",在第二天中午就集结了300多人,从东北迂回,占据了高作和季陆墩子,用机关枪向麦田里的老百姓扫射。为了保卫老百姓收割好庄稼,新四军的部队出没在金黄的无际的麦浪里,准备打伏击。半夜时分,新四军的部队开始朝敌人的据点射击,打得鬼子一夜没有睡觉,天一亮鬼子害怕再被袭击,便分开三路向南去了,我们的部队赶紧追赶,发现敌人早跑到建阳,又返回湖垛躲起来了。

在作品中,作者不但描写半夜里发生的紧张激烈的枪炮战,而且还腾出笔来写了敌人走后村子里被洗劫、破坏一空,百姓回来找锅、找碗的情况,揭露敌伪烧杀抢掠的罪行。最后作者在通讯里又加入了文学的笔调,写出军民欢唱的场景,说明了我们的队伍是老百姓的保护神。这时队伍也响起了哨子声,愉快的歌声很快响了起来:

"一片麦田哟黄又黄,

男女老少割麦忙,

……

军民合作力量强,

不让鬼子来抢粮!"

夜击裴刘庄[①]

白　桦

建阳五区是敌伪据点很稠密的地方,裴刘庄、大崔庄、郑沟、匡周庄、东夏庄、楼夏庄……距离都不过三五里路。进入这个地区抬头一望,东南西北到处是碉堡,它们手牵手往抗日民主根据地硬挤。在这个地区的伪军,自以为住在保险箱里,他们做梦也想不到,新四军会突如其来地扑入他们的腹心,结实地打他们一铁拳。

七月一日的夜里,天色异常黑暗,微风挟着雨丝,队伍行进在曲曲折折通向裴刘庄的泥泞烂滑的田塍上。除掉阁阁的蛙叫,别的没有声音,偶尔有人跌下稻田,哗啦一声水响,也不哼出半个字,赶快爬起来,拖着泥水,追上前进中的队伍。

因为路上难走和渡河的耽搁,本来计划十一点钟打响的,可是部队到达裴刘庄的时候,已经将近一点钟了。庄子南头的碉堡上,从窗口和枪洞透出灯光,像野兽的眼睛监视着漆黑的原野。

突击队以秘密迅速的动作,沿着河滨,一直摸到碉堡跟前。突然,一阵风似的,梯子一竖,几个人像猿猴一样的爬上去,蹿上碉堡,敌人还没有来得及睁眼看看上来的是什么人,刺刀已对准他们的胸膛了——一枪没打,和平地解决了这座碉堡,捉住五个"和平军",缴到了全部枪弹。

这里的声响和灯光的晃耀惊动了两边碉堡上的敌人。

"哪一个?"

"南边楼上什么事?"

没有人回答,部队急促地分开两路,扑向东头和西头的碉堡。街上没有敌人,他们都躲到"乌龟壳"里。奔向西头的部队,在悄悄地下水渡过外壕,用大刀砍第一道铁丝网的时候,敌人开始打枪了,接着,手榴弹轰轰地叫起来。东边也打响了,第八班冲到东头的碉堡下。敌人的碉堡造得相当牢固,因为怕我们挖洞,下层七八尺高,都是用泥土填实的,再上边才是铁门、窗户和枪眼。楼顶是平滑的,手榴弹扔上去便滚下地,子弹打在门窗上,当的一声又跳回来。最后班长孙思仲同志急了,顺着梯子一直爬到碉堡的半中腰,但是枪眼小得很,手榴弹塞不进去,战斗紧张地坚持着。

西头的部队,这时已突破两道铁丝网,到达房子附近;碉堡上敌人的机枪已经打坏了,停止了嘶叫,只没命地摔下手榴弹。

战斗到了决定阶段,该开始歼灭敌人的最后突击了——但,时间救了敌人。天亮了!我们深入在敌人据点的包围中,据东方警戒部队的报告,盐河上有汽船声响,可能是敌人增援来到。为了避免意外损失,部队便迅速撤退;先头部队大约离开一里路的时候,看见背后裴刘庄南头的碉堡燃起了熊熊的火焰,红光一直射到脸上。

走了七八里路,部队布置宿营,准备打击爬出"乌龟壳"的敌人,但是,只有几十个敌人到裴刘庄看一下,没敢再向西开来。当天听老百姓说:"二皇,在裴刘庄西边新葬两座坟,有四付担架抬到大宿庄(伪军头子阎斌司令部驻地)医伤去。"我们呢?增加了五个新战士,只有八班胡为才同志一个人右臂带点轻花。

【注释】
①裴刘庄:地名,位于今盐城市建湖县芦沟镇。

【简要导读】
　　白桦擅于在不长的篇幅里讲述战斗的全过程,具体地写出时间、地点、过程中的敌我双方情况,以及最后的战果,尤其对我军的游击战术运用写得灵活生动、出神入化。

发表于1943年7月27日《盐阜报》上的《夜击裴刘庄》就写了发生在建阳五区的一场夜袭的战斗过程。建阳五区的裴刘庄、大崔庄、郑沟、匡周庄、东夏庄、楼夏庄等地敌伪据点稠密,但他们做梦也没想到,新四军会突如其来地扑入他们的腹心,结实地打他们一拳。

通讯从7月1日夜里开始写起,当时"天色异常黑暗,微风挟着雨丝,队伍行进在曲曲折折通向裴刘庄的泥泞烂滑的田塍上",原计划十一点钟打响的战斗,推迟到了将近一点钟。虽然"庄子南头的碉堡上,从窗口和枪洞透出灯光,像野兽的眼睛监视着漆黑的原野",但我们的突击队员还是以迅雷不及掩耳之势,蹿进了碉堡,把刺刀对准了敌人的胸膛,一枪没打,和平地解决这座碉堡,抓住了五个"和平军",缴到了全部枪弹。随后队伍又兵分两路,攻打东头和西头碉堡里的敌人,但"敌人碉堡造得相当牢固",敌来我往,战斗处于胶着状态,就在我们部队准备发起最后突击来歼灭敌人的时候,天亮了,敌人的增援也赶到了。为了避免意外损失,部队便迅速地撤退。

作者详细地叙写了敌我双方交战的场面以及部队游击战术运用的情况,并且在结尾时还通过老百姓的亲眼所见,特意交代敌人伤亡情况:在裴刘庄西边新葬了两座坟,有四个敌人被担架抬去大宿庄(伪军头子阎斌司令部驻地)医伤去了。而我们这边却是新增加了五个新战士,一个人负了一点轻伤。总体上看这场战斗规模比较小,但作者却把它写得有声有色,跌宕起伏,如同身临其境,也使广大群众对我军灵活机动的战术有了更深切的印象。

抢救空中堡垒①

白　桦

八月二十日的夜里,美国的一架空中堡垒在湖垛②敌据点以西七里的乡下堕落了。飞机在伪化区上空开始下降滑行,撞断四棵桑树,带倒一架风车,冲过一条河,然后停止在根据地边缘的稻田里。

边区是汉奸活跃的地方,敌人如果出发,不要一点钟就能到这里,夜间巡逻的民兵沿河边布上哨位,把飞机周围警戒起来,站在远处高喊:"美国同志出来,不要怕,我们是新四军。"

飞机头烧着熊熊的烈火,他们不敢接近,怕被炸弹打伤了。

驻在二十里外的盐阜独立团,看见飞机堕地的火光,立即命令第六连去营救落难的美国战友。漆黑的夜,微风夹着细雨,田塍泥泞烂滑,部队迅速进行。"扑通"一声,赶快爬起来追上前边的黑影,没有一个人掉队,大家用最快的步子和敌人竞走。

飞机在湖垛上空,汽油就像下雨似的滴下来,它在附近降落,敌人看得很清楚。近藤中队长带着七十多个鬼子、四十多个伪军,企图下来拦击,但是鬼子怕被新四军袭击,叫伪军在前面搜索,伪军也怕新四军,七里路直走到天亮。

九点钟,战斗在飞机以东约一百米远的河边进行。敌人的掷弹筒、机关枪一齐发射,一百多人分四路冲来。六连显然是处于劣势的,八十个人,多半是新战士,枪破、子弹少。

分散在二里宽的战线上,敌人不睬这薄弱的火力,十几个人已冲过河北岸了。

手榴弹一连串的爆炸,把敌人打趴下去,战士们都端起刺刀,他们不退却,因为背后就是空中堡垒。

战斗越打越激烈,雨也越下越大,乡村沸腾起来了,枪声、锣声、喊叫声震动原野,成百成千的民兵、区队、老百姓,在雨地里从四面八方向枪响的地方集拢来。

"打鬼子,救美国人!"大家一条声。

另一列队伍,从北面包抄过来,敌人吓得跌跌滑滑地窜回湖垛去。

五位美国机师获救后,他们挂念着"飞机最新式装置"和"里面的重要文件",恐怕被敌人搞去。

我们告诉他们：盐阜独立团牺牲三个战士，伤两个战士、一个班长，打退敌人，把空中堡垒抢救过来了。美国战友们都感动得说不出话来

【注释】
①空中堡垒：当时人们对飞机的别称。
②湖垛：地名，江苏省建湖县原城关镇的称呼。

【简要导读】
　　本文原载于1944年9月10日的《盐阜报》，描述了盐阜独立团第六连为了营救因飞机坠毁而落难的美国友人，与日伪军进行的一场敌我力量悬殊的战斗。日伪军近藤中队长带着七十多个鬼子、四十多个伪军的一百多人的队伍来拦抢飞机，而盐阜独立团只有八十多人，面对这样悬殊的人数、装备差距，战士们毫不退却，勇敢抗敌，越打越激烈，最后整个"乡村沸腾起来了，枪声、锣声、喊叫声震动原野，成百成千的民兵、区队、老百姓，在雨地里从四面八方向枪响的地方集拢来"，"敌人吓得跌跌滑滑地窜回湖垛去"了。
　　最终独立团以牺牲了"三个战士，伤了两个战士、一个班长"的代价把这个空中堡垒抢救了过来，获救的五个美国机师挂念的"飞机最新式装置"和"里面的重要文件"都安然无恙。美国友人因此感动得说不出话来。作品通过这场战斗的叙写，既表现了我们指战员身上所具有的国际主义和英雄主义精神，也表现了我们军民团结、共同战斗的人民战争力量的强大以及革命军队和人民群众之间的血肉联系。

叫出来打他

白　桦

　　"九月九日建阳①纵队在虹桥②打了个大胜仗，六十多个战士打垮六十多个鬼子和一百多'和平军'。"
　　这消息像旋风似的传播出去，盐城纵队的首长们在队伍面前讲话了："同志们，建阳纵队打漂亮仗，难道我们只会吃饭吗？……"
　　"我们和建阳纵队比赛！"战士们摩拳擦掌地雷鸣似的回答。
　　果然，十天之后，盐城纵队也打胜仗了：十九日那天，他们在陈祁舍、车家庄一带打垮胡冠部队的崔旅，缴轻机枪两挺，掷弹筒两支，步枪六十多支，活捉四十一名，敌人被子弹打死和下河淹死的没数得清楚。据附近庙里的和尚说，打仗后

第二天,他看见一个小河岔里一齐就浮起二十八具死尸。

建阳纵队的同志听到这个消息,惊喜地高叫:"他们缴到机关枪和掷弹筒,我们为什么缴不到呢?"

"他们缴到崔旅的机关枪,我们来缴阎旅的机关枪!"

"对啊!"

十月三日午后,我们在盐河集中了二三十只民船,事务长老早就跑到丁苴巷街上各个大饼店去定做干粮,老百姓都知道新四军要开走了。太阳落山,部队到河边集中。天刚黑,大家跳上船,篙子一捣,船只便浩浩荡荡向西开下无边无际的草荡了。

夜里很冷,大家围坐在没篷的小船上。阵阵风紧,战士们冻得战栗。然而,大家都不作声。小船向西行进不远,便悄悄地转回来,顺着小河北行,一直摸到东夏庄③南边几里路的小河里停下。另一部分部队也早已绕路到东夏庄正东方向去埋伏。天黑夜暗,人不知鬼不觉的,我们早把队伍布置好,准备天亮把敌人引出来缴他们的机关枪。

天刚亮,从东夏庄噼噼啪啪传来了一阵枪声,接着是一阵叫喊:"捉活的,捉活的!……"我们两个侦察员正向这里跑,后面紧跟着七八个"和平军"。隐蔽在河里小船上的第×班,看见敌人来啦,哗啦一声跳上岸。敌人见势不好,回头就跑,一阵枪响,把敌人打死两个,打伤五个,剩下的都窜进乌龟壳了。营长说:"×班动作快是快,但是出击得太早了,如果等他再接近几步,管叫他一个跑不掉!"

敌人跑回去,我们在原地等待,派几个人去引他们,叫他们出来再打他。

太阳东南了,可是还不见敌人的影子,只听他们的军号不断地吹,好像用号音就可以吓退我们似的。大家等得不耐烦了,营长命令留一个连在×××西北担任警戒,其余到××休息。

坐镇大崔庄④的伪旅长阎斌,昨晚命令驻在娄夏庄⑤的第一连带三挺机关枪到荡里漕庵附近伏击我们,害得他们吃了一夜辛苦,白落一场空。今天听说竟然有一部分新四军到东夏庄附近,打死了他们的人,拖走了他们四只公粮船,急急忙忙带着卫士排到娄夏庄,命令娄夏的第一连从西边包围,他带着驻在东夏的第四连和第十一连从正面和侧面来夹击,企图把我们消灭在牌楼一带。谁知第一连刚出动,就被我们发觉了。我们营长带一个连和另外老早在西北担任警戒的一个连去进击,一直到离娄夏不远的地方还没有遇到,队伍便停止在河边的一个村庄休息。营长带几个通讯员⑥到河北去看地形。猛然"和平军"迎面来到,通讯员曹银忠手快眼快,端起枪"砰"就是一家伙,前面三个尖兵掉转屁股就跑,营长大叫一声"快冲!",通讯班长杨春风把哨子一吹,"一排在左,二排在右,冲呀!"。当时连谢德胜、别应田两个通讯员,一共只有四个通讯员,却分三路冲下去了。营长带着号兵李云龙和赤手空拳的调剂员孙金榜也跟着追上去。敌人只看见对面来了新四军,耳朵里听见枪声和喊声,谁也没工夫看清楚到底来了几个人,大队哄的响声惊叫,早已跑得乱纷纷的,路上、田里乌压压的一片。跑不多远,前面一条河拦住去路,他们便都下河泅水了。通讯班长追到河边,看见水里到处有人乱窜乱浮,水花溅多远。当中一簇有十几个人爬到一只水草船上,摇摇晃晃快要沉下去了。他高叫:"不要动!缴枪!缴枪!"一个已经泅过水的伪军转过身来也高叫着:"你缴枪!你缴枪!大家不要怕,他只一个人。"嘴里说着,对准通讯班长"砰"的一枪打来。通讯班长把身子一闪,也"砰砰"还了两驳壳枪,把岸上那家伙吓跑了。后面营长带几个人赶上来,原来在河南岸休息的队伍也赶到了。船上的敌人把手举起来,调剂员"扑通"跳下河,把枪从敌人手里接过来。在这里,一起捉住十二个俘虏,从水里捞出两挺捷克式轻机枪,一支掷弹筒,一支手枪,十八支步枪,一些子弹和八具死尸。

西边的枪声刚停,在阎斌直接指挥下的两个连开始分两路向牌楼压下来了。在这里我们只有一个排抵抗,敌人几次冲锋都没有冲过河,他们轰过来迫击炮弹,我们扔过去手榴弹,子弹在河两岸交错飞舞。

在剧烈的激战中,突然敌人的右翼混乱,原来是营长带着队伍从西边打过来。敌人回头一看,暗叫一声"不好!",原来左后侧也有新四军远远地向这里包抄来了。他们预感到马上就有被完全消灭的危险,命令撤退,全都抱头鼠窜。我们三面逆击,然而,东边的部队迟了一步,没封住桥口,他们便夺路窜回东夏庄了。这次我们活捉了两个敌人,其中有一个是老百姓告诉我们才捉到的,那个敌人手里还抱着一捆老百姓的衣服哩。打死几个敌人呢?我们只看见有两个死尸躺在田里,据说阎斌腰部受伤,他的卫兵也被打死四个。

我们船回到宿营地,村子头上老早聚着一团人,大家都笑嘻嘻地向我们庆祝。

一个老太太说:"听说你们捉住'和平军',不知道我在家念了多少阿弥陀佛[⑦]。"

没有亲眼看见的人,也许认为我的话是扯谎,这次战斗,我们没有一个伤亡!真的,连手指上扯破点皮的人都没有。

进房子的时候,营长愉快地提起高亢的嗓子说:"敌人不出来,我们派代表把他们叫出来打,这就叫'调虎离山计'。"接着大家一阵欢笑……

【注释】

①建阳:地名,指建阳镇,今隶属于盐城市建湖县。
②虹桥:地名,今位于盐城市建湖县颜单镇境内。
③东夏庄:地名,今位于盐城市建湖县沿河镇。
④大崔庄:地名,今位于盐城市建湖县芦沟镇。

⑤娄夏庄：地名，今位于盐城市建湖县颜单镇。
⑥通讯员：现称作"通信员"。
⑦阿弥陀佛：佛教用语，这里表示好、顺利的意思。

【简要导读】

　　这是一篇优秀的战斗纪实散文。文章伊始便先声夺人，"九月九日建阳纵队在虹桥打了个大胜仗，六十多个战士打垮六十多个鬼子和一百多'和平军'。"当读者正在为胜利消息欢欣雀跃时，却陡然间发现另外一场激烈的战斗正在悄然打响。

　　作者用了简短的两段文字叙述了战斗准备，而"老百姓都知道新四军要开走了"在此看似闲闲一笔，却为下文埋下了伏笔。

　　接下来，战斗打响了。

　　敌人被我军侦察员诱敌上钩，早已埋伏好的战士迅速包围上去，干脆利落地结束了战斗，侥幸逃跑的敌人不敢应战，只能吹号虚张声势。

　　就在战士们焦灼之际，愚蠢傲慢的敌人主力出现了。被我军战士打得气急败坏的伪旅长阎斌调动大批兵力，意图包围新四军，却被早已准备好的战士们前后夹击，只能抱头鼠窜，大败而归。

　　百姓们早已聚集在村头，看到凯旋的战士们在欢声笑语中归来，高悬的心终于落地，尽管文章没有更多的直接描述，但老太太的一句"听说你们捉住'和平军'，不知道我在家念了多少阿弥陀佛"暗暗地说明了一切，也回应了上文中"老百姓都知道新四军要开走了"，军民一心，其利断金。

陈家港之战
——记一个战士的谈话

常 工

　　以强烈的行军速度，拂晓，到了陈家港。

　　陈家港位于滨海县，东临黄海，北濒潮河。很早便被敌人占领，住着一个大队的伪军，四百余，附迫击炮二门，轻机两挺，手炮三个，专门搜刮根据地的资源。

　　从雾中望过去，盐堆排列得像一座座的高田，高耸的自来水塔像看守陈家港的巨人一样矗立着，恬静、空虚，虽然水电厂的马达急促地"扑通"地响着，但也单独得很。

南边枪声响起,我们已到圩边了。

"哪一部分的?"伪军哨兵厉声地问。

"小北港退下来的!"九分队的指导员机警地回答。但米连长怕是自己人,发生误会,紧接着又回答:"不是,我们是四八二。"

"砰"的一声枪响,战斗开始了。

伪军还未占领工事,我们的奋勇队已冲上去,机关枪发狂一样地叫着,手榴弹爆炸着,奔腾的海啸声也被淹没了,我们迅速地前进着,占领碉堡,占领房屋,敌人退到大源公司的碉堡去了。

陈家港立即陷入烟和火的氛围中。

太阳出来了,又红又大。

大源公司本来是陈家港最骄傲的地方,墙壁全用水门汀修筑,顶上涂满红漆,平时是谁也不能到它的面前去的,但是,却被我××团围住了,死乌龟一样地趴着,里面伪军还在顽抗。

"轰隆",我们的平射炮叫超来了。

大源公司摇了一摇,伪军仍然默不作声,我们喊话也得不到反应,于是,炮弹一个一个地轰过去了。

"你们不要慌!"伪军在喊,"炮舰就要来了。"

但当我们炮弹把碉堡打得裂缝的时候,我们奋勇队冲锋的时候,从大源公司的碉堡枪眼里却伸出一面白旗来,被风吹得啪啪地作响。

"你们不要打了!"一个穿黑衣裳的女人从碉堡里出来说,"我们现在就缴枪,希望你们不要杀我们!"

"我们都是自家人,绝对保证不杀。"

枪随着一捆一捆丢下来,人也一群一群地挤来,也许他们的心里还在不安地跳动,但脸上都显出感激的神气。

碉堡旁边,躺着一个负伤的伪军,我们替他换了药,包扎好,并且扶着他站起来放走了,他感激地流泪问道:

"同志!你贵姓?"

"我姓范!"

"范同志,我永远忘不了你,伤好后,我一定来找你!请你相信我,我也是中国人啊!"

消息像春风一样很快传到连云港。

第二天一早,敌人就来了一架飞机,带的重磅炸弹,疯狂地炸起来,很体面的陈家港变成焦头烂额了。有一家十三口人一下就炸死九口,血肉乱飞,惨不忍睹,这只是在人民心里更燃起反抗的怒火。

裕通公司门口写着"中日亲善!同文同种同一体,建立东亚新秩序"的照壁捣碎了。

高耸的自来水塔打倒了。水电厂被打坏了。

一千万斤穗头扛走了,高山一样的盐搬运了……一切的一切,都不成为敌人的,而成为我们自己的了。

中午敌人又来增援,两只轮船,六只汽划,飘飘荡荡地沿潮河驶来,但还未靠近码头,便被我们伏在河边的三大队以猛烈的炮火射击,像夹着尾巴的狗一样地逃走了。

人民热烈地欢迎着我们,同时,我们也热烈地爱护着人民。陈家港是我们的了。

【简要导读】

常工是盐城革命文艺运动中一位有影响力的新闻工作者,曾先后担任《盐阜报》和《盐阜大众》的记者和编辑。在担任新闻记者和编辑期间,他不仅活跃在敌后,与战士、群众生活在一起,紧密配合现实革命斗争宣传需要,及时传递群众所关切的信息,写下了《战斗在淮河堆上》《两个乡长》《七天二十二个》《佃湖敌人逃跑了》《黄师长访问记》《记盐阜区抗日阵亡将士纪念塔》《陈家港之战——记一个战士的谈话》等通讯报道。他的作品及时、敏锐,写人叙事都很清晰、明白,具有很强的新闻性、可读性。

《陈家港之战——记一个战士的谈话》这篇报道采用速记形式来真实地再现新四军解放陈家港战斗的场景。作品首先写了部队在拂晓的时候,以急行军速度赶到了陈家港,接着写奋勇队的"机关枪发狂一样地叫着,手榴弹爆炸着","陈家港立即陷入烟和火的氛围中",我们的部队"迅速地前进着,占领碉堡,占领房屋",敌人也退到大源公司的碉堡去了。随后我奋勇队对大源公司的碉堡发起了围攻,当"炮弹一个一个地轰过去"的时候,碉堡里的伪军伸出白旗投降。新四军优待俘虏,为一个负伤的伪军包扎好伤口并放他走时,被俘的伤兵流下了感激的泪水,幡然醒悟,表示伤好后一定回来找为他包扎伤口的范同志,并让他相信中国人是不会打中国人的。所以,虽然第二天敌人派来飞机、轮船增援,妄图夺回陈家港,但最终"像夹着尾巴的狗一样地逃走了",而陈家港"一千万斤穗头扛走了,高山一样的盐搬运了……一切的一切,都不成为敌人的,而成为我们自己的了"。作品通过战斗画面的速写和人物间的对话,描绘了陈家港战斗的激烈,表达了军民一心、同仇敌忾打败敌人的决心和意志以及共产党一心抗日的正确主张。

胜利的横渡

里 昂

掩护撤退的盐城县总队第一排,现在已突围出来了。剩下的还有王排长、吴班长和十个战斗员。

超过十倍兵力的敌人,使这小小的队伍,不得不撤退。吴班长在小小的田埂背后,打完最后一排枪,捐躯了!还有两个战斗员也英勇地停止了呼吸。

"排长!一条大河横在前面,没有桥,也没有渡船!"突然来了这样的一个报告。剩余的只有九个人了。在被敌人逼得无路可退时,该怎么办呢?

"坚守河岸!"排长非常激动地命令着。

是的,河岸是最后的屏障和堡垒!是英雄们要用勇敢、机智和光荣的信念,写下生命史的地方!

突然,迫促地,然而非常清晰地传来了呼声:"同志们!快下来,等候你们很久了!"在大河里,显露出一张黑黑的脸,洁净的前额,淡淡的眉毛,闪动着智慧和刚毅的眼光——一个十四五岁的姑娘。他们看见这平常的姑娘与她体态很合适的小船,正靠近这边的岸。

子弹在身旁疾速地飞过,穿进河岸的树,啪喇啪喇地呼啸着。鬼子似乎也看到了大河,有计划地包围拢来。在强大敌人的压力下,他们矫捷地跳上了船。

九个人的眼睛透露出奇异的光彩,呆呆地望着这大胆机智的姑娘。长期艰苦生活的锻炼,使她长得同小牛一样健壮。她驾着船,和平时捕鱼一般娴熟地、急速地向着南岸的河湾划去。

鬼子恼怒的刺耳的吼叫响遍了田野!他们像受了伤的黄色的野猪,疾速地冲过一块田又一块田。十八只紧张得出血的眼,瞪着逐渐逼近的敌人,四百米,三百米,二百米……

这是一个艰难的航行,需要勇气和毅力!夜半,当凄惨的机枪声和炮弹的炸裂声,惊破宁静的天空时,她就预感似的偷偷渡到河北来。她模模糊糊地想到,也许有同志们要从河上渡过!她的心亢奋而轻快。这几年,战争改变了她的面貌。她深刻地记着,去年夏天的晚上,一个姓郭的女指导员,曾经为她讲过:"在苏联,女人和男人是一样的,能打仗,能开飞机,能驾坦克和汽车。"但她不相信自己的耳朵,又痴痴地拉着郭同志追问了许多她没有听到过的事,从此她就发誓,将来一定要开汽船。果然,她今天遇到艰巨的锻炼了。

只有二十米远,就可以渡到河湾的那一边了!连她自己也想不到,在短短时间里,竟划过八九十米宽的河面。她喘了口气,望了望蹲在船舱里的英雄们。

砰!砰!……小船动荡起来!

在一百二三十米远的河北岸,四五个耀眼的钢盔和刺刀的光闪入了她的眼睛。接着蜂群似的子弹飞过她的头顶,掠过盖着头发的耳边。显然,鬼子正集中火力对着她射击。也像蜂咬似的,在她的小腿里,左腰边,钻进了热辣辣的东西!

心越跳越快,她模模糊糊地看见:船,她的影子,在澄清的波浪里,愈晃愈大,成为一个巨大的怪物。

船左边,七八米远的河面,突然卷起水桶般大的水花,船中人不自然地发出惊叫,船痉挛地摇摆起来!

她被冷汗热汗和水花湿透了半身,思想简明单纯——胜利横渡。战争,将她和九个英雄的命运紧紧地连在一起。生存与死亡在斗争。她咬着牙,深深地吸了口气,将浑身的精力都献给最后的一篇。船宛如龙鱼一样跳了起来,越过三米多河面,冲上了岸。九个人惊喜的感情,像瀑布似的倾泻出来:"我们胜利了!"

她猛然地倒了下来,好像在天空中飘飘然地飞。

王排长突然发觉:"嘿!姑娘!你受伤了……"

鲜血渗透了她的夹裤和上衣的左腰间。一个战士立即背着她跳上岸,到东南边弯曲的小沟里了。

鬼子还零乱地轰击着,但这已是欢送的礼炮了。

战士将她轻轻地倚在沟壁上,排长匆促地为她扎伤口。她这时,想起妇救会里年轻的伙伴,读书,唱歌,欢笑,跳跃,她的心紧张地跳跃着,回想到爸爸、妈妈……

"痛吗?你的家住在哪里?"

她摇摇头,眨了眨眼,微微地一笑。她似乎闻到泥土的温馨,昏昏地睡去了!

九个人默默地半圆形地环立在这姑娘的四周,望着她黑黑的真纯的脸,洁净的前额,急速起伏的胸膛,和渗透衣裤的血……他们的眼睛逐渐地湿润了,他们诚挚地祝她早日恢复健康……

迂回到河南岸的敌人,在西边一里远的地方,又疯狂地轰击起来。

九个人迅速地将她藏在相距二三十米远的草堆里,又开始了新的战斗!

【简要导读】

天地英雄气,千秋尚凛然。

在救亡图存的时代,无数英烈前仆后继、奋勇拼搏,将热血洒在华夏大地的高山大河,将生命献给祖国人民。

当突围的队伍被敌人包围的时候,当战友牺牲在战场上,他们没有退缩,没有气馁,没有灰心,他们无须思考,坚守信念是他们唯一的决定。

在千钧一发之际,一位年轻的姑娘划着小船来了。她在炮火掀起的波浪里,在冲天的火光里,在铺天盖地的枪林弹雨里,划着一艘轻盈、结实的小船来了。在过去的十几年里,她体验过欢乐、喜悦,也体验过害怕、畏缩,但是今天,年轻的英雄体验到了勇敢与无畏。尽管身负重伤,尽管敌人的炮火如狂暴的怪兽,但小船和它承载的英雄们最终胜利横渡,开启了新的战斗!

二、时代扫描

被欺骗了的人

林 风

九月二十三日,××连从六套带来六七十个俘虏,凑巧小张集逢集,轰隆轰隆地挤满了老百姓。也难怪,他们都是尝过二黄军的滋味的,家里被子、钱、粮食都曾被这些老爷"扫荡"了去,自然都得看一看这帮家伙现在是个什么样子。

据说这次俘虏,××连连一枪也没打。六套的伪军听到各处新四军都打据点,风声鹤唳,连忙往北逃。半路碰上了盐河大队××连的追击,×连迎面一挡,除了死心塌地做汉奸的外,六七十个人都举起了枪。

伪军除了两个穿着又脏又破的深绿军装,其余的都穿了便衣。他们受了安慰,看到我们的态度安下心来。但因为老百姓指指戳戳地叽咕,脸上还现出笑不得哭不得的样子。直等到进了屋子,老百姓都被战士请得走开了,才或站或坐地微微地笑着。

吃过饭,我们开始向他们问话。

"我们都是才参加的,是老百姓,我们……"

这批俘虏中有两部分:一部分是灌云县保安团的;一部分是保安团第一大队长赵光彩新扩充的东灌支队,东灌支队刚成立一个多月。里面来的伪军,大致有四种,一种是扩大的,因为灌云遭了水灾,有一两顷田的人家都没得吃的,于是伪军就和他们讲,当徐继泰军队如何如何好,可以发财,顾养家口,于是就被召来了,但这还是少数。另外是抽丁来的,赵光彩下命令给乡保长,乡保长按册子抽,当然有钱人钱倒霉,当兵就该到穷人头上。少年人跑了,把父母亲押起,直到缴出人来为止。第三种是硬绑来的,不管三七二十一,拖了就走。这大半是拖孤苦的人,俘虏中间有一个小孩子就是正在割草被带来的,有一个是鬼子下乡"扫荡"

中绑来的。第四种是挤来的,苛捐杂税,重重压迫,在家里受不了,听说当了伪军就可以不捐了。总而言之,这些都是穷苦的农民。难怪和新四军一打就缴枪了。

再看看他们的生活吧!

"我们来了一个多月,还没发衣裳,一天两顿稭头糊糊,除了站岗不许到外头去……"一个东灌支队的伪军说。

"那你们吃得饱吗?你们有没有下乡抢过?"

"吃是吃得饱的,我们在家也是两顿稀的……"他顿了一下,"下乡都是他们警卫营去!"

"我们是一天三顿稭头糊糊,一个月发三升稭头食饷(按:即二十七斤),这军装是去年队部借我们去检阅赏的。"一个在保安团干了一年多的伪军说。

这是两个部分,他们有不同的生活,一个有饷,一个没有饷,但总起来都很苦的。

他们除了做会说话的木头,天天站岗,防新四军,喝稀饭,睡觉外,什么都不知道的。官根本很少向兵讲话,也不屑讲,兵当然也不敢多问。一个伪军说:"我们知道什么呢?当官的叫到哪去就哪去,叫打仗就打仗吧!"

打谁,为什么要打,根本不让你知道。

在老兵中,知道比较多一些,但这当然是些欺骗的鬼话,由于只许听不许问,所以有些当了汉奸还不晓得的。如一个保安团老兵说:"保安团一、二大队跟鬼子合作,我们三支队还是抗日的!"

"那么,你们开到六套来干什么呢?"

"我们举官长命令来驻防的,我们就来啰!鬼子,我们不晓得!"

这帮人被些没人心的汉奸欺骗得多么可怜,多么幼稚愚昧。

他们投到抗日军队来了,当然他们并不晓得"抗日"有什么重大意义,但他们觉得,家里不能蹲,蹲不了,伪军不能干,哪儿都是地狱,只有死。他们会对比,听听老百姓的谈话,看了我们战士的样子,看看我们官长的态度,他们比出来哪个好?哪个坏?他们愿意在革命部队里做一个人,不再去找死,做木头,做狗。他们都喜欢在这边干。

【简要导读】

本文篇幅虽短,但内容丰富充实。文章开头处从老百姓的视角出发,写出了伪军的狼狈。其次,文章对被俘伪军的来源做了细致的分析:"扩大的""抽丁的""硬绑的""挤来的",总而言之,都是穷苦农民被迫参加伪军的。

最后一部分是全文最精彩的部分。文章直接引用了被俘伪军的原话,将这些误入歧途的伪军吃不饱、穿不暖的痛苦生活呈现出来。同时深刻地指出这些贫苦农民参加伪军的原因:"这帮人被些没人心的汉奸欺骗得多么可怜,多么幼稚愚昧。"

令人欣喜的是,这些被欺骗的贫苦农民获得了新生。谎言不会长久,只有真相最有力量。"他们会对比,听听老百姓的谈话,看了我们战士的样子,看看我们官长的态度,他们比出来哪个好?哪个坏?他们愿意在革命部队里做一个人,不再去找死,做木头,做狗。"

涟东人民的武装力量

戈 扬

一看见涟东人民,你会从心里高兴起,那高度的战斗热情和胜利信心,使一切工作跨着大步向前突进。人民开始有了新的共同欲望——用自己的力量打击敌人,建设好生活。过去,谁也没有这样想过,今天,他们不但相信了,而且体验到了自己的雄伟的力量。

沿着盐河,大小据点的黑狗队,今秋望见河东丰收的山芋和黄豆,只好擦擦口边的涎水。涟水城敌伪,十月起就准备在涟东进行"治安肃正"运动,直到现在除了大顺集据点外,"肃正运动"始终没有"运"起来。就连大顺集看守碉堡的伪军,也不敢抛露头角,他们知道,碉堡外面到处是民兵。据说,民兵一只手就能把黑狗队倒捉起来。

事实也的确如此,敌伪是受过教训的。大东镇的伪军,以前每天在碉堡顶上扯"国旗",忽然飞来一枪,旗子和人一齐倒下,再也起不来了。民兵日夜监视大东镇,断绝伪军交通,足足有三天,伪军的烟囱里没有冒过烟,最后哀求给他条路逃出大东镇。黄圩的伪军每天要到圩外去挑水,民兵专打挑水的,结果伪军没有水,挨不下去,只好放弃坚固的碉堡溜了。但湖是敌伪的重要据点,有十几个碉堡,涟东民兵配合滨海民兵趁伪军换防一鼓而入,在敌人机枪扫射下烧去碉堡,六十五个鬼子狼狈不堪,最后由百禄沟敌人派部队来掩护退巢。

这一切事实,同时又反过来教育了涟东人民,使他们懂得:人越多,武器越好,大家越齐心,便能取得胜利。因此涟东县涌现出购枪热潮。他们主张,"哪怕没有饭吃,也不能没有枪。"每一个乡的枪支,从三五根六七根增加到几十根。他们还认为既背枪就要背好枪,许多人把原来的土枪卖掉,添上两倍价钱买洋枪。他们总是笑眯眯地摸着自己的枪,谈论它如同谈论好耕牛。他们还懂得了要锻炼自己爱护别人,在"中心区民兵与边区民兵互调,使边区民兵获得休息机会"的号召下,中心区的民兵曾兴奋地到边区去接过防。

这难道不是一个惊天动地的大变革吗?他们都是农民,一钱如命,二三十里以外没有去过,平常为了一支筷子不惜打得头破血流。把他们的过去和现在两相对照,简直是两个时代。

其实,就在今年春天,敌寇"扫荡"初期,他们也还没有晓得人民武装的重要,总希望主力部队打鬼子,部队移到哪里,那里的人欢喜,一离开总仿佛失去依靠。人们被敌伪的谣言吓住了,有枪也埋在地里,不敢拿出来。他们无形中受了奸细的骗,打着这样的算盘:与其打鬼子一枪,他没有损失,全村遭受烧杀,倒不如听天由命。

但不久,他们自己创造出来的胜利证明这个算盘打错了。第一次由黄河堆向北打去的八个民兵,打退了七八十个南来掳掠的敌伪。但人们却一面兴奋一面恐惧:"说不定明天会来报复吧!"明天没有来,五天后才又卷土重来,三百余敌伪,还有重机枪,却仍然被民兵打回去了。

接着某某乡的六个民兵,打退敌伪一二百,打落不少伪军的帽子。某某乡的民兵把伪军打得哭哭啼啼地逃回去,鞋子也跑掉了。某某村的两个民兵躲在猪圈旁边,看见敌人的队伍,两人商议道:"打不打呢?""打吧!好丑一枪。"一枪就打死两个半。某某乡的民兵远远看见鬼子在追赶女人,狠狠的一颗子弹,像打野兔子一般准确,把敌人打倒在地上。

人民立刻理解到"人怕鬼,鬼怕人"这个辩证的道理。他们的说法变了:"到底还是打的好,'打他一拳去,免得两拳来',以前不该那样胆小的!"

整个的涟东被不断的胜利鼓舞着,各村都收拾枪支,来不及买枪就先把火铳土大龙拿出来说:擦!女人和孩子忙着锤蚕豆制造火药,到处都是忙忙碌碌的兵工厂。他们并没有白忙,以后的几次战斗中,这些土家伙,特别是土大龙发挥很大效用。土大龙的弹道丈余宽,鬼子称为"扫帚炮","扫帚炮,大大的!"仿佛比机枪还厉害。这就说明人民在发挥了自己的力量时,剪子、小刀都可以吓敌人。涟东民兵的生长是和反奸细运动分不开的。敌人企图削弱人民力量,阴谋扑击民兵,刀扛在肩上不行便藏在袖子里。最初敌人派来的是一批青年,被我们一下子捉到十一个,破获了他们的组织。后来敌人改派儿童,用三颗黑瓜子、三颗药葵做标记,又被我们破获。最后是女人装着"走亲戚的"来勾引民兵,也被我们识破。接着各乡办抗日连保,敌探更无法活动。现在敌人又用突击队暗杀民兵干部。但涟东的人民特别善于反奸细,无论女人或孩子一见生人便来盘问,紧紧跟着,直到弄清楚为止。

涟东的民兵是在反伪化过程中产生的。今春敌寇大"扫荡",每天分几路出来,人们天不亮就跑反。日子太长,连个别干部也熬不下去。某乡的三个干部在黄河堆上一见张大妈和蔡四嫂便诉苦,她们却严厉地说:"亏你们还是男子汉,'扫荡'才开始就动摇,没有吃的设法借点粮食回去,自己出来一起组织武装反伪化呀。"

费窑士绅想组织伪化，费某某警告他说："政府有法令不许伪化，你们想把房子保存起来，说不定将来连人都不能见面。"于是他们便都决心反伪化，准备牺牲房子。而事实恰恰与胆小者的估计相反，第三天敌人来，仅仅烧了费某某的房子，墙上留下十个字："因为你不伪化所以如此。"

从此，一村一村地反伪化，一村一村地建立民兵，他们说："没有武装力量拿什么东西反伪化？"同时，不反伪化也永远不会有武装力量。

涟东的民兵，是各阶层人民自己的武装力量！他们为了保卫家乡，保卫粮食、农具、耕牛和自由民主的生活，愿意牺牲性命。我曾以同样问题询问不同村庄的几位民兵，奇怪，他们的回答也同样："打死了光荣！"

某某乡的民兵土炮手，打起仗来，扛着五六十斤重的大土龙，上火线还带着几斤火药，一人装，一人打。某某乡的民兵，打死一个鬼子后，再去夺取鬼子的机枪时，光荣牺牲了。某某乡的民兵，沿着涟（水）陈（家港）公路布哨七里，流动哨一直流动到伪军碉堡下面。夏天，他们把土炮架在田边，枪放在身旁，一面收割，一面保卫夏收。冬天，每夜在西北风里巡哨，一直守望到天明。

涟东的民兵是忠于人民解放事业的，他们勇敢，每次迎击敌人都毫不犹豫地冲上去，追击时直追到敌人的据点。他们善战，每次敌人都遭受损失，自己却没有损失。他们有组织，只要敌人来进攻，各乡民兵和自卫队都可以在五六分钟内集合。他们鼓励了全村人民，大家坚信，只要敌人来进攻，我们总可以把他们打回去。

【简要导读】

这是一篇歌颂人民力量的文章，对涟东人民胜利的表现，同时也是对人民必胜思想的宣传，作为一篇宣传特色突出的散文创作，本文主题明确、细节丰富、观点鲜明。

文章一开始，作者便指出涟东人民的巨大变化：现在，他们"体验到了自己的雄伟的力量"，而这在过去是不可想象的。接下来作者用一系列事实阐释了这一巨大的变化：在民兵的打击下，敌伪的"治安肃正"企图只能停留在想象里；日伪妄想依靠坚固碉堡占领据点，却被打得狼狈逃窜；曾经死守一方天地的农民主动走出家乡，去和其他地区的民兵换防，并积极购置枪支保卫家园。

事实是最有力的宣传，涟东人民的巨大变化源自他们亲身的经历。"到底还是打的好，'打他一拳去，免得两拳来'，以前不该那样胆小的！"一次又一次的胜利鼓舞了人民，也教育了人民，男女老少自觉组织起来制造武器、盘查敌探、建立人民自己的武装力量。

"夏天，他们把土炮架在田边，枪放在身旁，一面收割，一面保卫夏收。冬天，每夜在西北风里巡哨，一直守望到天明"，这是一幅多么动人的场景！

板港子通流了

克　坚

　　板港子通流了。新鲜的淡水,在港内静静地流着,流进了港梢,流进了每一条岔港。碧绿的流水里跳跃着银色的鱼。死港新生了!

　　种田人心里痒痒地怀着新的希望,微笑地望着转动的风车,把淡水灌到田里。新出的秧苗,在初夏的阳光里,焕发出感谢的绿光。整个田野在生长着。

　　人们沉痛地回忆着过去,去年、前年、五年前、十年前……板港子是死去了,淤塞成不到几尺宽的狭沟。芦柴和烂泥,阻止了新洋港的甜水流进,也泄不出田里渗透的碱水,河里泛着盐沫。水田变了旱田,秧田一天天地枯死。它犹如锋利的刺,尖锐地刺进了庄稼人的心,使他们失掉了希望。

　　只有开河足以救济了。然而,开河是一朵带刺的花,谁敢提起呢。开河未成,就要先摊一大批捐款,赔上一年两年的庄稼,还不一定会成功。

　　何况历来主持开河的人又不公道,不让当地人合理地平均负担。他们把河分成三段,一段是第二保,靠近新洋港,有三里路长;二段在中间,是第五保;三段是里身第四保,这保住着的都是很贫穷的小户人家,历来在地方上没有说话的地位。第一段和第二段都是两个大姓的田,是地方问公事的。他们分配河工的负担,是一、二、三的比例,就是第一段出一块钱一方,第二段就要出两块,第三段是三块。他们的理由是:"我们不开河也可以,我们有水用,我们是帮助你们呀。"实际上他们收了钱,开不开还是要由他们作主,而且也没有账,三段的泥脚子哪个敢说话呢。这样,好多年来河始终没有开成。

　　这次宋乡长、徐会长、石保长又提倡开河了。谁会相信呢？宋乡长是泥脚子出身的佃户,他有多大的本事,能把这河开成功？他提倡开河要公平负担,不照老例,要依新章程,按田亩子出土方。这个做法和头段先生们就讲不通。可是他认定了主张,就这样办,只是做不到。事情就这样闹僵了。头段的先生们到区政府去找区长,反对乡长的意见,说他们是老百姓的代表。区长真是明白人,赞成开河,增加生产。他说:"你们不是老百姓代表,你们是代表你们自己的,你们不愿合理负担。……开河是大家有好处的事,增加生产,对你们没有坏处,应该同心协力地去做。"

　　第一次全乡大会开了,区长、乡长都参加了。大家一致的意见,依照新章程,按田亩出土方,同时决定立刻动工。头段的先生们起初反对,经不住全体民众的坚持,决议到底通过了。

议案虽是成立了,头段的先生们仍旧不愿意,就暗中和第二段的先生们联合起来企图阻止。他们说现在是下小秧的时候,开河时要把河口先闭起来,那么小秧子就要旱死,主张等麦收以后再开。可是麦收以后,又是插秧的时候,用水更多,庄稼人很忙,哪里有空开河呢?

开河的热情冷了下来,开河委员也不去量河道了。庄稼人都很失望,心里像刀刺一样,望着风车,又望着秧田,只管叹气。

于是,乡长就召集了一次开河委员会,检讨了开河工作,批评麦收后动工的意见实际上是取消开河,对于大家没有好处,总算把第二段的先生们说服了,才开始把河线量好,土方计算好,准备开工。

头段先生们的心里还是老不大高兴,他们暗下叫别人不要动工。头段都是他们一姓的,只有几家小姓,也不敢不听他们的话。他们说今年港里的柴长得不坏,砍去了很可惜,不如秋天再开。开河委员到那里找不到伕子,老百姓都下海去掏蛏挖蛤蜊去了,家里只剩下婆婆妈妈看门。

头段不动工是不行的,因为水要从头段进出,等于白忙。这样,连二、三段已开始的工程,又慢慢地停了下来。眼看麦子快黄了,每个人的心里都在焦急。

乡长就去找头段的先生谈话,他们把责任完全推到别人身上,说:"因为农民要苦活,没工夫。我是依大家的,别人不动工,我自己动工也没用。老百姓是愚人,你还是用行政力量多强迫一点才行。"

乡长没办法,回来大家商议,又决定由徐会长去召开农救小组长联席会,说明干部在生产中要起模范作用,农救会员要团结人民开河,不应落在别人的后面。

会议有了效果,农救会的干部和会员,首先自己动起手来,头段也有人动工了。

接着,乡长便去找头段的为首先生:"别人已经动工了,请你们不必再推别人,也起一些模范作用,开吧。"他们无法再推,只得将自己应负责的地段开了出来。

听他们的话不开的人,也由农救会去动员,说:"某某先生们已经开了,你们不必再拖延了。"

于是几百把锹,几百只锄头,一致将淤泥挖了上来。河身宽了,由三五尺变成了一丈五尺,淤浅的河身也变成了七尺多深,一条十二里长的河,横在如意乡的中部,潺潺地流,板港子恢复了过去的生命。

河通流了正是麦子已黄,秧苗要插田的时候,新鲜的活水润着干枯的田,润着庄稼人的心里,燃烧着希望的火。

板港子通流了,水在静静地流着,风车在团团地转着。在初夏的和风里,笑容出现在种田人的脸上。民主政府是有办法的,民主政府教人民团结一致,向自然开发富源。

【简要导读】

文章用了倒叙的手法叙述了民主政府疏通板港子的曲折过程。文章一开始,作者便向读者介绍了一幅恬静优美的田园美景:

"板港子通流了。新鲜的淡水,在港内静静地流着,流进了港梢,流进了每一条岔港。碧绿的流水里跳跃着银色的鱼。死港新生了!

种田人心里痒痒地怀着新的希望,微笑地望着转动的风车,把淡水灌到田里。新出的秧苗,在初夏的阳光里,焕发出感谢的绿光。整个田野在生长着。"

好一个"整个田野在生长着"!读者仿佛触摸到了碧绿的流水,感受到了风车的转动,甚至听到了新出的秧苗在初夏的阳光里拔节的声音,一切都活了起来,一切都动了起来,一切都新鲜起来。

看着此情此景,谁能想到这曾经是一片死气沉沉的所在呢?连人心都随着枯死了呢?去年,这里还是"芦柴和烂泥,阻止了新洋港的甜水流进,也泄不出田里渗透的碱水,河里泛着盐沫。水田变了旱田,秧田一天天地枯死。它犹如锋利的刺,尖锐地刺进了庄稼人的心,使他们失掉了希望"。

唯有开河才能拯救板港子,才能拯救农民的生活。但是在那腐朽的旧时代,农民只能任人欺压,开河只会让贫苦的农民生活雪上加霜,所以板港子只能日复一日地淤塞下去。

然而,希望来到了。在民主政府的多方努力下,在农救会的干部和会员的带头下,一重重如山的困难被耐心地克服,板港子起死回生,重新成为美丽的家园。

小俘虏兵访问记

范 政

庆祝杨口战斗胜利的洋号和洋鼓在响着。

八个小俘虏兵围着我,坐在草地上谈心,旁边站了很多战士和老百姓,他们都用笑眯眯的眼睛看着穿黄衣服的小二黄。他们最小的十二岁,最大的十七岁。当我问他们为什么参加"和平军"时,他们都难为情地低着小头,有的脸都红了,过了好久,小鹿才半吞半吐地说:"家里没得饭吃,到外头来混饭吃的……"

"和爹爹吵嘴,一赌气就到队伍里来的。"另一个说。

"被人骗进和抓进来的。"

"你们在二黄那里做什么事呢?"我问。

"还不是当勤务兵,提茶罐、买东西、洗衣服……"

"连他妈的太太小孩子的尿布都要洗!"小猫子抢着说。

"哈哈哈……"旁边的老百姓和战士都笑起来了。

刘得进正经地说:"不要笑,才真累死人,俺给连长当勤务兵,全连百十个人谁都能使唤,上等兵也能叫我打洗脚水……"

"我们小'新兵蛋子'反正人人都欺,你要不给他做活,他就揍你,反正我们都是没人疼痒的孩子,揍死了也没得地方申冤!"

谈到他们的生活,真是苦得很,大半都没有鞋子穿,光脚,脚底板穿了窟窿,衣服也都是大兵穿旧的才发给他们,饷钱只有六块半,四五个月才发一次。

正在谈得高兴的时候,一个本地的儿童团员,挟着书唱着歌,从我们的身旁走过去。我想起了新问题:"你们能看书吗?"

他们都难为情得很,小四子把手指放在嘴里轻轻地说:"我们八个人没一个识字,歌也不会唱。"

"就知道一天吃两顿稀饭!"王为干老实地说。

"你们喊日本人什么呢?"我想到哪里问哪里。

"叫'皇军'。"

"叫二黄。"一个最小的说。

"哪里,我们才是二黄哩!"小二子指着自己的鼻子尖说。

"嘻嘻嘻!"大家都笑起来,刘得进是最严肃的:"他妈的,等小灰军装做好了,把这倒霉的二黄衣裳脱下来,就是新四军啦!"

我问他们新四军和二黄哪些地方不同? 大家都说新四军吃得好,穿得好。忽然小鹿说:"你们说的都不对,新四军是为老百姓,二黄是为鬼子!"大家都赞成他的话。

"新四军的小鬼还会念书,俺那块不行。"他们眼睛里发着希望的亮光。

我说:"你们愿意回家,还是愿意回到'和平军'去,还是愿意参加新四军?"

"我们愿意参加新四军! 我们好好干!"洋鼓洋号的声音更大了,军歌声也起来了,开会了,我看到小俘虏兵穿着我们新发的力士鞋,快活地走到会场。

【简要导读】

文章截取了庆祝杨口战斗胜利的大会召开前的一个访谈片段。在周围战士和百姓善意的围观下,作者和八个小俘虏兵亲切地谈心。这些穿着破烂衣服、面带愧色的小俘虏兵最大的十七岁,最小的才十二岁,因为各种原因误入歧途,受尽了欺侮,如今来到了新四军,他们才真正明白了自己要做什么,知道了新四军和"二黄"的最大区别:"新四军是为老百姓,二黄是为鬼子。"

文中有一个细节描写,当小俘虏兵在控诉他们的苦难生活时,"没有鞋子穿,光脚,脚底板穿了窟窿,衣服也都是大兵穿旧的才发给他们,饷钱只有六块半,四五个月才发一次",此时他们的同龄人,"一个本地的儿童团员,挟着书唱着歌,从我们的身旁走过去"。作者没有更多的描述,也没有额外的议论,但这个生动的细节对比已经说明了一切。

记师直生产展览会

白 桦

到××去看三师直属队的生产展览会。展览场在庄中心,蓝布围起一个口字形的圈子,大路从中间穿过去,把场子分成东西一样长的两块。

西边是"小菜场"。一摊挨一摊,司令部、供给部……各摊前都插起用木头做的招牌。政治部别出心裁,用自己生产的落花生做成大字的"市招",揣上红的辣椒、绿的青菜、白的萝卜,真是"花团锦簇"。

特务一连的一颗黄芽菜十五斤。它和四个五十斤以上的大冬瓜摆在一起,活像一窝刮净毛的肥猪。

菜的种类是数不清的,有大锅煮大碗吃的青菜、萝卜,也有调味的葱、蒜之类。

还有冬天的小菜,酱菜、干菜、腌咸菜,也有自做的豆腐和豆芽。

另外还有不少的手工作品:篓子、篮子,各式各样的布鞋、气眼鞋、线结鞋。战士们自做自穿,跑路打仗,蹚水泥都方便。

东面是家畜场。猪、羊、鸡、鸭,闹闹嚷嚷一大片。政治部的小马驹,看见人就乱蹦乱跳。老母猪的大肚皮着地,趴下哼哼的,懒得动。供给部的那些"九斤黄"雏鸡,长到七斤半,今天在人面前,不敢喔喔高喊了。

展览场旁边还有一个展览室,屋檐下该挂红灯的地方,挂了五个红番茄,屋里交插挂着的不是万国旗,而是红绿相间的大椒,中间垂下一大串,就算作"绒球"。

墙上贴着各单位的生产统计表,全直属队合计生产十七万六千一百九十斤菜,平均每人一百八十五斤。特务一连成绩最好,怪不得在生产总结会上,当主席报告"特务一连生产三万零七百斤"时,台下便响起一阵掌声。

墙上还贴着生产模范的连环画。画着卫生部的担架员伸维山同志,个人开荒生产,交公一千八百斤菜。画着特务营战士赵德才同志,出发半月回来,别人都忙着弄铺休息,他却不顾疲劳去浇菜;画着他在烈日下捉虫,画着他在雨里栽菜……

桌子上堆着印刷厂出版的书籍杂志,堆着军工部制造的地雷和炮弹,还有钞票厂印刷的各种"抗币"样票。这"抗币",是根据地流通的货币。

从展览场走出来,回顾松门两旁的对联,上面写着:到前线拿枪,在平时拿锹,是战斗英雄,又是生产模范……流自己的汗,吃自己的菜,改善自己生活……横幅是:亲自动手。

我早看见过,新四军是怎样用枪杀死敌人,解除人民的痛苦。今天,我还亲眼看见,他们是怎样在战斗中生产,为人民节省一根柴,一粒活命的粮食。

【简要导读】

今天的村庄格外热闹。

在村庄中心,大家用蓝布围起了一个会场,大路从中间穿过去,会场被分为东西两半。

西边摆满了五颜六色的蔬菜,红的辣椒、绿的青菜、白的萝卜,还有硕大的黄芽菜、冬瓜,各种各样的小菜、酱菜。东边是家畜场,"猪、羊、鸡、鸭,闹闹嚷嚷一大片"。活蹦乱跳的小马驹,肥壮的母猪,安静的家禽。此外,还有"不少的手工作品:篓子、篮子、各式各样的布鞋、气眼鞋、线结鞋"。

在战时环境中,怎会出现这样的繁荣热闹的场景?原来是新四军三师直属队的生产展览会!敌人来袭,新四军战士扛起钢枪,奋勇杀敌,保卫人民生命财产;作战之余,大家拿起农具,努力生产,减轻人民负担。他们既是战斗英雄,也是劳动模范,他们用对人民的无限热爱写下了光辉的历史篇章。

小胡庄年景

章 枚

身身世世没看见过,金庄二十六家子老老小小集体过阳历新年。

一清早,小胡庄庄头上就竖起三面大红旗,高高地迎着北风飘荡。这旗子是小胡庄换工队的标志,平时一敲锣,这旗子竖在哪里,队员们就往那里奔。但是今天,这旗子却表明着整个小胡庄劳动人民的欢欣。

全庄家家门口都扎了彩门,一条贴着许多彩色纸条的绳子把各家彩门连结起来,由一条总的绳子汇向庄口聚餐的大会场上,那里打锣敲鼓在演戏,在开娱乐会,大人小孩在欢笑、跳跃。"我们家家户户已经结成一家了!"

从小胡庄换工队中推选出去、参加盐阜区生产大会的代表胡培立回来了,他带着从大会上派来的各县二十几个代表同来参观小胡庄,这在小胡庄说来是非常光荣的。小胡庄人提起过去就要掉泪,他们被旧封建和重利盘剥压得透不过气,二十六家有十九家年年到河西要饭。但是今天翻了身,毛主席的"组织起来"

把小胡庄全庄引向幸福,家家够吃,集体买田。

小胡庄真要好好过个年。前几天,换工队捉了几十斤鱼,带了庄上猎狗捉了一百多只小狗(兔子),又杀了猪,宰了鸡,总共弄了八大碗好菜。这可忙坏了厨师,外面一桌桌都吃完了,他还在忙着切兔子肉片。庄上一百多人口,供不上,就让代表们和儿童团先吃,奶奶们和小伙后吃。

儿童团吃饭的地方,女人们站在旁边看他们吃饭,心里不知多么高兴。吃过一碗,女人们就代他们盛饭,添菜。我问:"哪家这样好福气,养这么多小孩子?"他们笑着说:"这是四五家小孩子呢!四个是我的,四个是她的。"我说:"这么多小孩子在一起吃饭,我还是第一回看见,好像是哪家做寿的。"她们笑着说:"那是毛主席做寿的呢!"

只恨没有摄影机,摄下这个新的小胡庄的年景,我的笔没法写出他们内心的高兴啊!

【简要导读】

阳历新年即元旦,对于二十世纪四十年代的中国民众而言,庆祝元旦是一件新奇的事,而集体庆祝则更是奇之又奇。作者遗憾没有摄影机可拍摄这一奇观,但殊不知,摄影机只能留存静态影像,而鲜活的文字却能为历史留下生动可感的记录。

三面红旗高高飘扬在小胡庄的上空,劳动时节,红旗是号召大家集体劳动的号角,今天,是呼唤劳动人民共庆佳节的鼓声。当一百多口人聚在一起杀猪宰鸡,当母亲看着孩子吃饭添菜的时候,他们怎能不想起在过去逃荒要饭的惨象呢?又怎能不感激在毛主席"组织起来"的号召下成立的换工队呢?

更令人感动的是,曾经受苦受难的民众在丰衣足食的同时,也获得了人的尊严。"生产"不再是令人备感屈辱的"受苦",而是堂堂正正,实现自我价值的劳动,所以当"从小胡庄换工队中推选出去、参加盐阜区生产大会的代表胡培立回来了,他带着从大会上派来的各县二十几个代表同来参观小胡庄",大家怎能不为之感到光荣呢?

村选以后的新气象

何焕文　顾群

为了加强干部与群众的联系,加强基层组织的战斗力,广泛开展民主运动,阜宁全县于去年十二月十六日开始划区废乡改村工作,至一月十五日已全部完成。原有七个行政区已改划为二十个新区,旧有乡保制已完全废除,而且各自然村庄(以地域靠近)改划为行政村。全县已划新村四百个(每村人口最少三百,最多一千五),分别受各区直接领导。为了积累经验指导全县,县府选择工作基础较好的老五区的烈士、芦蒲、海口、周门、乔罗五个乡,划为马集区,采取由下而上的方式,从村到区地开展民主运动,现在马集区的村选已经完毕,下文便是叙述马集区村选后的新气象。

拥军优抗热火朝天

民主运动掀起了全区人民拥军优抗的热潮。大家真正认识到"新四军就是我们老百姓","新四军是老百姓的救星","共产党绝不会走",因此在旧历年关前后,全区各阶层都热烈地送年礼给部队与抗属。明吴村马恩宏自动送四斤肉、三斤粉条给抗属,还给抗属小孩子做一件衣服。赤贫陈富贵慰劳抗属十斤干面,别人说:"你这样穷能慰劳这么多吗?"他说:"没有他们在外边抗日,我不但小磨坊开不成,苦活也没落头苦啊。"袁惠村妇女沈人清拿出一张大抗钱慰劳部队。士绅朱寿林慰劳军队二十斤肉……在全区十九个村的慰劳品中,光是猪肉就有一千多斤。在旧历年底二十八、二十九两天,各村到处是锣鼓队、秧歌队、民兵、妇救、儿童团成群结队地把自己的礼物送到部队去。部队更十二分亲热地招待他们,茶哪烟哪,还有"四样头"糕点。送礼的人在回路上都盛赞自己队伍的和蔼客气:"今个亲热的!"抗属们的家里比往年更热闹,他们笑嘻嘻地一次又一次地接受着人们送给他们的馒头和猪肉。周门村五六十岁的老村长领着全村干部、民兵、儿童团,自己推着满载年礼的小车去送给抗属。一百多个儿童团员则在他前面扭着秧歌。年初一那天,人们吃过圆茶,就自动纠集男男女女一大串子,去向抗属拜年。还有五六个村的妇女扭着秧歌舞到抗属家去。抗属王大婶子说:"这样齐到我家拜年,还替我家挑水,年前肉哪,馒头哪……送到我家来,还真叫我不晓得说什么好。"而群众则敬佩地说:"新四军抗属比过去做官人家还好!"抗属家里去过以后人们又群集地向当地驻军祝贺,见面已不说什么"升官发财",而是"生产好""打胜仗""身体健康"。拜年的人更受着部队的热烈的回敬,八旅常副旅长慰劳左范村妇女秧歌队香烟十盒,八旅休养所更连日忙着茶水香烟接待,军民相逢,喜气洋洋。马集区人民就是这样,把自己的一颗赤诚的心,献给了自己的军队和抗属。

烈士塔前沉痛祭奠

雄壮巍峨而又庄严的高塔,表现烈士们千古的光辉,更系结着每个人对他永远的敬念。当年,左范村五百多个男女公民,敲锣打鼓,抬了五张大桌,摆着十六只猪头,还另外摆了一桌祭菜,到塔前举行隆重的祭奠,每个人均呈现出满面的悲容,痛恨万恶的日寇夺去了自己心爱的卫国英雄。他们在烈士塔前高声喊着:"我们不忘先烈将士!""誓死为先烈复仇!""永远拥护新四军!"民兵们在塔前连放三枪,矢志为先烈复仇。年初一,乔罗、袁惠、马集、左范等村男女民众,都先后涌向烈士的墓前,排着双列的队形向烈士的英灵致敬。妇女儿童围着烈士的塔前往返舞蹈,识字的人在碑前诵读先烈的名字,并且议论着:"新四军二十二团陈团长身先士卒领导冲锋光荣地牺牲了;中央军的团长腿子长、会溜,是不易死的。"每个人莫不为先烈的英勇才干而悲叹,但也更加强了复仇的决心。

妇女秧歌轰动全区

在民主运动的热潮中,随着春节的到来,各村文艺活动广泛地开展了,一改往年只有少数人搞文艺的单调情景。它不仅促进青年、儿童的积极与活跃,还打破了妇女的守旧与沉默。

年前全区的青救主任、小学教员、俱乐部主任、农村剧团负责人,在一起开了会,商讨了各村文娱工作,如何更有计划地更有效地进行,在会上还热烈地进行了挑战应战。此后,农村剧团、俱乐部就天天排戏,夜夜预演,到深更半夜。钱王村王大奶奶说:"忙得都不晓得家来吃饭睡觉,比人家忙年还要忙!"

新年,秧歌舞、麒麟唱以及拥优淮戏,在全区各村普遍地演出。因为这是群众自己演的,所以他们格外感到亲切。乔罗、杨码、钱王三村合演时,三村群众都有组织地来看,民兵跟着中队长、班长,自卫队员跟着自己的自卫队长,运输队员跟着运输队长,妇女、儿童也各自跟着他们自己的领袖。

在马集的文娱活动中,最显特色的要算妇女秧歌队,她们在民主的觉醒下,不仅参加了纺织,而且积极地参加了文娱活动。

杨码、乔罗两村首先成立了秧歌队,第一次就在区的民兵代表大会表演,两村进行了比赛,杨码村的妇女在四十八岁的妇救会长领导下,以优胜获得了锦标,乔罗也得了奖品,这以后就轰动了全区。新年以来,妇女秧歌队像雨后春笋一样的产生了,到脚下为止,全区已有大半数的村有了秧歌队,人数最多的要算钱王村,竟有八十个妇女参加,最少的村也有三十一二个。

妇女扭秧歌舞几乎成了一种风气。她们起先不会扭,因为怕丑,晚上点起油灯躲在自己的房内扭。学好一些,在自己的门口扭。就这样,一步步地慢慢地都出来扭了。她们的学习精神真好,有的一早就爬起来把早饭煮好,抽空子就扭;有的端着饭碗,脚底下还练习着步法;有的在抬水时,还趁着打水的空子,拿着扁担扭。

袁惠村有六个大姑娘梳着辫子。因为听人说拖着辫子扭起来不好看,第二天六根辫子都剪掉了。马集村口的长奶奶一向老古板,不肯露头,这回也出来了。土油坊的六个新娘子也都参加了秧歌队。

她们不仅技术上一天天地提高,而且学会了开导不开通的妇女。袁惠村有一个妇女怕人家说闲话,不肯出来。大家你一句我一句地劝了起来。惠大姐说:"哪个敢说我们,现在是男女平权的世界了!"袁大妈说:"过去一句闲话还不敢说,哪块捞到你这样唱呢,跳呢?"妇救会长沈人清说:"难不成我们妇女一年到头该派关在家里头吗?现在世道不同了,快些跟我们外来出息出息!"说着就把她挽了出来。她们就这样地说服与动员了很多妇女。

　　她们不仅学会了扭秧歌舞,成立了秧歌队,而且成立了妇女剧团,或是参加农村剧团。新年初头,周门的妇女剧团演出了《生死同心》,乔罗的演出了《送子参军》,杨码村的玩了荡湖船,袁惠的妇女也跟着农村剧团打花鼓,钱王也有的参加了农村剧团,明吴、马集的妇女们也正在计划中。

　　总之,年关前后在马集到处可以听到锣鼓声,"嗦啦嗦啦多啦多"的二胡声,到处可以看到青年、妇女、儿童们活跃的形影,到处可以看到愉快的集会。做丈夫的说:"论理,也该派让她们外来出息出息!""这一来,新年她们反不赌了,往年行吗?你要是说她,她说新年头内,还把规矩吗?"

　　五十几岁的老爹爹陆如喜说:"扭扭秧歌舞反不怎样,新年小牌没赌头,大赌输了,充家卖土地老爷还不够,我明个也来学扭呢!"

　　但有些上了年纪的老头子还回不过脑筋,目张口呆地看着扭扭夹夹的队列,摸着胡子说:"扭扭夹夹像什么噢?"他不知道这种"扭",说明农村已冲破旧的一切,开始换上了新民主主义的礼服!

【简要导读】

　　这篇散文真实地再现了抗日民主根据地的时代变革,从百姓拥军优抗、祭奠先烈、妇女运动方面反映了广阔的社会面貌,具有重要的历史价值。

　　作者以马集区村选后的变化为代表,描述了民主运动带来的新气象。在第一部分"拥军优抗热火朝天"中,文章采用点面结合的手法,首先重点叙述了马恩宏、陈富贵、沈人清、朱寿林等人的拥军优抗行为,随后对军民互敬互爱的热烈场景作了扫描式呈现,具有很强的艺术感染力。在第二部分"烈士塔前沉痛祭奠"中,文章语言风格凝练且沉静,表现了民众对烈士的无限缅怀。第三部分"妇女秧歌轰动全区"中,作者增加了不少语言描写。妇女走出家门,参加"扭秧歌"这一兼具娱乐性和教育性的文艺活动,在当时的环境中是非常不容易的。文章直接引用持不同态度人物的所想所说,真实自然地表现了这一时代新气象。

殿堡村的妇救会

陈允豪

哪个——

再敢说:"女人不是人?"

就拨开他的眼珠子,

叫他望望殿堡村。

殿堡村的妇救会,在四月二十四日全区的妇救大会上,得了特等奖旗,坐了"飞机"。但是,奖旗也是不易得来的。

殿堡村在阜宁角巷区。去年寒天,就着手组织妇救会,上冬学,教扭秧歌。但是大家怕丑,一个也不肯参加。

腊月十七,曹凤村妇救会开会,叫各村妇女去参观。到了那里,看到管庄小四姑领导的秧歌队,秧歌扭得人人喊好,曹凤村的姑娘笑着说:"殿堡村民兵得奖旗,奖到钢枪往家拖。殿堡村的妇女扛个大乌龟家去!"殿堡村的妇女听了这话脸通红,都低住头一声不响。

到家以后,当天晚上就开了一个会,大家下了决心。王三姑娘气呼呼地说:"人家是妇女,我们也是妇女,人家揽得好,我们一定也揽得好。"

开过会,当时就学扭秧歌,也不管天有多冷,一直扭到五更天。上冬学也不要先生喊,大家都自动去。

腊月二十八,角巷区各村都到师部去慰劳军队。殿堡村的妇救会也买了一只羊送去。"礼轻心意重,多少也表表我们妇女爱国心。"到了师部,扭了秧歌,唱了小调,各样没落人后,这样一来,曹凤村的姑娘话又说回头了:"殿堡村和我们是一家人,一条心,大家一样。"殿堡村的妇女,看出自己的进步,就格外来劲。

村里良心坦白的时候,妇救会也单独开了检讨会,"想想从前,望望现在",大家对新四军更有认识了,替部队同志洗衣裳,补衣裳,都高高兴兴。

新年里,盐阜独立团到村里玩花船。妇救会也唱歌,扭秧歌,和部队同志一起同乐。恰巧有几个宝应城里的商人走过,望见这热闹场面,深有感触地说:"这里的姑娘多开通,新四军的地方真是大不同。"

今年参军时候,妇救会做了毛巾方子、钢笔套子、荷叶边枕头,送把参军英雄。送参军的那天,恰巧下雨,衣裳下湖了,地上下滑了,但是许多妇女都不愿回去,说:"脱光脚也要送到地头!"后来区里干部横劝竖劝,才把大家劝回去。

送参军以后,参军英雄王寿玉的母亲天天哭,想儿子,妇救会就去劝说。妇救会副主任王凤英叫自己的母亲也去劝,因为王凤英的哥哥也在盐东新四军里,"将心比心"说起来劲,说了又说,劝了又劝,后来就劝得她不哭了。

春种的时候,妇救会组织了妇女换工组,不在妇救会的妇女也都参加了。第一天下田就替抗属点豆子,村里六家抗属的豆子,全是妇女小组点的,而且点得很匀净,真正做到"自己家里点什么样子,替抗属也点什么样子"。王寿玉的母亲开头不放心,自己到田里望着点,后来看到点得真不错,笑容就挂上脸了,心里也舒贴了。村里的春种、耕田,都是换工组做的。妇救会员王惟风说:"人家说人多打哼,这话真不对,实在是人多起劲。"

春庄稼种下去了,秧歌队里又挑选了人,成立了妇女剧团,在全区的妇救大会上,妇女剧团演出了淮剧《光荣牌》。排戏的时候很困难,因为大家只在冬学村学识几个字,台词全靠村学校徐先生一句一句口传。但是因为她们日夜用功,两天头就把《光荣牌》演出了。

开过了妇救大会,得到了奖旗,全村妇女高兴得不得了。有的说:"还要加油呀!不要把模范垮台了。"因为在大会上被人说:"秧歌扭得好,就是老鼠尾巴拖头上不妙。"所以到家就想剪辫子,但是又怕家里父母骂,她们就开了一个齐心会,要剪一起剪。大家都举手赞成,不到半天工夫,就剪了二十三条辫子、一个髻。拿剪子的陈月秀,手上剪得磨出泡来。因为全村剪了,"大例如此",所以各家父母也就没有话说了。

殿堡村的妇救会揽得如此活跃,她依靠的两件宝贝:一件是"一条心",一件是"多开会"。

【作者介绍】

陈允豪,笔名福林,上海市宝山县城厢镇人,1919年出生。1940年11月到苏北参加革命,1941年从苏北抗大毕业后留校当文化教员,后任民运干部。1944年加入中国共产党,并开始从事编辑出版工作,先后担任苏北《盐阜大众》报的编辑、主编,新华社苏北十一支社工农通讯股股长,《苏北日报》文艺副刊主编,华中新华书店副主编、主编,三野二十三军随军记者,苏南新华书店副经理、编辑科长,苏南行署文艺科科长。1940—1949年在盐城从事革命文艺工作期间,他创作了大量诗歌、通讯作品,反映并讴歌苏北盐阜区农民的生活、劳动和斗争。

【简要导读】

这篇《殿堡村的妇救会》语言凝练简洁,意蕴深厚,文章开始有这样一段诗歌化的描述:

"哪个——

再敢说:'女人不是人?'

就拨开他的眼珠子,

叫他望望殿堡村。"

文章先声夺人,以决绝的反问引出对殿堡村妇救会活动的高度赞扬。随后作者又选取赛秧歌、慰劳部队、组织妇女换工队、成立妇女剧团等活动予以浓墨重彩的描写,为新时代英姿飒爽、热情勇敢的女性群像留下了生动的剪影。于是,中国女性的文学人物画廊里不再只有备受欺凌的祥林嫂、孤独无助的莎菲女士、随波逐流的白流苏,而出现了一批光彩照人、充满活力的"殿堡村的姑娘"。

活地狱

路 汀

饿狗与大嘴狼把人民的血吮干了!

一提起徐逆仲宪的军队,淮安城郊至石塘一带二百余平方里的群众,哪个不痛恨透了顶!中央军在这里[①],他们像一群饿狗。顽韩一走[②],他们摇身一变,换了一个主子,当二黄[③]。他们凶恶得像一群大嘴狼,人民的血被吮干了!历来被人们称为富裕的淮安东南乡的人民,现在痛苦到难以形容的地步!

过去,日子多么好过呵!地靠涧河上游两岸,土头好,每亩总要收稻头一石五六斗,黄豆七八斗。种麦子的田和少数稻田收成更不必谈。一家四五口老小,种上三亩租田,做些编芦席的手艺,生活就过得蛮圆转[④]。刘伶乡车路王一个老百姓告诉我:"这一带子人家,做芦席褶子、蒲包手艺的,十家有七八家,一人一天可以编一张满床席子。到金荡买一担大柴,可以编到七八张。卖出去能赚到对合子的利,加上收的租子,虽然交给庄头(地主的经理人)一大半,但总要剩些口粮。有时再做点生意,这样生活还焦什么![⑤]"

倒头中央军盘踞在这一带两三年,捐呀费呀的就使人够受了!自从敌人占领了石塘等据点以后,尤其三个月以前,徐逆仲宪的伪军,从涟水严码头调到这一带以后,老百姓更没命了!伪军大大小小一家子,少至一个铜板草纸,总要老百姓负担。伪总队副(兼大队长)张志堂娶小老婆,东保十斤海参,西保一口猪,结婚费都要地方上出。

下面是石塘本镇二保在四月四日通知第五甲的一张伪费通知单[⑥],就可证明:

通知四月四日

一、驻军四月份上旬灯油三斤四两(代价二千一百五十元)。

二、办事处特别招待费二万一千一百元。

三、政工大队燃料二百斤(代价三斤元)。

四、驻军柴席六条(代价五千一百元),锅铲铜勺厨刀各一把(代价一千二百元),铺板一副(代价五千元),大盆一个(代价六百元),碗十五个,筷子十五双(自筹)。

五、驻军洋号代价一千六百元。

六、张总队副结婚典礼亏欠一千五百元。

七、镇公所招待透支一万零七百五十元。又镇公所预借招待费一万元。

八、慰劳驻军猪肉亏欠十斤、豆三斤(代价二千六百元)。

九、更夫玉米四斗,保丁玉米八斗。

十、驻军扁担二条,小口袋一个(代价三千五百元)。

十一、本保招待费四千九百六十元。

十二、业主粮食亏欠九百八十斤。

计玉米一石二斗,新(伪)币七万三千一百八十元,粮食九百八十八斤。

该甲应交玉米二斗,新(伪)币一万二千一百八十元,粮食一百六十五斤。

第五甲甲长

保长郑坤山(盖章)

另一份同月十四日的伪军通知单,也是该保保长通知第五甲的,全保十四万八千七百元,又加了该甲一万八千一百五十元。从上面一个伪甲中四月的伪费,即可知道这里人民的伪费负担严重到如何程度了!

老百姓除了伪费之外,还经常遭受勒索与抢掠的痛苦。群众痛苦地说:"二黄敲诈我们,不管三七二十一,只要看你家私有多少,就要多少。"这是伪军敲诈人民的规律。

石塘北圩子门口孙胜才家,十八亩地,房子被伪军拆去当柴火;小孙子生病,请求出圩子看一下病就回来,伪军反说他"要出圩子,不出费,通八路",将老头子绑去打了死过去,结果请他请你了事,还花去十三万。

其他老百姓几家合一口锅,一家几口子合一条破棉被的惨不忍睹的事,更比比皆是了。

诚如陈墩的民众咬牙切齿地骂的:"狗娘养的二黄,闭起眼来送我们老百姓死,不知他们的心是不是'肉'做的!"

最苦的是"二八破"⑦！

这样的罪,任何铜头铁臂的人都受不了！有钱的人搬走了,最苦的要算脱离不了田头的"二八破"户下！他们过着一种极度悲惨的生活,因为这些户下十有八九租种淮安城里地主的田,全部伪费的担子便压在租户身上。田里几年来未加一滴粪水,能收多少粮食呢？缴伪费也不够,可是庄头还要逼他们每亩交出九斗到一石一斗的租子,一粒也不肯让。租户们不忍看着一家子白白饿死,只好到处借债,春天借一石稻头,到麦子下场本利就要还三石；如果麦收时偿还不起,便照稻头化成麦子(这时麦子便宜稻头贵),到秋天稻头收下时(稻头贱了麦子贵),再二一添作五⑧的算稻头给他。这样里榨(地租与高利贷)外榨(敌伪的勒索),逼得穷极的"二八破",只有一条路——饿死。

老百姓苦得没办法,一天只能吃到两顿稻头糊子(把稻头放在水里泡,再拿到石磨上去磨成糊浆一样的浓液体)、黑芦称糊子或者山芋干糊子与青菜调起来煮,甚至有一天吃一顿单单白水煮的青菜汤。小孩子连过去平常的豆腐都吃不到,没得一滴油珠子下肚,大家捧着薄汤喝。而且这些所能吃到的稻头糊、山芋干,还是靠偷偷地编两张芦席到根据地来卖；一张芦席可以换山芋干子十几斤和稻头九升到一斗,回家糊糊口。芦席到淮城去卖,怕被绑去敲竹杠。到根据地来卖,地方坏蛋又会到二黄那里去讨好,说你"私通八路"啊！

盗贼遍野、瘟疫满地！

"当'和平军'不出费。"

这是淮城敌伪一个恶毒的办法,引诱着饥荒的农民,大批去为他们服役,做他们的吸血鬼。的确有些人被挤出去当了伪军,但,绝大部分的农民是有良心的,不会那样无耻,他们宁愿饿死,宁愿每天被逼得宿在干沟里；因为他们看到抗日根据地内农民的幸福,相信光明的日子,总有一天会到来。

但,小偷的偷窃行为(因为饥饿、寒冷),到处出现,他们想从偷窃的东西中,勉强度日。

在日寇铁蹄践踏下痛苦呻吟的人群,忍饥受冻,没油水,还要苦活,加上今春干燥的天气,瘟疫便流行了！尤其刘伶乡向西到淮城脚下一带,盛行最厉害,十家有五六家病倒了,经常传染一家子甚至大半个庄子,饭也没人煮。急性的,鼻子、嘴里吐吐两三大碗血,隔不了几天便死了。

刘伶乡×村上一个患此传染病的孕妇,因为身体内部热度很高,营养不足,肚里的胎儿,便像枯死的瓜纽子堕下来⑨,母亲也跟着悲惨地死去！

所有这一切,是敌人一手造成的"惨绝人寰"的行为,就是：

——活地狱,活地狱唉……

淮安城郊可怜的群众,隐着一眶子的眼泪告诉我。

"我们今天才见到青天!"

他们梦想不到救命的恩人——新四军,会在五月十四日的傍晚,竟把石塘、赵徐的二黄消灭了!

现在,他们亲眼看见麦田里躺着一具一具的尸首,卑鄙得像一群狗。该千刀万剐的伪军大队长张志堂,也夹在尸首中间,与他的老婆并头躺在地上,脑壳里流出花红的脑浆。

他们亲眼看见在炮火下,麦田里站着一大片伪军,一个一个缴了械,一个一个垂着头跟着新四军队伍走。他们在旁边能一个一个地数出伪军的名字,她是那个的"太太",那个坏,那个更坏……

他们亲眼看见解救自己的队伍,为着他们冲锋陷阵是如何的英勇!如何地丢手榴弹!如何爬圩子!一个排,一个连……

他们亲眼看见凯旋的、雄壮的新四军的行列中,二黄的黄军装,夹得满满的;好多士兵的肩上,一个人背了两根或三根枪,还有牲口驮着、车子推着的胜利品。

复活的人群,他们心花怒放了!裂开鳗鱼似的嘴,像长久失去了慈母的孩童又重回到母亲怀抱里的笑!因为他们——

亲眼看见作恶者的报应!多年的仇恨今天发泄了!

亲眼看见今后的光明!希望新四军万岁!

正如石塘圩子的一个老太婆说:

"我们今天才见到青天!"

【注释】

①中央军:指的是国民党军队。

②顽韩:指的是国民党韩德勤部队。

③二黄:老百姓对伪军的蔑称。

④蛮圆转:当地俗语,如意的意思。

⑤焦什么:当地俗语,担心什么的意思。

⑥保:指的是当时国民政府实行保甲制度的基本形式,以户为单位,10户为甲,10甲为保。

⑦二八破:当地俗语,指的是佃户。

⑧二一添作五:方言,一人一半的意思。

⑨瓜纽子:对没有长大的瓜果子的俗称。

【简要导读】

文章通过对比的手法表现了人民在反动势力的压榨下充满苦难的生活,以及新四军到来后人民翻身得解放的喜悦心情。在文章第一部分,作者不厌其烦地原文照录了一张伪费通知单,同时列举了石塘北圩子门口孙胜才的悲惨遭遇,以翔实的数据和典型事例反映了淮安东南乡人民遭受的残酷压榨。文章的第二部分中,作者以沉痛的心情描写了百姓暗无天日的生活,因为生活所迫和遭受了欺骗,一部分农民被迫违心地当了伪军,而其余人则在偷盗、瘟疫、饥饿中辗转呻吟。在文章的第三部分中,作者一连用了六个"亲眼看见"表现了新四军的英勇善战,老百姓在见到新四军之后的喜悦和欢欣,对反动势力的刻骨仇恨,情绪层层堆叠,结尾处更是直接引用民众的话,"我们今天才见到青天!",将全文情绪推向高潮。

割麦小景

陈 辞

热辣辣的太阳光灼着人们肌肤,灼着整个大地。一阵阵的热风吹得田野里的风车不时地打转。树枝轻轻地摇曳,芦苇像广场上的一大群人拥挤着一样,发出嘘嘘的嗓杂声,树下,芦苇边靠河岸的歇凉亭似的草亭间妥置着像大车轮的牛车盘,有的人在推动,有的牛在打转,龙骨似的水车"咯吱咯吱"地吐着水。

一群徒手的、像士兵模样似的男女青年,经过田野村庄,引起了人们的注意。田野里做活的人好奇地望着,村里的孩子连跑带叫走进屋里去,拉着大人往屋外跑,伫立在门前欢迎似的观望着,低声言笑。

"同志们到了。"一个领头的这样说,"三班的同学在此地推牛车,四班的到那边去割麦子。"工作分配了,那群士兵样的男女青年像打野外演习散兵,东几个西几个地奔向他们的指定工作地区。

四班的被派在一幢有五六间草屋前的一大片麦田。

"老奶奶镰刀有吗?我们帮你家割麦子。"

老奶奶笑嘻嘻地迟疑一会儿应声地说"有",忸怩着粽子似的小脚走进家里去,提了三把交给我们,带说带笑地讲着许多感激的客气话。还有几个同志在另一家亦拿到了三把,各自主人走到他们的田间。

"先生,你们新四军真好呐,会帮助穷人的。现在雇工是雇不起了……先生,你不大会割,镰刀低些格……先生,你家在哪块?"伴着我们的女主人敞开衣襟露着胸在喂孩子的奶,脚边跟着一个裸体的小孩,牵着她的衣角惧怕似的畏缩着,很和气地与我们攀谈。

"我家在上海。"那同志学用不伦不类的土话回答她。

"你家有几口人,你家爹爹做什呢事?"

"听说格,单丁可以不当兵。"她疑惑似的说。

"打鬼子的事什么人都要干格,我不是抽壮丁来格。我是自己要来格。当新四军打鬼子挺好……"

"你们是第四班吗?"一位同志不认识似的问问我。"是!你做什么?"我反问他。

"我是督查工作的。"他走到我的身边将镰刀接过手去。"吱嚓吱嚓吱嚓……"割的动作非常灵活。我们三个初次下田做庄稼的生手,被他惊呆了,都停了手里的工作望着他那熟练迅速的手脚。那女主人也用着异样的眼光望着,很佩服地说:"先生,你才会割呢,他们三个还不及你一个快格。"

H同志领会似的学着他的样子割,可是不成。我亦接过镰刀来学样。镰刀到我手里像僵硬了,一点也不灵活,镰刀到他手里像活的一样,麦秸一大堆二大堆地下来。

"我们真抱歉不会割……"我很惭愧地说。

"哪里,你还可以,那边女同志才糟糕呢,老百姓不肯给她们做,恐怕弄得乱七八糟。"他一边说一边开口走了。

"喂!A同志再割下子走啊。"H同志说。

"我还要往别的地方去哩。"

"先生,你做得好,再割下子走吧。"主人也挽留着。

"我的手起了泡呢!很痛。"他伸出手来给我们看。

"三班的同志和四班的同志换工作。三班割麦子,四班的推牛车去。"H同志很起劲地招呼着。

哨子响了。散在田野工作的那群士兵样的男女主人,又都集拢来了。每个人都油汗满面地显着疲劳的微笑,脸孔晒得像在火上烤过了的白馒般的变了颜色。喝茶的,洗脸的,谈笑的,顿时哄闹在一间牛车亭里。村里的孩子妇人小姑娘笑眯眯地用奇异眼光看着我们,特别对几个女同志。

狗子伏在墙角里伸着舌头滴着垂涎在喘气,屋边檐的水牛像没牙齿的老婆婆抖动着嘴巴咀嚼草料。村庄里田野间的农人笑眯眯地目送我们走过他们身前。

"先生你们回去啦,你们真好,连茶也不喝我们格,辛苦啦,哈……吃饭去再来……"六十岁的老婆婆倚着门口,手捧着饭碗有说有笑地送着我们。

【简要导读】

本文原载于1941年6月13日的《江淮日报》,作者以亲历者的视角讲述了年轻的新四军战士帮助农民割麦的所见所闻。作者采用了将主观感受客观化的写作手法,使文章具有了独特韵味。

在文章开头处,作者采用第三人称视角展现了繁忙的收获场景。在炙热的阳光下,风车在打转,树枝和芦苇在摇动,水车在"咯吱咯吱"地吐着水,田野上到处是埋头苦干的人群。这时,一群新四军战士登场了,很快,这群活力四射的陌生青年便和老百姓亲近起来,他们一起割麦,一起拉家常,能够熟练割麦的同志尤其赢得了百姓的称赞。

在文章的下半部分中,叙述视角从客观的第三人称叙述转向主观的第一人称叙述,当同志们在孩子和妇人笑眯眯的注视下喝茶、洗脸、谈笑时,当大家跟倚门相送的老奶奶告别时,新四军战士与百姓的深情厚谊已尽在不言中。

阜宁年景

义 扬

人人都说,今年是多年以来的第一个快活年。

年前,每家烟囱里不停火,蒸馒头、煮腊肉、煎肉圆子。

市集上人山人海,花、香粉、门淋、牛影……做的好生意。

难怪生意人喜笑颜开,益林的三百家店铺子,每天进款一千万元。

商人自动劳军,出手就一万二万,大糕、糖果、黄香梨,一担一担又一担。

农民们把成群的猪、羊、鸡、鸭,成担的花生、粉条往部队里送。

政府工作人员吃稀饭,节省粮食,给军队送年礼。

军队也忙年,写春联、贴春联,请老百姓吃年酒。

除夕晚,四区的一个老农民,袖里笼着红纸包塞给二十团小战士说:"压岁钱,少点!"

年初一,一群群的灰色拜年队,东村到西村,笑成一条线。

"恭喜,发财!""打大仗!"一碗碗的元宝茶端出来。

部队里的炊事房被封锁了,一天、两天、三天……

指导员纷纷交涉,回答是:"过了财神日再烧饭,没有你们,我们哪能过太平年!"

县长政委带着猪肉和糕到抗属家去拜年。

二区王大妈拿着拜年信,笑不过来地说:"儿子在家时一个字不识,现在能写信。"

地主士绅家请春酒,抗属坐首席。

各处的农村剧团都公演。

五区的妇女剧团女扮男,其他各区的剧团男扮女。

岗列乡八岁的小姑娘第一次登台表演,被震天的掌声吓哭了。

哪里都是一片红，红蜡烛、红春联、红衣服、红花。

哪里都听到花船和秧歌舞的曲子，小开口，少啦少啦！多啦多啦……

北边是八旅兼军分区七千人的宣誓大会："战斗、整军、拥政、爱民、生产、节约。"

南边是几万人的军民联欢大会，话剧、京剧、淮调……锣鼓喧天。

真是比上海大世界还热闹，这里踩高跷，那里荡花船，另一个村子又打花鼓。

全县的干部百余人在某地开会，整风，以工作庆祝新年。

所有的主力部队及地方武装都在准备战斗，以胜利庆祝新年。

五区乔罗乡的换工小组，初三一早就放爆竹开工，以劳动庆祝新年。

今年年初虽没有枪声，爆竹比机枪火还激烈。

回想去年在上海，爆竹无声，锣鼓无声，孩子们无声……一走出门，马路两旁，排列着丐头将军："太太小姐做做好事！"喊成一片。

今年上海煤球，一月每人一斤，太太小姐家也是冰锅冷灶了。

真是两个世界，一个新年。

【简要导读】

这是一篇诗化的散文。作者没有过多的议论，只是用蒙太奇式的写作手法展现了阜宁人民欢度新年的各种庆祝场景，但在令人眼花缭乱的镜头中，作者暗暗地将叙述场景分为三类：多年不见的繁荣市景、融洽的军民鱼水情、新兴的农村剧团演出。庆祝新年的传统场景与新兴事物融为一体，既表现出了阜宁年景的热闹非凡，也解释了为何"今年是多年以来的第一个快活年"。但文章对场景的分类和暗含的解释并不显得直白，只是隐隐地流露于字里行间，需要读者用心体会。

结尾处，作者用一句"真是两个世界，一个新年"点题，言有尽而意无穷。

三、人物特写

小鬼李新

陈允豪

今天团里开会，团首长在讲话，几千人在拍手，为的是表扬小鬼李新——其实他现在是侦察员了，但是我们习惯地这样叫他。

他一个人，一支驳壳枪，在敌人的"税所"上，打死了"税所主任"，缴到了一支三膛盒子。后来,又打死了三个追兵。

李新今天特别高兴,团首长今天特别高兴,几千人今天特别高兴,高兴的是因为有这英勇的小鬼李新。

我认识李新,还是在三年前,在盐城,在一个夏天的早晨。一个满脸混杂着鲜血、眼泪、灰尘、泥沙的孩子,哭着到我们连里,衣服破烂得像一块破渔网,屁股都露在外面。

"老板打我,我没命了,我要参加。"他的话,大概就这样。

"你今年多大?"指导员问他。

"十四岁。"

这时有人说,他认识这孩子,是街上卖油条的,以前还做过要饭花子,会骂人,会偷东西,是个"活流氓"。说这话的人的意思,当然是顶好不收他。

"没有问题,可以慢慢教育的。"指导员有信心地这样说,以后这孩子就做了我们连部的小鬼。他自己说姓李,人家叫他小李子。指导员就替他起了个名字李新。

当他第一天穿上新军装的时候,我记得他问我借了一面小镜子,横照、竖照,照了至少有二十分钟。新的西装衬衫的领子,使他怪不自然地弄来弄去,弄了好久,最后他笑嘻嘻地把镜子还了我。我说:"不错,很漂亮。"他涨红了脸没有说话,其实他的确很漂亮。一个小圆脸,一对灵活的大眼睛,只是童年的痛苦生活折磨得他脸色有点苍黄。

他当小鬼的工作是很尽职的,因为劳动是他的习惯。他也没有"偷东西"。他很节省,把每月三块钱的津贴费,用"猪尿泡"包得紧紧的。有人开玩笑地问他:"你把这钱省下来是不是想将来带老婆?"他只是笑笑,没有说话。

新的生活使他高兴,这里没有老板的打骂,也没有寒冷和饥饿。

早上他把绑带打得紧紧的,到操场上跑步。每天,文书还教他识字、写字。

这样平静的日子没有多久,春天,敌人的大"扫荡"来了。在反"扫荡"中间,小鬼李新,不但是个勤务员,而且兼做着通讯员的工作,因为他是本地人,又是小孩子,在工作上有很多方便。

他出去送信的时候,总带着一个黄把子的手榴弹,这是他向连长要的。连长几次对他说:"手榴弹要当心,不然会炸死自己的。"他总说:"不碍事,我会。"

有一次叫他到三十里路以外的营部去送信,而且因为情况很紧张,连个确实地点都没有。

他提心吊胆地通过了敌人一道、二道、三道封锁线,找了一天,才把营部找到。

当他带了回信回来的时候,连部队住的庄子已经给敌人占了,但是他并不知道。

他跳着跳着走进庄子,看到场上有很多人在吃饭。他到底缺乏经验,已经看到吃饭的不是自己连里的人,可他总想不到这会是敌人——因为敌人狡猾地化装,穿了我们的军服。

"同志,你们是哪一部分的?"李新这一声把正在埋头吃饭的敌人喊醒了。

"唔!小八路,好东西。"两个鬼子随手拿了两支上了刺刀的枪,赶了上来,他们的意思是想捉活的。

李新想,这下真完蛋了,他一面慌乱地跑着,一面把营部的回信撕得粉碎,他懂得这是军事机密,不能留给敌人的。

两面都是一人高的稻头地,中间就是这一条路。李新快给鬼子捉上了,听听皮鞋声就知道了。

这时,他想起了沾满了手汗的那个"黄把子",狠心地拉断了线,但是他不会掷,也不敢掷。

"手榴弹要当心,不然会炸死自己的。"想起连长的话,他吓得没章程了,往地上一丢,人往稻头窝里直钻,拼命地跳着跑着。

轰!他也不知道炸到没炸到,但是觉得背后的确没人撵了。

后来找到了部队,又过了几天,才知道,那天两个一心一意想捉小八路的鬼子真回"鬼国"去了。他听了这话,反而伤心起来,他说:"鬼子枪没有拿回来,这是我的缺点。"

"扫荡"以后,他还是做着勤务员的工作。前年冬天,队伍实行精兵简政,勤务员取消了,有的当了战士、通讯员,也有学司号员,学理发员……也有回家的。

李新,他家是回不去的,他也没有家。要么就再去给老板打,再去挨冻、挨饿,这是他死也不愿意的事。

因为有反"扫荡"中的那段故事,指导员想推荐他到团部侦察排里当侦察员。指导员问他:"当侦察员去好不好?"

"没事,好好学习、学习,锻炼、锻炼。"他答应了。

当了侦察员以后,他很快就变成了一个成人的样子。体格也更强壮了,也不哭了——以前他常会哭,也不怕"鬼"了——以前他晚上总不敢走路,为的是怕鬼。

现在他不但识了很多的字,会写简单的信,而且还会向老百姓做宣传工作。大家都说:"这小鬼进步真快。"

他当侦察员的故事太多了,他会化装各种各样的人,他常常闯进敌人的据点,他也缴过敌人哨兵的枪,他也曾从伪化区里捉来了汉奸,他的故事可以说上三天三夜。

顶有趣的是去年七月间,他精光着身子,只穿一条坏裤头子,戴一个破斗篷子,手里捉了两串螃蟹,他就这样赶集去了。集镇上住的是新换防的伪军。

回来,已经黄昏时辰了,他手舞足蹈,非常高兴。

"只有一挺机枪,撞针断了,还没有修得起来。我望着铜匠修了半天。"回来他这样报告道。

当天晚上,队伍就打下了这个集镇,战斗很顺利,没有伤一个人,缴到了五十几支步枪,缴到了比枪支还多的俘虏。在集合的时候,没有见小鬼李新,也没有人缴到机枪,大家很着急。

过了一分钟,李新来了,满面红光,肩头上扛着一挺机枪,并且押了两个俘虏,俘虏还背着枪,只是枪没有拐球,拐球在李新的口袋里。

"坏了的机枪藏在铜匠家床肚里,光景晚上还在修呢。"

这是去年七月里的事。

另一件,在一个敌人据点的圩外半里路的地方,几个伪军设了一个"税所"。

那天李新装了一个小猪贩子的样子,腰里结了一根大腰布,戴了一顶坏礼帽,盒枪插在怀里。

"走过来,检查!""税所主任"想他身上的钞票。

到跟前,掏出盒枪,"得"!对着太阳穴就是一枪。主任到阎王老爷那里去收税了。

李新抢了他的三膛盒子拔脚就跑,三个伪军跟后撵。

跑了不远,当面就是一条大河,李新从小就练水功,河不怕的。

扑通——

三个伪军望不见李新了,他们想这小家伙一定栽猛子到对河去了,大家端着枪,对着河那边,等他透出头来好打。

但是调皮的小鬼,没有到河那边去,偏还在河这边,就靠住等着他的要他命的伪军跟前,一头冒出水来。

得得——!打了一条子弹,三个人都倒了下去,李新想上去下他们的枪,但又看到圩子里几十个人推了出来,他怕背了大枪游不过河,就浸了一个猛子,带了缴到的三膛盒子回来了。

今天开大会表扬的小鬼李新,就是这样一个人。

【简要导读】

团部召开几千人的大会,表扬侦察员李新,因为"他一个人,一支驳壳枪,在敌人的'税所'上,打死了'税所主任',缴到了一支三膛盒子。后来,又打死了三个追兵"。在这样欢乐的气氛中,作者开始缓缓讲述李新的成长过程。

"三年前,在盐城,在一个夏天的早晨。一个满脸混杂着鲜血、眼泪、灰尘、泥沙的孩子,哭着到我们连里,衣服破烂得像一块破渔网,屁股都露在外面。"就这样,一个无父无母、连名字都没有的十四岁的孩子来到了新四军,开始了他的新生之路,每天跑步、认字、写字。

被大家亲切地喊"小鬼"的李新迅速成长起来,在一次险象环生的反"扫荡"战斗中,小鬼李新不仅出色地完成了任务,还击毙了两个敌人。看到李新的出色表现,指导员推荐他到团部侦察排里当了侦察员。李新迅速成长为文武双全的战士,"他的故事可以说上三天三夜",李新俨然已成为一个成熟的侦察员。随后,文章着重介绍了两次侦察过程,一个勇敢、机智的战士的形象跃然纸上。

文章采用了倒叙手法,以设置悬念的方式引起读者兴趣之后,再将三年间的故事一一道来,详略得当,叙事不温不火,恰到好处。

忆神枪手冯鲁南

洪 荒

一年过去了! 今天人们在不同的场合,惋惜地追述着去年这一天,民兵冯鲁南八枪打死了七个鬼子,以鲜血换来了全乡的安全。

洋旗杆据点的黑狗队,自从尝到四方民兵的铁拳之后,像丧了魂的狗,再不像从前那样疯狂放肆。受着"黑头罪"的庄上人,开始有一点宁静。忽然,敌人从大东镇筑公路过洋旗杆通佃湖的消息传来了。它像一个晴天的霹雳,震撼着小埝一带人民的心。干部、士绅、民兵、妇女、青年、老年人、儿童等,拥在庄门口,自然地谈论起来:"鬼路筑成,大家没得命! 坐着等受罪,倒不如给他拼!"将要降临的凶灾,激起了广大群众保卫家乡的愤怒。

一天上午,掩护筑路的一百多个鬼子,充满杀气地从薛新庄向小埝方向出动了。民族的仇恨像一团烈火,燃烧着每个民兵的心。瘦个子、鼻子高耸的神枪手冯鲁南,紧握着擦得光亮亮的枪,自言自语地说:"在老子手里,也打死了头二十个,就是牺牲也够本了!"

鬼子像一条黄色的毒蛇,在田野上蠕动了。自卫队都分散开,群众慌乱地向秋岭撤退。小埝街头火起时,老冯气得肺都要炸了。他立刻率领六七个民兵,从交通沟绕上去阻击敌人。敌人发现了目标,向他们开枪。他领着大家沉着地继续前进,拣好位置,决定给敌人一个下马威。他"砰!"的一枪,一个鬼子掼死在地上。敌人一阵混乱,就散开掩蔽,机枪"格!格!……"地叫起来。敌人又前进了。两边互相一阵急骤的射击,两个民兵牺牲了! 老冯心里一阵难过。他怀着满腔愤恨,找了个有利的地形,瞄准着敌人的机枪手就是一枪。立刻,那机枪手倒下去,机枪不叫了。老冯气愤的脸上浮上一丝微笑。

这时,敌人以密集的步枪向这边射击,掩护另一个机枪手上来。机枪又张嘴了,几个鬼子冲上来。老冯叫其他的伙伴瞄准冲上来的敌人射击,自己瞄准那新的机枪手,很有把握地又是一枪。第二个机枪手又见阎王老爷去了。当第三个机枪手遭了同样的命运之后,机枪位置成为一个死命点,再没有人敢上去,机枪哑了。敌人又是一阵密集的火力,几个鬼子冲上来,老冯睁圆着涨红的眼,又发了四枪,三个鬼子先后栽下去了。

老冯心里是说不出的兴奋。但敌人在气愤和无可奈何之下,下毒手了。敌人不再上来,机枪仍待在那边。太阳照耀着它,反射出光芒。它吸引着这位英勇的神枪手。老冯望了又望,对留下来的两个伙伴说:"你们打盖火,我上去抢机枪。"当敌人的枪声稀疏时,他一跃冲上前去。但狠毒的敌人老早就迂回到他的背后了。他猛地着了一枪,身子摇晃着跌下来!血和恨,冲激着他的心,妻和子,使他心里掠过一阵悲酸!他忍住绞痛,咬紧牙根,挣扎起来,将子弹推进膛,怒视着站在坟堆上的敌人指挥官,"砰!"的一声,那位"太君"也倒下去了。

老冯没有半点力气再挣扎了,丢了枪,扑倒在地上。

就是这一次的流血斗争,阻止了敌人公路的通过,保障了小埝全乡人民的安全。烈士英勇的事迹,永镌在人民的心中,无数的人是无数的纪念碑。

含笑地安息吧,老冯!

【简要导读】

"人固有一死,或重于泰山,或轻于鸿毛。"烈士冯鲁南的牺牲重于泰山,永远被人民铭记。

文章详细地叙述了一年前神枪手冯鲁南英勇战斗的故事。当一百多个敌人气势汹汹地涌向小埝街头时,神枪手冯鲁南沉着冷静地指挥大家占领有利地势,狠狠地打击敌人,为群众撤退赢得了宝贵的时间。尽管敌我力量悬殊,但冯鲁南凭借自己高超的射击技术成功地消灭了六个穷凶极恶的敌人,但不幸的是,大家敬爱的"老冯"同志最终牺牲了,最后一刻,他忍住绞痛,咬紧牙根击毙了敌人的指挥官,保卫了全乡人民的安全。

文章将沉痛的缅怀之情灌注于叙事过程中,既生动地塑造了神枪手冯鲁南的英勇形象,又表达了人民对烈士的无限崇敬。

战斗模范丁德荣

罗文英

丁德荣同志是三师八旅旅部的侦察员,二十九岁,涟水人。平时总看见他戴一顶"一把抓"帽子,穿着便衣,挂支驳壳枪,也不见有什么特殊的使人惊异的地方。他的英勇机智,并不表现在他那朴质而平淡的脸容上。

一九四二年八月,丁德荣与排长毕肖先及沈照明三个人去侦察百禄沟据点。丁德荣脑子里在盘算着,捉他个把二黄来问个明白。太阳将要从地平线上落下去的时候,他们三个人接近了据点。百禄沟的炮楼、圩子,在夕阳的辉耀下,分外眼明。丁德荣对老毕、老沈说:"我在头里走。"因为他是本地人,话好说。说着他俩便放慢了脚步在后面跟着,一前两后,眼看要到沟头的边。从炮楼跟前走过两个人来,到了圩子边的木桥上。这两个人下身穿的是黄军裤,上面穿着便衣,不三不四,看看就不像好货。丁德荣回转头向后面丢了个眼色,说声:"注意!"放开了步子,快步向前,还距十多米远时,他从怀里掏出一支二八驳壳枪:"不要动!动就打死了!"那两个家伙突然吃了一惊,停在桥脚下了。

"你哪里的?"

"到跟前再说。"

"不成问题,我们自己人。"

说着话,丁德荣已到了他们眼前,手直探那家伙裤腰带,一支驳壳枪就到了手。旁边站的那个家伙拔出了枪,老毕一个箭步上去提住了枪管。沈照明大概手痒了,没沉住气,一枪揍倒了他。这时炮楼里的敌人才发现了这幕隔墙戏。因为拖不走那二黄,丁德荣也一枪送他见了阎王。这回缴了两支枪。

阜东小窑据点的伪乡长周××,是个千人咒的人物,经常带了二黄下乡来抢粮抬人,老百姓恨之入骨。一九四二年春天,那天小窑逢街。丁德荣拐了个菜篮上街,篮子里还放了两个油瓶子。他走到这个摊上看看,那个摊上问问价,挨到了伪乡长住的地方,瞧着门内的动静。上街的人越挤越多,门口的哨兵眯着眼只顾看热闹。他凑了个空子,在人缝中一挤进了院子,三步并作两步跨进了堂屋。伪乡长正伏在桌子上写字。丁德荣从容地拿枪对住他大喝一声:"不要动!动就打死了!"伪乡长吓呆了,摊开了两手,瞪大了眼。丁德荣叫:"枪拿下来!"丁德荣拿了伪乡长身上挂着的一支手枪,还拿下了墙上挂着的一支盒子枪。这时伪乡长才问他:"你到底干什么的?"丁德荣把枪挂在自己身上,叫他跟着走,说:"没事,把门口哨兵的枪拿下来。"

他带了哨兵与伪乡长走出街,老百姓也不奇怪,还当黑狗队来要粮的呢。出了街要向南折,这两个家伙着了慌,拔腿想跑。丁德荣眼快,手一举,"砰!"伪乡长倒在地下了。那哨兵乘机逃掉了。丁德荣也没有去追他。

孙良诚来到苏北后,有一天丁德荣与二科长到新安镇去侦察,想提个把俘虏问问底细。黎明,他们到了离新安镇一里路的一个小庄子,拣了一家有土炮楼的房子,上了楼。二科长拿了望远镜,对着新安镇方向瞭望。太阳才从地平线出了头,阳光鲜嫩地照明道路发出耀眼的白色。二科长望了一会儿,侧过头来兴奋地对丁德荣说:"老丁,出来两个穿黄衣服的,一定是!"丁德荣接过镜子望了一下,

185

"呃,向南了。"二科长简短地盼咐:"老丁带两个民兵去吧。"

边区的民兵一贯比较坚强。丁德荣马上找到了两个伙伴,他说:"沉住气,我打枪,你们才打枪。"他们三个都装着拾粪的,直向南奔去。丁德荣提着粪筐走在前面,他俩跟在后面。

前面有岔路了。那两个二黄打岔路向了西,一个拴着腰皮带,背根驳壳枪。另一个肩上挂着根长枪,大背着。丁德荣他们三个也跟着向了西。两个二黄听见了后面的脚步声,停站在大道两旁。

"你干啥的?"

"拾粪的。"丁德荣坦然地回答着。

那背驳壳枪的二黄打量了他一眼,随即轻蔑地掉过头去,让丁德荣从他身边走过,注意着后面来的两个。

丁德荣放慢了步子,迅速掏出驳壳枪,回转身来猛喝一声:"不要动!动就打死了!"枪口正对准那家伙的头颅。

正被盘问的两个民兵也同时拿出了两支短枪。那家伙顿时惊慌失措,"格答"一声打开了木盒盖,丁德荣眼明手快,先发制人,"砰!"一颗子弹早从枪膛飞出,打中那二黄的肘部,他身子一歪倒在地上了。

在旁边站着的那个,吓得将手里揣着的一支顶了膛火的长枪乖顺地放了下来,连说:"我给你。"

丁德荣就是这样出没在敌区里。

丁德荣不但在完成侦察任务时是英雄,在作战中也是英雄。

一九四三年八月,武队长率领他们排去捉阜宁的伪军。夜,漆黑的。他们像蛇一样,不发一点声音就接近了圩子。队长嘱咐:"不作声,往前提人!"老毕对丁德荣说:"你走在前面,看工事里有没有敌人?"丁德荣滑下了圩涧,轻手轻脚地摸到工事跟前,猛跳进去,空空的。向导说,一定在大庙里。老毕叫老丁带几个人向东边搜索,自己带几个人向西边搜索。丁德荣来到庙前,听听没有动静,原来大庙也是空空的。

武队长传令向里搜索。他们走向街心,讨厌的狗乱叫起来,一只两只越叫越多。因为情况不清楚,每个人都紧贴着墙壁,放轻脚步,迅速向前。走了约一百米,丁德荣低声地向老毕说:"没有人?"话刚说完,突然有人问:"哪一个?"

"我一个。"丁德荣回答着。

"干什么的?"

"查哨的。"

"站住!"

"查哨呀!"说着他更快地向前。

"要打枪了!"那边哨兵一拉枪栓,上了顶膛。

"不要打呀。"他又前进了几步。

"砰!"一颗子弹,拖着长长的尾声划破了夜空。

"你打枪要负责,再打报告'皇军'!"丁德荣与老毕已经到了跟前。

丁德荣把一颗手榴弹扔了出去,"扑"没有爆炸。接着又扔了一个,又没有炸。他又从老毕手里拿过来一个。

哨兵倒是不打枪了,说:"扔什么砖头?"

"轰!"的一声,第三块"砖头"在哨兵身边开了花。

哨兵着慌往回跑,丁德荣蹿上去,在一间房子门口一把抱住,捉了俘虏。

房子里的人要往外冲,丁德荣一把盒子把住了门口,一连放了七发,敌人才把头缩回去。后面部队跟来了,冲进去,敌人已爬墙逃走了,撒了一地的衣服东西。丁德荣一扭脸,门背后还站着一个二黄,两人打了个照面。丁德荣一伸手不费劲地又捉住了一个。

等他们带了俘虏和东西,安然退出阜宁时,敌人才打了几发照明炮弹,好像送行似的。

丁德荣能够创造英雄事迹,还由于他沉着。去年十月间,他接受任务去新安镇了解敌情。他利用和一个伪军队长的关系,进了据点,哨兵不敢盘问。他走到鬼子住的西街祠堂外边,两个鬼子正坐在门口。丁德荣与伪队长一路走,眼睛一路留神。突然一个鬼子向他招起手来:"胡胡……"丁德荣莫名其妙,旁边的翻译说:"叫你站那块呢!"丁德荣就站住了。伪军队长对鬼子说明:"这是我的好朋友的。"一边对丁德荣说:"你别动,叫皇军用照妖镜照照。"鬼子拿了一面镜子之类的东西,对着他的脸装腔作势地照了一会儿,丁德荣脸上却连一条皱纹都没有变化,鬼子手一扬叫他走了。

从此,新安镇的东西南北碉堡圩子都印有丁德荣的足迹。

丁德荣还有许多出色的故事。由于他杰出的英雄事迹,在全旅选举模范中,他得了百分之九十的票,获得了甲等的战斗模范称号。

【简要导读】

文章采用先抑后扬的手法,塑造了战斗模范丁德荣的传奇形象。在文章开头,作者首先对丁德荣做了简要的描述,"二十九岁,涟水人。平时总看见他戴一顶'一把抓'帽子,穿着便衣,挂支驳壳枪,也不见有什么特殊的使人惊异的地方"。尽管只有寥寥数语,但读者已经跟随作者的观察,对主人公有了初步了解。

在接下来文章的主体部分,作者以生动的语言详细地描述了丁德荣侦察百禄沟据点、为百姓除掉阜东小窑据点的伪乡长周××、去新安镇侦察敌情,以及捉阜宁伪军、了解新安镇敌情的五次战斗过程。通过对这些战斗典型的叙述,丁德荣的有勇有谋的形象深深地刻在了读者心中。

丁玉龙

白 桦

全旅第二名战斗模范丁玉龙同志,是以猛打猛冲出名的。每次打仗,他总欢喜冲在第一。一九四三年十月袭击涟东大顺集南边的小卞庄,他担任勇敢队长,第一个爬上圩子和敌人拼刺刀。那是一个漆黑的夜,他带头偷偷绕过鹿砦,从碉堡的东边爬上圩墙。冷不防迎面打来一枪,接着又是一刺刀。他把头向右一歪,左肩的衣服都被刺破了。他随即还去一刺刀,黑影跳出散兵坑想逃走,他二拇指一动,"砰"的一声,黑影摔倒了。他又听见三八式的枪栓响,抬头一看,碉堡西边又有一个黑影站起来。他用第二颗子弹把第二个黑影打倒。忽然碉堡里的敌人向他掷来一个东西,不知道是手榴弹还是石头,正打中他的头,他晕倒了,从圩墙上滚了下来。战士们都以为他牺牲了。但是停了一会儿,丁玉龙醒过来,摸摸头还是好好的,便继续领头冲进圩子,占领碉堡。这次战斗,打死鬼子十名,打伤二十余名,缴三八步枪三支,完成了袭击任务。

一九四二年十一月敌人进攻佃湖,丁玉龙带一班人固守北圩门。敌人两门炮从太阳出打到太阳落,他周围被打得屋倒墙裂,在最严重的关头,丁玉龙从这个散兵坑爬到那个散兵坑,告诉战士们:"不要怕,炮弹能进圩子,敌人爬不进圩子。""沉住气,敌人冲进圩壕,用手榴弹消灭它!"他们抗击十倍以上的敌人,坚持了一天半夜,敌人终于被我们的援军击溃。

一九四三年秋天讨逆战中,东坎的鬼子出援徐逆继泰。丁玉龙所在的连队被千余敌伪包围夹击。丁玉龙带领一个班掩护撤退。全连主力撤出危险地界后,敌人离他们班只有六七十米远了。班里只有九个人,敌人一梭子机枪子弹又打倒了四个。他叫李长生把负伤的同志背走。在浓密的火力下,他滚来滚去,把牺牲了的同志的枪支弹药带下来。这种临危不惊、退却在后的坚定精神,也是丁玉龙的特点。

丁玉龙不但打仗不错,平时的教育管理也不错,知道爱护战士。反"扫荡"紧急的时候,部队日夜行军作战。到了宿营地,他常常自己放哨,让战士休息,甚至通夜不睡。粮食困难,老百姓送饭来,他宁愿自己挨饿,让战士们先吃饱,因此,战士们很尊敬他。

不过他的缺点也是不少的。他个性强,有时对战士发脾气,甚至讲上级的怪话;因为借东西曾经打过一次老百姓。

在选举模范的大会上,当别人提出他的缺点时,他羞得低下了头。他说:"我是工农出身的,家住江苏省泗阳县,十四岁跟父亲逃荒到安徽扛大工,二十七岁(四〇年一月)那年参加来安秦司令的反共军。半年后一枪没打就被俘虏过来,在新四军当战士、正副班长,去年六月升任排副。自己学习差,所有缺点以后一定改正。"他今年三十二岁,五年的战斗生活,把他锻炼成一个英勇顽强的铁汉。

【简要导读】

人物通讯《丁玉龙》描写了32岁、工农出身的丁玉龙,在5年的战斗生活里,最终锻炼成长为一个全旅第二名的战斗模范的事。丁玉龙以猛打猛冲出名,每次打仗,总喜欢冲在第一。作品首先为我们摄取了丁玉龙几个英勇战斗的场面:担任勇敢队队长,在袭击涟东大顺集南边的小卞庄时第一个爬上圩子和敌人拼刺刀,战斗中打死鬼子十名,打伤二十余名,缴三八步枪三支;敌人进攻佃湖,丁玉龙带一班人固守北圩门,抗击十倍以上的敌人;在1943年秋天讨逆战中,丁玉龙所在的连队被千余敌伪包围夹击,他临危不惊、退却在后,把牺牲了的同志的枪支弹药带了下来。接着不仅写了他作战勇敢,而且还通过他平时关心战士、爱护战士的事例,点明了他得到战士们尊敬的原因,同时也对他个性强、乱发脾气、讲上级的怪话等缺点进行了批评。这篇通讯最难能可贵的地方在于,没有像有些通讯写作那样把人物写得那么"高大全",作者不仅写出丁玉龙这个英雄模范身上的作战勇敢、敢打敢冲的优点,而且还对他身上存在的缺点进行了点到为止的批评,从而使丁玉龙这个英雄的形象变得更加立体和有血有肉,也显得更为真实、可信、可敬。

模范烈属王老奶奶

李子健

王老奶奶是一个很能吃苦耐劳和深明大义的妇人,家住阜东鲍家墩,一亩田没有,丈夫在三十壮岁,就得病死了,留下四个小子(两个儿子、两个姑娘)。一窝息脚蟹,就靠她包粽子做小生意过日子。韩德勤在此地的时候,她常常受欺侮,军队有时买东西不把钱,地方光棍欠东西的钱也要不到。她的日子很难过。民主政府来了以后,她才能舒心乐意地做生意。

哪晓得前年春上,敌人大"扫荡",在鲍家墩安下据点,街上人都躲下乡。王奶奶也只好带着儿子姑娘到鲍东港一带避难,一家子的生活,就大成问题了。生意没得做,粮食贵又买不起,没得吃,豆饼子上碓舂得粉碎粉碎的,胡萝卜上刀斩得点垛点垛的,下锅籴汤喝,一家一顿不过全,这一天王奶奶到华成三区一家去要卖东西的钱,头发晕,眼发黑,腿肚发抖,才走十几步,就晕倒在路上;再走十几步,又睡倒在路上。三四里远的路,她睡倒了十几次。最后她再也不能走了,得亏一个心肠好的耕田人,架着她去把钱要回来,买了二升稗头,糊十几天。底下日子就没法子过了,王老奶奶想上吊,看看小伢子又舍不得。

王老奶奶一家子正在要命的时候,新四军到处发动对敌攻势,打八滩,打陆集子,打单家港等等。鲍家墩敌人还没等到打,就吓得像兔子一样的溜了。老百姓都欢欢喜喜的从四乡八荡搬回街上去。民主政府放粮救济穷人,王老奶奶首先得到救济。王老奶奶深深地认识到:日本鬼子、"和平军"是人民的死对头,新四军、民主政府是人民的活救星。于是她打发那十七岁的心爱的大儿子王从进,参加新四军第三师第二十四团主力部队。

王老奶奶做了抗属,更得到政府照顾。政府提倡纺纱织布,王老奶奶首先响应号召,办了两部纺纱车子纺纱,一家的生活,已经得到了适当的解决。加上政府又时常优待(节日慰问,年关优抗),日子过得很不错。

在今年春荒救济中,抗属王老奶奶兴高采烈地把区政府发给她的九十多斤杂粮扛到家。刚刚到家,忽然前方送来了坏信:在大顾庄战斗中,万恶的敌人夺去了王从进同志的生命。王老奶奶一阵心酸,昏倒在地。半晌才醒来,她号啕大哭。从此王老奶奶一天到晚恼恨烦闷,纱也不纺了。有头十天她埋怨自己,不该叫儿子出去。但她想了又想,加上别人的多次安慰,她觉得不对,假如个个不参加新四军,鬼子怎么会打得出去?老百姓的受罪日子怎么得出头?我的儿子牺牲了,是为国为民,很光荣!万恶的日本鬼子,把我的心爱儿子杀死了,我更应该努力生产,充实抗战力量,把日本鬼子打出去,好替儿子报仇!

于是王老奶奶又打起精神来了,领着儿子和姑娘下劲纺纱,每天晚上纺到半夜才上床睡觉。同时政府更照顾她家。到去年秋天,她又把纺纱余剩下来的钱,办了一部织布机,开始织布。现在每天能纺十二三两纱,每月能织六七匹布。今年冬天大姑娘出门,嫁妆陪得蛮像话的。家里娘儿三个,都穿上了新棉衣。就是脚下,纺纱车、织布机都不算,还要余剩两万多块钱。

王老奶奶现在的生活和过去的生活比较起来,真是一个天堂,一个地狱。可是她还不时地想念心爱的大儿子王从进,但一想起来,恨不能把日本鬼子一口咬成两截子。

【简要导读】

在艰苦卓绝的抗战岁月中,中华大地上涌现出无数的爱国志士,为了国家的独立、为了民族的自由、为了人民的幸福,他们献出了宝贵的生命。烈士的精神永垂不朽,烈士的功勋彪炳史册,历史永远铭记英雄。后人感怀先烈,同时要感恩烈属。

王老奶奶是一位坚忍不拔的母亲,更是一位深明大义的烈属。在备受日伪欺凌的岁月里,她带着幼小的孩子艰难度日,食不果腹,衣不蔽体。就在王老奶奶一家陷入绝境的时候,新四军为人民带来了生的希望。压榨百姓的敌伪势力被消灭,老百姓重返家园,困苦的王老奶奶首先得到了民主政府的救济。这一切事实都让王老奶奶深深地认识到:日本鬼子、"和平军"是人民的死对头,新四军、民主政府是人民的活救星。于是,她毅然送自己心爱的儿子参加了新四军,保卫家园。不仅如此,王老奶奶还积极响应政府号召,纺纱织布,扩大生产。

当儿子战死的消息传来,一向坚强的王老奶奶倒下了,在痛苦的思考过后,这位坚韧的母亲重新站了起来,她深深地明白民族兴亡人人有责,自己儿子是为了国家、为了人民牺牲。作为母亲,她继承了儿子的遗志,继续努力生产,为充实抗战力量辛勤劳作。文章以朴实直白的笔触、深入细致的心理描述,突出地呈现了王老奶奶的思想感情和性格特征。

徐德广

潘 澄

这是去年三月里的事。

沙沟才解放,我们这个连奉了命令到崔望镇去,保护和帮助开展那一带的工作。

部队急急忙忙地行了两天军,在第二天半夜里,到了崔望。半路上淋了一身大雨,个个像落汤鸡一样,又疲劳又寒冷,一到庄上,除了放哨的以外,个个都睡觉了。

徐德广也是放哨的一个,他担任着警戒通兴化的一条大河,虽然疲劳,但是他还是尽力振作起精神来。

徐德广才十六岁,手里拿的一支三八式枪倒和他人一样高。我看到他年纪小,几次想调他到连部当通讯员,他总是小嘴一鼓,翘得高高地说:"我不来,我又不落后,人家怎样,我也怎样,打仗我也不怕死,全连都知道的。"的确在我连配合打泾口、打车桥时,他总是跑在头几名,所以把全连最好的一支三八枪也给他了。

天有点发亮了,东面大河里突然有"啪啪啪"的声音,自远而近。徐德广急忙擦擦眼睛,向前望着,河湾处十几只钢板划子已看得很清楚了!带班的没有来,回去报告已来不及,他连忙拿起三八枪,"叭叭叭"一连打了三枪,作为报警。

汽艇在离岸一百米远的河里停住了,开始向岸上打机枪。子弹在徐德广的头顶上"嗖哦"地掠过去,徐德广一面注意利用地形,一面跳跳蹦蹦地在各个不同的地方还击。

敌人摸不准我们有多少人,大约打了十来分钟,汽艇又开起来,向旁边插过来,准备登陆了。情形是很危险的,但徐德广没有逃走。因为他晓得,部队太疲劳了,一下子还来不及撤退呢,他摸了摸子弹,只有十颗了。

敌人果然上岸了,慢慢地向前爬着,从他后面插过来。徐德广机警地打了三枪,一个敌人趴下不动了,其余的暂时又伏了下来。

几分钟又过去了,他想部队差不多可以撤走了,于是他开始往街上撤退,而敌人也重新开始攻击了。他才跑了没几步,一颗子弹打中了他的腿,一阵麻木,他往地上一坐。

正在这时候,他的班长和战士姚新明来抢救他了,叫他赶快走,说任务已完成,但是徐德广已带了花。班长就把徐德广往背上一背,姚新明向敌人开着枪掩护退走。

背了人走起来可慢了,徐德广急得直叫班长,说:"我总是不行了,你们快走吧!不然敌人切断了后路,大家都要完啦。"班长哪里肯听呢。可是真给徐德广说着啦,敌人把后路切断了。没办法,三个人就躺在河边抵抗起来,姚新明牺牲了,班长也带了花,徐德广忍住痛,在打最后三颗子弹。

"叭",一个敌人打倒了。"叭",又一个敌人打倒了。"叭"的一声,徐德广的胸口也中了一颗子弹。

他好像是昏迷过去了,马上又清醒过来,用足力量把三八枪往河里一丢,断断续续地说:"为革命,牺牲是最光荣的!"

敌人冲上来了,班长也牺牲了,当敌人看到只有三个人时,惊骇得半天说不出话来。

不久我们的部队从外线包围冲上来,敌人溃败了。当旁边的老百姓含着眼泪把这事情告诉我们的时候,大家都低下头,说不出话来。

三支枪又都捞了起来,老百姓又替这三位烈士做了个坟在崔望附近。当尸体放进棺材里去时,一个老太太哭了起来,喃喃地说:"他是为了保卫我家死的呀!"

【简要导读】

这是一曲英雄的赞歌。作者将叙事和写人相互结合,在完整叙述一次对敌战斗的同时,表现了徐德广、姚新明、班长三位烈士的英勇事迹和光辉品质。

"这是去年三月里的事。"文章以一句简短的回忆引起全文,既交代了事情发生的时间,也表达了对烈士的无限缅怀。

随后文章开始叙述部队奉命到崔望镇开展工作,由于行军路上极度疲惫,到达崔望镇后战士们都休息了,由徐德广担任警戒。行文至此,作者宕开一笔,对只有十六岁的小战士徐德广进行了特写,一个勇敢活泼、不畏牺牲的小战士形象跃然纸上。

接着文章转回对战斗的描述,在情况十分危急的时刻,徐德广冷静沉着,选择打枪报告情况,掩护部队成功撤退。不幸的是,徐德广受伤了,班长和战友姚新明不顾个人安危,冒着炮火前来营救。文章浓墨重彩地描绘了在弹药将尽、身陷重围的绝境中,三位战士在战火中互相扶持、奋勇杀敌的身影,他们永远留在后人的心中。

青年民兵英雄刘江荣

计 超

松樵乡紧紧地靠在湖垛旁边。湖垛的鬼子狡猾阴险,时常出来抢一把又窜回去。湖垛周围一转的人,都提心吊胆地过日子。加上土匪、特工、流氓及伪乡保长的趁火打劫,闹得老百姓,简直不能安身。老百姓家里只敢留少数东西,其余的东西都送到很远的亲友家或埋藏起来。能走的人也都远走高飞了。

这块鬼子、二黄、土匪、特工横行霸道的地方,在一九四二年底被打开了,一九四三年十月,民兵中队正式成立。刘江荣是在边区开辟后走出来的。在斗争中,他做出了很多英勇事迹。

伪乡长徐星因为当地反伪化,溜到街上去了。但是他常常带着人到乡下要钱要粮。一次他一个人跑到离湖垛一里多路的季庄,召集老百姓开会要钱。刘江荣得到这个消息后,约了民兵夏纪成,两个人混进了会场。会还没有开起来,他们像老鹰捉小鸡样的,把这个万恶的家伙抓了出来,送到区政府去了。

严立修也是伪乡长,还是刘江荣的亲戚。刘江荣老早就想搞掉他,可是总没机会。一九四四年九月,湖垛鬼子要下乡"扫荡",气氛很紧张。民兵日夜不停地看坝、守大路,准备给敌人迎头痛击。一天清晨,严立修来替鬼子看地形和刺探军情。恰巧是刘江荣和另一个民兵站岗。这回碰上了岂肯放过?刘江荣什么亲戚也不认了,把他抓起来送到区署去处理。

湖垛有个"清乡"团团长潘桃,伪化区人都叫他"潘太爷"。去年秋天他带了八个国民党税警投降鬼子。这天,他带了这八只狗到陈家堡,召开"清乡"大会。乡里民兵知道了,就去包围他们。刘江荣也化了装去参加会议。在门口警戒的狗子问他干什么的?他回答说:"来开会的。"他在里面转了一圈,又钻了出来,招呼民兵们上来。他自己先进去,挤在潘桃的背后。"砰!砰!"四面八方的枪声打响了,人们乱跑起来喊说:"新四军来了,不得了啦!"那八个国民党投降的税警,也顾不得这个"清乡"团长了,一窜溜过小河南去。枪声紧了,屋里人拼命向外挤,潘桃刚走到大门口,刘江荣上去一把揪住了:"喂!是潘老太爷吧!请你到我们那边去谈谈。"

去秋美国超级空中堡垒失事的第二天早晨,刘江荣同葛小二子,带着联络站的同志,来到湖垛北一里多地的神台附近。这里,鬼子炮楼及红膏药旗子,都看得很清楚。忽然前面冒出一个人,鬼头鬼脑地往圩子内跑。"这是什么玩意头?"刘江荣正在疑惑的当儿,那个穿黄衣服的"鬼子",钻进一个没人住的破屋子里去了。刘江荣不管怎样,也冲了进去,看那个人不像日本鬼子,黄头发,高鼻子,身旁边有一大堆东西,手里还拿着一只手枪,嘴里讲的叽叽咕咕的话,半句也不懂。刘江荣做手势,指着炮楼,叫他去。高鼻子摇摇头,伸出手来,把小拇指竖起。他们晓得不是日本鬼子,就拉他向北走,他点点头。刘江荣把他的东西背着,还没走几步路,湖垛圩门枪响了,几十个鬼子追了下来!大家搀着这高鼻子奔跑,虽然跌了很多筋斗,终于脱险了,到了区政府,才知道是美机师赛伏嗳少校。

孙良诚部队来后,他们乡内情况更加紧张。头半个月中,发生了十一次伪军进扰,刘江荣带着民兵班,就打了十一次仗。他们乡里每月至少有二十次以上的战斗,刘江荣没有不在内的。

去年底发动对敌政治攻势时,他配合其他同志到湖垛喊话,大有作用。第二天就有一个伪军,带着一挺机枪跑过来反正。

刘江荣是一个二十六岁的青年,勇敢机警,沉默老实不爱说话。每当人们问起他的英雄事迹的时候,他总是羞羞答答的说不出口。他胆子很大,心很细,能够团结人。打仗时,他总是冲在别人前面,掩护别人退却的也总是他。走路时别人背不了枪,他都替背,还替别人站岗。因此得到大家的信仰,现已由班长选升为分队长了。这次盐阜区民兵代表大会上,他被选为民兵英雄。

【简要导读】

这是一篇典型的以事写人的文章。作者按照时间顺序,选取了抓住时机智取伪乡长徐星、大义灭亲抓捕伪乡长严立修、化装巧取"清乡"团团长潘桃、机智救援美机师赛伏嗳少校四件事情进行详细描写,突出了刘江荣的机智勇敢。随后文章换工笔细描为简笔传神,用翔实的数据介绍了刘江荣的战斗事迹,详略得当,文章节奏张弛有度。最后,文章直接转向对人物的正面介绍,既介绍了刘江荣沉默老实、不爱说话、尽管战绩突出却从不自夸的一面,也介绍了他胆大心细、勇敢作战、爱护战友的一面,使得人物形象更加立体丰满。

第二辑
通讯报道

一、战斗纪实

热泪潸潸话海程
——一位警卫员的口述

江　流

这是一个晴朗的春天。

我们一行数十人，负着特定的使命，怀着无限兴奋与好奇的心情，在盐阜区的一个海港口登上了海舶。黎明，扬起了巨大的船帆，我们开始北进了。

海风狂啸，海水在悲壮地咆哮。一眼望去，海天混成了一色，只见白茫茫蓝沉沉的一片。

虽然，在辽阔的海面上我们的大船渺小得像一片残叶，然而，倒山一样的怒涛却竟不能吞没我们！

像我们平常在野外演习时，利用沟坎隐蔽前进一样，我们的船在巨浪的隙际向前急驰着。

船舶颠簸不止。这给我们这批未惯航海的人带来无限的难堪。在海程中，大家晕眩、恶心、呕吐。从放洋时起，大家就滴水粒米不能下咽。

夜晚，船在神秘的可怕的海上继续前行。遥望着云台山的夜市以及连云港口敌舰艇上的电炬，红绿的彩光闪闪烁烁，大家激起了高度的紧张与奇异的情绪。

第二天破晓，我们的船行抵北距奶奶山十余里的洋面。很多人从闷塞的仓里钻出来，迎着鲜洁的晨光，浴洗满身的困顿。渐渐地，在万道霞光中，东方跃出光焰熊熊的一轮朝日来。很多同志兴奋得指手画脚，不自觉地咧开了嘴巴。

正当这个时候，有人隐隐地听到了轮船上的马达响声。渐渐地，这种讨厌的响声愈来愈近。首长们爬上了船篷，拿起了望远镜四处瞭望。忽然在东方发现了一只敌人的巡海舰艇，正向我们的船行方向追踪而来。偏偏不巧，这时候风息了。我们的大船漂游在汹涌起伏的海面上，一点不能前进。眼看敌舰益发接近。这时，一种焦急的情绪占有了船上的每一个同志。大家的心头都好像被压覆着一个沉重的石块。

情势更紧张了！二三里的距离在海面上看来不过是咫尺之隔。敌舰上的太阳旗已经清晰可见了。敌人见我们这里依然高扯着船帆，以为我们想逃走，于是"劈得"一声枪响，划破了海空的平静。接着步枪就"拍，拍，拍"地开了火，意思是吆喝我们停泊下来。

当时我们估计敌人最多不过盘查一下，我们可以用"是商船"来蒙混过去。于是大家都隐藏到仓里，只留少数人在外面敷衍，同时大家相约绝对禁止随便打枪。

虽说如此，可是每个同志都作了必要的准备，所有的短枪都扳起了机头，所有擎在手里的小炸弹都揭开了盖。

敌人的汽船已经靠近了我们的船。鬼子鸟声蛮气的与我们船老大打着话。老大等人告诉他是商船，但他们不信任，于是汽船紧傍着我们的船靠下，马达的吼声震得人耳朵发聋，船底的推进翼把海水激起了风暴一样的浪花。

在大家神经极度紧张的当儿，两个肥肥肿肿的穿着赭色制服的鬼子——船前一个船尾一个，一齐攀上我们的船来。

我们的马伕老高同志，穿着便衣，此时正不哼不吭地站在船头上发愣。鬼子看他这种光景，就斥喝道："你是什么人？"老高看神色不对，心里一急，也未假思索，一声风响，把袖笼里的小炸弹扔将出来，船头一个鬼子像死猪一样掉进海里去了。

说时迟，那时疾！船尾的鬼子踏上船后，我们一个警卫员同志胳肢窝里夹着枪，正从仓里向外仰望，鬼子脸向内一瞥，四只眼睛恰好打了一个照面。鬼子发现了驳壳枪，怪叫了一声"不好！"，当时前面的鬼子正被小炸弹掀落到海里，于是他就拼命滚到汽船里去了。

经过这样一个急剧的变化，一场恶烈的海上短兵战揭幕了。

原在船外的人不用说，连伏在仓内的许多同志这时也暴风一样地蹿了出来，飞蝗一样的炸弹铿然地落在汽船上，所有的盒子炮一齐张嘴，我们的火力密集地射向敌船，单是田旅长就亲手打了五个小炸弹。激烈的程度由此可以想见。

这个意外的猛烈打击，逼使敌寇惊慌失措，来不及还击。他们像过街老鼠一样地挨了一两分钟痛打，才仓皇把船逃开，离我们一二百米的距离，已在我们短枪与小炸弹的有效射程之外了，于是它就停止下来。

凶恶的报复开始了！汽船头尾的两挺机枪以及步枪一齐向这里开火，像一阵急雨一样，灼热的子弹横扫过来。木块的碎片随着弹雨凌空乱飞，有些地方的壁板则像蜂窝一样布满了子弹孔。几个在仓面上的同志负了伤。

我们船上连步枪都没一根。为了避免浪费弹药，大家停止还击。仓面的同志多半钻到仓底来隐蔽着。

只有田旅长带了一支小马枪。这时他凭借海船边缘的壁板，卧在仓面上和敌人英勇对抗。战斗不久，他的腿部已经负伤，但还是瞄准敌人沉着射击，以一支小马枪的壮烈悲嘶,抗击着敌人两挺机枪以及步枪的猛烈火力。小马枪二十多发子弹,一颗一颗地打了出去,最后只剩下三颗。这时他因创伤的痛楚以及过度的劳累,终于晕倒在仓板上。同志们把他扶持下仓。

现在这边寂然无声。敌人的枪声依然嗥叫着。这时敌人的射击目标已由仓面移向船底,一阵阵弹流透过海浪向着船底扫射。

海,好像更加发怒了,在疯狂地叫啸。没有风,我们的船不能行驶,敌人也不敢靠拢,只是一股劲地拿机枪、步枪朝这里扫射,我们也不理会它。

十点钟左右,敌人看这边始终没有动静,于是大着胆发起了冲锋。在火力掩护下,汽船"嘟嘟嘟嘟"向我们疾驶过来。

同志们用眼神互相提醒,紧张已久好像松弛了的神经又极度地紧张起来。

眼看汽船离我们不到二十米远了,我们"噼里啪啦"迎头痛击。敌船随即狼狈后窜,又停在原来的地方向这边放枪。

这样撑持了好久,已近中午,敌人发起第二次的冲锋。这时,仓面上只有我和另外一个警卫员同志。我隐蔽在一根大桅杆的后面,他踞在船头一个救生艇的旁边。等到敌船贴近,我们盒子枪才吐出火焰。×部长在仓下给我装子弹匣子。我们每人用快机打了两条子弹,敌人第二次的攻势又被粉碎了。

这时我已两处负伤。仓里面负伤的同志也不少。可是大家都很镇静,都抱着流完最后一滴血的牺牲决心。有一个同志因为伤口胸痛而狂呼不止。我就对他说:"谁还不是一样负了伤,你这样叫唤有什么用呢?"另外一个负了伤的警卫员郑同志,也附和了几句,于是那位同志也就沉静了下来。

下午一时左右,敌人的汽船最后一次冒险向我们海船冲来。还是和先前一样,我们沉着地等它临近,突然打上一条子弹,汽船便又急忙逃走,开到一百米以外的地方,仍以机枪向这边有气无力地射击。

又过了一个钟头,敌船上的枪声渐归沉寂。仔细看,哦,它已经向正北开走了。

在极度紧张的情况下,大家忘记了其他的一切;盘踞在各人脑子里的,只是顽强抗击,拼完最后一粒子弹,流尽最后一滴血的坚强的意志。

此刻海船里的气氛反倒不平静起来。血的腥味,死的惨状,负伤者的呻吟,大半天的过度疲劳,两天一夜的饥饿……所有这些,都沉重地咬着各人的心。愤怒、哀伤、困倦、焦虑的情绪,交织成一片迷离的网,撒在这苍茫海天的一叶扁舟上。

恰好起风了!两个船老大在激战中牺牲了一个,剩下的一个此时抖擞起精神,以他熟练的技术指挥着水手们行船。于是我们这只残破的船又开始航行了,向着西南方的海岸。在苦难和昏沉中,大家心头重泛起了一缕兴奋。

约莫在下午五点钟的时候,我们的船走了三十余里的海程,海岸上蜿蜒的长堤已经隐约可望了。这时讨厌的汽船响声又从远方传来,大家全给怔住了。

在北方,三只可怕的怪物正向我们疾追而来。一种不可名状的阴影笼罩着这不幸的船只。

凄厉的斜阳行将从西山落下,三只敌舰已经快要追及我们,六月飞沙一样的弹雨,夹杂着可怖的鸣声,向我们这弹痕累累的孤舟上投射过来。

风很大,我们拼命地向岸边航驶,敌人凶残地追击着。距岸还有六七里,我们的船搁了浅,再也不能前进了。

敌人看着我们的船搁了浅,也就不敢再行前进,在距我们二三百米的海面上停泊下来,每船间隔数十米远,形成了一个半弧形的包围圈,机枪步枪对着我们疯狂地叫嚣。

我们再也不能犹豫,大多数同志跳下了海。海水深度仅及胸脯。大家向着岸边泅行。然而多数同志是不会水的。

看呀!海面上展现出一幅悲凉壮烈的图画!

离船数米远的地方,横亘着一条深沟(不很宽),但同志们都不知道,坦然前行。一阵咸苦的海浪打过来,好几个同志被卷下去了,完全泅过来的只有二三人。

前有深潭,后有追兵,汹涌的海面上浮着一颗颗被绝望情绪所笼罩着的挣扎摆动的头颅。敌人三只汽船的交叉火力交织成了一张死网,向这边抛过来。落日的余晖映着水面,显出一片凄厉的红光。一朵朵的血花,在这里辨别不清了。

许多同志又绝望地回到了船上,船在走向损坏、毁灭。它此时只装着一个死亡的命运!

大家又第二次跳下海,我也是其中的一个。臀部和腿部的创伤使我无力动弹。我和×主任捞了一块船的碎片,抱持着,在敌人火网下一任它茫然地漂。

咸苦的浪花和灼热的子弹又夺去了几个战友的生命。一部分人泅过深沟涉向岸边去。

好了,这时破船上因为只剩着两个重伤者和一个勤务员同志,因此重量大为减轻,一阵风吹动了它,在水面上向岸边蠕动。

我们狂喜地攀住了它,随着它向岸边淌来。

敌人的三只汽船在后边望着叫苦,恶毒地送过来一阵机枪,快快地离去了。

我们兄弟兵团———一五师××团的一个连正在海边活动。他们听到海里的枪声,跑步赶了过来,在荒凉的海滩上,和我们先头登陆的人刚好撞个满怀。

经过简短的交谈,他们是八路军老大哥,我们是新四军弟弟。患难之时,我们弟兄欣逢。在不可名状的兴奋中,大家热烈地拥抱、欢呼,流出了热情的感动之泪!

一群一群鲁南根据地的抗日民众,从附近的田里放下了农具赶拢来看望我们,顷刻抬来了一副副的担架。

在伟大革命友谊的热情海洋中,——五师的部队与当地民众,在苍茫的夜色里,把我们向内地护送。

在生死斗争的边缘上,我们挣扎得了生命。在险恶的遭遇中,敌人未能把我们消灭!我们胜利地重新回到了人民的怀抱里。在未来的与敌斗争中,我们应当继续为祖国流出我们未曾流尽的鲜血!

【简要导读】

本文选自1943年编印的《盐阜区烈士纪念册》,对1943年春新四军第三师彭雄同志等一行人与日寇展开的海上战斗进行了详细的描述。文章附注如下:

> 1943年春,在苏北敌后坚持抗日斗争的新四军第三师,派出以彭雄同志为首的一批高级干部,赴延安进行学习,一行数十人,化装为平民,由苏北首途,乘木船赴鲁南。在海上,两次与日寇巡逻艇遭遇。我军的同志以短枪及手榴弹与敌艇上的机步枪火力进行力量悬殊的英勇战斗。我三师参谋长彭雄同志和八旅旅长田守尧同志等,皆在此次海上战斗中壮烈牺牲。剩下的同志后来到达八路军一一五师鲁南根据地。这篇报道,就是这次海上战斗的简略纪实。

作者根据亲历者的口述,以第一人称详细地记述了这次激烈的海上战斗全过程。在文章开始处,作者综合应用了叙述、描写与抒情交代了本次行军的时间、地点与人物,并将抒情与写景相结合,表现了大家的复杂情绪。随后,作者进行了大量的细节描写,在敌我力量悬殊的情况下,田守尧旅长"以一支小马枪的壮烈悲嘶,抗击着敌人两挺机枪以及步枪的猛烈火力",其他同志尽管已负伤累累,但仍顽强抗击,誓与敌人战斗到底。最终在八路军同志和根据地民众的接应下,幸存的同志得以重新回到人民怀抱。

佃湖敌人逃跑了

常 工

在十二日的夜里,佃湖的敌伪逃跑了。这是佃湖人民斗争的胜利。

佃湖原来叫石湖,是一个有八百多户的大集镇,阜涟滨三县的中心,靠着黄河堆,形势极其险要。

这里本来住有日寇一个小队、伪军两个大队,共五百多人。靠近东圩门的黄河堆上,和街东草塘里的"土山"上,各筑大碉堡一个,可以阻止任何方向来的袭击。在各圩门和薛家"刺卫府"上等地,筑有小碉堡五个。其他鬼窑子还有十多个。威风凛凛,大有铜墙铁壁之慨。

敌伪占领佃湖以后,曾扬言不烧不杀不抢不打不奸,"建设新佃湖",企图伪善地收拾人心。

但是事实上要敌伪不烧不杀不抢不打不奸,比要黄狗不吃屎还困难。

据不完全统计,佃湖周围被烧的房子在一千间左右,街上的房子也很多被拆掉,把上等的木料当柴烧。连伪自卫团长薛锡亮的房子也被拆了去烧饭。

在佃湖街上和佃湖周围,被杀害的人民,在七十个以上,也有砍了头把头挂在圩门上的,也有被剖肚的。

敌伪除掉强迫每家每亩出粮十斤、草五十斤,每天猪肉三斤半外,又组织了"突击队"经常出外"突击"。"突击队"就是抢光队,"突击队"就是拉牛队。光被"突击"去的牛,就在一百头以上。圩内圩外将近七顷多的草,也都被割光烧光了。

老百姓常常挨打不用提了,就是伪组织人员也常常遭毒打,南圩门一个姓朱的老头,就是给打死的。七十岁的伪区长张济文,不让敌伪拆他的房子盖堡,也被打得不能起床。敌伪用的票,硬不打八折,更不晓得有多少卖豆腐的、卖油条的、卖香烟的、剃头的遭过打;打了一顿,东西还是给拿走,弄得后来街上看不到一个小贩。

……

这些畜生"建设"起了这样的"新佃湖"!

从二月十四到九月十二日,这将近七个月的时间,是佃湖人民苦难的日子,也是佃湖人民英勇奋斗的日子。

逃出佃湖的人民,分在四乡,参加和组织了联防队,而且都成为这些联防队坚强的骨干。七个月来,敌伪大规模地出动了三十余次,每次出犯都被他们打得头破血流。联防队长城一样的紧紧围着佃湖,敌伪派出的侦察,时常被捕捉。有时他们还冲进圩子去,烧毁敌伪的碉堡和营房。他们虽然有很多人光荣地牺牲了,更激励了活着的人们抗日的决心。这次敌伪逃跑之前,日寇还想顽抗。但联防队冲进圩子把房子先烧光,孤立的敌寇被围困了三天之后,不得不跟着伪军逃跑了。

守在佃湖的人民,也同样与敌人进行艰巨的斗争。

敌伪要缴粮草,他们就隐报田亩。有的就叫粮食长在田里,吃一点收一点。有的叫联防队掩护,夜间收割,然后存到根据地去。有的向敌伪报告没有田地,根本不缴粮草。所以,敌伪不得不到文兴集等据点去运粮食,然而运时又经常受到联防队的袭击。

敌伪敲诈商人,商人们就来了个罢市。

最感动人的事,则是佃湖街上很多人参加了主力部队及联防队后,家里田地却没有荒芜;留在佃湖的人,替他们种了,而且收割后负责保藏。这次记者到佃湖的时候,联防队的同志们都兴奋地告诉记者这些故事。在紧靠佃湖南的小新庄,记者亲眼看到姓郑的和姓周的用五条牛替姓张的一个战士耕地,这是多么美的场面呵!

佃湖敌伪逃跑了——证明人民的力量是伟大的。

【简要导读】

《佃湖敌人逃跑了》用了倒叙的手法,先从十二日夜里敌人逃跑写起,接着叙述了在二月十四日到九月十二日这将近七个月的时间里,敌伪占领佃湖后,一方面修筑大大小小数十个碉堡,依靠武力压制人民力量,另一方面以"不烧不杀不抢不打不奸""建设新佃湖"的谎言试图欺骗人民。但是,在这七个月里,佃湖受尽了敌伪的侮辱和欺凌。他们作威作福、烧杀抢掠、奸淫妇女、无恶不作。最后逃出佃湖的人民自发组成联防队,与留在佃湖的人民互相配合,互相支持,不畏牺牲,同敌伪进行坚决的斗争,最终赶跑了敌人。佃湖重回人民手中,重新焕发出生机,呈现出一派祥和的画面。佃湖敌伪的逃跑也证明了人民团结抗敌力量的伟大。

里堡乡的民兵

江　星

民兵在极端尖锐的对敌斗争里,成为一支维护地方的中坚力量,地方上一刻少不了它。淮安泾口区里堡乡民兵就是典型的例子。

里堡乡南面对着泾口据点,最远的只有六里路,站在庄门口就可以看到圩里的碉堡。这个乡的开辟工作,是去年春季敌寇"扫荡",韩德勤逃跑以后开始的。当时韩部整团整营地投敌。伪军到处横行,人民的生活不堪设想。

在这样的环境里要打开局面,就需要武装。而这时民兵只有两支枪。但是民兵第一次打仗就把敌人打退了。

民众看到了民兵的作用,自动借出了很多枪。到第二次打仗时有了十二支枪。邻近的渔滨乡也组织了七八支自卫枪,两个乡合起来一齐把泾口敌伪出扰的两个口子紧紧守住,使得敌伪轻易连圩门都不敢出。

敌人恼怒了,在麦收时出动了五百余人,分三路合击民兵。但是民兵早就机动地跳出圈子,埋伏在敌人会合的路口旁,打了一个伏击战。敌人丢下担把粮食,狼狈地退回去了。以后出动了很多次的合击,都是汹汹而来,狼狈而去。

敌人采取了强力烧杀,"平推"(搜索抢光)每个村庄,威逼地方伪化。

敌人对民兵却采用了软的一套。第一次送来一张委任信给联防队长李得夫,委他当伪阜宁十区区长。他们又以亲戚名义,写了一封信给张中队长:"你们是弹丸之地,孤军奋斗,识时务者为俊杰。……"这两张东西一送到,就被烧成灰。

敌人见引诱不成就又换了一套。他们放谣言说:"李得夫和我们泾口有关系,打战时都有条件,别的联防队来就缴枪。"企图挑拨离间联防队之间的关系,但是又不成功。

又来了一套。敌人在泾口成立一个政治处,下设一个特工队专门"黑摸"民兵,暗杀干部,但是十几次"黑摸"又是摸空。

敌人又冒充新四军主力部队,对老百姓说:"李得夫和'和平军'有关系,我们是老部队来缴他们枪的。"这样的鬼把戏又给拆穿了。

敌人软硬全套本领都施展了,但是里堡乡的民兵仍是生龙活虎样的到处战斗。

夏收时,正是里堡乡民兵战斗的黄金时代,每天从天亮一直打到天黑,饭都捞不到吃,顶多的一天打了七次仗。

民兵的战斗情绪是始终高涨的,每个民兵都以背到枪为光荣。赵国类在联防队里,他的四兄弟最近也参加了,四兄弟说:"回去再把二哥叫来大家背。"每逢出发战斗,每个被留在后方守卫的同志都不高兴地说:"就是你们会打仗,我上去不一定会打死,你们是一条命,我也是一条命。"有一次队员李春号竟哭了起来。对这些同志,指导员必须像劝慰小孩一样的解释说服。

联防队在民众的心目中是护身符。每逢发生情况时,老百姓就祷告联防队快来。在一次战斗中,民兵子弹打光了,一个老百姓连忙把家里藏的七排子弹送上去给民兵打。

伪化区的民众对这支力量也寄托了很大的希望,有些伪化区民众自愿供给民兵弹药。他们说:"比被'和平军'弄去好。"

最近民兵里建立了政治工作制度,隔日上一次课,讲时事、麻雀战术、群众观念等问题。民兵很喜欢学习,上课前,总要求指导员今天多讲一些。

民众对这支民兵爱护得像自己的子弟,敌人对它怕得像老虎。泾口的伪军失望地说:"要'平推'到风谷村,不把二联防队(里堡乡是其中一个骨干)消灭就没有办法。"

半年内里堡乡民兵共打了七八十次仗,打死敌寇一个小队长、一个士兵,打伤两个,击伤伪军六十个,活捉十五个,缴到三支枪。

最后我问领导这支民兵的同志:"我们伤亡多少?"那同志出乎我意料地回答说:"一个都没有。"

【简要导读】

民兵是抗战斗争中重要的群众武装力量,他们一边生产、一边战斗,在充实抗战力量的同时,还担负起了生产、侦察、袭敌扰敌、掩护群众等任务,并以各种灵活的战术配合主力军作战,以及独立自主对敌作战,凭借熟悉地形与人情的优势四处出击,封锁与围困敌人据点,打击小股敌军与汉奸武装。

在中共中央动员群众、武装群众、依靠群众进行人民战争的正确路线指引下,广大民兵遍布陕甘宁、晋察冀、晋绥、晋冀鲁豫、山东、华中、华南各抗日根据地,组织庞大,无处不有,无时不在,沉重地打击了敌人的嚣张气焰。

本文以里堡乡的民兵为描述对象,从里堡乡民兵的发展壮大、破解敌人各种各样的瓦解阴谋、民兵的战斗热情,以及人民对里堡乡民兵的热爱等方面详细介绍了这支英勇的人民武装力量,全面具体,详略得当。

豆腐浆

郁连南

阜宁城没有解放的时候,东门城外有两个民兵,一个叫陈海祥,一个叫吴贵昌,他们一心想城里鬼子的三八枪。

他们两人商量了一个妙计:一天早上,两人到城跟前那家姓蔡的豆腐店里,假装喝豆腐浆,等鬼子来。

喝了两碗浆,鬼子真来了。来了一个鬼子,也来喝浆的,手里拿一根三八枪。

鬼子端起碗,才喝两口!陈海祥到锅上舀了滚烫滚烫的豆腐浆,假装做豆腐的,摸到鬼子背后,一头就往他头上倒,烫得他眼睛珠也睁不开了,吴贵昌抢上去夺了他手里枪,两个人往外飞跑,跑到家快活死了。

村里小孩就编了一个唱:陈海祥,吴贵昌,钢铁胆,妙计强,蔡家店里喝豆浆,一桶热浆缴手枪!

【简要导读】

这是一篇生动活泼的记事文,篇幅虽短,但叙述完整,可谓麻雀虽小五脏俱全。

"阜宁城没有解放的时候,东门城外有两个民兵,一个叫陈海祥,一个叫吴贵昌,他们一心想城里鬼子的三八枪。"文章开头处用了一句话,便交代清楚了事件发生的时间、地点、人物和事件起因。随后文章开始介绍事件的具体发生过程。"舀了""摸到""一头就往他头上倒""抢上去""夺""飞跑",一连串动作描写紧张连贯,将两位战士瞅准时机互相配合的夺枪过程写得栩栩如生,让读者有身临其境之感。文章最后引用童谣,更给全文增添了风趣幽默的色彩。

二、 社会建设

穷汉李士雨翻身

季 枫

李士雨原是射阳人,十年前撑了一只小船到北坍子,就在坍北村岸上搭了一间茅草棚。他一家九口。老爹七十多岁,五个儿女,大儿子今年才十九岁,从小就坏了一只左膀,其余四个小孩,六岁的、七岁的、八岁的、九岁的,还有一个十一岁的童养媳。李士雨本人又是一个只会朝天划船不会做旁的活的人,自己和老妻都有五十多岁了。真是一家老小,残废不全,只会吃饭,不能做活。

他家靠什么生活呢?说来可怜,就靠一只破旧的小船逢集时装货带人,每天找几个钱糊口,小孩子们拾拾草。全家人人面黄肌瘦,衣不遮体。每年冬天,西北风吹来,膀靠膀躲在茅草棚里不敢伸头。

1942年春天,李士雨的破船,又因载重浸水沉入水底,断绝了全家的生路,使他上天无路,入地无门。

真是绝处逢生,人民的救星——共产党领导的民主政府,恰在那年春天号召人民增加生产,普遍发展纺织。那时,北坍子上有好多海门人,刚来时也是身无立锥之地;他们搞了几年纺织,都成家立业,过着富裕的生活了。李士雨因此便下决心,建立以纺织为主的新家庭。

三月间,李士雨向亲戚借了几斤棉花,把沉在水里的破船捞出来,抽几块破木板打了四架纺纱车,叫老婆孩子学纺纱,把纺出的纱找有织布机的人家去换工。人家代他织一天布,他代人家纺二天纱。卖掉布,买棉花,纺纱又换布。全家九口就靠四架纺纱车度活。

人家代他家织布的时候,李士雨就派他的小孩站在旁边学。三个月后他家小孩会织布了。六月间李士雨打了一部织布机,他家就自己纺纱自己织布了。敌人封锁物资,政府提倡织布,奖励生产,免税远销,李士雨得利更大。

去年夏天，李士雨拆去茅草棚，盖了四间新草房，秋天又打了一架织布机。全家都学会了纺纱织布，就连残废了一只膀子的儿子，也能生产。李士雨家里的生活更好了，全家人的脸色，由面黄肌瘦变得红润了。

今春彻底退租后，某些过去明减暗不减的业主朝外典田。李士雨在五汛港典进三十亩稻麦田。秋收后，他又添办一架厂机，还招收两个年轻学徒。

李士雨的家里，现在有两部土机，一部厂机，四架纺纱车，连学徒十一口人吃饭，每顿两三样菜，逢集时还要买点鱼肉，打点烧酒给老爹喝。全家人都穿自己织的厂布衣，老爹和李士雨自己，每人还做了一件厂布新棉袍，准备今年过冬。

北圩子人都说："李士雨家三年前，和三年后的今天来比，真是贫富苦乐完全不同的两个家庭。"

李士雨对他创造起来的家庭，无限喜悦和快慰。他说："不是民主政府肃清了几百年的土匪，又号召民众生产，我们北圩穷人哪里能过今天富裕生活呢？"

今春参军运动，北圩有十三个青年自动参军，李士雨深感自己年老，大儿子残废，其余的太小，不能对抗战贡献力量，便跑到北圩王乡长那里，要求自己参加交通班，代本乡送信。乡长看他年纪大，叫他每月少送几次，然而，李士雨过意不去，一天不肯间断，不管风雨早晚，他都跑去送信。他常说："政府对我们这样好，这点小义务算什么呢？"

【简要导读】

代表性是通讯报道的重要特征之一。

一九四二年，抗日战争进入最艰巨的阶段，敌人以残酷的"扫荡"方式对我根据地进行军事、经济全面的侵略，企图摧毁我国军民的抗敌意志和武装力量。在这样严峻的形势下，中国共产党提出"发展经济，保障供给"的方针，领导抗日根据地军民开展了大规模的生产自救运动。根据地军民响应党中央号召，坚持自力更生，生产自救，组织劳动互助，发展农业生产，兼办工业、手工业、运输业、畜牧业和商业，取得了显著的成绩。通过大生产运动，根据地克服了严重的物质困难，粉碎了敌人的封锁，改善了人民的生活，为争取抗战胜利奠定了物质基础。

《穷汉李士雨翻身》选取了大生产运动中涌现出来的典型代表李士雨，通过描述李士雨一家今昔生活大变化，深刻地反映了大生产运动的广泛影响。李士雨一家生活极度贫苦，全家老弱病残只能靠一只破旧的小船为生，小船沉没后，生活更是陷入了绝境。正在此时，民主政府号召人民增加生产，利用当时的地理优势发展纺织，李士雨一家响应号召，积极参加纺织劳动，在民主政府的扶持下过上了富足的生活。李士雨深知这样的生活来之不易，因此积极要求尽自己所能参加抗战，根据地军民的融洽关系可见一斑。

七天二十二个

常 工

涟东一区的拥军参军运动,在全县是首屈一指的。

五月十三日到十九日短短的七天中,不仅全区人民对拥军参军运动有了深刻的认识,而且有二十二个抗日英雄,主动地参加主力部队了。在这二十二个抗日英雄中,有三个优秀的共产党员(朱义迁、鲁士华、蒋开夫)。不仅涟东一区的人民以此为荣,涟东一区的党,也以此为荣。

涟东一区拥军参军运动的宣传动员,是深入而广泛的。不只在党内进行了深入的动员,而且在党外干部及群众中也进行了广泛的宣传。不只印发了大量的宣传材料,而且组织了二十个宣传动员剧队,唱出十五个新歌,演出了四十个剧本。具有声望的厉竹轩先生和张惠民先生,还自己编剧,亲身演出。各级公私小学也每日出版墙报,进行街头演剧演讲。各阶层的人士对拥军参军运动,都表现出高度的热忱,开展热烈的革命竞赛。

在拥军参军运动中,涟东一区对抗属给予了优待。它不仅给前方战士以极大的安慰,提高了人民对抗属的敬仰,而且也鼓励了不少抗日英雄自动参加主力部队。该区各乡都成立了优抗委员会,召开了抗属大会,以茶水、香烟和酒席殷勤招待抗属,向抗属颁送了光荣证,捐款慰问。王湾乡一乡就捐款二千五百余元。使抗属惊讶而又感动的是,区优抗会主任周少华先生亲自为抗属擦火燃烟,不少的抗属都这样地说:"想不到呀!天下竟有这样的事。"在每次乡或区的大会上,抗属都坐在最前面,儿童团向他们致敬唱歌。政府对抗属生活十分关心,及时解决了他们的实际问题。官营乡的抗属尹国法逝世,家贫无法埋葬。该乡人民便为其捐置棺材一口,并发动全乡人民去送殡。郭庄乡的抗属李霞,每日均有人为她挑水拾柴,打扫庭院。田巷乡金学宝这次拥军参军运动中自动参加主力部队,家中业已断炊,该乡就募捐了四斗小麦送给他家。抗属们都兴奋地在大会上讲话了:"我们一定叫自己的儿子或丈夫,不要挂念,好好地打敌人。"这是多么真心的话呀!

涟东一区拥军参军运动中,最动人的场面是对抗日英雄们的尊重和热烈的鼓励。每一个参加主力部队的抗日英雄,身上都披着一条长长的红带,带上写着"抗日英雄"四字。在开会欢送的时候,他们被锣鼓声、鞭炮声和无边的人群簇护上台,大家起立向他们致敬。在鲁桥乡、王湾乡、宋庄乡、郭庄乡,不只在精神上鼓励,而且群众自动地发起热烈的物质慰劳。在大会上你捐五十,我捐八十,你捐毛巾,我送鞋子,情绪高到极点。仅郭庄乡一乡就捐出了一千元的钱和东西。抗日英雄们更加坚定了意志,在大会上作了慷慨悲壮的宣誓:"我们只有坚决地打敌人,报答你们对我们的热望,敌人一天不打走,我们一天不回来。"

涟东一区拥军参军运动的胜利热潮,将和全县的拥军参军运动,汇合成一个巨大的洪流。不只七天动员二十二个,也许七天会动员三个二十二个。全县决定五月二十三日到五月三十一日,为拥军参军运动突击周。

【简要导读】

常工创作的这篇《七天二十二个》是一篇非常优秀的通讯报道,反映出了盐阜地区新闻报道工作已趋成熟。报道首先开门见山地指明"涟东一区的拥军参军运动,在全县是首屈一指的",短短的七天中有二十二人参军抗日,其中还有三名共产党员。这样的成绩是涟东一区人民的骄傲,也是涟东一区党组织的骄傲。

那么涟东一区的拥军参军运动何以取得如此骄人的成绩呢?作者从宣传动员、优待抗属、对抗日英雄的尊重与鼓励三方面作了报道,并多次引用人物语言,使报道更加贴近生活。最后,作者对全县的拥军参军运动予以充满热情的预测,并报道了"全县决定五月二十三日到五月三十一日,为拥军参军运动突击周"这一工作决定。全文简洁明了,要素齐全。

记盐阜区抗日阵亡将士纪念塔

常 工

庄严雄伟的盐阜区抗日阵亡将士纪念塔落成了。

塔高六丈,背靠着黄河堤,面向南方一片碧绿的田野。十里外,就可以望见塔顶。

上面站着一个铁铸的黑炯炯的战士像,全副武装,脚穿草鞋,手中紧握着钢枪,以英雄的庄严的姿态,向日本帝国主义者,向汉奸、叛徒,向"勇于内战"的国民党反动派,向懦怯的人们示威。

塔身是灰色的,正面雕刻着陈军长沐手敬题的字。背面却雕刻着杨芷江先生所作的塔铭,左右两面,亦雕刻着黄师长、张副师长、王翼英、陈东、唐碧澄、杨樵、乔耀汉、邹鲁山诸先生的悲壮慷慨的诗和词,每个字都涂着鲜艳的硃砂和碧绿的色彩。

塔周方圆一亩,靠塔修有一尺高的阶梯十层,每层都铺着光洁的淡蓝色的方块大砖。在高阶梯的四角,朝天放着四个一人高的炮弹,宛似守卫塔的巨人。塔东北角上,筑有彭故参谋长雄和田故旅长尧两同志的纪念碑。

每个人,走到这个塔的底下,仰望这个铁打的巨人,都会引起伟大庄严之感。这是盐阜区光荣和骄傲的象征,这是牺牲烈士崇高的民族气节、钢铁一般的意志的象征,这是不可摧毁的盐阜抗日民主根据地的象征呵!

塔的修成,费时两个半月,参加修筑的群众有一万多人,共计用了四十多万块砖,二十五担水泥,十五担石灰、××铁,十二担炭,人工和材料的数字都是相当惊人的。这是盐阜区全体人民所心甘情愿的。

修塔的砖是各地群众运来的,远的竟在八十里以外,有的甚至是从敌占区运来,例如盐东××乡,就从离敌据点只半里路的敌占区抢运。他们说:"战士们能流血,我们还不能流汗吗?"参加运砖的行列,最多时竟有两千多人。有一个十四五岁的小姑娘,她背着四块砖参加运送。

修塔工人每天都以极快的速度进行。在两个半月中,涌现出不少的劳动英雄。其中泥水匠陈廷模、桑旭、董其功和冶铁匠周介和最为突出,他们除完成自己的工作外,还替别人帮忙,互相研究,互相学习。很多困难都是这样克服的。

最令人感动的,也是对烈士最好的悼念,是每天帮助修塔、挑水、推土、运砖的群众,他们不吃公家一点粮食,而工作却特别积极。只要轮到他们,不用催,就都自动来了。他们还进行乡与乡竞赛。马集乡有两个妇女,工作和男子一样重,在推土竞赛中,争得了胜利,获得大家的赞誉,建委会各赠她们毛巾一条。

这塔,是血和汗的结晶,也是盐阜各阶层人民铁的团结的象征!

在修建中,建委会刘秉华、刘超、刘立卿、张敬之、鲁莽等同志极为劳苦,他们在生活上和工人打成一片,不断地对工人进行教育和鼓动,他们差不多每天都到,工人也都这样说:"四十多万块砖,每块都检查到了!"

首长也非常关心工程的进行,张爱萍副师长、李雪三政委先后来了四次,每次都带来了兴奋,替工人们摄影,在吃饭时向工人们敬酒,使工人精神上得到很大的鼓励。

【简要导读】

1941年7月至1943年春,日伪对盐阜区发动了两次大"扫荡",新四军第三师在师长兼政委黄克诚的率领下,击破了数万日伪军的层层包围,粉碎了敌人的大"扫荡",盐阜大地上洒满了烈士的鲜血。为昭彰先烈,激励后人,盐阜区行政公署决定建造抗日阵亡将士纪念塔,以资祭祀。

1943年6月15日纪念塔开工,9月10日建成竣工。1943年9月25日,盐阜区党政军负责同志、各界人士代表、新四军指战员及当地群众万余人在阜宁芦浦举行抗日阵亡将士纪念塔落成典礼暨追悼大会。黄克诚师长宣读了祭文,与会全体人员肃穆恭听,沉痛悼念烈士。

作为《盐阜报》记者的常工亲历了这一重大典礼,写成通讯发表在1943年10月3日的《盐阜报》上。这篇《记盐阜区抗日阵亡将士纪念塔》不仅对塔顶、塔周、塔身进行了详细的描绘,指出它是"牺牲烈士崇高的民族气节、钢铁一般意志的象征",而且对修塔群众所说的"战士流血,我们流汗"的奉献精神进行了赞扬,认为"这塔,是血和汗的结晶,也是盐阜各阶层人民铁的团结的象征"。

作品的文学色彩浓郁,事例生动,具有很强的现场感,字里行间处处充溢着一个革命战士对牺牲烈士的敬仰之情。

战斗的单家港

江 星

在前次单家港战斗中,敌人把单家港两千多间房子都烧毁了,把没有逃走的民众枪杀了十三个。敌人以为这一把火可以把单家港的人民烧得不敢抬头。但是恰恰相反,敌人这一把火更把他们胸中复仇的怒火燃炽了。战斗以后不久,十几个人自动参加了队伍。

一个五十多岁须发全都花白的老爹爹,在敌人进庄的时候,他冒着飞蝗似的子弹,把一个伤兵从敌人的包围中驮了出来。

敌人在庄上住了下来,一个在战斗中受了重伤的战士,没有办法跑出庄子,慌忙地躲在一个猪圈里。四个老百姓乘着黑夜摸到猪圈里,把那个重伤的战士,从敌人的哨兵跟前救了出来。

一个老太婆当着敌人的面,冒险把一个打埋伏的北方同志认作自己儿子,从而保全了那个同志的生命。

房子都烧光了,三百多户人家都只剩下两堵空墙和一堆焦灰。马上,民主政府拨给他们两万块钱的救济费。当地孙维康老先生慷慨地把代代相传的两座秀翠的松林捐助出来。单家港三百余户的人家,每户都能盖起三间房子,得到两斛粮食。

每一个人从一堆焦灰中再树起房子的时候,他们都说:有着民主政府,不怕没有一个更好更新的单家港。每一个人都在筹划着购办枪支,他们准备为保卫一个新的单家港而战斗。

【简要导读】

江星的这篇报道主题明确、事例典型,具有极强的文字感染力。

单家港战斗中,敌人疯狂烧杀抢掠,烧毁了单家港两千多间房子,杀害了十三个民众,意图以残暴和血腥吓退民众,但无畏的单家港人民在血泊中站了起来,以更英勇的战斗姿态和无私的牺牲精神投入了对敌战斗。

报道选取了战斗中五十多岁的老爹爹冒着飞蝗似的子弹背伤员,四个老百姓乘着黑夜从敌人的哨兵跟前救出重伤的战士,一个老奶奶冒险把打埋伏的战士认作自己儿子的动人事迹,表现了单家港民众对人民战士无私的爱。

打坝

超

盐城建阳是河流交错的水网地带,敌人的坦克、骑兵在这里失却了作用。因此,敌人在上海制造了大批特制的汽艇,作为"扫荡"的利器。但是土坝阻碍了它的去路,使敌人的企图变成泡影。

起初,政府号召改造地形、发动打坝的时候,老百姓都怀疑这有什么用呢。就是勉强去打,也只是"糊公事"。敌伪特工也到处说:"坝了,坝了(即民众口头语'罢了罢了')。"

敌人的"扫荡"使老百姓看到了土坝的作用。

今春敌寇对盐阜区"扫荡"时,周家庵(湖垛百七里)大坝阻止了湖垛敌汽艇的前进,杨家庄(建阳西南三里许)大坝阻止了蒋营敌人汽艇的前进。这样使得坝内的民众保全了粮食。其余坝口内外的民众也都是如此。因之老百姓都说:"新四军办法好。"我曾经问过一个老百姓,他说:"自从打起坝后,粮食没有给鬼子抢去过一粒。"

因为大家看到了土坝的作用,有了高度的信心,所以这次打坝运动,普遍地形成了群众性的热潮。"模范区"、"模范乡"和"打坝英雄",这几个光辉的称号,大家都努力想得到它。县长、区长及所有工作同志都参加了打坝,士绅先生也亲身挖泥挑土。一区××乡士绅葛卢四、王玉和等先生不仅家里出了劳动力,他们还脱下长衫参加这个工作。

在打坝中,坝与坝之间互相联系,提出竞赛口号。每个坝内,每晚收工前都进行总结,推选当天模范,批评落后。民主团结的气氛及群众的积极性,空前未有。

在这样兴奋愉快的气氛中,各个坝的工作效能也提高了。一区湖夏和洗穆两乡合打的一条十丈大坝只两天就完成了。第一坝完成后,他们马上又去打第二条坝。他们看到自己辛苦筑成的雄伟的工程,感到无限的兴奋,忘却了疲劳。

打坝的热潮,一直传播到敌伪据点里去。在蒋营、湖垛、草堰口、东夏庄敌人据点附近四五里路的地方,群众都在热烈打坝。

在打坝中,民兵对大道及据点实行戒严,使奸细、破坏分子无法混入。同时规定了信号,使各个坝口的群众都能安心工作。

在离湖垛不远的大河上,白天打坝是很困难的。但是这一次两千多个群众却在白天动了工。我曾询问他们,发生了情况怎样对付,他们很自信地回答我:"前面有模范班,就是鬼子来了,我们还可用随身带的武装和他们周旋。"

【简要导读】

报道事实和思想宣传是通讯报道的两大重要功能,前者更是后者的基础。本文详细报道了"打坝运动"发起的全过程。老百姓一开始对"打坝"持怀疑态度,敌伪特工也在散布消极信息,但是在反"扫荡"过程中,大家看到大坝在对敌战斗中发挥的巨大作用,作者引用了老百姓的原话:"自从打起坝后,粮食没有给鬼子抢去过一粒。"可见打坝保平安的思想已深入人心。于是"打坝运动"的热潮由此掀起,群众、政府工作人员、士绅纷纷加入了打坝活动,并相互竞赛,互相合作,打坝活动成效显著。文章最后,作者重点介绍了如何预防打坝活动中敌伪的破坏活动。

全文在忠实叙述事实的基础上,充分肯定了民众积极参与打坝活动的热情,并总结了防止敌伪破坏打坝的经验教训,起到了很好的思想宣传作用。

三、人物报道

我们的小站长

柳桠

小柳,十五岁,是个参加队伍不久的小游击队员。他长得很结实,很黑,走起路来胸脯挺得高高的,一双埋藏在浓眉底下炯炯发亮的眼睛,善于做出各种奇怪的表情,再伸伸舌头,眨眨眼睛,往往引得人们哈哈大笑。

他常自豪自己铁黑的皮肤,很习惯地在比他皮肤白的人面前,现出一种很得意的样子。"白粉做的,软骨头,真是蹩脚!"这种时常出现在他口里的话,就是他不满意白皮肤的表示。

一九四二年冬季,在一个纵横不到两百里的平原上,大规模的"扫荡"战开始了,敌人像潮水似的,两天多工夫,占据了这地区的全部村庄。游击队为了争取主动,冲出包圈圈,到外围去打击敌人。在战争的第二天夜里,队伍全部突围了。

小柳没有去,被留下来工作。这不光是上级的决定,而且也因为小柳和本地的儿童团关系好的缘故。不然,儿童团怎么会到队长那里请愿,一定要求把小柳留下哩!

真的,徐大队长是很喜欢小柳的,临走时还送给小柳一支手枪呢。他对小柳说:"留下吧!这是他们的真心要求啊!不久,我们一定就会见面!"

"怎样才能把工作做好,使情报送得准确和可靠呢?"这是队伍走了以后,在小柳小脑袋里不时要想的问题。

小柳向全体儿童团员动员以后,工作开展很快。当时,敌人虽然封锁得很厉害,三里一个碉堡,五里一个据点,到处还有特务活动;但是,紧紧团结在小柳周围的儿童,绝对不怕这些威胁,不论白天黑夜,他们还是照常活动,照常开会。七天中十几个村的情报小组成立了,在选举区站长的会上,小柳以全票当选。他的当选,无形中提高了大家的工作信心。时间过得很快,一个月的时间又匆匆地过去了。小柳因工作的繁忙,常常开会到半夜还不能睡觉,素来很健康的身体,也开始受到了损伤,渐渐地瘦弱起来了。从他那埋藏在浓眉底下、炯炯发亮的红眼边上,一看就知道他太缺少睡眠了呀!一天晚上,小柳的头很痛,一开好王庄的干部会,小柳就准备回来睡觉了。他想:"睡吧,不然病了,明天又怎么能工作呢?"紧急的工作,哪里能允许他休息一下呢?!不能的呀!不能的呀!

"乓乓乓","乓乓乓",小柳刚脱下衣服,外面有人来打门了,很急忙地喊着:"开门罗,快开门罗,小柳在家吗?"

"是哪一个啊?"小柳边问边穿好衣服起来了。

开门一看,原来是王庄送情报来的。小柳忙接过文件,拆看起来,原来是件很重要的情报,要马上送走。看完了他一声不响,在暗淡的灯光下,紧皱起眉头。送信的两个小朋友,也跟着发呆起来,他们不知道什么事情会使小柳这样为难。儿童团规定,为了保守秘密,送信的人不许拆信;要不,就要受到重重的处罚。好的儿童团员,是执行决议的模范,从工作开始以来,这一条就没有被破坏过,因此,他们不知道小柳为什么会这样的为难。

呆了半天,小灯里的油都快烧光了,小柳开始在灯下忙着整理自己的东西,一面在想:事情很重要,路很长,派别人恐怕都不行,而我自己去的话,家里的工作又怎么办呢?想来想去,最后还是决定自己去,并且召开干部会通过一下。

小柳和刚才送信的两个小朋友,马上分头召集人。不一会儿童团干部到齐了,小柳就宣布开会,他第一个发言,说:"据确实的情报,敌人集中了五百多人,准备明天拂晓前,将县府留下来坚持工作的工作队包围歼灭。"停了一会儿,他又继续说下去:"从地图上来看,谷家墩离我们这里有三十里路,要通过五个敌人小据点。一方面这条路我是熟悉的,一方面我胆子比较大,最近身体不太坏,我计划自己去,不知大家的意见怎样?"

"不同意!"到会的很多人都这样反对。以后小柳每次的发言,都说明自己的身体可以去。争论了好久,最后才同意让小柳去,而且是一个人。他旁的工作由别人代理。他的模范行动,深深地感动了每一个到会的干部。

像敌人一样可恶的西北风狂叫着,大雨也猛下个不停,眼前是一片漆黑,这世界显得很恐怖的样子。小柳顾不得一切困难,手挟住一根三尺高的小棍子,忍着脚上疥疮的疼痛,一瘸一拐向着漆黑的世界走去。

一路上,小柳不知摔了多少跤,脚上、腿上都跌出了鲜血。这些他却不管,还是拼命地向前跑着。在他通过最后两个据点的时候,差点儿被敌人开枪打死了,好危险呀!

"哪一个,把手举起来,不许动!"一个敌人哨兵,拉开枪栓向小柳喝着。小柳赶快伏在地埂上一动也不动。哨兵用电筒向四周照了一下,没发现什么就走开了,小柳轻声地舒了一口气,装着狗爬,好不容易渡过这道难关!小柳高兴地拉开大步,在大路上跑了起来!

大约离开据点两里路,突然,小柳发现前面有个黑影子向这边来。他灵活地将身子躲在一个小沟里,拿着手枪,一双炯炯发亮的眼睛,一点不动地看着前方。那黑影子逐渐走近眼前了,小柳用劲地看了看,知道这不是个好家伙,似乎就是那一天,带着鬼子包围王庄儿童团的那个汉奸。想到这里,小柳恨死了,不管三七二十一,"乒"的一枪,那个黑影子倒下去了。停了好久,小柳才慢慢爬过去,从他身上搜出了一支驳壳枪和一大堆纸包。因为天太黑了,没法立即检查纸包里是什么东西。搜完,小柳真高兴死啦!

县工队在得到小柳的情报后的一个小时内,转移了。小柳因为天晚无法再赶回去,也跟着移动了。第二天,敌人扑了个空,气得打死了那个带路的大汉奸,真叫人高兴啊!

日子飞快地过去了,可爱的春天代替了酷寒的严冬。我们的游击队打进来了。这一天,小柳像小鸟一样,在那暖和的春风中,很神气、很快活的,带着一支亲手缴来的簇新的驳壳枪,笑嘻嘻地又重新回到游击队里去了。

【简要导读】

小柳是个年仅十五岁的小游击队员,"他长得很结实,很黑,走起路来胸脯挺得高高的,一双埋藏在浓眉底下炯炯发亮的眼睛",这样的肖像描写不仅介绍了小柳的外貌特点,也展示了人物的性格特征。随后作者又用小柳对自己黑皮肤的骄傲这一细节更加突出了小柳的个性。

随后,文章主体部分有声有色地讲述了小柳冒着大雨,独自一人闯过五个敌人的据点前去送情报,使县工队得以及时转移的故事。小柳对工作的认真负责、对敌斗争的机智勇敢体现得淋漓尽致。文章重点描述了小柳缴枪的细节,因为有了前文的铺垫,这一传奇色彩很浓的故事真实可信,进一步突出了小柳的疾恶如仇。

和"皇军"洗澡

左 林

一个月以前,运河边的一个小镇子上,还充满着快乐。可是自从鬼子驻到镇上后,一切都变得死气沉沉了。儿童团长王小林也失掉了笑脸,搬到一里多路乡下的亲戚家来住了。

一天下午,天气非常的闷热。王小林约了儿童团员小金子和张小三到大塘洗澡。正洗得高兴的时候,忽然听到了"的的格格"的皮鞋声,三个穿着黄军衣的鬼子来到了池塘边。王小林他们吓得呆住了,站在水中气也不敢透。那三个鬼子说说笑笑地放下了枪,脱掉了衣服,都"扑通,扑通"地跳下了水。

一个满脸横肉的鬼子拉住了王小林,说着半通不通的上海话:"小把戏,皇军大大的好,划水……"

王小林心里恨透了东洋兵,睬也不睬地站着。那个鬼子就拼命地把水往小林头上泼,小林不敢还手,就掩着脸,心里像火烧的一样。三个鬼子都哈哈大笑起来,其余两个鬼子也向张小三和小金子打水。这时勇敢的小林再也忍不住了,也噼噼啪啪打水到鬼子身上。于是儿童团员和鬼子打起水仗来了。

打了一会儿水仗,一个鬼子就龇着大牙说:"小把戏,大大的好……"说着就摸小林的头,把小林按到水里去。三个小孩子也不知道害怕,就和鬼子打着玩。打了一会儿,鬼子就游到塘中央去了。

王小林和小金子、张小三上了岸。小林叫着"一、二、一"的口令,他们排着队操着。鬼子看见都拍手叫:"好,大大的好!"王小林的胆子更大了,心里想:儿童团员要抗日,要做小英雄。他眼睛看着"三八"式步枪,肚里打着主意。他先把一根"三八"枪扛上肩,张小三和小金子也学着他,把那两根枪扛在肩上。这时他们三人心里有说不出的快乐。

王小林大声地喊着:"一二一,一二三四……"鬼子看见了就大声地说:"小小中国兵,好东西,跟皇军当兵的有!"王小林看到鬼子不反对,就起劲地操着,操着操着,等到鬼子不留神的时候,小林小声喊着:"跑步走!"三个儿童团员一溜烟向前跑去!

鬼子看见了就喊:"小把戏,不要跑,快快回来的有!"但是,小林他们跑得更快,拼命地跑。鬼子着了急,光着屁股跑上了岸,气喘喘地去追。前面的拼命地跑,后面的没命地追。王小林心里想:不好,快追上了,我又不会放枪怎么办呢?

一个鬼子大声叫:"跑,中国小把戏大大的坏,快追!"可是另外一个鬼子站住了,他说:"大大的不能追,有八路八路的格!"一提到八路军,三个鬼子像老鼠见到猫一样,掉转头回去穿衣。

王小林他们三个人,气喘喘地把枪扛到了区政府。区长奖了一千元慰劳费。全区人民送给他们模范儿童团员的称号。全体儿童团员都叫王小林是"王小林英雄"!大家都向他们三人学习。

【简要导读】

文章首先介绍了故事发生的背景,儿童团长王小林家住运河边上的一个小镇子,因为小镇被敌人占领,王小林只好离开家到亲戚家借住。

故事就发生在这里。当王小林和其他两个儿童团员小金子和张小三到大塘洗澡时,偶然遇到了三个日寇。王小林和小伙伴们利用敌人的盲目自大,待敌人游到大塘中间时,迅速上岸假装做游戏,最终巧妙缴获了三根"三八"枪。文章少用静态的叙述,多用动态的动作描写和语言描写,将王小林和小伙伴们的聪明机智和敌人的愚蠢自负表现得活灵活现。

针对性是通讯报道的一大特点,左林的这篇《和"皇军"洗澡》虽然也以一般人群为预设读者,但主要还是针对与王小林相近的低龄少年,因此全文多用短句,既使文风活泼生动,也便于读者理解。

黄师长访问记

常 工

雨过天晴,记者踏着柔软的沙路到师部去。

这天,到处都悬灯结彩,庆贺春节。路上,鞭炮断断续续地作响,行人都穿得红红绿绿的,显然是一派新气象。

到师部后,黄师长正与别人谈话,警卫员将记者领到秘书的屋里等候。在秘书的桌子上,堆满数百封慰问黄师长的信,每封信都充满对黄师长的敬爱和关心。

——亲爱的黄师长:我们只听说你的名字,但没有看见过你的样子,你能到我们乡里来玩吗?让我们见见你的样子好吧!

——亲爱的黄师长：你领导军队打鬼子，使我们能安居乐业，请你务必多吃点饭，多穿点衣，绝不要使身体有些不舒服。

——亲爱的黄师长：有了你的领导，我们就能胜利，请你放开心，我们永远跟着你走，你叫我们做什么事，我们绝对完成你给我们的任务。

是的，黄师长永远是为人民所爱戴着的。

黄师长今年已经四十二岁了，二十一年的战争生活养成了他沉静严肃而又慈祥的风度。同时，二十一年的战争生活也侵蚀了他的健康，使他的外表似乎又老于他的年龄，经常不断地思考，也使得他额前的皱纹加多而且加深了，但他仍有劲头努力于人民的解放事业。

黄师长不仅在八路军新四军干部中是斗争历史最长的一个，而且在中国共产党里，他也是一个历史很长的老党员。

黄师长出身是湘南一个中学的学生，他从小就有了革命的志向，一九二三年便开始革命活动，随即参加了一九二五年的大革命。一九二七年国民党开始"清党"，进行反革命活动，黄师长便领导湘南一带农民进行暴动，最后投奔井冈山了。

从那时起，黄师长就屹立在武装斗争的最前线。他担任过连长、连党代表、团长、团政委、师政委等职，参加和粉碎过敌人的五次"围剿"及二万五千里的长征，曾获得过红军军委会的勋章。黄师长不但是一个天才的军事指挥员，而且也是一个优良的政治工作者。

抗战全面爆发以后，红军改编为八路军，他即担任总政治部组织部长。平型关战斗后，他又担任三四四旅政委，转战华北平原。消灭叛民卖国的石逆友三之后，他便率领所部由华北敌后指向华中敌后了。

皖南事变以前，他曾担任八路军第四纵队政委，后又担任第五纵队司令兼政委。皖南事变以后，江苏韩德勤辈也大举向新四军进攻，黄师长在援助兄弟军号召下，一九四一年与兄弟军会师盐城。第五纵队递改编为新四军第三师，黄师长便担任师长兼政委，去年又兼苏北军区司令。

二十一年来，黄师长革命如一日。"我是没有什么了不起的地方的，我也是数万万人中的一个而已。"黄师长拨着火盆上的炭对记者说，"我只是坚决地执行着毛泽东同志、党中央及华中局的路线和政策。"

黄师长对任何人都是这样谦虚的，因此，无论干部战士，对他都像儿子对父亲一样的爱戴。同样，黄师长对工作却是严肃而又认真，对生活却也极其刻苦朴素，所以，很多人都喜欢谈他的故事，作为自己前进的楷模。

实事求是是他一贯的工作作风，凡事都从具体环境具体条件研究。他从不马虎，为了完成一件工作时，常常夜间不寐。同时，他还具有远大的战略眼光，不以暂时的利益而忽略了永久的利益。对自己要求甚严，时常倾听别人对他的批评与意见,不求铺张,不喜欢吹嘘,他永远是在埋头苦干的。

赤诚率直是他所具有的长处,对任何犯错误的人,他从来都是谆谆善诱地规训,将心比心,使你心悦诚服,所以,即是受了他批评的人,从不讲一句怨话的。同样,他对干部和战士的关心也是无微不至的。在红军时,他就因对干部和战士的关心而为大家所崇仰。今天他还同过去一样,每逢检查工作时,他总要到班上去,找干部和战士谈天,使得干部战士都兴奋愉快。

在生活上黄师长是最刻苦的一个,从不讲究,一年四季总是布衣布鞋。行军遇到了房子少的地方,他也是和大家一起住宿。去年师规定干部优待时,其中有他,他很不以为然,首先把自己的名字划掉了,说:"我不再需要的。"事实也是这样的,他到连队检查工作时,如连里给他多增加些菜,他老是这样和蔼地说:"以后不需要这样了,我和你们都是一样的人。"

记者最初看到黄师长是前年的秋天,那时敌人大举"扫荡"盐阜,记不得是哪天了,师部住在五桥口,敌人从硕集来进攻,大家有些慌乱,黄师长却沉着地若无其事地带着一个连掩护。三个钟点以后,他骑着马下来了,笑嘻嘻地说:"不要紧,敌人撤退了。"在他未讲话前,部队就到处扬起歌声了——因为黄师长在面前啊!

去年敌寇的大举"扫荡"不也是因为黄师长正确的领导而被我们粉碎吗?

黄师长是一个忠于民族解放和人民解放的战士,而且是一个老练的革命干部。他在毛泽东同志为首的党中央及华中局领导下,紧握着走向胜利的旗帜,这旗帜将招展在苏北的每个角落。

"黄师长!"记者向他说,"我们《盐阜报》想把你介绍一下,群众都在热烈地要求我们!"

"不需要!"黄师长很谦虚地说,"我没有什么呀!"

记者继续给他说明介绍的原因后,天已中午了,于是便告辞黄师长。临走,黄师长把他那高度的近视眼镜戴起来说:

"有空!常常来玩!"

记者随即向他敬了个礼!高兴地走了!

【简要导读】

《黄师长访问记》是当时解放区较为成功的描写新四军高级领导人的通讯,发表于1944年1月25日的《盐阜报》。在这篇通讯中,作者首先从进入师部后在桌上看到数百封慰问黄克诚师长的信写起,说明了黄师长为人民所爱戴,接着描写了黄师长在二十一年的战争生活中养成的"沉静严肃而又慈祥的风度"以及为革命事业操劳而加深的额头上的皱纹,回顾了黄师长从1923年投身革命活动,始终屹立在武装斗争的最前线的经历。他1927年领导了湘南一带的农民暴动、奔赴井冈山、参加红军五次反"围剿"战斗以及二万五千里长征。抗战全面爆发后,他又转战华北平原,担任八路军第四纵队政委、第五纵队司令员兼政委;皖南事变后,又率八路军第五纵队南下与新四军会师盐城,任新四军第三师师长兼政委,而在这光荣的革命生涯中,黄师长也始终保持着实事求是的工作作风、赤诚率直的性格特征以及平易近人、勤俭节约的生活态度,最后作者深情地写道:"黄师长是一个忠于民族解放和人民解放的战士,而且是一个老练的革命"干部",他在以毛泽东同志为核心的党中央及华中局领导下,紧握着走向胜利的旗帜,这旗帜将招展在苏北的每个角落。"作者以深深的敬意写出了这位在苏北坚持抗战的共产党高级领导人的音容笑貌和伟大的人格力量以及根据地干部、群众对他的拥戴之情,较为详尽地刻画了新四军高级将领的形象,进一步坚定了解放区人民抗战必胜的信心和勇气。

两个张乡长

常 工

两个张乡长,都是涟东的乡长。

涟东的乡长,从建立根据地那天起,就英勇地战斗在最前线上,保卫了土地,保卫了人民,保卫了祖先的光荣——因为他们都是共产党领导下的乡长。两个张乡长,就是这样的代表。

一个是北集乡的乡长张道行,一个是丰安乡的乡长张广田。北集乡位于中心区,丰安乡紧靠接敌区。张道行是个共产党员,张广田还不是共产党员。但因为他们都是在党的领导下,所以,意志和行动都是一致的。特别是在敌人面前,同样地表现了中华民族伟大的气魄和崇高的品质。

乡长大会上,是这样追记的:

去年春天,敌人分两路包围了总队部的驻地姜洼,形势非常严重。乡长张道行和总队部住在一起,他坚决地接受了掩护总队部突围的任务,带着民兵堵击敌人。在总队部脱险后,他们却被敌人包围着。

战斗正激烈时,他们的子弹打光了。乡长张道行便与敌人展开了交手战,终因寡不敌众被敌人活捉。他并未因此有所动摇、畏惧,只知道伴着他的是光荣和胜利。敌人用枪托打他,用冷水灌他,他始终没供出一个字。

"你真不讲吗?"敌人一面打一面问。

"不讲就不讲!"张道行勇敢地回答。野兽似的敌人,刺刀上全被血染红了,但征服不了这颗跳跃的心。无可奈何,最后开枪向他射击。但随着枪声响起的,却是一阵伟大的吼声:"中国共产党万岁!"

今年春天,无能的敌人化装成我们的民兵,偷进我们的丰安乡。乡长张广田发现了这征候的时候,便带着民兵出去抵抗。他刚出庄口没几步,便被布置在稻头地里的敌人围住了。只有打,除此之外是没有一点出路的。乡长张广田就在这样的意志下,和敌人展开了交手战,同样因寡不敌众为敌人活捉。敌人把他送到响水口,使用了极端的毒刑要他投降,连他的头发也被拔光了。但死也要死得光明磊落的思想,鼓励着他,他不但没有动摇和气馁,反而更加坚定和顽强起来。

"是你要反伪化吗?"敌人曾这样问他。

"那还会是假的吗?"他就这样回答。

敌人的确是想不到的,张广田做民主政府的乡长还不到两个月,竟是这样厉害。于是他们恼羞成怒,决定把他拖到丰安街上施刑。但临殉难前的张广田,却表现了更加惊人的行动,走到凡是有人的地方,他总是愉快地高喊道:

"我就是八路的乡长。"

两个张乡长,就是这样为人民,为革命,英勇去赴死的。在全县的乡长联席会上,他们都以两个张乡长的英勇事迹引为光荣和骄傲。同样,两个张乡长的英勇事迹,将昭示着全县的乡长,为人民,为革命的事业努力前进!

【简要导读】

发表于《盐阜报》的通讯《两个张乡长》中的两个张乡长分别指的是涟东县北集乡的乡长张道行和丰安乡的乡长张广田,他们虽然一个是共产党员,一个不是共产党员,但他们在党的领导下,意志和行动都很一致,"特别是在敌人面前,同样地表现了中华民族伟大的气魄和崇高的品质"。作品追记了两个张乡长的英勇事迹:共产党员乡长张道行在掩护总队部突围后,因寡不敌众被敌人活捉,敌人用枪托打他,用冷水灌他,却始终征服不了这颗跳跃的心,最后他喊着"中国共产党万岁"的口号而被敌人枪杀;丰安乡的非共产党员乡长张广田,在带领民兵守卫家园时,不幸被化装成民兵埋伏在稻头地里的敌人抓住,敌人把他送到响水口对他进行了严刑拷打,拔光他的头发,逼迫他招供投降,放弃"反伪化"的斗争,但他"不但没有动摇和气馁,反而更加坚定和顽强起来"。敌人想不到当民主政府的乡长不到两个月的张广田,意志竟如此坚强,于是恼羞成怒,决定把他拖到大街上当众枪杀,张广田临危不惧,走到凡是有人的地方总是愉快地高喊"我就是八路的乡长",最后英勇就义。作品以简练、朴实的笔触,通过对两个张乡长英勇事迹的追述,昭示人们在民族大义面前,无论面对什么样的敌人,都要无所畏惧,为人民、为革命都要赴汤蹈火,英勇前进。

通讯员小刘

六　塘

　　李股长带着通讯员小刘，到靠近据点的××乡找×乡长商量一件工作，在他家住宿了。小刘冒冒失失地问："乡长，弄饭了吗？我们哪块睡呢？"乡长才跨出门去弄饭，屋里轰通一声，小刘把房门除了下来，就搁在当中央，嘴里还哼着："妈的！"

　　乡长家把饭端出来，只带一碟咸菜。小刘眼睛在翻，不声不响走了出去。

　　碰巧西阶王家炒豆子，小刘走去说："老乡，卖五毛钱豆子把我们。"王家说："五毛钱你买什么豆子呢？！"小刘听了，眼睛勒得滚圆。王家连忙说："小同志你拿点去吃吧！不要钱。"小刘又发作说："你连碗也不把一个，叫人拿什么盛？"王家拿出一个碗来，小刘端着豆子就走，嘴里说："等会会去拿碗，把你钱！"

　　晚饭吃过了，王家没来拿碗，小刘也未送钱去。

　　临睡觉，李股长批评小刘，要他对老百姓客气些。小刘哪里睬这些话，心里想："对老百姓不放狠些，老百姓就要爬到头上来的！"

　　睡到半夜，外头人乱起来了，原来有百十个黑狗下乡"扫荡"。李股长和小刘赶忙离开了乡长家。

　　过三天，李股长和小刘又奔××乡来。已是煮晚饭时候，他们走得很累了，离乡长家还有五里路，就在模范班金三家寄宿。

　　天上了黑影子，忽然外头有人喊门，金三一听声音不对，就赶紧问："哪个？做什么的？"门外头的人推了几下，推不开门，就说："我探得清清楚楚，有两个八路在你家里，你赶忙交出来，没有你的事，要不然就一把火烧了你的房子，杀得你家鸡犬不留！"

　　金三不作声，慌忙拿杠子顶门。外头不听见里头答应，就轰通轰通地用力轰门，轰不开，就又说甜话："金三，我们都是家门口人，不犯变脸，只要你把八路交出来，我们赏你两千块钱吃茶，君子一言！"

　　小刘这时吓得浑身是汗，躲在屋角里发抖。金三的一举一动，他全提心吊胆地看着。

　　这时金三已经把土炮摸在手里，由枪洞子里朝外放了一炮，外面一条声大骂起来，不久就听到有人在屋上点火。李股长真急了，拿起个炸弹，甩了出去。外头稍微停让一下，南腔北调喊得更凶。金三又放了两炮，这时屋上火已灼呼呼地烧起来了。

屋里的人急坏了,女人和小孩子乱哭乱叫。股长和金三他们正要开门,拼死冲出去。忽然不远地方枪响了,老百姓来救,黑狗看势头不好,溜之大吉。火也救熄了。

这一夜,小刘胡思乱想,总是睡不着,连做梦也是一惊一跳的,他想:"乖乖,好险哪!得亏老百姓,要不然,一定被黑狗抓去了!"

第二天早上,李股长对金三说:"昨晚真亏你有种,我们一起把黑狗打退了……"

金三抢着说:"股长你说什么话?新四军是家里队伍,一心一意总是为老百姓好,我们乡下人礼不到,还望你老不要见怪!"

金三的话说得这样客气、有理,小刘连耳朵根子都发热。后来连早饭都没吃,推说是肚子疼。

饭后,他们就走了。在路上,小刘总是没精打采的,走不动。李股长很奇怪,问他:"小刘,怎么啦?"小刘没答应,反揩起眼泪来。股长摸不着头脑,追问得就越紧。最后小刘才吞吞吐吐地说:"我先前对老百姓实在不好,实在是不对,想起来很难过……"说过这些话,小刘像在家里顽皮吃了亏一样,哭出声来了。

李股长这时满脸笑,连忙把小刘拉了过来,像哥哥哄弟弟一样,拍着他的肩膀说:"好同志,好同志!我们走吧!"

【简要导读】

这篇通讯报道并不是一篇严格意义上的人物通讯,文章主要目的是通过描写小刘的前后转变,表达和谐军民关系的重要性。

文章首先描写了年轻战士小刘和李股长第一次去百姓家借宿,因为"对老百姓不放狠些,老百姓就要爬到头上来的!"的错误认识,做出了对群众非常不礼貌的行为。尽管被李股长批评,但小刘并不以为然。随后,文章重点描写了小刘和李股长第二次去百姓家借宿的惊险经历。面对敌人的枪声和烧房子的巨大威胁,金三无视敌人的威逼利诱,拼死保卫八路军战士。最后在周围百姓的及时支援下,小刘和李股长成功脱险。百姓对八路军战士的深情厚谊令小刘惭愧万分,痛哭失声。文章简写第一次住宿,详写第二次住宿,在对比中自然地呈现主题。

打死我也不写信

丰家华[①]

有一天早上我背了书包上学堂,半路上碰到七八个伪军,他们认得我是乡长的儿子,所以马上把我捉起来了。他们说,这下子一定要把我杀死。我想,你们这班土匪怎么吓我,我也不怕。

他们把我拖拖拉拉地抓到镇上,交给伪乡长。我心里想,这一下子他一定要毒打我了。咦,真怪!哪晓得,他满脸带笑,还请我吃糖,请我坐,同我讲了很久好话。可是糖我不吃,也不坐,话也不听。因为我晓得伪乡长一定是想骗我写信给我爸爸。后来我说:"我要回家去,你们赶快放我回家。"伪乡长看我实在哄不了,就说:"你的生命落在我的手中,你还想反抗吗?快一点写信给你父亲,叫他缴公粮给我们,不然,你不要想活了。"

我想:哼,要我写信难呢!你想把我们根据地的粮食去喂你们这些恶狗。我就很大胆地回答伪乡长:"你不要梦想,就是你打死我,我也不写信的。"

伪乡长一听大大生气,命令伪军把我关到禁闭室去,痛打一顿,一定要写信。伪军像一群狗一样的把我抓走了,他们用鞭子打我,当时我痛得忍不住,皮肤里渗透出一条一条青的红的紫的血痕,可是打死我也不写信的。他们看我昏过去了,也就走了。

等我清醒过来时,浑身疼痛,我拼命地弄坏了门逃了出来,可是不巧得很,碰到了伪军,又把我抓起来了。他们还是逼迫我写信,我坚决地说:"死了吧!就是死了,我父亲会帮我报仇的。"

救星来了!在繁星满天的晚上,忽然西面枪声不停地响着,新四军老部队来攻镇了,伪军们都吓得屁滚尿流地逃走了。啊!新四军救出我了,我很快地到了家里,见了爸爸妈妈,高兴得流泪了。

【注释】

①丰家华是射阳县四区的一个儿童团员,由于这一件英勇不屈的事情,他被选为小英雄。

【简要导读】

这是一篇以第一人称写作的通讯报道。儿童团员丰家华在上学路上被伪军抓走，交给伪乡长，伪乡长威逼利诱，目的是让丰家华给担任乡长的父亲写信，勒索根据地的粮食。但丰家华英勇不屈，并瞅准时机逃了出去。遗憾的是，路上碰到了伪军，未能成功逃脱。直到最后，新四军击退了伪军，小英雄丰家华被成功解救，与家人团圆。

文章以简朴的语言描述了事情全过程，没有多余的文学修辞，也没有额外的写作技巧，但是其中涌动的坚贞不屈的英雄气概至今仍感动着千千万万的读者。

机枪射手徐昌林

计 超

七月二日清晨，敌人从附近几个据点聚集了一千多人，分成六七路，向贴近据点的我们政府与驻军包围进攻。它的两翼，伸得很远，预备把我们消灭在这一狭小的地区。

情况是特别的紧张。天空没有半丝云彩，地面上蒸发出热气，天气也显出沉闷。从三面传来清脆的连珠似的枪声，沉重的炮弹炸得淤泥向天空翻飞，孤舍也遭到了炮弹的射击，烧起一堆熊熊的烈火。我们的队伍被逼得走成一条线，在水网小路里钻动。

×连担任掩护任务。连长带着一个排冲过一座高大的长木桥，占领了与敌人争夺的一个村舍——北堡。敌人随即用火力把另外两个排阻止在河对岸。河岸上没有一个坟堆，也没有一棵树，队伍的运动完全暴露在敌人的眼里，暴露在敌人的机枪射程之内。

××连的一个排马上奉命去掩护×连转移。他们完成任务以后，敌人把附近所有的枪炮火力都对着他们轰射，子弹打在稻田里像锅里面的水沸腾。他们的头无法抬起来。

最后撤退的是机枪射手徐昌林同志。他带着一挺机枪，在风车旁掩护几个同志在稻田里向后面滚过去。十来个鬼子向他冲来。这边只剩下他一个人了，他晓得自己已走脱不了。时间也不允许他拆毁这挺轻机枪，这时，敌人逼近，只有三四十步远。他机警地拿出一个手榴弹打过去。"轰！"的一声，逼着鬼子伏了下去。他自己迅速地爬到田中间，卧倒在那里。

敌人发现了弹药箱，在他附近搜索得特别凶。笨重的皮鞋，在田埂上来往了八九次，他听得很清楚。

格拉，格拉的说话声、皮鞋声逐渐地远去了。徐昌林轻轻抬起头来，看到半空中飘着一颗红色信号弹，敌人已向南面去了。他爬起来，在田里找到了四位负伤的同志和伤势最重的副连长。

他雇了一条船,把受伤的同志与机枪载运到一个村舍上。这时副连长王本清已经因伤势过重,光荣地殉国了。徐昌林找到了乡长,叮嘱他购买棺材来安葬副连长,自己把负伤的同志隐藏在一家小舍里。他请医生来帮他们换药,又去借米做稀饭给他们吃。

深夜里,他陪伴着受伤的同志,又亲切地安慰他们。

天明后,他又把伤员与枪背到船上,离开这靠近路口的小舍,自己在岸上观察动静。

船离开小舍才几十米远,忽然敌人从南边村舍出现了。徐昌林迅速地跑到船上,把枪第二次送到河里去,又吩咐船家把船隐蔽起来。他自己仍跑到田里,用污泥涂满了一腿,弯着腰在地里装着做活,眼睛却没有一刻不在监视敌人的行动。两百多个鬼子走进小舍搜索,他真是捏一把汗,船离开那儿还不到十分钟呢!

受伤的同志安全地送到后方休养所。

机枪手徐昌林与轻机枪也归队了。总队的首长特奖了他二百元。同志们围住他,听他讲述经历,对他十分敬爱。

【简要导读】

计超的《机枪射手徐昌林》是一篇以事写人的通讯报道。报道按照事情的起因、经过、结果描述了七月二日清晨的一场阻击战,在战斗中呈现机枪射手徐昌林的形象。

敌人纠集了千余人,分六七路发起了攻击。机枪射手徐昌林带着一挺机枪掩护大家撤退,在数十个敌人逼近时,徐昌林迅速拿出一个手榴弹打过去,为大家的隐蔽争取了宝贵时间。当敌人撤退后,徐昌林稳妥地安置了牺牲和受伤的同志,并在天明之前及时转移,离开危险地区。果然同志们离开还不到十分钟,两百多个敌人便前来搜索,此刻,徐昌林再次凭借自己的胆大心细,成功地将受伤的同志安全地送到后方休养所,并带着重要的战斗武器轻机枪归队了。

文中没有直接的议论和描述,而是将人物置于事件发生发展的动态过程中,让人物形象随着事件发展逐步丰富立体,使文章回味悠长。

王小老汉

秦 明

一行行一列列的民兵从四面八方集拢了来,很快簇拥在一团周围。

"配合主力部队打建阳呀!"每个人怀着跳跃的心,听从指挥员挑选火线进攻队。

"谁跟我一道打进建阳街上去?"我作了队前动员后,号召勇敢的健儿走向第一线。刹那,"扫帚炮队"四个小队、精锐钢枪五个小队组成了。

我开始检查进攻队的成员,忽然发现有一个弱小的个儿,站在队伍中。我正想向队长"发脾气",队长机敏地先发言了:"不要看他小,他打枪很好,是自告奋勇出来的第二名。"

我仍不放心。队长沉默地、失望地望着小伙伴。小伙伴噘着小嘴,低着头,半晌不作声,突然说:"我去,我不怕!"他斩钉截铁的坚决态度,俨然是反抗我轻视他的观点。

"分一半人跟我冲向街里去。"小伙伴又是第一个站出来。

敌人两挺重机枪封锁了镇北奔向镇东的交通要道。在密集的炮火和弹雨中,我们的小伙伴毫不退缩,勇敢地爬着前进。除队长外,他又是第一个出现在建阳街头。

第二次打建阳时,王小老汉接受了光荣的任务,他一手持枪,一手擎着长长的火把,穿过敌人用机枪、大炮封锁着的建阳东大桥,和同伴一道穿过大街,到了最西端与敌人隔岸相峙。

"咯咯"——一个战士被对岸敌人的机枪射倒了,英雄的尸体被同伴背负下来。

"妈的——鬼窝打下,吃你鬼子的肉!"王小老汉恨恨地骂鬼子。刹那,王小老汉的火把点着了,鬼窝被燃烧了,敌人在火光中嚎叫:"不得了,不得了,新四军烧火了!"

王小老汉每次战斗总是在第一线,也总是主动地要求完成上级的号召和给予的任务。他感动了我。

我找他谈话:"你今年多大了?"

"十五岁。"他颧骨高高的,突出在紫色而丰满的面庞上;眼睛大大的,闪现出无所畏惧的光芒。

他的家庭成分是佃贫农。他家种老板四十多亩田,全家有大小十五六口人,弟兄三个。

"为什么你要参加模范班?"

"因为……土匪鬼子闹得不得过生,家里不太平。"

"你能打走鬼子么?"

他把眼一瞪:"咳,大家合起来,团结一条心,都不做汉奸,他能站住脚么?高作的鬼子不得过生,不是被逼跑了么……"他眼神里透露着光明,语气中充满了胜利的信心。

"你家减租了么?"

"不减租怎么活?过去家里不够吃,每年空债,现在够吃了。……我二哥在农救会,他去抬担架了……新四军真公平,新四军在这里,我们老百姓才能过生。"

"你愿意当新四军吧?"

"哥哥说,再长二年叫我当新四军去哩!"我问他读书情形。他低下头,手玩弄着指甲:"念书半年,哥哥把我叫回来,家里没饭吃。去年寒冬我上了冬学,我很愿念书,不识字工作很难。你看王队长,他不识字,上级来了紧急命令,他要跑很远找人看,回来时间已经迟了。现在,我们模范班上识字课,规定每天要识五个字,这样下去才好哩!"

我问他在家里的劳动情况,他说会耕田、拔草、栽秧、割麦、管牛、管羊,帮哥哥做很多事情,没有休息。他的工作繁重,不亚于一个成年人。

王小老汉是一个捍卫根据地的游击健儿,是一个有高度觉悟和胜利信心的模范青年。在生产战线上,他用最大的热忱辛勤地劳动着,他还没有忘记找机会学习。

因此,我认为王小老汉是盐阜少年的方向,也使我们永远不忘。

【简要导读】

这是一篇内容丰富的人物通讯。文章开始便将主人公王小老汉推向了冲突中心,在攻打建阳的战斗中,瘦小的少年王小老汉用英勇的战斗精神回答了"我"的质疑。于是作者重点描写了王小老汉在第二次攻打建阳的战斗中的表现,行文至此,一个勇敢坚毅的小战士的形象已经浮现在读者面前。随后,文章以对话体的形式回顾了王小老汉的成长过程、精神追求,并用简洁的语言概括了王小老汉的突出品质,"王小老汉是一个捍卫根据地的游击健儿,是一个有高度觉悟和胜利信心的模范青年"。

最后,文章提出了号召,希望盐阜少年能向王小老汉这样的优秀青年学习。

袁小鬼

曹 汗

袁小鬼只有十岁,进学不到两年,妈妈病死了,爸爸到上冈做生意去,好几个月也没有回来,袁小鬼就在盐城他的叔叔家过。人小不能做什么事情,叔叔又不让他去读书,就叫袁小鬼卖烧饼油条。

有一天,袁小鬼卖烧饼油条来到宝塔旁边。这时来了一个人,头戴黑礼帽,身上穿着长衫,走到袁小鬼身边,向篮子一看,便问烧饼油条多少钱一套。袁小鬼忙回答二分钱一套。那人就拿一套吃,袁小鬼就向那人要钱,准备到别的地方去卖。那人鬼鬼祟祟地四面张望了一下,一面拿钱,一面小声地问:"新四军住在哪里?"袁小鬼随便答了一下子:"城里到处都住新四军。"那人将钱给了袁小鬼,又问:"新四军军部住在哪里?"袁小鬼说:"我不知道。"那人把袁小鬼拉到塔旁边坐下来,向袁小鬼说:"你喜欢钱多吗?想不想多要一些钱?""当然要,哪里有呢?"袁小鬼天真地答着。"我给你钱,你帮我做一件事情好吗?"那个人笑着说。袁小鬼马上答应:"好。"好字刚出口,想起了叔叔家院子里对门的一个小鬼和他谈过:要参加抗战,多打鬼子,多捉汉奸,能捉住一个汉奸,可光荣啦,名字要登报,另外还有赏。

袁小鬼一面想,一面听。"小孩子你能把我带到新四军门口,我给你五块钱,好不好?"那人说着说着就将钱拿在手里。袁小鬼不客气地将钱接过来说:"好,走吧!"袁小鬼将那人带到新四军门岗边上,把篮子丢掉,抱着那人,大喊道:"同志!捉汉奸,捉汉奸。"哨兵忙把子弹推上膛:"不准动,他就是汉奸吗?"袁小鬼答:"是的。"那人满脸变色,露出慌张狼狈的样子,一口说:"不是……是的……同志……"

袁小鬼又拿起篮子跟着哨兵将那人带到新四军的首长那里。首长是一个主任,看起来不像当官的,和战士差不多,穿一身灰色军装,眼很大,问袁小鬼:"这人就是汉奸吗?"袁小鬼把经过的情形都告诉了主任,可那狡猾的汉奸不承认。主任就要特务员在那汉奸身上搜查,查出了一张护照,护照片上面有汪精卫的像及日本太阳旗子,还有很多记号。那汉奸呆呆地无话可讲。

主任叫警卫员把汉奸带出去看起来,汉奸被警卫员带走了。主任摸着袁小鬼的头,温和亲热地翘着大拇指说:"爱国的好孩子,个个小孩都像你,抗战一定很快胜利。啊!你卖东西,生意还没有做,你把你做生意的时间拿来捉汉奸,真不错。袁小鬼,你东西还没卖了,回家大人会骂你的呀!"说罢他从口袋拿出一张十元票子给袁小鬼,并且接着说:"回家好好地做生意,我们还会把你的这件事登上报,因为你这事情做得很光荣啊!"袁小鬼喃喃地说:"主任,我要当兵,打日本鬼子,多捉汉奸,救中国。"主任说:"好弟弟,还是回去吧!你人小,打鬼子捉汉奸救中国,不一定参加新四军打仗,你在家捉汉奸还不是一样吗?"袁小鬼哭着说:"我的叔叔和叔母对我不好,常打我骂我,我一定要参加。"主任又抱着袁小鬼,劝了很久。袁小鬼才弄懂,大声说:"今天不参加新四军,总有一天我要参加新四军。主任,我一定记着你的话,多捉几个汉奸。"主任一直把袁小鬼送出门。

【简要导读】

《袁小鬼》以生动活泼的语言讲述了一个只有十岁的小朋友智捉汉奸的故事。"小鬼"是根据地军民对儿童的爱称,主人公袁小鬼母亲去世,父亲不知所踪,只能寄居在叔叔家艰难度日。有一天,袁小鬼在卖烧饼油条的时候遇到了一个形迹可疑的人,机警的袁小鬼立刻意识到是汉奸来刺探新四军情报的,于是他不动声色地将汉奸引到新四军驻地,大声报警,将汉奸抓获。袁小鬼人小志不小,小小年纪就立下了加入新四军的志向,希望能够捉汉奸救中国。

文章叙述节奏很快,少用静止的叙述,多用语言描写和动作描写表现袁小鬼的机警、汉奸的丑态,以及主任对根据地儿童的亲切关爱。

杨广美换了一个人

庚

阜东四区××乡有个偷牛贼杨广美,七月里他偷了一保李老头的大水牛,连夜赶到五汛港去卖。李老头第二天清早尾下去,走到半路,碰到杨广美在草地上睡觉,身旁站着个大水牛。李老头一看,一把捉住,喊起冤来。当地模范班,就把杨广美送到区署来了。区长问,这条牛是不是李老头的?杨广美拍手顿脚地说这条牛是自己的,是和五汛港王家开牛行的换来的。区长再一细问,杨广美家这半年从来未养过牛,抓住线索,就派人去捉王家开牛行的,哪知王家又把杨广美带去的牛卖了。一直尾到射阳县,案子办了半个多月,把牛追回来,真凭实据才到手。

找到牛,人证传到,杨广美是没得说了,但是他总不承认。这时候西洼卫南的老百姓都来告他,说他还偷过好几条牛,三区也有人来告,区署就把他送上县政府了。民主政府的牢,同从前的牢不同,吃大卷子米饭,十天一顿肉。早晚外来上操,听首长、指导员天天谈话、讲道理,开化脑筋;牢里有歌咏队、识字小组和读报小组。犯人不守规矩,还开斗争会,大家批评。杨广美一住半个月,头脑有点变了,法官再提讯的时候,他就不大狡赖,把案子承认个一桩两桩了。

又过这么十天,西洼开乡民大会,区里派武装把杨广美接来给老百姓公审。杨广美捆着手上了台,就要求讲话,主席不答应,要大家先提意见,台下话说得纷纷,有的要政府判他坐十年牢,有的要政府砍他这两条偷牛腿。一个老头子跳上台说:"牛是种田人的性命,你姓杨的把我们性命拿在手里,听你玩,现在大家提意见,要枪毙你,哪个不是父母养的,你好容易长成一条汉子。现在民主时代,你赶快承认错误,好宽大宽大你!"

杨广美未说话,就哭了起来,两眼流着泪,喊道:"枪毙了我也罢了,死了我口眼闭紧紧,不怪大家,是我不好!"杨广美哭了半天,大家心也软了,一决议,要求县政府罚他做四个月苦工。

区长问杨广美:"愿意不愿意,有话没话说?"他说:"我错到底了,大家还宽大我,叫我做一年苦工也愿意去。"他又对大家说:"我杨广美再偷牛,一家老少都把砍!"在场的人看他说得恳切,看他比一个多月前的杨广美大不相同了,当时就把他松了绑。区长写了封信给司法科,把信交给他,拍拍他肩膀说:"去县政府好好地做苦工,多想想自己以前的错误,重新做好人。"杨广美拿了信,呆呆地看着地下的绳子,突然转过身来说:"那我就去了!"

他一个人走上去县政府的小路,没有一根枪跟着。过一天司法科来信说:"杨广美现在已经在那里做苦工了,表现不错呢!"

【简要导读】

杨广美是一个偷牛惯犯,牛是农民重要的生产资料,关系到一家的生计。因此接到杨广美偷牛的报案后,区长高度重视,用了半个月时间终于以确凿的人证物证将杨广美的罪行落实。但是此时的杨广美并未认识到自己的错误。

杨广美真正开始转变是在县政府的牢里。在这里,犯人"早晚外来上操,听首长、指导员天天谈话、讲道理,开化脑筋;牢里有歌咏队、识字小组和读报小组。犯人不守规矩,还开斗争会,大家批评"。在民主政府的教育下,杨广美顽固的头脑终于开始转变,最后在乡民大会上,在一位老者严厉而充满人情味的批评下,杨广美彻底认识到了自己的错误。

本文多处使用方言词汇,如"尾下去""一把捉住""拍手顿脚",营造了一种独特的情感氛围,丰富了语言内涵。

四、 思想教育

两个筷头奶奶

江培明

阜宁王庄村,有个王学超,他在一九四一年的春天参加了新四军。去年秋天,新四军攻打淮阴的时辰,地方上的坏蛋,到他家造谣说:王学超打淮阴牺牲了!当时他家听了这话,就大哭起来。但是他家也有些将信将疑,因为相信迷信,所以就请了姓王的和姓李的两个筷头奶奶来搅筷子问神。

姓王的筷头奶奶问:你侬晓得王学超到底死没有死?筷子忽然搅起来了。他家一看,又号啕大哭起来。姓李的筷头奶奶问:死在淮阴东门是吧?筷子摇了一摇,她又问:死在南门是吧?筷子又搅起来了。姓王的筷头奶奶又问:窨未窨下地?筷子又摇了一摇。王学超的老婆和妈妈问:替他收尸好吧?筷子搅得非常凶。像这样的问长问短,整整问了半天。

第二天一早,他家一面请了两个人去替王学超收尸,一面买了一些"冥国银行"的票子和烧纸来烧把他用。正在烧的时辰,刮一阵丧风,把纸灰旋了起来。姓王的筷头奶奶看到了,随即用手一指,神乎其神地说:呶!王学超魂灵回来拿钱了。

两个收尸的人,来到了部队里,刚要打听王学超的下落,转眼看到他还活里活跳地在上操,两个人喜欢死了,就把家里的情形一五一十地告诉了他。于是王学超就请了几天假,和他们两个人一齐回家来了。他家和庄上的人看到王学超回来,都蛮高兴,独有两个筷头奶奶吓得魂掉。

第三天中饭后,村里开了一个大会,到会的男女有好几百人,大家一条声地要求两个筷头奶奶坦白承认错误,起先,两个筷头奶奶还狡辩说:这是菩萨老爷做的事,与我们无关!后来看大家要把她们送到区里去,晓得赖不过去了,于是姓王的筷头奶奶才肯坦白地说:我看她(指李筷头奶奶)手拗起来,我疑惑是神动的,我手也跟着拗了起来。我保证今后绝不再做这骗人的事情了。接着李筷头奶奶也坦白地说:我看她(指王筷头奶奶)手动起来,我也疑惑是神动的,我手也就动了起来。我今后也绝不再做这骗人的事情了。

说明:筷子搅起来是表示对,摇是表示不对。

【简要导读】

破除迷信、改造巫神是根据地社会建设的重要举措之一,具有重要的意义和价值。在生产力水平低下、科学技术不发达的时代里,民众无论面对生老病死的难题,还是对美好生活的希冀,都只能寄托于虚无缥缈的鬼神。此外,统治者的有意提倡、民众文化水平的低下,以及农业社会里严重依赖以往经验的认知模式,都使迷信观念在社会中影响深远。

本文《两个筷头奶奶》以阜宁王庄村王学超被反动分子谣传牺牲为中心事件,揭露了所谓"筷头奶奶"的骗人本质。通讯报道极其强调真实性,真实性越突出,宣传效果越显著。文章将主要人物的姓名籍贯以及烧纸钱等细节一一道来,使读者倍感真实。

好风水——反迷信小故事

陈 慕

射阳北陈区陈舍村,有个地理阴阳先生孙其典,一生研究风水地理,附近人家砌个猪圈,也要请到他。

去年他自己住宅旁边有一座桥,一条路通到他的屋基上,他研究了一番地理,把桥移到东边去。他移了以后,非常得意,他说:"这样桥路一变动,对于阴宅(坟)阳宅都有利,不但保住人口太平,不久我家要出贵人呢!"

不料今年八月到九月,三十二天当中,他本人和他儿子都得病死了。附近许多老百姓都在议论说:老说地理风水呢!到底是假。

【简要导读】

这是一则短小精悍的通讯报道。作者不直接出面参与评论,只罗列事实,用"附近人家砌个猪圈,也要请到他"便说明了地理阴阳先生孙其典在周围百姓中的广泛影响。随后,作者详细地介绍了孙其典移桥的经过,"得意"一词原属普通,但用在此处将孙其典洋洋自得的状态刻画得十分生动传神。

文章最后用孙其典父子相继死亡的事实说明了迷信思想的荒唐,"不料"二字既是作者的态度,也是附近民众的认识。

大哥害死亲兄弟

郁启轩

盐城七区严军乡卞爱全,害急性伤寒病,他有个大哥平素会代人请神瞧病,他就代卞爱全瞧起病来了。结果不但没有把病瞧好,反而在上月二十二号,把卞爱全瞧死得了。在这里得出几点教训:

一、得病的人,应该请医生看,切不可把骗人的巫医瞎瞧。

二、各地的群众团体和教育机关,应该很好地打通巫医思想,叫他们改邪归正,并且也要打通群众的迷信思想。

三、政府最好能下命令,不准巫医代人瞎瞧病。

【简要导读】

人民立场是中国共产党的根本立场。在领导全国人民救亡图存的时期,中国共产党坚持以人民为中心,一方面以军事行动保卫人民安全,另一方面以思想启蒙改造旧文化旧思想,建设民主的、科学的、大众的新民主主义文化。

在医药水平低下的农村社会里,巫神利用民众迷信鬼神的观念号称可以驱鬼治病,直接损害了民众的生命和财产安全,对此,根据地政府采取了多种措施革除迷信恶习,其中,让巫神现身说法,使民众自动认识到巫神的骗人本质是巫神改造的重要途径之一。这则《大哥害死亲兄弟》的通讯报道简洁明了,以事实教育民众,讲解科学道理。

在今天的读者看来,"得病的人,应该请医生看,切不可把骗人的巫医瞎瞧"这样的道理似乎不言自明,因而会对《大哥害死亲兄弟》此类创作产生怀疑,认为没有文学价值。但是,文学作品的价值并非仅仅限于艺术价值,社会价值同样重要。

附录

关于文化运动的意见

陈 毅

（一）向上海抗日的文化界致敬

今天开会欢迎许多由上海新到的文化工作同志，特别许多先生到我们这里来参观，我们更感觉着兴奋。这许多同志不远千里而来加入我们的集团，一定对我们有大的帮助，在我们的文化工作方面无疑问增加了新的力量，将从这时起有新的发展，提高到一个新的阶段！最近，我们在几次恶战后，新四军本身力量有了改变，战斗胜利使本身锻炼得更坚强，同时也使本身消耗了一部分精锐的力量。今天，许多新同志来参加就弥补了我们的损失而且补充得更多些，这使新四军质量数量方面都在向上增强。我们是异常愉快和高兴的，我们新来的同志多半是从上海来的，他们都是在敌寇汪伪压迫之下受过苦斗锻炼的，有坚强的抗战意志和决心，有较高的文化素质，有丰富的学识，今天加入新四军就不仅是数量的增加，而且是质量的增强，所以我们应该诚恳地欢迎，而且更应该向在上海苦斗的文化界及几百万同胞致崇高的民族敬礼！

以后要使苏北苏南游击区，在敌后的文化工作有开展，必须和上海的工作有密切的配合，不仅在政治上配合，而且应该在组织上配合，从上海调大批文化干部到游击区，同时，也在游击区联系大批干部到敌人营垒中去，这样政治的组织的同时配合，可以使两方面的战斗力量都增强，一定可以有伟大的贡献。过去，新四军与上海方面有不少的联系，但还没有达到政治上组织上密切配合的程度，今天，我们应该解决这一个问题。说到这里，我们有无限的感慨，今天中国的当局，大权拿在他们手里，他们却不曾负起帮助上海斗争的责任，却不曾担负起帮助敌后战争的责任。假如他们也作了一些工作的话，那就是用了大的人力物力财力去进行特务工作，在敌后沦陷区大大奖励特工，限制"异党异军"；在上海敌人压迫下，也同样无例外进行反共工作，首先就是向上海抗日的文化人进攻，于是，使上海文化界陷在两面夹攻的重围中。上海文化人的苦斗正与我们新四军在敌伪顽固派的"扫荡"、摩擦中苦斗是一样的艰苦。我们要坚决反对顽固派的办法，我们坚持与上海斗争配合，给他们以帮助，同时，欢迎上海文化界同人转移阵地、扩大阵地，调苏北来，苏北上千万的抗日人民正是文化界同人最肥美的园地。我代表新四军及苏北人民，向上海抗日文化界递请愿书，欢迎大家到苏北来开辟新的文化的领土。

（二）文化战争及其歼灭战

我认为，在现在中国抗战时代有三种文化政策的对立，而且是正在混战着。敌寇的文化政策，一句话说完，就是造成奴隶顺民的文化侵略政策。敌人用武力镇压、血腥屠杀，觉得还不够灭亡中国，所以又从文化方面入手，因为，文化侵略是比军事政策带软性些，更不显眼刺目些，因此它更能深入一些，更能配合军事政治完成侵略中国的任务，更能使许多军事政治侵略所不能达到的地方，而文化侵略恰恰可以担负其特殊的任务。我们翻开敌寇汪伪的出版物，就可以知道而且应该指出，敌寇的文化政策做得相当技巧，因此也起了相当作用。反共顽固派的文化政策的精髓，是由党化政策开始，经过愚民政策的阶段达到制造顺民的总过程。许多年来，反共派早对文化"围剿"过若干次，主张党化的文化，就是要定文化于一专，就是用专政手段来摧残文化，不容许思想言论的任何自由，剥夺了文化界青年界任何讨论与质疑的机会，一切要求无条件服从，剥夺了任何革命性与进步性，降低了麻木了任何可以引起人民的政治警觉的东西，比如监视解散文化团体，封闭书店印刷局，拘捕有正义感的文化人，替报纸杂志开天窗，停阻邮寄，停止出版，强迫入党，强迫受训，不准自由看报，不准自由发言，不准参与政治。这些一切表面是所谓党化一切，实质上是愚民政策，这种愚民政策仅有一个好处，便是替日本帝国主义灭亡中国打下真实基础，替日本帝国主义灭亡中国起了清道夫的作用。抗战爆发以后，这种党化政策自然有许多改变，那就是对外开始抗战了，然而对内压抑民众的根本精神并未动摇，随着近来所掀起的反共高潮摩擦战争而更是变本加厉了！拿站在文化运动之中心的教育政策来说，反共派是以教养作为中心。教是什么？就是教你服从我；养是什么？就是养你作为我御用的工具；御是什么？就是所谓有名的反共自卫。这种教养政策乃是十年内战的根源，在今天抗战时代早应该根本禁绝，反共派仍然保持自己这一篇得意文章，这是大众皆知的事实。比如去年重庆全国教联会通过许多决议案，中间反对强调抗战教育中心论，而强调百年树人的陈腐旧说，甚至有人称谓这是远大眼光伟大气魄。这明明白白是把教育同抗战隔离而埋头去干百年大业，他们大概有把握的早准备替亡国百年之后培养人材，这真是艰苦的培养，眼光之远大恐怕只有日本帝国主义首先叹服，这一切不是为了造成顺民是什么？我们眼前的苏北就是一个好例子，学校用抗战以前的教本，甚至用南京汪逆的汉奸教本，早养成人民的盲目服从观念，甚至已做到不准反抗的驯良习惯。日寇一来，顺降旗是早准备好了，这不能不归功于顽固派的文化政策！我们切不可说敌寇文化政策与反共顽固派的文化政策是一样的，他们中间仍然存在着区别。我们拿日寇与反共顽固派的报纸来谈，虽然他们中间仍然有战争而且互相争吵斗嚷相当热闹，可是不管怎样，中间总有一条线索可寻，那就是真正不错，"大家都是反共朋友咧！"顽固派的文化人如叶青、郑学稼之流，当然与日寇文化人是反共知己朋友，这他们自己也承认的。

日本帝国主义侵略中国主旨，在努力破坏中国现状，在破坏现状之后建立他所要求的最黑暗愚昧野蛮的新秩序，日寇的新秩序就是新的洪水猛兽时代的降临。日寇的文化政策完全是替这个反动政治目的服务的。顽固派努力保持现状，不允许任何进步的东西，结果维持着一个破产贫弱的中国，也就抵挡不住日本帝国主义的进攻，自遭灭亡大祸。顽固派的文化政策脱离不了他这个政治企图，而且是为这个政治企图服务的。我们的文化政策坚持与日寇作毫不妥协的尖锐对立，同时坚持与顽固派的文化政策保持着政治上意识上原则上的区别。我们的政治目的是坚持抗日的革命战争，彻底摧毁帝国主义在中国的统治，彻底摧毁障碍进步的半封建的旧制度。我们坚持改造中国，把中国造成民主自由的乐土，使抗日的各阶级均能安居乐业，享受自由民主的幸福。我们的文化政策就是替这个政治目的服务的。因此我们文化政策领导下的文化运动，在抗日革命战争中担负着战略上一方面的严重任务，他与军事政治经济各方面作全面的配合，来完成推翻日寇改造中国的伟大任务！

当着日本帝国主义文化侵略猖獗的情势下，当着顽固派反共文化政策的进攻条件下，我们的文化运动就要充分提倡与帮助一切抗日的文化工作，组织强固的文化战线，我们要以伟大文化的歼灭战来歼灭日寇和压倒顽固派的反共文化活动！这就是我们文化政策和文化工作的总方向。

（三）文化界的统一战线问题

我们的文化工作和我们所主张的文化运动是为全国工农大众及一切抗日人民所欢迎、所把握、所积极参加、所创造的文化运动。他要求彻底推翻帝国主义，要求彻底改造旧制度，要求以广大人民为对象，进行扫除愚昧，提高知识水平，提拔天才，普及并提高人民的文化享受的文化运动，与王朝贵族的御用消遣的文化是不同的，与资产阶级愚弄人民粉饰自己的文化运动也是不同的。我们的文化运动是以达到实现社会主义解放工农为最后目的的。因此，他在目前抗日战争中是最彻底的一派。他主张民主，窥识科学，主张文化与实际战斗生活联成一片，而且使文化成为战斗生活的反映和叙述，使战斗生活得到一般前进文化的影响和指导。他主张思想自由，讨论自由。他依靠自己主张的革命性和科学性，就不怕真理不怕讨论，而且正要提倡讨论才便利自己以真理去说服别人，争取更多同盟军。因此，我们的文化主张是不会在任何难题面前躲闪的，我们敢于正视现实，敢于去克服任何困难。

我们的文化主张虽然是全国各派中最彻底而且独立的一派，但并不是孤高自傲的孤立的一派。一面我们并无垄断全国文化运动的野心，但也坚持着并不与其他文化派别混同。我们为了完成抗战建国的革命任务，在抗日高于一切的大前提之下而且极愿意与一切抗日文化人文化团体或派别建立抗日的文化统一战线,各人可以保持个人的立场,但并不妨害统一起来联合起来向日寇进攻。只要是能打击日寇的力量,我们都主张联合。自然不管这种打击是从正面、从后方、从翼侧,我们并不拿我们作为一个标准,要求一切文化派别与我们看齐,我们只要求在抗日立场上大家一致,至于其它争执可以因追求真理而互相讨论。因此真正的民族资产阶级的反日的文化主张,我们可以认为朋友;急进的小资产阶级的革命文化主张,我们也可以认为抗日的同调;就是站在中国旧学说主张民族道德、民族气节,不投降日本,纵令他带着封建旧气味,我们在抗日意味上也可以予以同情。我们只反对日寇汉奸的麻醉文化,和顽固派的反共倒退文化!

目前在抗日战争时代,我们的文化主张,因为他是最民主、最革命、最科学的,所以是最彻底的文化主张。中华民族全国所力争的新文化,必须以我们的文化主张为主潮,始能完成其抗战建国任务乃是必然的事实。我们要取得这个优越的领导地位,应该本着真理说服诱导吸引同盟者的同情,要懂得在文化运动领域内是不能用任何行政政治军事手段而可以制胜的。利禄可以收买一部分腐化堕落的文人,但不能收买整个文化界和文化运动。我们拿着我们最进步最革命的文化主张,走上文化战场,发动伟大的文化运动,争取一切友军共同担负抗日任务,这就是我们建立文化界统一战线的基本思想。

(四)反对对文化运动的轻视

历史上革命的阶级,在久处于统治者压迫底下,饱受统治者各方面压迫,因而引起对统治者各方面及所有一切的憎恶厌恨,连统治者的文化也在内,特别是统治者对文化方面的垄断,因而使革命阶级在革命起来的时候,也更轻视和毫不注意去利用旧文化内面的可以利用的东西,可以保存的东西。工农阶级起义的时候,对自己的文化未建立起之前,常常对一切旧文化及文化人抱着非批判的态度,这是文化工作常常遭着轻视的原因。这种轻视文化工作的观点,并不是真正马列主义观点。马列主义是世界文化最高的结晶,它接受一切旧文化优良的成果,加以批判的改造,而且为创造世界社会主义的新文化而奋斗。因此马列主义最了解和善于去对待一切可以与工农大众接近的文化人。而且一切文化人假如他真是要求真理、进步、正义的话,也只有接受马列主义的指导,才能有希望实现其志愿和理想。马列主义者清楚知道社会的每一次变革都基于当时社会的新的生产力与当时旧的生产总关系之间发生矛盾,当这个矛盾采取突变飞跃的形势,便是大革命时代的来临。但这个引起革命的矛盾必首先反映在先进文化人与知识分子的头脑中。于是首先就有了对现状的不满,对传统的怀疑,对现实的改革的主张,对将来的期望的描写,这样就产生了与旧文化对抗的新文化运动。因此马列主义就能指出,常常在一个大革命之前必有大的文化运动作先导。新文化运动常担负着大革命的启蒙运动。首先在中国近代革命史上,随处可以举出许多例子;另一面新文化虽然对革命尽有启蒙的作用,但新文化的要求的彻底地完成,必然是大革命成功以后的事。若以为新文化的要求和理想想不经过大革命的冲击和斗争可能完成,那是荒谬绝伦的梦想。这里说明新文化运动与大革命运动的关连。因此一切参加新文化运动的知识分子,常常能够参加实际的革命运动,成为实际的革命家(鲁迅先生就是显著的例子,他从"五四"运动起是一个文化运动的主将,尔后毅然决然参加实际政治运动成为共产主义者)。因此我们马列主义者应该善于对待文化运动,善于对待文化人,与他们结成坚强的统一战线,为奔赴当前的革命目的而奋斗。

目前的抗战中的文化运动,正需要我们以正确的观点,诱导的态度,去积极协助配合。日本帝国主义者组织了文化部队作为他侵略中国的工具,我们应该有抗战的坚强文化部队去回答他。俗话所谓"兵来将挡,水来土掩",正是这个道理。抗战文化运动的基本内容,是要求民主反对黑暗的压迫,要求自由反对野蛮的专制,要求科学反对盲昧的迷信,要求以大众为文化工作的对象,反对包办垄断为一阶级一党派所专用,这种运动已在抗战的中国有了巨大的发展,而且替抗战尽了巨大的作用。假如顽固派不从中摧残破坏,这种文化服务抗战的作用当更巨大。然而我们应该郑重指出,顽固派的摧残文化的政策,是绝不能根本取消抗战文化运动的。过去十年来对文化运动的"围剿"就是证明。因此一切抗战的文化人,不仅要有反对日本帝国主义的勇气,而且要有反对顽固派的勇气,只有如此才能使抗战文化运动的花朵能够长成金黄的果实!

列宁与高尔基的往返,是马列主义者与文化人相处的模范关系。列宁推扬高尔基的作品给他以正确高尚的评价,可是对高尔基许多缺点,列宁是不断地予以善意诱导的忠告和批评。在我们中国,瞿秋白与鲁迅的交谊也是一个好的前例。毛泽东同志对鲁迅的评价,是最好的作品论和作家论,可以作为我们马列主义者批评作品、认识作家的一种正确的指导。可是这些重要的对待文化人、对待艺术作品,以及对待文化团体的正确态度,并不是所有人都能了解。我们一部分同志中常常拿自己的政治水准,自己的工作立场,自己的生活方式去要求每一个文化人,去要求每一个作品,或者每一个文化团体,就是说要拿自己的样子生吞活剥去改造人家,于是合乎自己的是对的,不合乎自己的便予以抹煞,这自然会造成与文化人与文化团体中间的隔膜,自然予实际文化运动的开展有妨碍。特别我们军队中的工作者及其军队中的生活,应该与文化人与文化团体的生活不同,万不能以军队的要求去要求他们。另一面,一个文化人加入军队,自然他应该服从军队的纪律和习惯,然而这并不是不能予以例外的待遇,而且这种遵守纪律和军队的习惯也只能在长期相处中使他逐渐习惯,也是不能立即做到、如若做不到就可以予以歧视的!

我们大胆让文化人和文化团体有自由创作活动的机会,对一个作品一种工作,我们要特别以宽容的态度,善意批评的态度去对待。我们知道一个作家当他产生一个作品的时候,需要幽静的环境相当时期,我们就应该尽量地帮助他,而且我们给他更多的机会去与现实接触。在战场上,农村中,兵营中,广大群众中,我们吸引文化人文化团体去考察加入斗争,把这些伟大复杂的场面反映在他们的作品中去,他们的作品和事业,必然更有力、更生动、更能作大的贡献,我们也就达到了我们对文化运动的要求和目的。

(五) 为开展苏北抗日民主根据地的文化运动而斗争

依据全国战争环境,形成全国战争三个不同的区域:一是敌占领区,二是敌后游击区,三是我之大后方抗战根据地。在敌区为敌之残暴黑暗势力所统治着,多半是城市及其附近的居民,这一带工作的特点是破坏敌人的工作,是专力对敌人营垒予以破坏,是专力组织当地同胞,坚持斗争、积蓄力量、准备大的发动,以配合反攻时期以巷战、总罢工、罢课、罢市,最后歼灭敌寇。这一带的工作特点是秘密性的,是地下工作的方式。这一带文化工作也服从上面整个工作的规律,比如以上海为例子即可了然。因此我们一面承认这种工作的伟大作用必需坚持有一部分人去担负,同时我们又得承认这种工作的作用是有限度的。无论如何他不能是抗战的主要部分,因此他们的工作发展也是有限度的。在我之大后方如川滇黔陕甘一带,这是我们的大后方,有广大的人民,广大的地区,丰富的物产,这应该是抗战的堡垒,抗战的胜利的基础,抗战的中心支柱。可是由于这一带常有顽固派亲日派的捣乱和阻碍,使一切工作只能保持现状,甚至开倒车,也就减轻了他在全国抗战中的作用。我们坚持要求这一地带的政治应该清明,文化运动应该开展,首先应该与亲日派顽固派斗争! 假如这一地带能真正实行三民主义,实行抗战建国纲领,必然立即强大了中国抗战的力量。可惜我们今天只能作此种期望,实施转变尚待来日。我们的陕甘宁边区仅二十余县,地区人口不过数十万,他便担负整个华北的抗战后方任务,而一切也在全国起推动的作用。假如我之大后方也能立即施行民主改革的话,抗战的基本问题也就解决了。他的伟大作用真不可以道里计。可是我再重复一句,我们目前只能作一种热烈期望和馨香祝祷,一切尚待事实发展来证明。敌区是暴力专政,我之大后方为反动势力所阻碍,他们专干包围领袖、歪曲是非、压制青年、破坏抗战文化的勾当,使真正抗战的革命工作不能自由发展。因此剩下来的只有一个敌后地区了。我们来考察一下,敌后人口估计在二万万以上,地区估计占全国五分之二,敌寇势力虽然强大,但留有许多空隙,顽固势力也不强大。在整个抗战中,一切旧制度旧势力受着战争火焰的摧毁,正孕育着新的嫩苗。这些新生的事物,正是抗战建国的基础材料。我们应该认识到敌后工作有这样一种重要性。毛泽东同志号召研究沦陷区,认识沦陷区,而且认为沦陷区工作是抗战工作重要部分,且有决定意义。我同意这种分析,我以为这是正确的估计。

人们对于抗战前途,建国前途,抱着满腹的期望。我自己也是其中的一个。

可是这种期望的具体道路将如何发展如何来临,人们就很少考虑到,或者只作各种揣测。个人意见,抗战建国具体的发展道路,过去只能作理论的分析,目前可根据三年的事实提出回答了!现在在敌后普遍建立大块的小块的游击根据地,而且这些大块根据地乃是集合若干小块而成功的。这种梅花形的发展,犬牙相错的发展,如果组织得好,领导得好,将融合而成为强大的抗战的势力。与大后方及敌区工作配合起来,必然可以决定日本帝国主义的命运。中国抗战的胜利,必然经过这样的道路。中国建国问题也开始在这些大块小块地区奠定了基础。比如全国民主政治实施问题业已在这些地区着手,这种勇往直前的大无畏的改革精神,只有在沦陷区可以找到。我们与其空望抗战胜利的到来,倒不如切实在沦陷区着手。我们以为全国军民应认识这一问题。我号召一切抗战的哲学家,文学家,科学家,文化人都到沦陷区工作去!

沦陷区的总的任务,是建立抗日民主根据地。其斗争和组织领导,是集中力量发动游击战争,一切工作受着战场变动的影响。同时在持久斗争的条件下,也能建立起来比较巩固、不受敌情影响的后方。沦陷区受敌情影响而外,还受着一定的地形、山川、湖泊、铁道、公路的限制,比如交通不便转运不灵等等。但这种限制,限制着我们,同样也限制着敌人,而且对敌人的限制通常更大些。我们了解这种具体情形,就知道在沦陷区的工作是在反"扫荡"中生长。在敌人大"扫荡"之后必然有一个时间的安定工作之机会。同时,在这样一个比较安定时间之后,必然又有第二次敌后大"扫荡",所以在两个大"扫荡"之间进行自己的工作,抓住一切机会去工作,乃是敌后工作的特点。在敌人方面,应付我们的进攻也差不多有这种情形。我们能依靠数百万居民的力量,组织不分昼夜去坚持游击,使敌人无喘息的机会。这种情势将改观,就是敌人不可能持久连续"扫荡",而我们可以连续持久游击。这种斗争形势就决定了,有可能在敌后建立巩固根据地。

明白这种道理,就应该打破一般人对敌后的恐怖心理。敌后的真实力量就是人民众多。这种人多为王,把人山人海组织起来,是坚持敌后的根本条件。每一个人有一个人的用处,不管是男的、女的、老的、少的,总之大大小小男男女女一概组织起来、征调起来、加入抗战、加入抗日战场,就可起制止敌寇的作用。把沦陷区的一切,做到人尽其力,物尽其用,便是根本解决了抗战问题。

我们同时还估计另一形势,就是沦陷区还多少存在顽固派亲日派的势力。这般先生是绝不愿意用民主方式来解决敌后问题,在敌后也坚持着自己的"宁赠外人不与家奴"的传统政策。因此在敌后与敌人斗争之际,不得不分一部分注意力与破坏分子斗争。然而沦陷区几百万居民的要求不外两者,一是打日寇不受其侵犯;一是解决人民本身的需要和生活问题。因此抗战问题,生活问题,是人民的两大要求,谁能替他解决谁就可以作他的领导者。亲日派顽固派的高压政策,是以拒绝任何民主办法,不让人民自动起来管理自己,所以他们绝不能解决沦陷区的问题。我们就在此形势下负起解决敌后问题的伟大责任。八路军新四军在中共中央领导之下，三年来已胜利地解决了这一艰苦巨大的任务。这是值得称道的。目前，我们就要利用既成的经验，来解决苏北的敌后严重任务！

苏北在全国敌后是具有战略意义的重要地区。这个地区的一般工作，我将在另一论文中提到。我此地只说一说文化工作问题。苏北历来在全国有文化发达的称誉，可是我们踏足在苏北地方，我们的了解不同。苏北的文化发达，这指的那一种愚民的党化文化的发达，而不是科学的民主的合乎抗战要求的那种文化的发达。不仅苏北的工农人民，尚在愚昧迷茫中，就是苏北的一般知识青年，也仍然徘徊歧途。他们的头脑受着过去党化教育的熏陶，并不是真正懂得三民主义，而是另外一套谋生活找出路的人生哲学。目前的苏北的文化工作任务，就是服从建立苏北抗日民主根据地的总任务，以抗战教育教育青年，以抗战教育教育几百万人民。内容是抗战的、科学的、政治的，形式是通俗的。文化工作不是单个文化人的努力，而是整个政治军事工作的一个重要配合部门。行政力量、政治力量、军事力量，都可以予以文化工作以帮助。建立由上至下的各级文化机关，建立各级衔接的学校教育系统和制度，建立普遍农村市镇的成年人的政治文化教育，建立普遍深入广泛的工余课余业余的文化娱乐，使每个人都有受教育的机会，每天每一个人都能与文化有所接触。因此立即在苏北应该有大小报馆、大小书店、大小印刷局、大小图书馆、大小剧团、大小的艺术作品、大小学校来担负苏北文化工作的任务。因此更需 1 万个至 5 万个文化干部来参加这一伟大工程。这种大规模的计划，不仅是抗战文化推行的眼前需要，而且已经是建国的文化改革的伟大任务之开始。亭子间的文化人，军队中的文化人，课堂中的教育家，应该放大眼光来认识这样伟大的任务。在执行这一伟大任务中，文化人将来改造自己创造自己，而且能重新提出新的文化人来。这种新的文化人的产生，他的典型不仅与过去的旧文化人不同，而且与过渡期的文化人也有不同。新中国的文化需要创造，因此新中国的新文化人也需要创造。同志们，大家努力吧！我们在苏北开始工作，我们的结果将是全国的乃至全世界！

（原载《江淮》杂志 1941 年 2 月 25 日第 5 期）

注：1940 年 11 月 16 日，时任新四军苏北指挥部指挥的陈毅在海安召开了文化人士座谈会，邀请随军的文化工作者及一些地方文士名流参加，陈毅在会上作题为《关于文化运动的意见》发言，从而拉开了苏北抗日民主根据地文化运动的序幕。

苏北文化协会的任务

刘少奇

今天苏北文化协会的成立及其今后的发展与各位伟大理想的实现,我觉得是与中国的抗日民主运动分不开的。

第一,因为苏北抗日民主运动的发展,抗日民主政权的建立,才会有文协今天的大会,否则是不可能的。苏北文协的成立及今天的大会,是苏北过去历史上所没有过的。只有到今天,才有可能,这是因为苏北今天有抗日民主政权存在的缘故。

第二,文协的成立及今天的大会,它本身就表示苏北抗日民主运动的前进。它本身即是抗日民主运动的一个重要因素。而且是积极的因素。因此它将推动整个苏北抗日民主运动的前进,推进中国走向独立与民主自由。没有民族的民主的新文化的建设与发展,在千万人中,准备民主的思想上的巩固基础,成为千百万人的奋斗理想,使民主主义成为千百万群众要求的实现,民主政治的建立是不可能的。过去中国民主运动的失败,当然原因很多,但思想准备的不够,也是重大原因之一。

第三,也只有抗日民主政权的巩固、发展、长久生存与胜利,文协及各位今天所抱的高尚伟大的理想,才能够变为现实,才能使文化事业在苏北大大发展,否则是不可能的。假使苏北伪化,或者为顽固派所统治,那末各位的理想及文协的事业之实现,均是不能设想的。

由以上三点说来,可见今天文协的大会及文协的成立与各位文协事业上的理想的实现是与苏北及全中国抗日民主运动之发展和巩固分不开的。

因为这种不可分离的关系,希望各位切实体验。希望各位在今后的努力与奋斗中,在从事文化事业的建设中,不要忘记与分离建设苏北抗日民主根据地与抗日民主政权的整个任务。文化是政治经济的反映,文化运动是整个抗日民主运动的一部分,只有推动整个抗日民主运动前进,文化运动才更可能前进,只有实际民主运动的前进,文化的大规模建设才有可能,才有新的题材领域与基础。因此,希望各位努力参加整个抗日民主运动,反映事实,推动事实,参加抗日民主政权的建设,抗日武装的建设。这种参加的具体形式,即是参加到政府中工作,加强它,过问它,督促它……政府是迫切欢迎各位参加与督促。目前我们在苏北的任务,就是要建立一个抗日的民主的新的苏北:在这个新的苏北,不独有新的文化，而且有新的政治、新的经济、新的军队、新的人民……在各方面的活跃。这样的新苏北，将成为新中国——新的民主共和国之一部分，这是在中国历史上一件有伟大意义的工作。新中国的建设工作，这有待于各位的努力，我想各位是不能辞其责的，各位要成为新苏北与新中国的建设者与建设师，这是我对各位的盼望并预为各位祝贺的！

除上述的任务外，文协本身，我想还应该有下列的特殊任务：

一、保护文化教育事业中一切人员的利益，我们文化教育事业中的同仁是有本身利益需要保护的

根据达尔文学说："生存就要斗争。"人类要向两方面作斗争：第一，要向自然界进行斗争，即是生产人们所必需的生活资料；第二，因为人是社会的人，而且我们又是阶级社会中的人，所以要生存又必须进行社会斗争，即阶级斗争，否则人们就不能生存，他的生存权利，就要被其他的人侵犯。

这就是人的两重性（自然人与社会人）和人类斗争的两面性。人类的一切知识，都是从这两种斗争中得来的。何谓知识？何谓科学与学问呢？知识就是人类在千百年来进行这两种斗争之经验的积蓄。因此，人们只有两种知识，两种科学。第一，向自然界斗争的经验，便叫自然科学；第二，社会科学的经验关于人压迫人、人剥削人的斗争及其反抗的经验，便叫社会科学。一切真正的（不是瞎说的）学问，一切科学或知识的，均不能超过这个界限。文化诸同仁，是今天阶级社会中斗争的人，不但要向自然界斗争，也须要进行社会斗争。一般说来，我们从事文化教育事业的人，是处在被压迫被剥削地位的，因为你们，大部分是薪资生活者，即工人劳动者中的一部分，所以你们有自己的利益需要保护，否则别人就会来侵犯。为了抵抗别人来侵略，保护我们本身的利益，我们就必须团结起来，组织起来。文协即是我们的组织，所以文协就有保护我们利益的任务。

比如你们的痛苦，薪资太少，地位太低，待遇太坏，受人排挤，权利被人侵犯等，你们有经济的、政治的、文化的要求，如果不自己起来保护斗争，就会被人侵犯，生活与地位就不能改善。在抗日民主政府下，你们的利益仍需要自己保护。在这个问题上，抗日民主政府与过去"一党专政"的顽固政府不同的地方，是抗日民主政府允许你们自己起来保护你们的利益，而且更从各方面尽一切可能协助你们。而顽固政府则不是这样。但文教工作同志绝不能依赖政府来保护，自己不努力。不可否认的，抗日民主政权在各方面建设还不完备，抗日民主政府中尚有个别的官僚、坏分子、不觉悟的人、压迫别人的人，他们还会损犯人民的利益与你们的利益，所以你们自己要保护。

文教工作者，是脑力劳动者，大部分是出卖自己的劳动力获得薪资以维持生活，所以你们也是工钱劳动者，是工人阶级中一个特别的阶层。所以在外国文教工作者的团体是职工会之一，是加入工会的。我们应把文协也看作是职工会这种团体之一。中共是中国工人阶级的政党,因此,我们是最忠实的朋友,我们要为工人阶级、一切劳动者的解放而奋斗到底,并以此作为自己终身事业的。

文协应切实做到保护文化教育工作者的政治经济利益,如果文协在这个任务上的工作很好,即文协可以团结广泛的目前在文化教育事业中服务的人员,具有各种不同立场的人员,这在发展文协组织上是非常重要的。

二、普遍深入地开展苏北的新文化运动

开展苏北新文化运动,目前是迫切需要的,开展这个运动的条件,我们也完全具备。如政治自由是完全有的,物质条件——如印刷、学校、会场、俱乐部等,也不算缺少,苏北人民的文化程度也相当高,再加上文协的成立团结了苏北的广大文化工作者,作为开展文化运动的中坚,仅此,我们是具备了一切的条件。抗日民主政府对于文化教育是采取保护政策、让其自由发展,并将尽一切可能协助其发展。凡是愿意在苏北开办学校、书店、印刷厂、图书馆、体育会、俱乐部、戏剧团、歌咏队,出版报纸、杂志,推行新文学,研究旧学问,讲习各种学问等都可自由,政府都保护,都给予他们以便利,只要他们不与敌寇汉奸勾结。不破坏民主政府与抗日部队,一切都有自由。除此以外,政府对于某些重要的文学教育事业,还准备以全力来推广,准备供给必要的经费与物质资料,如各县的中学,政府即拟扩大免收学费与膳费的范围,使贫穷子弟能得到充分入学的机会。

我希望文化教育界的同仁,能充分利用苏北这些条件来开展苏北的文化运动! 这些条件的取得,是不容易的,是可宝贵的,在×××统治区域是没有的,所以你们必须充分利用,不让其空空地过去。

目前在苏北所要开展的文化运动,应该是一个新文化运动,应该是一个普遍的深入的新的启蒙运动。

为什么应该是一个新文化运动呢? 因为他反对敌寇汉奸殖民地化中国的旧文化,反对中国半封建的愚昧、黑暗、倒退、盲从的旧文化,建立民族的科学的新文化。

为什么应该是一个普遍深入的新启蒙运动呢? 因为它与过去中国许多次文化运动均有不同点,均更加普遍与深入。如过去"五四"后的新文化运动,一般来说,还只在中国知识分子中尽了启蒙的作用,但今天我们就不只要在知识分子中进行启蒙运动,而且主要的是要在一般的人民中,特别是劳动人民中,农夫农妇中,进行启蒙运动,应该吸收一切的人民,连农村中的老太婆、厨娘及小孩子等等,均参加到这个新文化运动中来! 都要使他们从黑暗、愚昧、盲从和迷信中解放出来,使他们具有新的人生观与世界观,使他们对于现实,对于自己的前途,对于国家民族,都有新的希望与新的理解,使他们从历来不预闻政治、不预闻国际国内事变的状态中,积极起来,参加目前伟大的民族解放战争,参加目前的抗日民主运动,参加改造世界的伟大斗争,并具有高度的自觉性。使他们对于社会问题,政治问题,国际事变,各地劳动人民战争的胜利与失败,均有高度的兴趣与密切的关心。使他们从长期受人奴役欺压与驯服的状况中挺着胸膛站起来,第一次感到自己是创造世界的一分子,是新世界与新中国的建设者之一分子,参加到目前的抗日民主运动中来,成为各方面活动的积极的因素!并以很大的决心和信心,英勇的姿态和气概,为了国家民族与人类社会的解放和进化而奋斗,为了人类的公共事业而奋斗。这就是我们的新文化运动所要达到的目的。自然,这是比中国历史上任何一次文化运动,都应该是更加普遍和深入的,因为他要创造新中国的整个一代的新的人民,这些人民要具有相当的政治文化水平,有新的观点,用新的方法组织起来,是用新的方法思想着,斗争着,生活着……这就是独立自由幸福的新中国最可靠的胜利的保障。

这样一个普遍深入的新文化运动,应该怎样去进行呢?应该采取何种具体形式、具体方法与具体道路呢?我觉得这应该由多方面采用各种方法来进行,根据目前苏北的具体环境与条件,采用一切可能的方法来进行。

第一,新文化运动的对象,不只应该在上层,在知识分子中,而应以下层,以一般劳动人民,以农夫农妇及青年学生儿童为主要的对象。

第二,学校教育、小学、中学、大学,应大加发展,但是还不够,主要地广泛地进行社会教育,如民众夜校、俱乐部、图书馆、戏剧、歌曲、图画、识字班等等,应广泛地普遍地去进行,应吸收尽可能多的教员……

这许多方法,一切可能的方法,都应该采用,不应该拒绝。但我们还相信,在运动起来以后,是还可能创造许多有效的新的方法,而每一种有效的新的方法都有一般的意义,都可以拿到情况大体相同的地方来采用。

文化协会的成立,应该以进行这样一个普遍而深入的新文化运动为自己的重要任务,这是一件有历史意义的伟大的工作,各位所负的光荣的使命,也只有这个运动的真正的成功,各位文教工作者的地位、权利与生活条件,才更加有可能提高,受到广大群众的拥护与爱戴。但是这个运动的成功,不仅要依靠各位文教工作者的努力,而且这需要依靠各方面的配合,依靠实际群众运动的发展,整个抗日民主运动的发展,才有可能。这在下面,我还要讲的。

什么是这个新文化运动的内容与性质呢?它是新民主主义的文化,是民族的科学的大众的文化。

为什么是新民主主义、民族的科学的大众的文化呢?因为:

第一,它反对敌寇汉奸的奴隶文化,这种从思想上建成灭亡中国的前提的奴隶文化殖民地文化。中国的文化随着敌寇的军事进攻而在沦陷地区广泛散布着,鼓吹民族的叛变,丧失民族气节,鼓吹腐化堕落,寡廉鲜耻的心怨,埋没与歪曲中国的历史和真理,以纯粹的谣言和欺骗对待中国人民,它的目的是要引导中国人民走向忘记中国民族独立发展的历史,而去安心做日本帝国主义的奴隶。

很明白,这种所谓文化和我们中国所需要的文化是绝对相反的,我们必须给以彻底的驳斥、反对和粉碎。我们的新文化,首先在目前抗战的时期就应该完全与这种所谓文化对立起来,为提高我民族的自尊心自信心而努力,提高我民族的高尚的气节,提高人民的抗日积极性,对人民实行广泛的民族教育。解释投降当顺民的可耻、无出路及其错误,解释中国抗战胜利可能性与必然性。我们的新文化继承与接收中华民族历史上一切优良的文化上的成果,而抛弃其错误的有害的东西,具备适合中国民族的特殊的习惯与形式,同时吸收世界上一切民族的科学知识,为推动中国民族独立的发展而奋斗。这就是我们的新文化运动的民族性。

第二,它反对封建的反动的旧文化,这种旧文化,企图保持封建阶级的特权,保持人民中等第的思想,反对人民的民主思想及平等要求,保持人民中黑暗、愚昧、盲从、迷信的状态,反对进化。很明白,这种封建的旧文化与我们今天中华民族所需要的文化完全相反,它具有极大的反动性,我们必须给以彻底的驳斥和粉碎。我们的新文化应该提倡民主,提倡平等与互助,反对特权,指出人剥削人、人压迫人的现象之不合理,反对武断与盲从,提倡理性与科学,反对倒退,提倡进步与一切新的创造……还必须明白指出,对于如何争取抗战胜利的问题。目前是有着两条不同的路线正在斗争着:一条是中国大资产阶级大地主所提出所坚持与实行的,他们依赖外援,不重视中国的自力更生,反对民主,反对民众的真正发动……用这样的办法来战胜日本帝国主义,如果不能战胜的话,只要有可能的时机一到,他们便准备好了投降日本。与此相反,中国无产阶级与共产党还提出了另外一条争取抗战胜利的路线,这条路线是为中国大多数阶层人民所赞成与拥护的,建立抗日各阶层的统一战线政权,用持久战去战胜日寇,主张主要依靠中国自力更生,同时力争外援,实行民主政治,广泛发动民众运动。很明白,中国只有实行第二条路线抗日才能胜利,实行第一条大资产阶级大地主的路线,抗日是不能胜利的。目前这两条路线是在各方面斗争着,在思想斗争的领域内,在文化战线上,克服大地主大资产阶级的思想意识,首先是他们在如何争取抗战胜利问题上的错误主张,就成为目前新文化运动的迫切任务。你们应该站在客观真理的立场,批评在抗战中的一切错误主张与错误行动,粉碎大资产阶级大地主的路线。反对投降妥协及对于抗战的任何动摇,宣传真正能够争取抗战胜利及有利于抗战团结的一切主张和行动。

这就是新文化运动的科学性与进步性。

第三,它与苏北及华中广大人民群众的抗日民主运动的实践密切相联系,成为群众的革命的实践之指导。目前,我们在苏北进行新文化运动和在中国的大后方及敌占城市有一点重大不同的地方,就是在苏北及华中广大地区内,已有抗日民主政权的建设,有数百万群众的抗日民主运动的实践。民主运动宪政运动在中国其他地区内,还只表现为一种群众的呼声与要求的时候,但在苏北则已有民主政治的实践,这种要求与呼声已逐渐表现为数百万群众的实践,表现为伟大群众团体的建立,群众生活的普遍改善,人民的普遍武装,行政人员的由人民选举与撤换等等。在中国其他地方,关于抗日民主,还只当作要求和纸上的纲领存在的东西,但在苏北则已大进了一步,已成为或可能成为法律条文、组织条件等等。这就是说,在苏北有实际的民主政治,在这种政治下发动与吸收无限广大的民众来参加抗日民主运动了。在这一点来说,有人称苏北这类抗日民主根据地为先进地区,也并不是无理由的。这种情形,就说明我们这里的新文化运动,是在一种特殊条件下进行的,它与这里抗日的实践,民主政治的实践,数百万群众的实践,有着不可分离的关系,应该密切配合起来进行,它应该深刻反映这里群众的伟大的实践,同时又为群众的实践服务,为这里的抗日民主政治军事服务,指导这里的群众实践,指导抗日民主根据地的建设。因此,在这里进行新文化运动,不应该脱离这里的实践,不应该是空洞的离开实践很远的东西,或者可以使人们离开实践的东西,而空洞与脱离实践,理论不与实践联系,都是从来一切文化教育上最大的缺点。我们的新文化运动与这种脱离实践的文化教育相反,我们必须与实践密切联系,必须在斗争中工作中进行教育与学习,同时又必须在教育与学习中进行斗争和参加工作,这就是新文化运动的实践性与具体性。它与大众的实践分不开,反映大众的实践,代表大众的思想与要求,又是为大众的实践服务的。

总之一句话,我们所需要的文化性质和内容就是新民主主义的文化,就是民族的、科学的、大众的文化,目前我们在苏北正要进行一个普遍的深入的这样的新文化运动,这就是文协的第二个任务。

三、文协的第三个任务就是要团结和组织苏北全体从事文化教育事业的人员

苏北文协应该是苏北文化界全体的组织,它是文化界自己的,保护文化界利益,开展文化教育工作的组织,凡是在苏北文化教育事业机关服务的人及从事文化教育事业的人员,不论他的年龄、性别、信仰、立场是什么,也不论他所从事的文化工作是新式的旧式的,是官办的民间的,都可以加入文协,即使是如旧戏班子,打花鼓或莲花落的人们,也有在我们文协之下成立附属的组织,在事业上改进他们,充实他们新的内容,并在生活上保护他们的必要。而会员之间的关系应该是互相尊重,互相帮助,善意的批评,反对互相轻视(所谓文人相轻)、互相排挤和各种帮派的小团体,使我们全体文化界能亲密地团结起来,使文协成为全体文化界的统一战线的组织,而文协的内部组织形式与组织制度,应该根据民主集中原则的。

我们还应记住文协是担负了许多战斗任务的,当前,文协领导着坚持着一定的思想路线的,在对敌寇汉奸及封建的旧文化进攻的时候,它的敌人是要用一切方法来反对与破坏它的,在保护文化界切身利益的问题上,并是如此。所以文化界还必须有坚固的组织,才能担负与完成自己的战斗任务,所以文协是带着战斗性的组织。

要使文协成为团结全体文化人的、统一战线的、有工作能力的与战斗力的团体,这就是文协本身的第三个任务——组织任务。

我讲的话,就在这里完了,是否有当,还请各位裁夺施行。最后敬祝苏北文化协会前途无限,胜利完成它光荣伟大的历史任务。

(原载《江淮文化》1941年第2期)

注:1941年4月16日,苏北文化界协会成立大会暨第一次代表大会在盐城鲁迅艺术学院华中分院总俱乐部(兜率寺大殿)正式开幕,三百余名来自盐城、阜宁、东台、兴化、泰县、泰兴、如皋、镇江等地的艺术家、记者以及教育界、出版界、自然科学界、医药卫生界和机关、团体、工厂、部队等代表参加,这是苏北文化教育界的一次盛会。会上,刘少奇作《苏北文化协会的任务》报告。

苏北文化教育剪影(节录)

小 克

苏北,英勇的新四军和广大抗战人民在那里艰苦地缔造着,和敌人斗争,和阻碍抗战的黑暗势力斗争,那里充溢着强烈地建设新中国的信念,人们把这个艰巨的责任担负起来,他们在战争所给予的残酷的环境中工作着,不息地、创造着这块根据地新的面型。

所有这一切努力,都成为正在发展中的军事、政治、经济、文化各方面建设的成绩。

下边就是目前苏北文化教育事业发展的一个剪影。

在去年五月的时候,那时盐城不但是一个军事、政治的中心,而且也被人们热切地呼做"文化城"。五月,正是苏北文化运动高涨蓬勃的时期,"文化突击月"在猛烈开展着各种文化活动。四月间苏北文化协会成立了,许多文化工作者都参加了这个协会,讨论了今后建立和发展敌后新文化的方针,一方面是普及大众文化教育,一方面是提高大众文化的水准,并进而创造民族的、民主的、科学的、大众的新文化。接在文化协会成立之后,各种艺术部门和更多文化部门的协会,都如雨后春笋一般,相继而生。在苏北各方面的艺术人才,都被吸引到实际的抗战工作中去,就是写旧诗的老秀才和私塾先生也都成为诗歌协会的会员。在戏剧、音乐、诗歌、民间艺术方面,成为文化运动中最活跃的一环,这也是由于需要,广大的民间艺术人才都被卷入在为抗战而服务的艺术工作中。他们对抗战的热情,通过被他们所从事的各种艺术活动流露出来。

　　文化运动高涨中的另一个浪花,就是出版事业的发达。最大的报纸《江淮日报》,每日有五六千份落在读者的手里。《抗敌报》二日刊,每次也要销行四千份。《东南晨报》,印刷最为精美的日报,每天也销行在四千份以上。其他还有二十多种不同名称的报纸传播在人们手头。在杂志方面,人们可以看《江淮文化》《江淮杂志》《抗敌周刊》等,这些刊物上面登载多篇的理论研究文章,而文艺刊物的发行,在出版事业的繁盛期中是不可或缺的,《新文艺》《江淮艺术》《文艺周刊》《新诗歌》等,同样散布在青年群众中。同时在部队里,对于文化粮食的寻求,不下于在迎接战斗时的急迫。书店方面,新设的大众书店,散布着它的分店在各地,江淮出版社,则翻印各种基本理论的丛书。作为各地消息的输入和当地消息输出的新华通讯社,在那里很忙碌地做着各种发电通讯的工作,时时供给人们新鲜的时事材料。

(原载于1942年6月21日《解放日报》)

关于《文化娱乐版》

阿　英

　　从《盐阜大众》创刊时起,我就是一个忠实的读者,不但每期从头到尾读完所有的文字,对于它一天一天的成长和进步,也时时感到欢喜。我觉得《盐阜大众》现在是真的成为盐阜大众最主要的——虽然还没有达到理想的阶段——精神食粮了。

　　因此,我想就《盐阜大众》周年纪念的今天,为着与读者更加紧密连系,为着更适应于大众的需求,提出一个要求,就是希望以后增加"大众文化娱乐版"。

　　大众需要教育,同时也迫切地需要娱乐,这从盐阜区农村剧团普遍的发展上,就可以充分地看得出来。而且剧团成立了,大众的音乐、绘画、舞蹈,以至于运动的组织等等,也必然地会跟踪而起。但无论在剧团方面,音乐、绘画、舞蹈方面,或运动及其他方面,目前都有个不可解决的恐慌,就是材料的缺乏。

　　《盐阜大众》必须担负起这个任务,仅止像过去的偶尔揭载是不够的,和客观需要的距离还很远。最理想的是能增辟"大众文化娱乐"专版,每隔一期,发行一次,每次增印半张或一张,完全容纳这一类的材料,以免刊在正张,妨碍其他文字的登载。

关于"文化娱乐版"的具体内容,当然以提供戏剧、音乐、绘画、舞蹈诸多方面实际材料为主。同时为着培养这诸多方面作者,帮助他们进步,以浅显简短的文字,介绍一些艺术理论和创作方法,也是非常必要的。至于经验教训,特写报道,当然也应该系统地编排进去。

除了这些具体的内容以外,我们还希望,编者能有计划,有步骤,根据当前的任务和客观的需要,布置每一期的内容,并尽可能选用真正出自大众手笔的稿件——必要时可进行修改——不必把水准提得过高,至于实在无法登出的作品,如果必要,在寄回时,最好能附上编者积极的有教育意义的意见。在《盐阜大众》周年纪念的今天,我想提出的要求和意见,只是这一点,如果可能的时候,我希望被采纳,并很快地能以实现。

(原载于1944年4月22日《盐阜大众》)

关于盐阜区的儿童戏剧问题

阿 英

因为要约范政同志写一篇盐阜区儿童戏剧活动的报道,没有想到竟先引起了他的一场"愤慨"。他复我的信说:

"……盐阜区的儿童戏剧运动可怜之至,没有什么可以写的,而且是很痛心的。如某校儿童团公演《照减不误》,某校公演《开明三老》,真是令人难过。这种形式的戏剧给儿童演出,真太不合适了。这是一种旧形式,是陈腐的,作为新生的一代的小朋友,不应该去唱那些拖得长长的'淮北调',而应该发掘、创作更新的形式,如话剧、童话剧、歌舞剧……还有一些小朋友在演什么《傻子打游击》,一个傻子化装花姑娘去引诱敌人,给他们'灌米汤',许多台词和动作,简直是莫名其妙。"

自谦这是"他不必要的牢骚",其实我倒觉得有把这些话向盐阜区教育界人士和戏剧工作者公开的必要。这是值得我们特加警惕的一个儿童戏剧教育问题。

范政同志的意见,可以说完全是正确的。对于新生一代的儿童,我们"应该发掘、创作更新的形式,如话剧、童话剧、歌舞剧",使他们学习,不应该使他们受封建的、有毒素的、旧艺术形式的影响,并采用足以妨碍他们身心健康发展的一些不符合新民主主义精神的事实。

然而,在盐阜区的教育界中,为什么竟会发生这样相反的,不正常的,畸形的现象呢?

我想，这是有下列的几种原因的：

第一，机械地理解了党的文艺政策。诚然，党为着作为一种教育的手段，曾号召我们批判地利用一切可能采用的旧艺术形式，来进行群众教育。但这意义，是和其他政策一样的，仅只是原则的指示，在应用上还是要根据各地不同的具体情况而灵活地变动地使用。因此，关于旧艺术形式利用的问题，既不概括主要的，唯一的意义，也没有连儿童都不能离外的规定。一部分同志是机械地理解了这一点，于是活泼天真的儿童，也就不得不陷于"拖着长长的"声调来哼"悲调"的厄运。

第二，忽略了儿童教育的特殊性，和儿童与成人在身心双方的差异性。我曾经向新旅负责同志提出，新旅的小同志们，在政治上和工作能力上，是有非常卓越的进步的，但有一点却令人遗憾，就是大部分洋溢着"小老头子"的气氛，而不再是天真活泼的儿童。在戏剧工作上所以陷于这样的不正常，原因也不外乎此，把儿童的特殊性——身心以及教育方面——忽略了，把儿童当作成人一例看了。

第三，是适宜于儿童演出的剧本缺乏问题。一般地说，我们的剧本荒是很普遍的，而儿童剧本尤其感到缺乏，结果就不得不若干地利用成人剧本，特别是现在流行的淮戏之类的本子。范政同志提出"只有努力干"，加紧地写，这意见是非常正确的，积极的，不过还不够。我想补充地说，这努力还不能仅只仰靠于少数剧本写作者，而是各学校的教师们也应该集体地起来干，即使初期的写作有着缺点，但至少是比利用那些有毒素的剧本好。

所以然在盐阜区儿童戏剧方面发生这样不健康倾向的原因，主要的我想不外如上几点。为着往后的正常的发展，我认为有要求大家首先在这方面——对儿童的观念、认识，有一个彻底的转变。不然，我们的儿童戏剧活动，是不会有好的前途的。

（原载于 1944 年 5 月 1 日《盐阜报》）

墙头诗有什么好处？

佚　名

墙头是写在墙上，每一首短短没几句，顶多不过七八号每行。每行十来个字。文化程度不高、识不多字的人，看长文章太吃力，看墙头时就不费劲，要是写的话，也容易下手。

老百姓顶喜欢听实实在在的事情，如果是空空一堆大道理，就难打动她的心，墙头诗谈起事情来，比标语口号具体明白，他要说明一个意思，常常拿具体事实打比方,叫人格外动心,记得住。

有许多标语口号,谈事情,铁板打脸,干瘪瘪的没得味道,不能打动人心。更有的标语口号,文气绉绉,不入老百姓耳。墙头诗就不同,它尽用的老百姓口头俗语话,念出来听得懂,把一个意思,能谈得活龙活现的,叫人听了百倍来劲。

墙头诗是诗,有音韵节奏,念起来钢钢响,声调圆润,顺嘴直溜,听起来也悦耳。大部分还是叶韵脚,有些还能合上小调歌谱子,可以拿来唱,老百姓对它十分感兴趣。

写小调,要硬凑谱子,字数多少全让调门子捆死死的,多一个,少一个,全要费心思。写墙头诗,就没得这个限制,一句话,嘴说多少字,就写多少字,自由自在,需不着硬凑。也不必像有些快板,呆板是"三、三、七","三、三、七"。

墙头诗写在要道口子,来往行人走面前过,念念看看,能多懂道理,也能多识几个字。在本村里,天天走过看看,更帮助识字,记得牢。

一个工作任务下来,编一批墙头诗,写上墙,抵得上开几次会,比方说,开会批评二大流子,过后他能当耳边风,把批评二大流子的墙头诗写上墙,他天天看到,或者老听到人家念,如是标语,就不大会有人念了。他能受得住?必定不好意思再摇膀子。

(原载于1946年5月11日《盐阜大众》)

怎样"写上墙"?

佚 名

以前本报发表了参军和生产等墙头诗以后,盐阜区各地都普遍的写上墙,但是在写上墙的中间,还有一些缺点,这些缺点必须改正,才能使墙头诗作用起得更大。

这些缺点大约可分两种:

第一,关于写的地点方面。有的村写在冷落头,大不注意的地方,有的村写的地位太低不醒目。

第二,关于写的技术方面。

一、一条线写下去,像写文章,形式上写得不像诗,因此内容也不容易了解。

二、字写得歪歪扭扭,大大小小,不整齐。

三、一行一行写得太紧,中间不留空档子,看起来一团糟,不明朗。

四、还有写艺术字的洋里洋气,工农大众看不懂。

根据这些缺点,我们提出以后怎样写上墙的意见,以作各地参考。

一、关于写的地点,一定要选人行要道,或者常常有很多人到的地方,写要写得高,使人抬头见山。

二、关于写的技巧方面,首先要写端正,写清楚,要记住还是给工农看的。要分行写,像登上报的一样,行与行之间留一空档子!看起来可以一目了然。顶好在写的地方,先用石灰打一白底子,再用锅底灰打黑框,再写上去,阜宁青沟镇、杨集镇都是这样写的。

(原载于1946年5月11日《盐阜大众》)

几点意见

叔

对盐阜区的墙头诗,我有几点意见:

(一)墙头诗没有成为一个有组织的运动,也没有引起大家经常的注意。例如有很多地方墙上的墙头诗,都是日本投降以前写的,时局大不同了,墙上还是老一套,看的人好似吃灯芯草没得美味。

(二)有很多墙头诗,写得挨板式子,都是五个字一句四句头,或者七个字一句四句头,跟《千家诗》,一个色道。有的句子不要七个字,硬凑上去,弄得蹩腔蹩调,有的硬把长句子压短,丘吉尔变成了吉尔,工农大众哪个懂呢?

(三)光是讲天下大事大道理,本村本地的事情没有。例如本地的生产模范,也可用墙头诗表扬。对坏人也可用墙头诗批评。

另外对墙头诗的做法,我也提几个意见:

(一)墙头诗不能太长,顶多五六句,太长写也不容易写,读的人也不容易记。

(二)要顺口,不要撇古字眼子;要使识字的人一看就懂,不识字的人一听就懂。

(三)要写得有兴趣,不要枯燥得像标语,可以用打比方的方法等,但是不能啰唆,一首墙头诗只能说一个问题,一个中心。

(四)写的事情要明明白白,要有人民大众的立场,不能带迷信的味道。例如写减租减息,就应该说明是合乎民主法律、合乎人情天理的事,就不能写成是富人"做好事""行好心",什么"多子多孙""修子修身",这样反把人民讲糊涂了。

另外有一点意见,就是《盐阜大众》上登的墙头诗,只见看报的人看,没得报的人看不到,还没有起群众性的宣传作用,所以提议各地方的村学教师应当注意到这一点,把《盐阜大众》上的墙头诗写到墙上去,并且发动大家做新的墙头诗,除了天大事以外,创造一些写本地事情的墙头诗,把墙头诗真正变成群众性的大运动。

(原载于1946年5月11日《盐阜大众》)

组织墙头诗小组

文 广

为什么要组织墙头诗小组

墙头诗成为一个真正的运动,要有四个条件:一、要有一定的墙头诗的组织;二、要有许多人写墙头诗;三、要得到许多群众拥护;四、要各地方普遍地把墙头诗写上墙。盐阜区过去墙头诗运动,别的条件差不多都有,就是没把热心搞墙头诗的人组织起来,所以墙头诗运动,没有保证,终是断断续续的,不经常,力量不大,不能大大开展。五月十一日副刊上我们号召大家同志把墙头诗运动轰开来,现在我们要进一步提出号召来,希望各地方热心墙头诗的同志,做骨干,团结一些人,和组织墙头诗小组,使得墙头诗运动不但能轰开来,还能永远搞下去,搅出大成绩来。

什么人好参加？要什么条件？

那么什么人好参加墙头诗小组呢?《盐阜大众》的通讯员、小学教师、工作同志、民间艺人都可以参加,不过要有两个条件:一要能响应墙头诗运动的一切号召,把墙头诗运动,认真当工作做;二要欢喜编唱的,不然,你参加墙头诗小组,也是挂名的。墙头诗小组成立起来以后,应该选一个组长,暂时向本报副刊报名,在报上公布,以后,我们预备成立一个五分区的墙头诗研究会,专门和各地方墙头诗小组联系,发动工作和进行业务指导。

墙头诗小组做什么事？

墙头诗小组成立起来以后,要做下面几件事:一、每个月和本报副刊写信联系一次,报告工作情形;二、配合每个工作任务、政治任务,和当地值得表扬批评的事,写墙头诗给报社,写墙头诗上墙;三、发展喜欢编唱的、对墙头诗有兴趣的积极分子参加;四、把墙头诗写上墙以后,向群众做宣传教育工作。

(原载于1946年5月29日《盐阜大众》)

对墙头诗的几点意见

乐锋　郑治　江静

1. 有些地方的墙头诗写得不够普遍，有些地方根本就没有写，我们希望各地要普遍地写上墙。

2. 有些地方的墙头诗，失掉时间性，我们希望各地把他涂掉，写上目前中心工作任务的墙头诗。

3. 有些地方墙头诗的字，写得洋里洋气，歪歪扭扭，如"國"字写成"国"字，"衛"写成"卫"，我们希望以后墙头诗的字要写得笔笔直，因为这是给工农大众看的。

4. 有些地方的墙头诗，光是讲天下大道理，本地的事情一样没有，因此也就谈不到配合中心任务，我们希望大家多写些地方性的墙头诗。

5. 有些地方的墙头诗，写成挨板式子，上一句是五个字，下一句明明要六个或七个字，但是他硬简省掉，只写五个字，因此叫人看了，觉得不舒服。也有些地方，墙头诗是硬凑写成的，念起来很不顺口。

6. 有些地方，一首墙头诗里写两个中心意思。如：

要享太平福，

武装保家乡，

反动反人民，

好比瓦上霜。

这首墙头诗，前两句写的武装自卫，写得还好；可是后两句又写反动派不得长久，和前两句的意思就有些连接不起来，弄成两个中心，叫人一看蹩腔蹩调的。我们希望今后大家写墙头诗，每首里只能写一个中心意思。

另外，我们希望也不要几首墙头诗里写一个中心意思，每首墙头诗要能独立写上墙。如果必须要写得很长的话，最好写成小歌谣之类的形式。

（原载《盐阜大众》1946年7月4日）

盐阜区的墙头诗运动

钱　毅

　　墙头诗的提出，是很早的事了。抗战后在陕甘宁边区，在华北敌后，在桂林、重庆，都开展过这个运动。我们盐阜解放区，也早在一九四〇年麦收前后提出来，断断续续搅到现在，已经有五六年，可是总未能真正轰起来。为了使这个运动深入开展下去，我想，让我们回头望望盐阜的墙头诗运动，刨出它的病根子，提出今后该怎么做。

　　一九四〇年秋，新四军建立盐阜抗日民主根据地，政治办得好，文化运动也大大兴旺。第二年五月八日，向阳同志在《江淮日报》发表的一篇题为《开展"街头诗"和"墙头小说"运动》的文章，他说：

　　"将一种诗或一种小说写在纸上，贴到大街通衢去，使大众可以随时阅读，这不仅是一件非常经济的事，同时也是使文学深入大众的一种最好的办法。"

　　以后，就有篇篇把把街头诗上报。七月九日，苏北诗歌协会又在《江淮日报》出了个"街头诗运动专号"，发表了《自卫队》《都来参加妇救会》等八首街头诗，与林山的《展开墙头诗运动》。林山提出苏北抗日民主根据地具备了开展街头诗运动的主观条件（诗人的努力）与客观条件（群众运动开展，大众政治文化水准提高），"是发展街头诗的理想的地区，街头诗运动应该在这里大大开展起来"。他说：

　　"假使苏北的诗歌组织和诗歌工作者，都动员起来，认真地经常地来写街头诗，大胆地、有组织地走上街头，走下乡村，把诗歌写到或贴到一切可以贴的地方去，假使各方面能给以应有的帮助，我敢断定，街头诗运动一定很快就会开展起来的。"

　　当时，诗协的诗歌小组，也自己动手，在建阳湖垛街头，把墙头诗写上墙。但仅仅起了个头，就遇上盐城大"扫荡"，停滞了。

　　直到一九四二年，盐阜局势复趋稳定，诗人辛劳（已牺牲）与林山，才又在《盐阜报》上提倡，辛劳在《墙头诗短论》（二月一日《盐阜报》）里说：

　　"如果使诗歌走上大众化，写出能为大众所需要所喜欢的诗歌，必须从街头诗做起。它是诗歌大众化的先锋。"

　　他更强调："诗人要善于打游击战，必须写街（墙）头诗。"林山并且写了十首墙头诗，发表在《大众知识》第七期（十一月刊），转变了过去墙头诗的风格，为以后盐阜墙头诗捏下了个雏形。如写《厚脸皮》道：

  南京城门高，

  南京城门厚，

  南京城里有个汪精卫，

  脸皮比城墙厚十倍。

写《民选》道：

  下种要下好种子，

  选举要选好代表；

  下种之后要除草，

  选举之后要检举；

  除草要除得干净，

  检举要毫不留情！

这些诗，在阜宁陈集一带上了墙。三师鲁工团也创作了一些，还在诗后画了画。

为了有组织地开展这一运动，来补助巩固根据地的宣教工作，由林山带头，组织了一个墙头诗画社，出了一本《墙头诗画集》（收墙头诗二十八首，画六幅），内容着重反"扫荡"动员与民主建设。例如，写《民主》：

  从前官管民，

  现在民管官，

  选由你选，

  换由你换，

  再不出来管，

  真是大傻瓜。

写《反"扫荡"》：

  敌人像一条毛虫，

  蚕食我们的家乡。

  我们大家参加自卫队，

  反对敌人的蚕食，

  粉碎敌人的"扫荡"！

冬天，兴办冬学，有些地方把课本写上墙教，其中也有墙头诗。运动的范围，由于与群众性的冬学运动结合，便推开了一步。正打算大大轰起来，一九四三年春，敌人却集中三万兵力，向盐阜区大"扫荡"，搞墙头诗的同志抢着在反"扫荡"动员中出不少力，又印了一本接近墙头诗形式的《战时公约》（诗十首，画十幅），结果，终因"扫荡"开始，墙头诗画运动的组织与计划，又弄了个没下梢。

"扫荡"之后，《盐阜大众》创刊，有些写诗的同志，写信给报社，希望发起这个大众诗歌运动。《盐阜大众》当时配合参军任务,出了个墙头诗专页(三月十一日),发表十四首墙头诗,并号召大家来写。有些地方还自动地写上了墙。但以后因没人响应,便又搁下来。只有个别喜欢写诗的群众工作干部,为了工作需要,自己写一些,就地上墙。

一九四五年春,再度发动参军,为了配合宣传,《盐阜大众》又发表一批墙头诗。根据这批墙头诗上墙后听起的实际作用,接着便发表了生产墙头诗,并且指出:

"墙头诗比标语有力量,作用大,因为它具体、生动。……又可以作为群众教育的课本和识字牌用。"

此后,便继续一直下来,各村各镇,普遍地写上了墙,尤其是阜宁,民主运动搞得彻底,较中心的村镇墙头,都写上了诗。杨集等集镇,还按本地需要的内容,生产、民兵、卫生、反迷信等,自己写些上墙,补助报上不够用或没有的。例如发展民兵时,就有:

打起枪来拾外快,
拿起锄头发土财,
外快土财一齐得,
战斗生产合起来。

当鬼子投降,解放军向敌占城镇大进军的时候,墙头诗更翻翻上涌,解放一处,写一处。在两淮战斗中、盐城战斗中,报社、苏北文工团、新安旅行团、苏北公学、盐阜师范等宣传工作部门,都创作了不少墙头诗,并且写上墙。例如,写解放城镇:

变天没有晴天长,
淮阴城头出太阳,
要问太阳何处来,
人人都说共产党。

写《战斗》:

主力一到,
伪军吓得直跳,
主力一攻,
伪军一个个送终。

这一年,盐阜墙头诗运动,才算从"上报"进到普遍"上墙"的阶段。

去年年底以后,作为运动核心的《盐阜大众》对这一工作松了气(原因在后面谈),报上不勤登墙头诗,运动就成为自流,只墙头诗基础较好的村镇,靠积极通讯员写些,配合工作任务。例如,写贫富互助救春荒:

富人省住一斗,

能救贫人一口，
　　等到四月麦口，
　　平斗还个尖斗。
　盐阜墙头诗运动的一般概况，就是这样。几年来，它在推动工作上所起的作用，是不可抹煞的。尤其是一九四五年一年中，紧紧地配合了政治任务，为各种工作任务的完成，尽了不少的力。例如上面谈的参军、生产墙头诗，以及为了防灾备荒，就有：
　　干不死的豌豆，
　　旱不煞的荞麦，
　　改种旱粮，
　　那怕田里冒青烟？！
　为了成立联合政府，改组统帅部，就有：
　　打死蝗虫保庄稼，
　　拔去莠草长好稻；
　　统帅部赶出败家精，
　　中国才能有指望。
　为了动员做鞋子供大进军用，就有：
　　快！快！快！
　　鞋子做得快，
　　军队向前进得快，
　　敌伪投降快，
　　太平日子来得快。
　对运动的认识与实践，也是一次比一次深刻，一次比一次踏实。尤其是这一两年，只要报上一登出墙头诗，各街各村马上把它写上墙，更有个别工农通讯员，自己动手写墙头诗，这种规模，是开始两年不曾有过的。干部、群众对墙头诗的喜爱情绪也打下了深根。墙头诗一写出来，群众就围住看、念，说："这东西念起来有情趣！"尤其是看到劝生产的墙头诗，格外点头搭脑，连声说："这话对！这话对！"能合谱的，还拿来唱。甚至有一首墙头诗：
　　蝴蝶双双采花忙，
　　小妹低头想情郎，
　　不想浪荡富家子，
　　只想农家勤俭郎！
　在阜宁汪朱区引得老古派人物与村学上人争起来。可见群众对墙头诗的关怀。如果报上长久不登，群众就会写信提意见，说："墙头诗要时常出，省得人家写标语光翻眼！"有一个村指导员，也当面对报社同志说："墙头诗对我们很有帮助,又指出具体任务,又动人心,我们直行把它当做动员群众的口号。"

近几年盐阜墙头诗运动的这许多成绩与影响,是摆得明明朗朗的事,它为抗战所尽的力,是值得我们称道的。但是,作为一个"运动"来说,就有许多地方可以来检讨了。为什么一九四五年以前的盐阜墙头诗几次提出,几次搅不起来?为什么今年运动又成为自流?领导上一松手或报上不登,墙上便也光光的没了字呢?一句话,盐阜的墙头诗运动,考其实在,没有真正成为一个有组织的运动,没有成为一个广大的群众运动(普遍上墙固然是群众性的,但这只是运动的一面,主要的一面——群众自己写,却没有做到)。这可以从诗歌工作者对墙头诗的认识与运动的动力上来找根。

认识与组织问题

首先,是诗歌工作者过去对墙头诗本身的认识不足。

有些人认为,抗战时期,物质条件困难,印书印不起,买书也买不起,应该大大提倡墙头诗,以"满足广大文学爱好者的渴求"。这就是说,开展墙头诗运动,是为了解决战时物质条件困难。

有些人认为,墙头诗是诗的游击战(正规战想是指书本子、长诗),我们在敌后,要做一个适合时代的诗人,得能打诗的游击战。这就是说,墙头诗是游击时代的诗歌,是"非正规"的诗歌。

还有些人认识到墙头诗是"诗歌大众化的具体的实践"。但是,有偏差:他们脑子里先有一个"诗歌"模子,提倡墙头诗运动,是为了把这种"外来的"诗歌,"深入"群众,"给"群众,使群众能接受它,不是从群众自己的基础与需要上着眼。

又有一些人,单把墙头诗看成是宣传教育工具,仅仅是代替标语口号的;甚至认为它只是便于记忆的"词语",是照标语意思,拼凑几句,念起来顺嘴,好记的东西。

因为在认识上有这许多偏差,动手做起来,也就步调不齐。有的人看不起它,不写;有的人胡乱诌几句,就算"墙头诗";大部分人,是不用心写,不用心研究,写不出更多更好的墙头诗,于是运动的开展更没有"本钱"了。

盐阜墙头诗运动未能真正展开的另一个原因——主要原因,是运动的动力未摆得好。我们来看看:过去的动力是什么,就是说,盐阜的墙头诗靠什么人"运动"起来的?

向阳、林山、诗协号召写墙头诗的对象,都只限于"爱好文学"的同志与诗歌组织、诗歌工作者。林山甚至想一个人拎一桶石灰,带一支毛笔,跑遍盐阜区,把盐阜乡村土地庙上都写上他的诗篇(这热情是好的)。他还说:"墙头诗运动是否能够进一步地开展,中心问题全看我们是否能写出更多更好的作品来。"把开展墙头诗运动,看成只是少数诗歌工作者的事,认为只要有群众政治文化水平提高的客观条件,加上少数诗歌工作者的大量创作,运动就能开展。这便是当时的情况。一九四三年重新提出开展墙头诗运动,也顶多号召小学教师带领同学写墙头诗,仍然没有超出知识分子圈子。一九四五年以后,各地能自动把墙头诗普遍写上墙了,但是掌握运动的同志,对于"靠什么人写"的认识,还是模模糊糊,只笼统地号召"大家"来写,"欢喜写诗与写小调的同志"来写。号召了,又不进一步去组织,只与个别通讯员联系联系,个人经常赶着任务写一些发表在报上,弄得号召与组织指导分了家。当时有些通讯员对这东西感到兴趣,写了不少诗稿投到报社,编辑同志选的标准又严紧紧的,总看不上眼,甚至认为:"这东西实在不容易写,写诗同志都难写好,一般通讯员更难了。"好像墙头诗只是诗歌工作者写来向群众做宣传鼓动的,群众写不写不关事。

从这个情况看,我们就能明白,过去盐阜墙头诗"运动",始终只是少数诗歌工作者单枪匹马上阵,没有发动与组织广大群众来为自己掀起这一运动。运动的动力,摆得不适当,组织路线就不正确,就不能成为一个真正群众性的运动。虽然因群众工作开展,各地普遍上了墙,也还是"一人有祸,带累一窝"。一遇到情况变化,诗歌工作者双手丢松,或报上一不登,墙上没法洗脸换新了(去年年底以后写墙头诗的同志,写得乏味,感到老一套了,不肯再写,影响到运动自流,是个最显明的例子)。

总起来说,由于过去运动动力选择不适当,组织路线欠正确,以及诗歌工作者对墙头诗认识有偏差,就使得盐阜的墙头诗运动,没有真正开展,未能成为一个有组织的群众运动。要得今后盐阜墙头诗运动热火火地轰起来,必须把这条路扭转来,扭正它。那么,在思想上,先要认清:墙头诗短小、具体、明确、浅显,很适合今天工农群众的文化水平,群众喜爱它。在宣传教育上,它比标语口号更能启发群众政治思想情绪,是为群众服务、推动工作的有力宣传武器。这个实际作用,应该估得很重。但也须知道,它并不等于广告、标语,"也不是分行的论文或分行的有韵的传单",它"必须是诗"(辛劳语)。

在大众诗歌运动本身来讲,墙头诗更当占到很重要地位。我认为,它接近民谣,而形式比民谣更自由;它也接近新诗,而比新诗更简朗明确,容易为今天的群众接受。适合今天群众水准的文教形式,随着群众文化水平的提高,必然发展成为将来的新文教形式。我们可以估计,墙头诗可能是将来新诗的一种毛坯,顺着今天这条路发展,将来会形成新诗歌特有的阶段形式。因此,墙头诗决不是游击战,而是正规战的一种。过去战争环境需要它,今后和平民主建设,开展群众文教运动,更需要它。我们应当把它重视起来。

关于墙头诗的动力,必须靠群众自己动手,这不仅是实际经验教训的证明,更有以下的理由:

一、工农群众人数最多,发动他们来写墙头诗,它的创作数目,就是一股大力量,足够把运动轰开。

二、革命的诗歌运动,是为求群众在文化上翻身。光几个"知识分子"大众化了,群众自己还是翻不过身来,管什么用?何况,"知识分子"已经有"自己的"诗,他们并不需要大众诗歌,只有群众需要自己的诗,当然应当群众自己动手,自己掌握。

三、新诗歌的路,是大众诗歌的路,它是从群众自己生活里产生出来的。今天"知识分子"的生活思想感情,与群众还有距离,必须群众自己参加,运动才能健康地发展,不走样。

总之,群众的诗歌运动,一定要靠群众大家来做。仅仅少数诗歌工作者,忙死了也忙不成运动的。要真正深入开展墙头诗运动,必须大胆放手发动群众来写(诗歌工作者只是群众中的一员)。不要看轻群众的艺术创作才能,也不要忘记,有文字以先,就早有了诗;诗,不只是识字的人才能写的。我们不妨把墙头诗的范围更扩大,使它包括口头诗歌(文学)写上墙。不识字的工农,只要能用口编出来,就可由识字的人代写下来。

在组织方式上,为了照顾文艺工作的特点,不能像发动一般群众斗争,直接把基本群众团结起来。我们可以由报社(分区或县)号召,通过诗歌工作者、民间诗人、报纸通讯员、村学干校教师、黑板报委员会,来发动组织群众,当地写,当地上墙。不依靠报社,真正成为群众自己的运动,自己解决问题。如果发展得好,有三五个人,就可成立一个墙头诗小组。村里目下没有群众文教部门组织,暂时可由宣教委员领导。有俱乐部的,归俱乐部领导。或者,能与通讯小组统一起来,也不妨试试。业务上,应当归文协领导。(没有文协的地方,暂时可与报社副刊联系。)群众编诗歌,特别有才能,单独成立墙头诗小组,不费难的。

写作问题

在写作上,盐阜墙头诗经过几年摸索,特别是一九四五年以前的几次改变,已经找到群众比较能懂能走的路(发展过程,这里不详谈)。

它的格式:短小。最初发表在《江淮日报》上的,太长,甚至有一篇《盘查哨》,长到六十四行,也算"墙头诗"。但是很快就转变过来,从林山以后,就没有多过八行以上的了。

它的最大特点,是不摆洋架子,与民谣结合了起来。从林山以后,许多墙头诗都学着民谣风格,例如:

仙姑娘,土地老,
仙奶奶发香鬼就到;
望也望不见,
摸也摸不到,

全凭两块皮，

胡说又八道。

同时，采用了群众熟悉的语言，那些洋里洋气、画蛇添脚的空洞字眼，差不多全丢开了。表现手法，也不转弯抹角，比较直接、具体、明确，群众一看就能解得下。这些特点，都适合群众今天的文化水平，群众能"习惯"，难怪群众对墙头诗喜爱，甚至"比小调还喜欢"了（一位通讯员的反映）。

盐阜的墙头诗，在技术上是有这些成绩的，我们应保持与发扬它。但是，它也有缺点，这主要表现在：

一、大部分限制在把标语口号改写成诗，一个任务下来，或时局有个变化，单根据上级发下来的口号，直里直接把它意思写出来，打开正门宣讲大道理，比起标语口号来，只不过多些生动的群众语言，和一些具体的"比方"而已。

二、由于强调墙头诗代替标语口号的作用，着重照标语口号说道理，往往写得毛糙，例如《劝优抗》：

田要朝朝到，

火要夜夜防；

好汉参军去，

优抗要经常。

这种"墙头诗"，是在比较接近"口诀"（但这只是墙头诗作者的缺点，不能"睡不着觉怪床歪"，否定或轻视墙头诗的形式）。它除了说道理之外，含的感情很不够，没有一直说进人心窝里，不能更深打动人心。

三、格式太呆板，墙头诗本来是很自由的形式，最初林山写的，行数没有定规，每行字数也多少不拘。但是这两年却给我们写墙头诗的同志，写成一个模子，定了型；大半每首四行，每行字数，也难免齐齐整整的五个七个字，至多出入一点，这样打出箍来套自己头，越箍越死，越显得没精神。

有了这几个主要缺点，墙头诗的风格，表现手法等等，自然也就难有新气象，使人感到老一套了。今后要大大开展墙头诗运动，也应当注意改正这些缺点，使墙头诗打开一个新天地，才能更使人看起来有情趣，和写出更多墙头诗。

首先，在取材上，应该有个大转变。从标语口号出发，按标语口号"翻译"的墙头诗，可以有。但是，根据本地情形，把标语口号中提的任务，写出更形象更具体的墙头诗，岂不更好？尤其重要的，应该从群众实际生活出发，在区村里找些具体材料，典型人物、事情，把它们写成墙头诗，只要这些材料是顺住政治任务的意思，就可。群众能接受标语口号式的墙头诗，但是，本村的具体事情，更能打动他的心。实际生活是复杂多样的，从实际生活里产生的材料，也会复杂多样，不会老一套。我这样说，可能有人担心起来，说墙头诗也写具体事实，岂不是同民谣、短诗混不清啦？那墙头诗还算什么！我想，可以不必烦心。现在大众诗歌则是在摸路,是在发芽。群众怎样过日子,也就产生怎样的诗歌。我们不能凭自己主观,把它硬定下一种格式。同时,广义地说,墙头诗运动应该是一切大众诗歌的"上墙"运动,要让墙头诗随群众生活的上升而发展,要让大众诗歌在墙头上发芽、吐苞、开花!

再一个,是群众语言的运用。认真检查一下,我们会看出,过去盐阜的墙头诗,还没有大量采用工农口头上的活的语言。用的"群众语言",差不多全限在成语俗语的圈子里,例如:

根不正,苗必歪,

染缸拿不出白布来,

独夫独裁底子坏,

组织联合政府理应该。

在语法上,也比较接近谣谚,和工农日常语法还有相当距离(我认为新的诗歌应该完全工农口语化)。假若我们把成语的部分去掉,这首墙头诗的"大众化"气味就大大淡薄了。写墙头诗的同志,也往往给这种传统缚住,摆脱不开,弄得形式上呆板起来。因此,今后墙头诗的吸收与运用,不应该局限在成语俗谚的框子里,应当放手使它"口语化",全部用群众语法。知识分子出身的诗歌工作者,要用心学习群众语言的语法,用到墙头诗里来。工农出身的同志,也要放手自由写。这样,不但能把呆板式子连根打破,还一定会发出新风格的。

至于诗的感情问题,三言两语谈不清,只希望作者同志今后在这方面多用功。对写的事情,自己要动心,要有丰富的与群众切肉连皮的感情,把这感情渗进诗里去,更深打动人心,诗的作用就更能发挥了。

附带,我还想谈谈墙头诗的完整性与写墙头诗的态度。

过去有些墙头诗,意思往往含糊不明白,例如写生产互助:

独门独户,

养不活老鼠,

三家一凑,

赛一头大牛。

也有些人,把说高利贷剥削的民谚"一分二分,修子修孙;三分四分,少子少孙;五分六分,绝子绝孙"认为是墙头诗。其实,这两首东西,孤单单写上墙,意思就含糊了(后一首,政治意义上也不妥当)。这一方面是写诗的人,没有分清民谚与墙头诗的不同,没有想到民谚前后总连上一些说话,帮助说明它的意思。墙头诗呢,却要单独写上墙。另一方面,是过去写墙头诗,总是"一批",写诗的人往往存着"是一批"的观念,写诗的时候,就不大注意每一首内容的完整。在某地,竟有这样现象:单看一首不懂,要从街这头走到那头,把"一批"都看完,才明白全部意思,简直像一个小调分几段写,十几堵墙成了一本连续诗集。这现象虽然少,但是,我们应该注意,写墙头诗的时候,必须记住:"诗无论短到怎样,即使是一行,也必须在里面具有了一个完整的内容。"(艾青《诗论》)

写墙头诗的态度,林山与辛劳都主张要认真、严肃,绝对不能含糊。辛劳说:"比写普通的诗要更加细密注意。推敲、考量……创作态度要严肃,不能吊儿郎当。"这是对的。不过,我认为这话主要应该是对写作比较熟练的"知识分子"说的。今天这些知识分子,对工农的生活、感情、语言,都不够熟悉,如果不慎重写,笔头子任性画画,难免漏出知识分子尾巴,工农一定感到不投心意。过去我们墙头诗是不够用心的,今后,应该慎重,不能含糊。如果有人认为:"只要我们略一思索,语句便可立得,曹植七步成章,而我们的街头诗,五步便可成得起来的。"(一篇论文里的话)那么,让他站到半天空云彩里去"略思索",去发掘天才吧!我们的工农群众是不稀罕这种"天才"的。

至于工农群众写墙头诗,则不必苛求"慎重",今天主要是放手发动群众来写,他们好容易提起笔来了,你却迎头说:"要慎重哪!推敲哪!考量哪!"这一来,岂不把他们吓住!何况,群众熟悉自己的感情与语言,群众中间,有许多天才诗人,写起来要比知识分子强得多呢!还有初学写的一些小知识分子,为了鼓励他们写墙头诗,要求也可以放宽些。

能好好做到以上几点,我想,墙头诗在写作上总能进上一大步的。

在群众没有真正翻身抬头的地方,在群众优势未曾确立的地方,要群众自己写墙头诗,把墙头诗上墙,是谈不到的事。今天,盐阜的群众运动,已经更深入普遍地开展,群众占了上风,有了组织,又有三千多报纸通讯员,七八百工农通讯员(这是墙头诗运动中的积极分子),过去两年,墙头诗普遍上墙,更为今后的墙头诗运动,打下了一个初步基础。客观条件都已齐备,盐阜墙头诗的开展,就看我们的组织路线如何与写作方针行得怎样了。

一九四六年五月十一日写好
五月二十六日修改

补记

当这篇稿子写好付印时,作为目前盐阜区墙头诗运动核心的《盐阜大众》,又鼓起劲来,号召"把墙头诗运动轰开"了。在今年(一九四六)五月十一日报上第四版,出了个专号,登出十三首时事墙头诗与四篇叙论:《把墙头诗运动轰开来》、《墙头诗有什么好处》、《几点意见》(关于写作的)、《怎样写上墙》。在第一篇里,检查了过去运动的优缺点,提出"要更加抓紧发动墙头诗运动。……"这号召,很快就得到喜欢写墙头诗同志的响应,陆续有诗稿寄到报社。五月二十九日,报纸第四版又发表了《怎样写地方性墙头诗》《组织墙头诗小组》两篇叙论与二十三首墙头诗来稿。《怎样写地方性墙头诗》说,地方性的墙头诗,"除了简短,民谣风

格、口语化以外,还要密切地和当地群众的生活、思想紧紧结合"。它引了一首比较好的写群众翻身的地方性墙头诗:

  前庄小支河,
  后庄大柳树;
  大锣大鼓大旗舞,
  穷农佃户吐冤苦;
  吐冤苦,
  穷变富;
  只有一家落了毛,
  就是堆房郭老虎。

《组织墙头诗小组》也具体提出"通讯员、小学校教师、工作同志、民间艺人,都可以参加,不过要有两个条件:一要能响应墙头诗运动的一切号召,把墙头诗运动,认真当工作做;二要欢喜编唱的"。并且,"预备成立一个五分区(盐阜)的墙头诗研究会,专门和各地方墙头诗小组联系",还规定"墙头诗小组要做下面几件事:一、每个月和本报副刊写信联系一次,报告工作情形;二、配合每个工作任务、政治任务,和当地值得表扬批评的事,写墙头诗给报社,写墙头诗上墙;三、发展喜欢编唱的,对墙头诗有兴趣的积极分子参加;四、把墙头诗写上墙以后,向群众做宣传教育工作"。

现在,墙头诗稿接接连连往报社涌,几乎天天有,这"群众性的"现象,过去从来不曾见;同时,仅在阜宁北河到阜宁城的四十里之间,已有半数以上庄子,用红土、锅烟灰在泥墙砖墙上,重写上新墙头诗。(大部分还是横写,整整齐齐的。)这是大运动的影子,是大运动的开场锣鼓,希望这一次盐阜区的墙头诗运动,能真正普遍轰开。

一九四六年六月一日补记
(原载于《江淮文化》1946 年 7 月 10 日创刊号)

介绍本期墙头诗

林

  墙头诗运动在今年五月里再度发动以后,墙头诗的来稿一堆一堆地寄来,这是非常好的现象。在来稿中也有不少优秀的作品,如本期登载的伍佑墙头诗小组集体创作的几首,写得非常生动实际;尤其在前面三首中,更充满了水田地区佃户的血汗和眼泪。只有这样生动的作品,才能打动人心,才能产生力量。这是值得各地写墙头诗的同志学习和研究的。

现在根据许多墙头诗来稿中,很严重地存在着几个缺点:1. 老一套,老八股,如写农民翻身就是"打倒封建恶霸,算回旧租旧账,大家翻了身,个个都欢喜"。2. 不向群众学习研究,只凭自己空想,因此写出来就语言无味,打不动人心。3. 专写大问题,不写小问题,不找当地生动的材料,只欢喜写天下大事,因此容易空洞。

这三个缺点,一定要很好克服:向群众学习,向实际生活学习。本期介绍的墙头诗是一个很好的参考,学习他向群众学习语言,向当地收集材料的精神,但决不能抄他的句子,改头换面而作为自己的作品,只想抄人家作品的作家,永远写不出什么好东西来的。

(原载于1946年7月16日《盐阜大众》)

写墙头诗的经验

戴 天

编者同志:

我们乡东伍佑区,墙头诗运动已经初步开展,成立了墙头诗小组,创作了不少墙头诗,写上墙的工作也做了,全区已经写了三百多首墙头诗,一般群众的反应很好,现在我把一点经验介绍给大家,作为各地热心墙头诗运动的同志参考。

①墙头诗不要像古诗一样,呆板的七字一句五字一句,要按照顺口的话写,多几个字,少几个字不要紧,三句五句也不要限定。

②要用通俗的话,如说中央军打仗没用,就写:中央中央,机枪一响,当兵的找不到连长。

③要配合任务,不适合的过时的墙头诗要刷去换新的。

④每首一个中心,不要贪多嚼不烂。

⑤多写地方性的实际的墙头诗,材料到群众中去找。

⑥写上墙时,写横的好,因为眼睛是横的,一行一行写,不要连住头尾写。

⑦写的字要端正,草字不写,老百姓不识的艺术字不写。

我们除了本区发动以外,并向南阳区和黄沙区挑战,他们也都应战了。

关于墙头诗运动的组织方面,计划每乡成立一个组,全区成立一个中心组,领导和推动。

敬礼

(原载于1946年8月26日《盐阜大众》)

怎样写地方性墙头诗

福 林

以前《盐阜大众》上发表的墙头诗,都是配合了当时盐阜区主要工作任务而写的,因此它在盐阜区一般都适用。但是它有一个主要的缺点,就是不能和具体的一个村或一个镇的情形深刻结合。因此它不能更恰当地打动人心,墙头诗的力量,也不能得更大;因此除了配合大任务的墙头诗以外,我们提倡写地方性的墙头诗。这些地方性的墙头诗,除了在当地写上墙以外,并请寄到报社来,我们准备在《盐阜大众》第四版上多多发表。

地方性的墙头诗范围很广,当地的一切生活情形、工作情形、民主政治教育、反迷信、批评、表扬等等都可以写成墙头诗。工作任务的墙头诗,在当地也可写得更具体、更生动、更适合当地的实际情形。

地方性的墙头诗,因为它的内容,和当地的群众生活、思想更密切联系,因此容易写得生动有力,起的作用也更大,并且可以作为当地的村学教材。

关于写作的技术问题:除了写一般墙头诗的规矩以外,还有它的特点。一般的技术问题如口语化,写地方性的墙头诗,可以写得更土话一点也不要紧。要写得简短,四五行,七八行,但顶多不能超过十行。民谣风,写地方性的墙头诗更可利用当地顶熟悉的民谣风格和形式。完整性,在地方性的墙头诗也是必要,一首墙头诗,一定要能单独存在,能单独反映一个问题或说明一个问题。

除了一般的技术外,写地方性的墙头诗更可联系到本地的历史、地理、风俗、风景、人物特点等等。例如阜宁凤谷村的黑板报上登过的有首墙头诗:

　　韩顽固在此地,
　　昏天黑地;
　　日本鬼在此地,
　　没天没地;
　　新四军在此地,
　　欢天喜地。

这首墙头诗说明了当地人民从历史上来体验出三种不同的军队和政府。

又例如阜东有个村的墙头诗,批评一个缴公粮拌沙土的人,就联系了这个人的特点:

　　吴三秃,秃头亮,

吴三秃,肚里没天良;
新四军打仗多辛苦,
为什么公粮拌上泥沙土;
一担小麦三十斤土,
叫人怎法吃下肚!

还有某村一首墙头诗,写群众翻身的,它联系到当地的地理风景:

前庄小支河,
后庄大柳树;
大锣大鼓大旗舞,
穷农佃户吐冤苦;
吐冤苦,
穷变富;
只有一家落了毛,
就是堆房郭老虎。

这样的墙头诗,写在当地的墙上,群众是非常高兴看的,不识字的听听也欢喜。

总之除了简短、民谣风、口语化以外,还要密切地和当地群众的生活、思想紧紧结合;越能代表当地人民心里的话的墙头诗,越是好的墙头诗。

写地方性墙头诗的经验,现在还很少;希望各地写墙头诗的人,在实际工作中,得出更多更好的经验,多多寄到报社来,在报上发表,把盐阜区各地的墙头诗运动搅得更好。

谈谈农民之歌的创作

福 林

在当前农民大翻身运动中,各地都创造了不少新内容的小调、快板、歌谣。这些农民的文艺创造,在运动中的确起了无可测量的巨大力量;这种力量的具体例子,在六月十九日的《盐阜大众》上《阜宁县农民的文艺创造》一文中已有了一些具体的介绍,但这只是万分之一的介绍而已。今后这些农民的文艺创造,一定要更大地发扬,它的威力也将更大地发挥;为了今后更好地开展这一运动,我在这里提出几点意见。

(一) 要农民自己来创造

在很多地区,还只是几个知识分子出身的干部,或小学教师在包办这个编唱的工作;正如淮安蒋桥区一位区干说的:"乡下实际上编小调的人多得很,可是只我们几个人写写弄弄,因此写得干燥无味。"

因为不是广大群众自己的创造,因此很多作品就只有几根骨头,干瘪无味,缺乏生动的内容和丰富的感情,如《歌唱在自由的阳光下》一文中介绍的:"正月里来是新春,汉奸恶霸要斗争,大小坏蛋都斗倒,贫苦农民大翻身。"这一首小唱,我估计不会是农民自己的作品;被汉奸恶霸压得"仇恨如山"的农民,决不会唱出这样干瘪的东西来的;这样的小唱,也不会起多大作用的。只有群众把自己亲身体验的,平时积累在心头的苦痛、仇恨,以及对今天翻身的喜悦,一下倾吐出来,这样的作品,才有丰富的内容和感情;只有这样的作品才能打动人心,发挥诗歌的伟大力量。

(二) 大胆发动,认真培养

关于发动农民创作的问题,很多地区还存在着不认真、不放心、不大胆的现象。这原因是对群众的创作天才估计不足,以及不肯认真帮助和培养;要使农民的文艺才能更大地发挥,要使农民之歌发挥更大的威力,必须要大胆发动农民自己动口,动手创作,必须要热心为人民服务的知识分子干部具体帮助和认真耐心地培养农民中的作家。关于发动和培养,必须要注意三个问题:

(1) 集体创作:

在《阜宁县农民的文艺创造》一文中,我们可以看出,许多好的作品都是农民"你一言,我一句"地凑合起来的,是农民集体的爱和恨的集中表现;一般的农民群众,往往因为政治文化水平的限制,一个人只能看出问题的一角或一面;单独一个人很少能创作出完整的作品(天才的民间诗人、民间艺人除外),因此一般的作品,必须"三个臭皮匠,合个诸葛亮"地集体创作;在这创作的过程中,帮助他们创作的知识分子干部可以参加在里面,帮他们组织和整理作品的词句和段落,更应当在政治上引导他们的作品内容发展到更积极的方面来。(因为现在一般农民自发的作品,大都是只限于单纯的诉苦。)但千万要注意,不要把自己知识分子的词句和感情来代替了农民的词句和感情;这是知识分子在帮助农民创作的过程中,顶容易犯的毛病;甚至有些知识分子在"记录"农民的口唱中也随便地任意地改动人家的作品,把自己的思想感情,自己的干瘪语句,来虐杀群众的本色,这是大大要不得的。假如作品中有必须要修改的地方,也要慎重考虑,并同作者细细商量后修改。关于民间诗人和民间艺人的作品,也必须经过群众的集体修改,才能更丰富,更完整。

(2) 培养典型:

要每个农民普遍地成为民间诗人是不可能的,但我们一定把农民作家的圈子放大,使得更多的农民来参加文艺创作;尤其是创造小调、快板、歌谣等他们所熟悉的文艺形式。运动的开展,除了一般的发动以外,一定要掌握有才能的民间艺人、民间诗人,给以更大的帮助,培养农民中的不脱离农业劳动的典型作家,以之为骨干,来推动来影响。

关于培养典型,个别的具体的经常的帮助是非常必要的;过去在我们五分区就发现了几个有才能的民间诗人,如建阳的吴四乱子等,因为没有专人个别的经常的帮助,因此无法继续提高,也不能创造出更多更好的作品来。这与培养工农通讯员一样的,例如盐阜大众现在的工农记者陈登科同志,假如当初没有赵静尘同志的有力帮助,陈登科同志今天也不会走上新闻工作岗位的。关于培养与帮助方面,除了技术上、文化上以外,政治上的帮助提高是非常重要的,没有政治上的提高,农民作家的政治视野不会更开阔,目光不会更远大,创作的前途也不会更大。在文化上除了帮助写作技术的各种问题以外,另外要介绍大量大众化文艺读物给民间诗人、民间艺人阅读,使他们创作的范围也开广起来,不单局限于现有的小调等旧形式,而渐渐有所发展。在政治上除了报纸书籍的介绍外,并要经常和他谈一些问题,研究一些时事政治问题;在各种可能让他参加的集会中,尽量使他有参加政治活动机会。

(3) 组织起来:

为了农民诗歌运动更大地开展,为了培养出无数杰出的民间诗人,必须要把一切散落于农村中的农民诗人,和农民中的诗歌爱好者,广泛地组织起来;形式可以根据当地具体情形,成立诗歌小组、小调研究组、墙头诗小组等。这些组织可以归文协、艺联领导,也可以和《大众报》副刊联系。

苏北墙头诗运动的回顾和前瞻

陆维特

一九四一年夏秋之间盐城大"扫荡"后苏北情况起了很大的变化。在这变化中,苏北诗歌运动也起了变化:一方面诗歌协会解体,主要的负责人辛劳同志南去(途中被韩德勤拘禁),戈茅、许幸之同志也离开这个地区;另一方面《江淮文化》、《实践》、《江淮日报》副刊、《新诗歌》等停刊,因而失去了诗歌活动的主要地盘。这个变化在苏北诗歌工作中却打开了另一条新的道路,让我们继续开展诗歌运动,这就是墙头诗歌运动被重视。

是年的深秋时分吧!阜宁陈集——盐阜行署所在地成了苏北墙头诗运动的摇篮,以林山同志为主和我们诗协几位同志自然形成了一个诗歌小组,像军事上的游击小组一样,开始拟订计划进行新的诗歌工作,继续作战,并且获得了新的宽敞的活动底盘。

由于这个诗歌运动的方针路线方式方法有它的特殊的意义,所以很快就把这个运动展开了。先是在陈集镇上及附近的村庄出现多量的墙头诗,不久,三师鲁艺工作团的诗歌工作者也响应了这一运动,而且同美术相结合,随着他们移动频繁的足迹传达到边缘地区、武装部队及火线上。是年冬,盐阜区的冬学运动中,采取录写课文在墙上给群众阅读以代替课本的方式。正好课本是我们编著的,表面容纳了颇多的墙头诗,因而通过它又把这运动扩大了。——有计划地散布在农村和群众见面。翌年春,盐阜师范及实验学校的标语开始改用墙头诗,进一步地用来教育干部(实校的标语诗一方面用来教育群众及儿童,另一方面也是供师范生学习),以作推广的依据。

当时,苏北地区的情况正处在严重的军事斗争及解放区开拓与发展时期,敌伪顽匪错综复杂的环境在周遭与内底,一切为了战争的胜利,民族民主革命秩序的建立,大胆地发动群众。因此,我们的墙头诗运动的方针也为了人民解放战争的胜利,宣扬民族气节民主思想发动群众,以开拓和发展解放区而服务。

在研究了墙头诗的一般特点后,我们认为用民间歌谣的形式来写作墙头诗为恰当,既具有短小精悍的形式,又为人民大众所喜闻乐见、容易接近。除此我们也根据墙头诗应有的特点"短小精悍、生动有力"来创作了些新的格调。开始时大家对于这种诗的写作都不很熟练,难得有较好的作品出现,为了补救这种缺憾,就选用现成的歌谣小调。

的确在配合当时政治军事的要求上,我们正当地将一些诗歌写上了墙。

当反"扫荡"战将开始或进行时,曾将"战时公约"编成唱词写在村庄的破庙宇墙上以坚卒人民抗敌意志,维持革命秩序。

为了激励士气,表述人民对新四军的拥护与爱戴,就有拥民的诗歌出现,如:

喜鹊树上叫,

黄狗尾巴摇;

来了新四军,

大家哈哈笑。

在新解放地区人民开始享受民主的幸福时,就有比较式的墙头诗出现,如:

鬼子来了——受罪,

伪军来了——开柜,

新四军来了——开会(民主)。

在先幻想"抛弃他们的"顽固派来拯救他们,而结果却遭受到顽固派蹂躏,或接近顽固派统治地区就有诉述对老中央失望转心于自求解放的诗歌出现,如:

巴中央,

想中央。

中央来了一扫光。

盼中央，

望中央，

中央来了大失望。

在发动人民参加抗日游击战争，有描述游击战的神妙的诗，例如：

高粱长，

高粱高，

青纱帐里埋伏好，

敌人来了——请他吃土炮。

高粱长，

高粱高，

青纱帐里埋伏好，

敌人来了——请他吃一刀。

至一九四三年诗协小组的同志都分散在不同的地区和岗位去工作，林山同志也北上延安，墙头诗的核心失去，这一运动转入自然发展，由于有了这一运动的影响，墙头诗已有了它固定的地位及其意义。近几年来，主要发展这一运动的刊物是《盐阜大众》，经常发表墙头诗，指导和反映解放区的丰年和建设，供给各地采用；实地推行这运动的是农村小学教师及文工团和宣传部门。

这几年的墙头诗运动究竟对革命对人民大众事业贡献如何？评价如何？我以为是有它的相当的贡献与价值的。如其他革命的文化教育的作用一样，它尽了教导人民投入革命战争，因而使人民进步胜利的作用。因为它用了教导人民反对暴虐，反对仇敌，引向光明，引向胜利的诗句，培养了人民高贵的灵魂，因为它应用了接近人民大众的诗歌形式，容易为人民接受。如果说要举出由于受墙头诗的影响而发生了哪些效果，我却没有这个具体材料，但我们可以这样说，有些墙头诗已变为流行的歌曲，如《来了新四军》，作了人民爱护新四军的语言了。它提出了我们从事大众诗歌运动的一种创作形式与风格，它证明了这是大众诗歌运动一条可走的路。

但我们也得对几年来的墙头诗歌运动作必要的反省。首先是我们文艺工作者忽略了这一运动的价值与作用，因而任其自流，未能掌握它继续有计划地发展它。其次是如整个诗歌运动一样缺乏组织，在战争中未能好好地把它组成在战争中，在和平建设中，未能好好地把它组成在建设中，把一切从事这一运动的诗歌工作者组织起来，以致失去一个核心，不能建立一个核心。第三，没有把这一切运动变成群众自己的运动，由群众自己来掌握。第四，没有和群众宣传部门建立关系。第五，没有和民间艺人取得联系，建立写唱合一的关系。第六，创作上还是粗糙，还未能使创作过程走"来自群众、加工后再回群众去"的路。

墙头诗歌运动是有它宽阔的前途的,我对于它的未来表示一些意见,作为推行这一运动的参考。

墙头诗歌运动是大众诗歌运动的一条路线,是可以走的一条路线。今后它的方针是为建设和平民主的新中国而努力,为建设新中国人民大众的新风情新愿望而努力,在民主运动中它出现在选民中人民翻身的斗争中,为实行民主而歌唱。在军事建设中,它出现在军营自卫队中,为建设卫国力量而歌唱。在文化教育建设中,它出现在戏院、学校,为建设新民主主义文化教育而歌唱。在新中国人民的门前屋后为人民的幸福愉快的新生活而歌唱。紧紧和每一个政治任务相结合,为这任务的实现而歌唱。

创作的风格仍以民歌民谣小调为主,其次可创作诗行的数量较多的叙事诗,创作的路线以(更加重视的)"来自群众、加工后回到群众去"的路线。诗歌可和美术结合,并可写上墙后有人在那里朗诵给群众听。假如没有现成的墙垣,我以为可设立墙垣来写墙头诗。

接受过去的经验教训,今后的墙头诗运动应有组织、有计划来作,宣传教育部门来共同合作(不把它当作少数诗歌工作者所做的工作),群众自己来作。文协或诗歌协会须选定一定地区作实验,把经验推广到各处去。

这样做去,我想,前途是远大的,对建设事业是有益的。

一九四六年四月七日,于建大师范学院
(原载于 1946 年 7 月 10 日《江淮文化》创刊号)

盐阜根据地的墙头诗

曹士新　徐山添

墙头诗,又称街头诗。它兴起于抗日战争初期的延安,流行于各抗日民主根据地,成为根据地群众文学的一个重要组成部分。盐阜根据地墙头诗的写作,曾经成为一场深入持久、规模浩大的群众性运动。它跨越了抗日战争和解放战争两个历史时期,直到建国后仍兴盛不衰;它造就了包括诗人、小知识分子、基层干部和广大群众在内的空前宏大的作者队伍,诗作之多难以计数,有斗争的地方就有诗,有群众的地方就有诗,战壕里出诗,冬学里出诗,劳动中也出诗。这些从现实生活中产生的诗歌,又反作用于现实生活,为盐阜根据地的巩固和发展发挥了其他宣传形式不可取代的特殊作用。它大致经历了三个阶段:一九四一年春夏之交的开始阶段、一九四二年至抗战后期的发展阶段和一九四五年以后的繁荣阶段。这里谨对盐阜根据地墙头诗运动的历史作一概略介绍。

（一）

一九四一年春夏之交，是盐阜根据地墙头诗运动的开始阶段。

一九四〇年秋天，新四军和南下的八路军胜利会师，创建了盐阜抗日民主根据地，给盐阜地区带来了抗日斗争的新精神和民主的政治。在军事和政治上不断取得胜利的同时，由于陈毅等领导同志的重视和支持，文化事业也盛况空前。大批文化人陆续从国统区或沦陷区来到盐城，他们按捺不住激情，写出了一首又一首新诗。这些诗，有的在晚会上朗诵，有时抄在纸上贴上了墙。"人们走在路上也可以读到新的诗篇。"（戈扬《敌后荆榛仔细看》）这是墙头诗的前奏。

墙头诗是作为一种战斗的武器出现的，它以政治鼓动为目的，不受纸张和印刷条件的限制，能在严酷的战争环境中存在与发展。因此，它一旦出现很快就受到文化界领导的重视和诗歌工作者们的响应，发展成为具有广泛群众性的有组织的创作活动。

较早把写作墙头诗作为运动来提倡的是向阳和林山。向阳在一九四一年五月八日的《江淮日报》上发表了《开展"墙头诗"和"墙头小说"》一文，说："将一种诗或一种小说写在纸上，贴到大街通衢去，使大众可以随时阅读，这不仅是一件非常经济的事，同时也是使文学深入大众的一种最好的办法。"接着，苏北诗歌协会又在七月十九日的《江淮日报》上写出了《街头诗运动专号》，以《诗邮存》的形式发出号召："街头诗（或叫墙头诗）的运动，这是诗协在目前的主要工作。""希望诗协的每个会员能……参加这个运动"，"更迫切地需要和邀请各地的诗歌工作者来充实这个运动，发轫和展开这个运动"。同时，还发表了林山《开展街头诗运动》的文章，指出"街头诗是一种尖锐的战斗武器"，"是富于政治鼓动性的通俗的诗"，"是诗歌走向大众、深入大众，以至最后完全和大众结合起来创造大众诗歌的切实的做法"。"林山甚至想一个人拎一桶石灰（水），带一支毛笔，跑遍盐阜区，把盐阜乡村土地庙上都写上他的诗篇。"（钱毅《盐阜区的墙头诗运动》）由于诗人们的努力，墙头诗创作取得了初步的成果。七月十九日《江淮日报》发表了盐阜根据地最早见诸报刊的一批墙头诗，共八首，内容主要是号召人民组织起来，用战斗来消灭日本侵略者，保家卫国。如李三的《自卫队》：

　　打狗要用棒，
　　救火要用水，
　　保家乡要组织自卫队。
　　……

再如辛劳的《"人牛太平"》：

　　别写在草房门口，
　　别写在古庙的红土墙；

"人牛太平"
要写在杀敌的刀尖上。
烧香没有用,神鬼不灵,
若是日本强盗来了,
子弹、大刀,才是
"人牛太平"的保证!

在盐城,在湖垛(按:现盐城市建湖县建湖镇)和其他一些地方的街头、墙头,许多墙头诗相继出现了。虽然其中大多没有能以书面文字的形式保留下来,但在当时给人们留下了深刻的印象,甚至有些老同志至今仍能吟诵一二。

墙头诗在运动之初,还仅仅是诗人的作品,而没有成为群众的武器。无论是向阳、林山,还是苏北诗歌协会,号召热心写墙头诗的都只限于诗歌组织、诗歌工作者和"爱好文学"的同志。但当时的诗歌工作者毕竟很少,所写的作品不可能满足宣传的需要,特别在形势发生急剧变化的时候,诗人不写墙头诗,报上不登墙头诗,墙头诗运动便难免遭受挫折。

墙头诗兴起之初,林山就明确指出了墙头诗的政治性和通俗性两大特征。但开始对艺术性普遍重视不够,加之创作实践未及深化,所以墙头诗还没有形成特有的风格,形式上也不成熟。当时的墙头诗,句子长短参差,排列错落,行数的多少悬殊很大。如辛劳的《谁?》只有短短五行:

谁搬空了我们的粮仓?
谁杀了我们的人?
日本强盗一到这个乡村,
房子变成废土,
田地都像废坟!

而当时被看作是墙头诗的有的长达二十多行。有一首《盘查哨》多达六十四行。墙头诗有的押韵,有的无韵,很不一致。上墙的方法,虽然也有用毛笔、粉笔、木炭、土块或其他工具把诗直接写到墙头上去的,但主要还是"写在纸上,贴到大街通衢去"。

(二)

一九四二年春至抗战后期,是盐阜根据地墙头诗运动的发展阶段。

一九四二年,随着盐阜根据地政局复趋稳定,墙头诗运动得到了进一步的发展。二月一日,辛劳在《盐阜报》发表《街头诗短论》,就墙头诗的作用、艺术性、形式、创作态度等问题进行探讨。他提出:"假如谁愿意做一个真正的诗人(为时代欢迎、属于这个时代的),他必须勇敢而且大量写街头诗。"随后许多文化战士闻风而动。其中实践最力、成就最大的首推林山。

为了有组织地开展墙头诗运动,使盐阜根据地宣传工作深入一步,林山带头组织了墙头诗画社,出了一本《墙头诗画集》,收入二十八首墙头诗,内容着重是反"扫荡"动员和民主建设。例如《反"扫荡"》:

> 敌人像一条毛虫,
> 蚕食我们的家乡。
> 我们大家参加自卫队
> 反对敌人的蚕食,
> 粉碎敌人的"扫荡"!

再如《民主》:

> 从前官管民,
> 现在民管官。
> 选由你选,
> 换由你换,
> 再不出来管,
> 真是大傻瓜。

集子里还配了六幅画。这样,墙头诗便与绘画结合起来,成了一种新的宣传形式——墙头诗配画,使墙头诗的战斗作用得到加强,对群众更有吸引力。这种形式,在以后的战斗和建设中一直被沿用。一九四三年春天,诗歌工作者还抢印了一本《战时公约》,包括十幅画和十首墙头诗,有力地配合了当时的反"扫荡"动员工作。

林山在墙头诗创作方面也很有贡献。他写的《蝗虫与"皇军"》《鸡伴黄鼠狼》《若要不死》等墙头诗,受到文学史家恰如其分的评价:"对日寇的'三光'政策和狡诈阴谋以及虚弱动摇的思想作了尖锐的揭露,比喻巧妙,对比鲜明,是这些小诗的基本特点。"(唐弢、严家炎主编《中国现代文学史》)。特别是他发表于一九四二年十一月份《大众知识》第七期上的十首墙头诗,一改过去的诗风,为盐阜区的墙头诗形成奠定了基础。

如《厚脸皮》:

> 南京城门高,
> 南京城门厚,
> 南京城里有个汪精卫,
> 脸皮比城墙厚十倍。

再如《民选》:

> 下种要下好种子,
> 选举要选好代表,
> 下种之后要除草,

> 选举之后要检举,
> 除草要除得干净,
> 检举要毫不留情!

从林山的作品中,可以看出盐阜根据地墙头诗演变的趋势:句式逐渐趋向大体整齐,注意押韵、对仗,大量劳动人民语言的运用,使得墙头诗在群众化方面有了较大进展。林山的这些诗,曾在阜宁的陈集一带上了墙,受到广大群众热烈欢迎。

除了林山,其他文化团体和诗人也在这方面作出了很大努力。如新四军三师鲁艺文工团就创作了不少墙头诗,并较早地运用了诗配画的形式。

一九四二年冬天兴起的群众性的冬学运动,促进了墙头诗运动的范围进一步扩大。有些地方把办冬学和开展墙头诗运动结合起来,一方面把某些冬学课文写上墙成为墙头诗,一方面又用墙头诗作教材,推动群众学政治、学文化,使墙头诗与群众的联系更为紧密。

为了实践毛泽东同志《在延安文艺座谈会上的讲话》精神,《盐阜大众》报于一九四三年四月二十五日创刊了。它以工农兵群众为宣传对象,坚持大众化的特色,积极倡导墙头诗运动,成为墙头诗正式发表的一个重要阵地。如一九四三年六月二十一日的《盐阜大众》,曾发表了白桦的墙头诗《敬神不如敬新四军》:

> 烧香磕头求神灵,
> 只望人牛得太平
> 鬼子来了,
> 人牛不太平;
> 新四军打退鬼子,
> 人牛保太平。
> 阿弥陀佛,
> 敬神不如敬新四军!
> 敬神要磕头,
> 敬神要烧香,
> 敬新四军,
> 只要真心把他帮!

尖锐地指出了在强盗面前乞求神灵保佑是无济于事的,只有帮助人民的武装打退敌人,才能得到和平安宁的生活。同年八月一日发表的署名步尧的墙头诗,对"好铁不打钉,好男不当兵"的民谚进行了改造,反其意而赋予它全新的内容,成为动员参军的有力召唤:

> 好铁要打钉,
> 好男要当兵,

大家参加新四军，
　　赶走鬼子享太平。

　　次年三月十一日，为了配合当时的参军任务，《盐阜大众》专门出了墙头诗专页，登了十四首墙头诗，并号召大家动手写墙头诗。不少地方把这些诗抄到墙上，使它们更加广泛地流传开来。

　　一九四三年春天，由于日伪军集中近二万人兵力"扫荡"盐阜区，墙头诗运动又一次转入低潮。反"扫荡"中，我军主动出击，打敌伪，拔据点，激战频繁。在战争环境中，墙头诗的作用已更多地由标语口号和墙头诗的转化形式——诗传单或是墙头画所取代。

（三）

　　一九四五年春天至新中国成立，是盐阜根据地墙头诗运动的繁荣成熟阶段。

　　这时期，随着全国革命形势的发展，盐阜根据地出现了新的局面，民主运动更加深入，支前、民兵、生产、教育等各项工作全面展开，群众对文化普及的要求更加迫切，为普及持久地开展墙头诗运动提供了有利条件。一九四五年春天，《盐阜大众》陆续发表了一批动员参军和生产的墙头诗，并且指出墙头诗在宣传方面的作用和主要特点，开了墙头诗运动鼎盛时期的先声。日寇投降，新四军向敌占城镇进攻的时候，墙头诗"翻翻上涌，解放一处，写一处"。这种蓬勃的势头一直延续到一九四九年乃至建国初期。《盐阜大众》报副总编严锋同志曾回忆，四五年起这种形式被普遍采用，各地的黑板报都少不了墙头诗这一栏，无论是备战、参军，还是减租减息、征粮，保卫夏收，各项政治任务都有墙头诗与之配合。即使敌人的据点周围，我们的武工队也常在夜间摸去写上墙头诗。

　　一九四六年自卫战争开始后，各县都把小学教师组织成武装宣传队，利用墙头诗等形式进行对敌斗争。如只有十多人的东沟、益林武装宣传队，就曾在这条特殊的战线上取得了卓著的战绩。他们用墙头诗激励人民的斗志：

　　流泪叹气，
　　逃不了晦气；
　　磕头礼拜，
　　免不了祸害。
　　打倒反动派，
　　才能添福消灾。

他们用墙头诗瓦解国民党军队：

　　头戴美国帽，
　　身穿美国装，
　　爱国好男儿，

不装这个奴才样！

他们用墙头诗警告还乡团：

还乡团，莫要火（高兴）！

"喝汤的要还汤，

"吃馒的要还馒。"

碰破人民一块皮，

拿你肉来补！

趁早自新改错，

人民恕你无过。

他们还用墙头诗揭露封建道会门的欺骗性：

大家享福，

你也沾光。

"穷大龙"都翻身，

世上才有天堂。

迷信鬼神能降福——梦想。

这些"秀才兵"使得敌人非常害怕，却得到人民的衷心拥护。当时，益林的群众几乎家家刮锅烟灰，送给武装宣传队写标语和墙头诗。

为了保证蓬勃兴起的墙头诗运动经久不衰，党政领导和宣传部门通过报纸号召各地建立墙头诗小组，得到基层的响应，逐步形成了以《盐阜大众》为联络中心的墙头诗组织系统。参加墙头诗小组的，主要是有热情、能编会写的报社通讯员、小学教师、基层干部和民间艺人。组织的建立，使作者队伍空前宏大。一九四六年，《盐阜大众》报四千多通讯员基本上都是墙头诗积极分子。他们是基层墙头诗活动的组织者和指导者，带动了群众性的创作。盐东县伍佑区的墙头诗小组，在一九四六年一段不长的时间里，就组织全区编写了三百多首墙头诗，并且同南洋区和黄沙区开展了挑战、应战活动。伍佑区墙头诗小组的经验，曾在《盐阜大众》上被介绍推广。从这以后，即使在最艰苦的解放战争中，群众性的墙头诗创作也从未中断，而且越来越流行。

墙头诗在不断发展的过程中，注意从实际生活中取材，运用群众口头语汇，吸收民间文艺的长处，出现了地方性墙头诗和墙头唱，乡土气息更浓。从前的墙头诗，大多是配合主要工作任务而写的，适用范围比较广，但未和一村一镇的具体情况紧密结合，不能更深刻地打动人心，于是有些地方干部和知识分子联系本地的历史、地理、事件、人物来写墙头诗。阜宁县凤谷村的黑板报上登过这样一首墙头诗：

韩顽固在此地，

昏天黑地。

日本鬼在此地,

没天没地!

新四军在此地,

欢天喜地。

这是以当地人民的切身感受,写出了三种军队本质上的不同。再如一首写翻身的墙头诗:

前庄小支河,

后庄大柳树;

大锣大鼓大旗舞,

穷农佃户吐冤苦,

吐冤苦,

穷变富,

只有一家落了毛,

就是堆房郭老虎。

"小支河""大柳树"都是当地的景物,而郭老虎则是这个庄上的恶霸地主。在群众翻身的浪潮中,"老虎"落了毛。这种地方性的墙头诗,离当地群众的生活和思想感情更近,加之"尽用老百姓口头俗话",容易写得生动有力。同时,许多作者还努力对当地群众喜闻乐见的民谣、小调等民间文艺形式进行加工利用,丰富了墙头诗的表现力。如阜宁县汪朱集有一首墙头诗:

蝴蝶双双采花忙,

小妹低头想情郎,

不想浪荡富家子,

只想农家勤俭郎。

表现根据地青年新道德标准、新爱情观的内容和民歌的风格,都博得了人民群众的热情赞誉。这类墙头诗一写出来,群众立即围上来看,说:"这东西念起来有情趣!"能合谱的,还拿来唱,由此又发展成为墙头唱。所谓墙头唱,实际就是按照民间流行的四季游春调、劝郎调、杨柳青、七枝花等小调或快板的要求填词,写成内容全新的可以唱的墙头诗。随着墙头诗创作实践的深入和作品大量涌现,对这场运动进行理论上的总结,纠正某些偏差,便成为当务之急。钱毅、福林(陈允豪)、文广等同志相继撰文,指出必须对墙头诗的实际作用估得很重,它不仅是当时推动工作的有力宣传武器,而且可能是新诗歌特有的阶段形式。批评了某些诗人视墙头诗为低级"韵句"的轻慢态度:"五步成章"的草率态度和连夸"好箭!好箭!"却不动手的敷衍态度,提出墙头诗运动一定要组织群众,依靠群众,对工农群众和初学的小知识分子写墙头诗应积极帮助引导,不断壮大作者队伍,强调了墙头诗"必须是诗",必须有艺术性,不能当成政策的图解和有韵的散文。当应尊重诗歌创作的规律,这些论述,从不同角度促进了墙头诗运动的健康发展。对于墙头诗的形式和风格,也进行了讨论。当时比较一致的意见,概括起来主要有这样几点:从广义上说,墙头诗也是诗。墙头诗运动就是一切诗歌的上墙运动。但在实践中,它又形成了有别于其他诗歌的特点:(1) 短小,林山往后的墙头诗极少超过八行的,这样容易记忆和传诵;(2) 通俗,不摆架子,与民谣结合起来,采用群众语言,吸引力强;(3) 直接,不转弯抹角,群众一下就能看懂,不识字的也能听懂;(4) 完整,一首墙头诗,无论怎样短,都能明确表达一个具体内容。钱毅在《谈谈"墙头诗"》一文中指出:墙头诗是介于民谣与新诗之间的形式。它大部分吸收了民谣风格,同时又接近新诗。它比新诗更简洁,好似粗笔画,几笔就能说出一个意思,群众更容易接受。"它应该像民谣那么具体,可是并不等于民谣。""麻雀虽小,五脏俱全。"墙头诗可以像民谣那么简短,但是一定要比民谣完整、明确。(《新华日报》,1946 年 5 月 10 日)这说明墙头诗经过逐渐演变,到了繁荣阶段,已具有和前期不同的特点,在形式和风格上相对成熟了。

(四)

墙头诗应战争之需而产生,经受实践的检验,和人民群众结下了不解之缘,为推翻"三座大山"和建设民主根据地发挥了巨大的作用。它把深刻的创作经验和丰富的作品留给后人,影响后人,在新诗发展史上有着重要的地位。正如邓子恢同志一九四六年在苏皖边区文教大会上指出,一首墙头诗,抵得上一颗大炸弹!

盐阜地区的墙头诗作为战争年代特有的阶段性的文艺形式,为专业文艺工作者提供了发挥才华的土壤,推动了一批诗人和作家的成长。战争年代,由于印刷、出版条件差,诗人的作品几乎没有在刊物上发表的机会。他们的诗有不少"墙头马上"诗,构思于匆匆行军的马上,"发表"于城镇、村庄的墙头,墙头成了他们特有的"诗刊"。

诗人芦芒于一九三九年十九岁时奔赴皖南参加新四军,随后到了盐阜根据地,在战地服务团工作,他最初的诗作具有荷马史诗风味,如《东海之歌》《东海老人》《苇荡营》等,都"是我国新诗创作中并不多见的好诗"(徐迟语)。但是在波澜壮阔的群众斗争中,为了更直接地发挥诗歌的战斗作用,芦芒积极投入了墙头诗运动。他的诗作开始出现了新的局面,如《斗争》《我活着》等墙头诗,与他初期的诗歌风格迥异,这些激越的政治抒情诗,通俗易懂,具有强烈的鼓动性。而且,这种风格逐步发展成为芦芒整个诗歌创作的主导倾向。

在墙头诗运动中成长起来的另一名诗人是钱毅,钱毅是阿英的长子,自幼慧敏,勤攻苦读,有较深的文学造诣。他于一九四一年十七岁时来到盐阜区,从事新闻工作,专攻大众文学和民俗学,成果显著。在墙头诗运动中,他不但是积极倡导者，而且身体力行，写作了许多优秀作品。仅三联书店一九八〇年出版《钱毅的书》就收有墙头诗四十三首。

钱毅对墙头诗理论也作了有益的探索。他的《盐阜区的墙头诗运动》一文，不仅对于盐阜地区大众文学和民俗学的研究有很大贡献，而且在中国新诗理论建设上也有很重要的地位。

此外，盐阜根据地有一些农民出身的作者，在墙头诗和其他通俗文艺的创作过程中，积累了经验，成长为专业文化工作者，有些成为著名作家。陈登科就是他们的代表。

一九三八年八月七日，延安的"街头诗运动日"宣言中有一句总的口号："让诗和人民在一起。"可以说，盐阜根据地的墙头诗是真正做到了这一点的。运动中，群众作品大量涌现，有些墙头诗是群众你一言我一语凑起来的，是农民爱和憎的集中表现，其中有些虽然锤炼不够，比较粗糙简单，但由于出自作者的切身体会，因而真挚朴实，生动感人。这些作品，经过知识分子加工提炼，便更为完善。也有些群众参加了知识分子的创作，用自己的语言帮助修改墙头诗。在创作墙头诗的过程中，诗人们自觉与人民结合，下过实在的功夫去体会人民的思想感情，学习群众语言，洗去了"洋八股""学生腔"等毛病，使新诗呈现出新鲜活泼、生气勃勃的局面，墙头诗适合民族传统，为老百姓所喜闻乐见，所以赢得了广大群众的欢迎，它的读者数量可以说是空前的。

（原载于中国人民政治协商会议江苏省盐城市委员会文史资料研究委员会编《盐城文史资料选辑》第5辑，1986年9月。）

从"孤岛"来到苏北解放区的文学家阿英

严 锋

阿英原名钱杏邨(1900—1977年)，笔名魏如晦，安徽芜湖人。1926年加入中国共产党，1927年冬与蒋光慈等组织"太阳社"，编辑《太阳月刊》《海风周报》等，宣传革命文学。1930年，阿英参加"左翼作家联盟"，被选为常委。抗日战争爆发后，参加编《救亡日报》《文献》，筹办"风雨书屋"，编印我党书籍，宣传抗日救亡，并创作南明史剧多种。太平洋战争爆发后不久，书屋遭查封，阿英遭通缉，党组织决定将他转移至新四军地区。从1941年起，阿英率家来苏北抗日根据地，主编《江淮文化》、《新知识》和《盐阜报》副刊《新地》等。解放战争期间，先后任中共中央华东局文委书记和大连市文委书记。建国后任天津市文化局长，华北文联主席，全国文联委员、副秘书长等职。1977年6月17日病逝于北京。

本文仅就阿英同志在抗日时期从"孤岛"上海来苏北解放区从事革命文学活动的光辉业绩加以忆述。

与陈毅同志的深厚友谊

1941年日军进入上海租界后，阿英遵照地下党的指示，于年底毅然地率领全家（包括长女钱璎、长子钱毅、次子钱小惠、幼子钱厚祥等）奔赴苏北抗日民主根据地。从"孤岛"上海到苏北新四军军部所在地，如果不绕道，行程只需十日左右。可是由于敌伪重重封锁，关卡甚多，途中迂回辗转，时遇险情，饱经半年多艰险历程，才于1942年7月初安全抵达盐阜区，受到陈毅等领导同志的热情接待。

阿英在回忆《陈毅同志与苏北的文化事业》一文中写道："到达苏北后，我才得知，要我去新四军的，乃是陈毅同志的主意。我们一家，能够安全抵达军部，全赖华中局和陈毅同志多方关照。"又说："早在上海时就知道，陈毅同志能征善战，又精通文墨，他驰骋疆场，又瞩目文坛，对我们党文化军队的建设，也卓有功绩。这一点，我来到陈毅同志身边后，感受更深。"

阿英同志到盐阜区后与陈毅同志的亲密交往，一直被人们传为美谈，是战争年代中党的领导人与知识分子互相尊重、平等相处的范例。1942年7月14日，阿英同志一到新四军军部所在地——阜宁停翅港，就去谒见了陈军长，双方一见如故，谈得十分投机。陈军长以尊重的语气说到早在十多年前就读过他的作品，对他表示"吾军在文艺及戏剧上，反映甚弱，人才如得开展，颇想致力于此"，并希望阿英"留此最好能专事写作"，"集中文化人，重振军区文化"。阿英见肩负指挥全军作战重任的陈军长，在戎马倥偬中，犹能如此重视文化工作，十分信赖和器重自己，心中充溢着知遇之情。他在日记中称赞陈军长"真一儒将也"；还写下"将军只手定苏北，勋业争传大江南"，"融合马列成巾纶，敌后坚持贼胆寒"的热情诗句，赠与陈毅军长以示敬重。从此，互相引为知己，相对畅抒胸臆；阿英成为陈军长处随意进出的常客。1942年8月23日，陈军长42岁生日时，曾请阿英一家赴宴，宴前合摄一影。陈军长在卖饭曹设立文化村后，经常邀阿英来此畅谈，互相切磋交流文学方面的问题和意见。他们常常谈到"繁星耿耿一河横"，"丛林静止夜无声"时才尽兴而归。

如1943年军部转移皖东北以后，陈军长仍不时致函阿英，对他十分关切。1943年5月29日，陈军长来信云："黄师长来，略悉近况，颇慰。前伪方反宣传，闻之焦虑万分。后电询无恙，复大喜。……近来剧作多少，愿让我先睹否？"阿英在陈军长离去之后，也曾将报刊上所载的陈军长的诗作，逐一以毛笔抄写并装订成册，送呈陈军长惠存留念，至今一直保存着。由此可见，陈军长之于阿英实为难得之知音；阿英之于陈军长，亦竭尽忠诚之股肱也。

阿英来到盐阜区后，正是在陈毅和黄克诚、李一氓等党的领导同志"知人善任"的激励下,奋力献身于敌后文化工作的。同时,由于体现了党对文化的正确政策,尽管当时根据地斗争紧张,生活艰苦,却先后吸引了邹韬奋、范长江、贺绿汀等大批文化人从"孤岛"前来盐阜区。

坚持不懈的创作研究活动

阿英一到盐阜区就按陈军长意见,搜集了宋公堤的创作材料。当时根据地刚刚开辟,阜宁县县长宋乃德为解除海边人民的海潮威胁,率众建成了阜东一段50多公里的海堤,群众感戴此一德政,称之为"宋公堤",与历史上的"范公堤"相提并论。为了反映盐阜根据地初建时的这一政绩,阿英曾亲赴阜东海堤采访,多方询问当事人,收集了大量资料,共写成札记三卷,后撰成《苏北伟大的水利工程——宋公堤》一文20000多字,发表于《新知识》杂志。

随后,阿英为了鼓舞我盐阜人民的革命斗争,发扬爱国主义的光荣传统,他又在广泛搜集资料的基础上,撰写了《盐阜民族英雄传》。他曾查阅考证了阜宁、盐城、淮安、涟水等县历代县志和有关史料,最后写成《盐阜民族英雄传》四卷,其中包括《陆秀夫传》《张忠孝传》《汤鼎传》《史符传》《卜通传》《沈坤传》《陈仓传》《黄得功传》《司邦基传》《缪鼎吉传》《厉豫传》《孙汝鹏传》《秦焕传》《陈玉澍传》《顾正红传》。撰写过程中,他还两次去阜城访"平倭碑"的遗迹。他用历代民族英雄的光辉形象和爱国主义思想,教育和激励根据地军民,鼓舞抗日救国斗志。阿英同志还写了不少新闻、通讯和故事。在《岳武穆与共产党》一文中,他叙述在阜宁会到某硕者并与其谈话的情形。这位硕者引用岳武穆的话说:"文臣不爱钱,武臣不惜命,共产党真能做到这样,怎能不得天下呢?"短短百来字,借硕者之口,说出了一个已为实践证明了的真理,生动形象,易为读者接受。

1943年10月,新四军三师参谋长彭雄、八旅旅长田守尧在海上遭遇战中牺牲后,阿英同志立即挥笔写成《为着战死者的纪念》一文万余字,刊于《新知识》,借以寄托哀思,激励来者。

阿英同志毕生从事文学史资料的收集、整理和研究活动,即使是在日寇对我盐阜区进行大规模疯狂"扫荡"期间,也从未搁笔辍学。1943年春情况十分紧张,他在海甸打埋伏,仍朝夕伏案阅检文学资料,编成《太平广记采集书目索引》八卷,写成《古小说考逸》一卷,抄辑《神话女史》《武天后事辑》《女娲记》《唐传奇叙录》《听风拾稗录》各一卷。他在开掘祖国文学宝藏方面,确实做到了锲而不舍,分秒必争。虽然已处于硝烟遍地、斧钺逼境的危险之中,他仍从容不迫地利用一切机会,去完成自己毕生孜孜以求的文学史研究,这种忘我献身精神,实在是难能可贵的,十分令人感动。

阿英同志在盐阜区受党的委托先后主编过《新知识》、《盐阜报》副刊《新地》和华中文化协会机关刊物《江淮文化》。在《新知识》刚准备出刊时,陈军长对他说:"我建议,《新知识》应以顾及中上层社会为度,且应成为活泼生动的综合杂志。"黄克诚师长也提出意见:"《新知识》应该是以反法西斯与宣传民主为政治方向。"阿英同志按照领导同志的指示精神,在《新知识》上发表的《真假三民主义》《重庆见闻录》《墨索里尼》等文章,无情地抨击了国民党政府的反动统治,揭露国际国内法西斯主义的罪行。他还写了不少杂文,如《唐朝掘墓盗的故事》《气节与黄冠》等,对日寇和汉奸的丑恶嘴脸进行辛辣的讽刺。他看稿、选稿、改稿、编排、划样,以至封面、封底的设计和校对工作,都是自己动手。每天写出的约稿信都有一二十封。有时,阿英亲自骑马涉水,去几十里外的印刷厂处理印刷上的技术问题。他在从事写作和工作中,作风十分认真、严谨、扎实、细致,不愧为革命文化战士的楷模。

认真学习和坚持遵循党的文艺政策

阿英在盐阜区期间一直很重视学习党的文艺政策和文艺主张,坚持按照马克思主义观点分析处理文艺工作中的问题。

阿英一到盐阜区就反复多次研读了毛泽东同志刚发表的《反对党八股》。他在日记中认为此文"极精粹",并详加摘录。后来当毛泽东同志《在延安文艺座谈会上的讲话》公布后,他旋即编了《党的文艺政策参考资料》,其中有陈云的《党的文艺工作下乡问题》、周扬的《艺术教育的改造问题》等。他学习《讲话》十分认真,仅"绪论"部分的学习札记就有十万多字。他还多次为钱毅、小惠逐段讲解《讲话》内容。阿英同志谆谆教导他的子女在《讲话》精神指导下,更加勤奋地为大众文化倾心尽力。

阿英在盐阜区一直关心和致力于部队、地方的群众文化生活。他与军部负责文化宣传工作的钱俊瑞同志谈话中,一致认为"艺术较发展之部队,其战斗力亦强,反之则弱。盖物质生活既苦,若无精神生活鼓动,足以影响战斗意志"。他们都主张积极培训艺术人才。后来也曾多次举办了大规模的集训。在他的指导帮助下,不仅部队有文工团,文化生活很活跃,而且全区各县都相继成立了文工团,许多乡村还有农村业余剧团、秧歌队等群众文化组织。

有位同志脱离当时历史条件和斗争环境,片面强调艺术的特性,在给阿英的信中认为艺术"不过只消极的跟随政治发展的尾巴,与政治关系,成为'夫唱妇随',……艺术者不过只是一种工具而已"。阿英复函指出,这种偏颇的看法是"有语病"的,也是不切实际的。他在自己的艺术实践中,则是从当时的历史条件出发,始终坚持了革命文艺为人民大众服务的正确方向。

对戏剧运动作出了杰出贡献

阿英到达根据地后,对戏剧运动一直十分关心。来盐阜区前,他在苏中停留期间,就曾直接帮助一师一旅服务团开展戏剧工作,还写了三幕话剧《小奸细》,亲自进行导演。到盐阜区后他又在紧张地从事写作和编辑刊物之余,挤出时间来帮助文工团和群众剧团写剧本、排戏。

1942年秋,三师鲁迅艺术工作团沙地同志曾将阿英写的剧本《碧海花》《海国英雄》合编为《郑家父子》(古装话剧)。阿英在改编、排演过程中不断给予具体指导。部队和地方的文艺工作者,写了剧本请他看,他不论多忙,总是挤出时间来阅读指点,耐心帮助。

在盐、阜、淮一带,淮戏比较流行。阿英同志原是搞话剧的,但很注意我区群众对淮戏的兴趣,并说"看来淮戏是这里人民喜爱的形式,要想开展戏剧运动,一定要把这种形式利用起来"。这观点已为实践证明是正确的。当时,他对旧淮剧进行过大胆改革,把话剧的表演方法和淮剧的唱腔有机地结合起来,提高了淮剧的表现力。黄其明同志编写的《照减不误》在停翅港演出时,效果显著,观众群情激愤,大家忘记了是在看戏,纷纷站起来控诉地主的罪行。阿英同志对淮戏的改造和创新十分谨慎,向唱淮戏的艺人请教,尽可能保持淮剧的优点,又大胆改革它的不足。对分场、表演、音乐、音韵以及唱腔都进行合理的改革,他写了《论淮剧》《农村剧团组织训练与演出》等文章,编辑《戏剧特辑》,办培训班,亲自任课,培训戏剧干部,为开展农村戏剧活动,做了大量的工作。当时,盐阜区县县部成立了文工团,阜宁县大部分乡有业余剧团,均排演新淮戏。

1943年底,阜东县长唐克邀请阿英帮助新成立的文工团进行培训,阿英花了20多天时间,亲自给他们讲课、选剧本,排演了黄其明《照减不误》和杂耍《参军记》《小板凳》等两场节目。新编淮剧《照减不误》的演出,对发动贫下中农组织起来和地主进行减租减息斗争起了很大的作用。

1944年4月,阿英在华成公司帮助职工和实业警备队战士排练了《劝懒汉》、《新小放牛》和《增加生产》等秧歌舞剧。为了以群众喜闻乐见的形式丰富群众文化生活,他在那里亲自编写《新戏迷传》的戏词,在当年五一劳动节演出。他亲手把戏剧运动深深地植根于工农群众之中。

1944年秋和1945年夏,苏北区党委宣传部先后两次集训各县文工团,都是由阿英负责讲解《中国戏剧运动史》和演剧知识。他还根据实践经验,写出了《农村剧团组织训练与演出》《敌后演出四讲》和《关于盐阜区的儿童戏剧问题》等专文在报刊上发表,有力地指导了全区群众性戏剧活动,使之迅速获得蓬勃而健康的发展。

特别令人难忘的是关于《李闯王》的创作和演出,阿英付出了大量的心血。1945年初,郭沫若《甲申三百年祭》发表之后,阿英在三师副师长张爱萍同志建议下,创作了五幕历史剧《李闯王》,并亲自帮助八旅文工队排练,5月6日在益林公演,2 000多观众一致赞赏。阿英在搜集反映后,连夜又对剧本作进一步的修改、加工。第二天,黄克诚师长亲自来信祝贺演出成功,还要求让全体参加整风学习的干部都能看到。

当时根据郭沫若文章创作的戏剧,在苏中有夏征农等写的《甲申记》,在淮海区有李一氓写的《九宫山》京剧,在盐阜区有阿英写的话剧《李闯王》,后者影响最大,仅在我区即演出了20多场。该剧以史为鉴,教育干部在革命胜利取得政权的条件下,应当谦虚谨慎、戒骄戒躁,警惕脱离人民群众的倾向。其主题意义深刻,人物形象鲜明,能发人深省,有较强的艺术感染力。三师将剧本带去东北后,东北军区曾翻印40万册《李闯王》剧本作为学习材料,并调集4个文工团联合演出此剧。解放前后,该剧在各地演出400多场。1955年捷克斯洛伐克布拉格民族剧院曾演出此剧,并列为保留剧目,为我国剧作界争得了国际荣誉。

积极促进文化统战工作的开展

阿英来盐阜区后,仍十分关注上海、香港和大后方文化界人士,当他"得悉在港诸友均无恙",表示"甚为快慰";后闻重庆当局对香港文化人"不许办报、不许教书、不许参加工作"时,他愤慨地指责此"为文化的高等的集中营而已"。他对党的文化统战工作一直很重视。为了在盐阜区建立文化统一战线,1942年盐阜区参议会开会期间,阿英积极协助陈毅军长筹组了"湖海艺文社"。当时陈毅同志邀约彭康、李亚农、沈其震、范长江、王阑西、李一氓和阿英,以及进步士绅杨芷江、唐碧澄等20余人,发起成立"湖海艺文社",陈毅作了《开征引》长诗,阿英起草了"临时社约"。"湖海艺文社"当时的宗旨是:"海内爱国之士,具有抗敌观念,愿缔翰墨缘者,莫不竭诚欢迎,以求精神之集合,以求学术之发扬,藉可歌可泣之诗文,鼓如虎如罴之勇气裨益抗战,裨益建国。"社约规定:凡愿以艺文为抗建服务者方得入社;有破坏抗建行为者,经检举证实,同人共弃之。这就明确了艺文社共同的政治基础,表明它是当时服从于抗日的文化统战组织。

随后,阿英在他主编的《新知识》上,专门增辟了《湖海诗文选》专栏,有力地促进了文化统战活动。在此专栏发表的有陈毅《大柳巷春游》诗词、顾希文的《抗日必胜赋》、杨芷江的抗日阵亡将士纪念塔塔铭等。

平时,阿英还利用各种机会与文化界党外人士接触,曾到杨芷江、庞友兰、田厚斋、姜旨庵(注:姜指庵)等开明士绅家中走访交谈。如对庞友兰的《古愚诗文钞》,阿英阅读后认为其中诗论有"可取者",赞赏他不重"律"辞,而重"情""意"的主张。由于这样互相进行学术上的交流和诗文上的唱酬,日益增进了彼此间的感情和联系,从而促进了抗日民族统一战线的巩固和发展。

当年"湖海艺文社"成员写下了许多光彩熠熠的诗文,至今还在诗词爱好者中流传着,成为我区文艺上的宝贵财富。

艰苦朴素的生活作风

阿英同志随乡入俗，与群众打成一片，艰苦朴素，平易近人。他初到阜宁时，住在停翅港一位农民家里，屋子矮窗户小，光线不足，他与房东共同动手，扩大窗户，改善通风透光条件。当时，阜宁县多种杂粮，水稻很少，部队及机关以面食为主。阿英的胃口不适应，有时以南瓜代饭。但他对稆头（即玉米）很感兴趣，在日记中有这样记述：稆头经磨，可分三类，最细部分为粉，次者为糟，又次为糁。粉制饼，糟煮粥，糁则煮饭，糠则作猪食，而粥尤为可口。鲁工团小演员捕捉"知了"，用油炸了吃，阿英同志也争着吃。他说："今日始知蝉亦可食。去其头尾，以腹部在油中煎之，其味如食蟹。"阿英同志常为农民辛勤耕作、不畏艰难的高贵品质所感动。他满怀激情地写道：农民三四点钟就起身下田收晚稆头，收豆，打豆……热至无可奈何时，则一面歌唱、一面工作。农妇亦不家居，从事拾草、收割，无片刻闲。农民收稆头竟彻夜不眠，剥稆头于场中，并煮一锅鲜稆头给工作者充饥。"夜半，余与希原亦被唤醒，各食两个。"阿英的孩子和农民的孩子一样，以平面小车作卧具，晚上到处迁徙，甚为得意。他自己也和当地农民一起，在广场树荫下纳凉，并写下了"拽车大树下、高卧听鸣蝉"的诗句。

阿英同志勤劳俭朴，他常自己烧水烹茶、做饭，自己洗衣帽鞋袜，料理家务。他的住房因雨大漏湿，室外泥泞，令人无法下足。他自己动手，将屋修好。当时，部队发的菜金极少，而蔬菜又大涨价，他就利用公地种些蔬菜。每天清晨，他就叫起"小鬼"、杂务人员，共同挑肥浇水。当时火柴难买，香烟禁止吸服。因为当时市场上销售的"金枪牌""双猫牌""燕京牌"等香烟，名为中国制，实为敌货，根据地禁售。阿英改吸土制烟卷，后改用烟斗，买群众的烟叶，吸旱烟。"初以为不能吸，不可吸，今竟吸之如饴"，不愿再去购香烟了。后烟斗折断，就用纸卷烟。

环境越险恶，生活越艰苦，阿英同志的革命信念越坚定，工作越勤奋。来盐阜的路上，情况复杂紧张，常常持枪在手，随时备战。穿越敌占区时，日伏夜行，有时途中遇雨，道路泥泞难走，衣衫行李"尽皆湿透"。疲困达极点，就和衣而卧。饿极了，采摘"新桃食之"。诸儿则"采桑椹解渴"。就在这样的艰险异常的环境里，阿英仍不忘构思作品，设置戏剧舞台背景。1942年底，日伪军四集，准备"扫荡"我盐阜区。阿英同志受命至阜东打埋伏，12月12日10时，阿英一家由岔头出发，经过胡庄、西季、刘河到张庄，再经杨马、唐城、五集、庄杨、昌兴荡、三灶、刘庄、倪庄、天场，13日至东坎，然后经大团洼、八大家到达海甸。此时天气严寒，情况紧急，而阿英同志还忙于写作《太平广记采集书目索引》，通宵达旦，奋力挥笔，一刻不停。"天酷冷，燃灯工作，未竟二字，笔砚俱冻，然工作未容停顿，遂改用铅笔。"手痛如分裂，"手僵，仍思工作，以仲惠先生室有火，乃移至彼处。至午饭时，将全书五百卷，全部《索引》完结，精神为之一快。"

1943年1月3日,阿英又返回阜宁西乡一带,找黄克诚师长商谈全家的应变措施。黄师长尊重阿英同志的意见,由本人作主,可以返沪,可以留师部。阿英同志决定将女儿钱璎送上海(结果也未去),两个儿子下连队,自己亦随军。黄师长表示完全同意。阿英同志说:"因余个人,实宁愿牺牲于此,不愿返归沦陷区也。"危难之中方显出英雄本色。在这生死关头,阿英同志将两个儿子送到风险最大的连队,自己随军工作,充分显示了一个共产党员、革命战士的崇高品德。后阿英同志长子钱毅在解放战争中,作为盐阜报社记者,深入敌占区采访时不幸被捕,坚贞不屈,光荣牺牲,年方23岁。

阿英同志于1946年随军北撤。他在盐阜区艰苦战斗近5年,在抗日战争最困难的岁月里,他与我们盐阜人民同舟共济,建立了深厚的情谊。他写的《敌后日记》上下两册,80多万字,翔实记录了他在盐阜的战斗生活,反映了盐阜军民的伟大斗争,为我们研究解放区文学提供了珍贵的资料。

(原载中国人民政治协商会议江苏省委员会文史资料委员会编《江苏文史资料》第99辑,1997年6月。)

编后记

  盐城是全国著名的革命老区之一。在革命岁月里，无数仁人志士在盐阜大地金戈铁马，为民族国家之涅槃而浴血奋战，同时不忘横槊赋诗，擂启蒙战鼓唤醒民众革命星火。这一段恢宏壮阔的历史既深深地镌刻在盐阜人民的记忆里，也广泛地留存于丰富多彩的文学作品中。因此，为深入学习贯彻党的二十大精神，进一步挖掘红色文化资源，宣传盐城红色历史文化，引导全社会传承红色基因，进一步激发爱党、爱国、爱社会主义的巨大热情，更好地发挥红色文化的历史传承价值和育人功能，由盐城市哲学社会科学联合会、盐城地域文化和社会治理研究院组织策划，我们编选了这部作品。本书按诗文作品题材分为上编、下编以及附录三个部分。上编主要从盐城出版的革命报刊中选编了59位革命文艺工作者的古体诗、新诗、歌谣、墙头诗等64篇；下编主要从盐城出版的革命报刊中选编了42位革命文艺工作者所写的散文特写、通讯报道53篇；附录主要择取了18篇对当时开展盐城革命文化有指导作用以及今天帮助我们了解、研究盐城红色文化的代表性文论。编著体例主要按照作品原文、作者介绍、注释、简要导读这几个方面进行编写，旨在既注重史料性，又不失文学性、可读性，最大限度地引导人们走进镌刻在盐城人民的记忆里的红色文化。

  本书入选作品或见于革命时期的报纸期刊，或见于作者个人文选、各类资料汇编。我们在编选过程中为尊重历史起见，大部分字词与原始资料保持一致，仅作个别修改。由于资料匮乏以及无从查考，一些作者未能加以介绍，有些注释也未必精当，祈请知情者和研究专家能不吝提供相关信息和意见，以便我们今后修订完善。本书在编写过程中，参考了一些地方文史资料汇编、部分辞书内容以及相关研究成果，未能一一列出，特此说明并表示深深的谢意。限于时间和精力，尽管编者着力搜罗，但相信仍有沧海遗珠，难免存在疏漏和不足之处，敬请专家和读者批评指正。

编著者
2023年7月